언제나
극본에 의미를 부여해주시는 건,
배우분들이며, 스텝분들이며
시청자들과 독자들입니다
깊이 감사드립니다.

김 영 현 2019. 7

어디로든 또 한걸음!
우리의 이야기는 이렇게 이어집니다.
함께 한 모두에게
고마움을 전합니다.

2019년 7월에, 박 상 연

아스달 연대기

Ⅲ

김영현 박상연 대본집
아스달 연대기 3

초판 1쇄 발행 2019년 9월 25일
초판 2쇄 발행 2019년 10월 4일

지은이 | 김영현·박상연
펴낸이 | 金湞珉
펴낸곳 | 북로그컴퍼니
편집부 | 김옥자·김현영·김나정
디자인 | 김승은·송지애
경영기획 | 김형곤
주소 | 서울시 마포구 월드컵북로1길 60(서교동), 5층
전화 | 02-738-0214
팩스 | 02-738-1030
등록 | 제2010-000174호

ISBN 979-11-90224-16-1 04810
ISBN 979-11-90224-00-0 04810(세트)

· 이 도서의 국립중앙도서관 출판예정도서목록(CIP)은 서지정보유통지원시스템 홈페이지 (http://seoji.nl.go.kr)와 국가자료공동목록시스템(http://www.nl.go.kr/kolisnet)에서 이용하실 수 있습니다.(CIP제어번호: CIP2019035654)

김영현 · 박상연 대본집

III

아스, 그 모든 전설의 서곡

북로그컴퍼니

일러두기

1. 이 책의 편집은 김영현, 박상연 작가의 집필 방식을 따랐습니다.

2. 드라마 대사는 글말이 아닌 입말임을 감안하여, 한글맞춤법과 다른 부분이라 해도 그 표현을 살렸습니다. 지문의 경우 한글맞춤법을 최대한 따르되, 어감을 살리기 위해 고치지 않고 그대로 둔 경우도 있습니다.

3. 대사와 지문에 등장하는 말줄임표나 쉼표, 느낌표와 마침표 등의 문장부호 역시 작가의 집필 의도를 살리기 위해 그대로 실었습니다.

4. 이 책은 작가의 최종 대본으로, 방송된 부분과 다를 수 있습니다.

차례

아스달 (흰산족)

≫ 푸른거미 (남)

· 흰산의 성지를 지키는 전사

흰산에서 태어나 평생 흰산을 벗어나지 않고 성지를 지키는 것이 그의 사명이나, 아스달에서 방계 아사씨들이 위기에 처하자 아사론의 부름을 받고 아스달로 향한다.

≫ 샤하티의 아이들

· 흰산족의 비밀스러운 암살 집단

정체불명의 인물인 샤하티가 키워낸 18세 미만의 아이들로 어려서부터 특별한 약을 복용하고, 독특한 훈련을 거쳐 암살자로 키워진다. 감정이 없고 두려움이 없어 주저하지 않는다. 그중 최고의 경지에 이른 아이들을 '검은혀'라 부른다.

아스달 (어라하)

≫ 보우 (남)

· 소수부족인 가들족의 어라하

모모족

'물속의 사냥꾼'이라는 별명답게 물에서 태어나고 물에서 자라나 물에서 죽는다는 전사종족이다. '모모'라는 말은 그들이 모시는 '물의 신'의 이름인데, 모모신은 '갚음의 신'이기도 하다. 모모신을 믿는 이들은 작은 은혜나 원수라 할지라도 반드시 그것을 갚아야 하고 갚지 못하고 생을 다한다면 죽어서 온몸이 갈리고 찢기는 영원한 고통을 당하며, 은혜와 원수를 갚고 생을 다한다면 빛의 땅으로 간다고 믿는다. 모모족은 아스달 연맹의 지배를 받지 않는 아스 대륙 동쪽 부족들 중 하나인데, 숫자로는 아고족에는 미치지 못하고 세력이 강력한 것도 아니지만 특유의 독기와 생과 사를 달관한 듯한 태도로 다른 부족들의 경외를 받는다.

"세상에 물이 없는 곳은 없으니,
모든 물은 또한 이어져 있으니,
세상 어느 곳이든 나의 고향이네,
고향의 품에서 어떤 죽음이든 두려울까."

⋙ 카리카 (여)

· 모모족의 지존, '샤바라'로 불린다

카리카는 마루긴 군도의 강과 바다를 생활의 거점으로 하는 모모족의 우두머리이다. '물의 신이자 갚음의 신'인 모모가 선택한 최고의 지존이다.

'샤바라'라고 불리는 모모의 최고 우두머리는 철저히 장자에게 승계되는데, 카리카는 여인이기도 하지만 원래 계승 순위가 한참이나 멀었었다. 하지만 운명은 카리카를 샤바라의 빛나는 자리로 이끌었다.

모모의 야심만만한 세력가였던 다하루가 선대 샤바라였던 카리카의 할아버지를 죽이고 반란을 일으켰는데, 당시 스무 살에 불과했던 그녀는 만삭의 몸을 이끌고 다하루의 배에 혼자 침입하여 다하루와 다하루 아들의 목을 베어 그 목을 들고 나왔다. 온몸은 피투성이였으나 자신의 피는 한 방울도 없었다.

그 이후에도 어린 나이의 여인인 카리카를 얕보고 그 자리를 노리는 모모족의 다른 씨족들이 반란을 일으켰지만, 그 반란을 모두 진압하며 카리카는 그 이름을 드높였다.

어린 시절 유모의 딸인 타피엔을 찾아 주비놀까지 행차했다가 은섬과 인연을 맺게 되고, 이것이 훗날 모모와 아스달의 운명을 바꾸게 된다.

≫ 타피엔 (여)

· 모모족의 여인

사트닉의 부인이다. 사트닉과의 약속을 지키기 위해 긴 세월 동안 주비놀에서 홀로 그를 기다렸다. 거친 자연환경과 낯선 방문자들로부터 제 몸 하나 능히 지킬 정도로 강단이 있다. 똑 부러지는 모모족의 여인.

아고족

아스달 연맹의 지배를 받지 않는 아스 대륙 동쪽의 거대 부족 중에 하나다. 부족원의 수는 3만 정도로 추정되며 이 숫자는 아스 대륙 전체에서 새녘족과 흰산족 다음으로 많은 숫자다. 아스달 연맹의 세력은 돌담불 동쪽 하시산을 경계로 그 이상은 미치지 않는다. 하시산 너머 거대한 아고하 숲이 그들의 터전이며 그들이 믿는 신은 아고하 숲에 있는 거대한 폭포의 신이다.

아고족은 30여 개의 씨족으로 이루어져 있다. 가장 큰 씨족인 태씨족과 벽씨족, 그리고 묘씨족, 술씨족 외에 나머지 소수씨족으로 이루어져 있는데, 이들 모두는 서로 사이가 좋지 않다.

그들은 200여 년 전, 아라문 해슬라의 통일전쟁 때 하시산 서쪽 영토를 잃었다. 그 후, 인구에 비해 물자가 부족해지면서 한정된 자원을 놓고 다툼이 있긴 했으나, 이렇게까지 씨족 간에 서로 원수가 된 것은 10여 년 전, 타곤이 아고족의 반란을 진압하러 갔을 때 썼던 이간책이 성공했기 때문이다.

아고족은 청동무기를 쓰지만 청동 제작기술이 없으므로, 이는 모두 아스달과의 교역으로 얻는 것이다. 그 교역의 대가는 같은 아고족 내의 다른 씨족을 붙잡아 아스달에 노예로 파는 것이었다. 따라서 씨족 간에 원수가 될 수밖에 없었다. 많은 아고족들이 이런 비참한 현실에 절망하지만 현재로선 방법이 없다. 이나이신기가 재림하기 전에는...

이나이신기는 200여 년 전 아라문 해슬라의 통일전쟁 때, 아라문에게 유일한 패배를 안긴 아고족의 영웅으로 아고의 모든 씨족들은 그의 이름을 성스럽게 가슴에 담고 있다.

아고족 (묘씨)

››› 타추간 (남)

· **묘씨족의 전사**

거칠고 강인한 묘씨족 최고의 전사로 말보다 행동이 먼저 나가는 다혈질이다. 다른 아고씨족에 대해 유난히 배타적이며, 웬만해선 자기주장을 굽히는 일이 없어 다른 묘씨 전사들과의 충돌이 잦은 편이다. 족장 파사의 딸인 예스란의 정혼자다.

››› 미루솔 (여)

· **묘씨족의 전사**

유능한 묘씨족 전사. 위기 상황일수록 빠른 머리 회전으로 이성적인 판단을 내리는 미루솔은 정의로운 성품으로 아고족의 미래를 진심으로 걱정하며, 감정적인 타추간과 자주 부딪치곤 한다.

››› 파사 (남)

· **묘씨족의 씨족장**

묘씨족의 족장으로, 자신의 씨족 앞에 놓인 암담한 현실에 고뇌하며 이를 해결해보려는 의지를 보인다. 우유부단한 탓에 대의와 현실 사이에서 쉽사리 결정을 내리지 못하지만, 은섬과의 만남을 통해 변모한다.

≫ 묘씨 할머니 (여)

· 묘씨족의 어른

묘씨족 가장 큰 어른. 씨족 사람들의 큰 신뢰를 받고 있다.

≫ 묘씨 장로 (남)

· 묘씨족의 장로

묘씨족의 장로 중 한 명. 씨족 내 중대한 문제에 결정적인 판단을 내린다.

≫ 예스란 (여)

· 묘씨 족장의 딸

평소 사이가 좋지 않은 태씨에게 납치되어 노예로 팔려 갈 위기에 처했다. 묘씨 족장 파사의 딸이며, 타추간의 약혼녀이기도 하다.

아고족 (태씨)

≫ 태압독 (남)

· 태씨족의 씨족장

벽씨족과 함께 아고의 양대 강성 씨족인 태씨족의 위상과는 달리 현재 태씨 족장인 태압독은 찌질하고 무능하기 그지없는 자다. 제 기분에 따라 씨족의 결정을 손바닥 뒤집듯 번복하는데 그나마 태씨족이 유지되는 데는 그의 심복인 수하나의 역할이 크다.

≫ 수하나 (여)

· **태씨 족장의 조언자**

태압독의 곁에서 족장의 권위를 지켜주고, 씨족의 앞길을 헤아리는 믿음직스럽고 충직한 조언자다. 온화한 인품 덕에 태씨족에서 신망이 높다.

≫ 태마자 (남)

· **태씨족의 전사**

뛰어난 실력의 태씨족 전사. 여태껏 족장인 태압독의 명을 따르며 다른 아고 씨족들을 노예로 파는 데 큰 역할을 했지만, 현재 아고족의 상황에 대해 비통함과 자괴감이 있다. 태압독을 족장으로서는 존중하나, 그의 인품이나 지도력이 마음에 들진 않는다.

≫ 태다치 (남)

· **태씨족의 전사**

돌담불에 노예로 팔려 갔던 태씨족의 전사로, 현재 아고족이 처해 있는 현실에 분노하지만 방법이 없어 무기력하다. 하지만 은섬을 만나고 달라진다.

≫ 태니마 (남)

· **태씨족의 전사**

돌담불에 노예로 팔려 갔던 태씨족의 전사.

아고족 (술씨)

≫ 술사강 (남)

· **술씨족의 씨족장**

태씨족과 사이가 좋지 않은 술씨족의 씨족장.

S# 장면(Scene)을 의미하며 같은 장소, 같은 시간 내에서 이루어지는 일련의 행동이나 대사가 한 씬을 구성한다.

ins.cut.〉 인서트 컷(insert cut)의 줄임말로, 삽입 장면을 의미한다. 주로 한 장면이 짧게 삽입되는 경우를 가리킨다.

플래시컷 화면과 화면 사이에 삽입하는 빠르게 움직이는 화면. 화면의 속도를 높이거나 시각적인 충격 효과를 만들려 할 때 사용된다.

(NA.) 내레이션(narration)의 줄임말로, 장면을 해설하는 목소리나 등장인물이 말로 하지 않는 목소리를 말한다. 등장인물의 생각을 표현할 때 자주 쓰인다.

(E) 효과음(effect)의 줄임말로, 등장인물은 보이지 않고 소리만 나는 경우에 쓰인다.

C.U. 클로즈업. 피사체를 크게 찍는 근접촬영을 의미한다.

F.O. 페이드아웃(Fade-Out). 화면이 처음에는 밝았다가 점점 어두워지는 상태.

(cut.) 장면을 중지한다는 의미. '한 장면'을 뜻하기도 한다.

cut. to 한 장면에서 다른 장면으로 특별한 효과 없이 넘어가는 것을 의미한다.

(OL) 오버랩(over lap)의 줄임말로, 앞 장면에 겹쳐서 다음 장면이 나오는 기법. 대사에서 OL은 호흡을 주지 않고 앞사람의 말을 끊고 말을 할 때 쓰인다.

dis. 디졸브(dissolve)를 의미하며, 하나의 화면이 사라짐과 동시에 다른 화면이 점차로 나타나거나, 블랙이나 화이트 화면과 기존 화면이 겹칠 때 사용된다.

몽타주 따로따로 촬영한 화면을 적절하게 떼어 붙여서 하나의 긴밀하고도 새로운 장면이나 내용으로 만드는 일, 또는 그렇게 만든 화면을 의미한다.

F.I. 페이드인(Fade-In). 어두웠던 화면이 점차 밝아지는 상태를 말한다.

줌 인 카메라의 위치는 고정한 채 줌 렌즈의 초점 거리를 변화시켜 피사체에 가까이 가는 것처럼 보이게 하는 촬영 기법.

팬 카메라 높이는 고정시킨 채 좌우로 움직여 촬영하는 행위. 광장 등 넓은 광경을 포착하거나 움직이는 피사체를 포착할 때 자주 쓰인다.

틸 업 카메라를 밑에서 시작해 위로 움직여 나가는 기법.

세상 모든 전설의 시작

13부

S#1. 불의 방(낮)

탄야, 슬링에 걸린 돌을 그곳을 향해 던진다. (cut.)
천천히 내려오고 바닥에 부딪히자, 딸랑! 청명한 소리가 난다. (cut.)
다가가 떨어진 별방울을 줍는 탄야. (cut.)
결연한 표정의 탄야. (12부 엔딩 지점)
별방울을 높이 들고 딸랑 하고 울려보는 탄야.
타곤, 사야, 태알하, 아사론, 미홀, 아사못, 아사욘, 여비,
소식을 전하기 위해 대기 중인 복창꾼1. 모두 경악과 경외의 시선.

탄야 나는 와한의 탄야, 껍질을 깨는 자, 와한의 씨족어머니 후계자.
와한의 시조, 흰늑대할머니이시며, 아스달의 위대한 어머니이신 아사신의..!
말씀을 전한다.

ins.cut.〉 새로 찍는 회상, 12부 51씬 연결.
탄야, 태알하 서로 바라보며 앉아 있다.

탄야 우리가 딛은 땅과... 우러르는... 하늘과, 또 뭐요?
태알하 (답답) 바람과 달..! 아스달의 신들을 먼저 부르는 거야. 그담엔 불과 물!

탄야　마무리는 와한의 말로 할 거예요.

태알하　와한의 말..? (생각하다가는 별일 있겠냐 싶어, 미소) .. 뭐.. 좋을 대로..!

탄야　(짐짓 근엄) 우리가 딛은 땅과, 우러르는 하늘과, 우리의 숨을 닮은 바람과, 어둠을 밝히는 달과, 우리를 감싸는 불과, 우리를 맑게 하는 물과, 우리를 먹이는 모든 짐승과 풀과 열매여.

태알하　(미소, 잘 외웠구나 싶어서) ...

탄야　그 모두를 주관하시는 신과 정령에게, 우린 삶을 빚졌고.. 죽음을 맡긴다.
당신은 낳되, 낳은 것을 가지지 않으시고,
기르되, 기른 것을 무릎 꿇리지 않으시고,
이롭게 하되, 해롭다고 부수지 않으시니..!

S#2. 대신전 외곽 은밀한 곳(낮)

무광, 기토하, 양차를 비롯한 대칸들 매복해 있다. 초조한 표정.

기토하　아.. 어떻게 돼가고 있는 거야...?

무광　(기분이 찜찜하다) ...

기토하　야, 무광.. 진짜 그년이 아사신의 후계가 맞으면 말야..

무광　(짜증) 아, 하지 마요..

기토하　(아랑곳 않고) 진짜로 초승달 뜨는 날, 누가 니 심장 꺼내겠다? (하고 웃는다)

무광　아, 진짜...! (재수 없어 하며, 기토하 째려보는 데서)

S#3. 대신전 건물 앞(낮)

대신전 앞 광장에 사람들이 빽빽이 몰려 있다. 채은, 눈별, 도티의 모습도 보이고, 떨어진 곳에 변복한 무백과 위장 대칸들도 있다.
모두들, 앞의 단상 위에 서 있는 복창꾼들의 모습을 주시한다.
복창꾼들도 초조한 표정이다. 연신 뒤를 돌아보며,

소식을 전해올 복창꾼1을 기다리는 느낌이다.

S#4. 불의 방(낮)

복창꾼1이 입을 쩍 벌린 채, 탄야를 경외의 눈으로 본다.

탄야　세상 만물은 당신께서 낳지 않은 것이 없으며, 까닭이 없는 것 또한 없다. 이것이 아사신께서 전하신 말씀이다..!

하고 방울을 울리자, 보고 있는 모든 사람들이 경외하며 무릎을 꿇어 탄야를 경배한다. 무릎 꿇은 사야가 고개를 살짝 들어 탄야를 본다. 탄야는 태알하를 본다. 태알하는 타곤과 눈빛을 교환한다. 타곤의 묘한 표정. 그 위로,

ins.cut.〉 새로 찍는 회상, 12부 42씬 연결.
타곤과 사야가 있다.

사야　(놀라) 탄야가 별방울 있는 곳을 안다구요?
(타곤이 보고 있는 태알하의 편지를 보며) 어디요?
어디 그런 내용이 있어요?

타곤　손톱 자국..!

사야, 보면 여러 글자들 중 손톱이 찍힌 글자들이 있다.

타곤　(하나씩 글자를 짚어가며) 아버지는... 알지 못한다... 탄야는 안다..!

사야　...!!! 하.. 탄야는 저한테 분명히 모른다고 했어요...! 태알하가 배신한 거면..!

타곤　(OL) 아니.. 그다음 세 개의 글자..

사야　(편지 보며) 서로 호.. 좋을 호... 나비 호.. 좋은 나비? 이게 뭔데요?

타곤　호. 호. 호.! 태알하가.. (미소) 나한테.. 웃은 거야...!

현실의 타곤, 태알하에게 미소로 눈짓한다.

태알하 (일어서며) 와한의 후계자이며, 아사신의 곧쪽이신, 탄야님이시여!
해족의 어라하, 태알하..! 탄야님의 눈앞에 나섭니다.
탄야 (태알하와 눈빛 교환하고) 말하라.. 해족의 어라하여.
태알하 이백여 년 전, 어머니 아사신께서 길고 긴 전쟁에 신음하는 아스달에,
아라문 해슬라를 보내시어, 연맹을 만들게 하셨나이다.
탄야 ...
태알하 예언에 이르기를, 다시 아라문을 보내신다 하였습니다.
아라문은 언제 다시 오시는지 묻고자 합니다.
탄야 이미 왔으나, 너희들이 알아보지 못하였다...
아사론 ...!!! (이것들이!)
미홀 ...!!!
타곤 ...!!!
탄야 아사신의 곧쪽을 알아보는 눈을 가졌고, 결국 날 찾아냈고, 날 지킬 자.

그런 탄야를 주목하는 태알하, 타곤, 아사못, 미홀, 사야 등등의
모습. 그중에 아사론은 불안한 눈빛으로 '설마..! 저것들이..!'

탄야 연맹장 타곤...!
모두들 ...!!!
탄야 타곤은 내 눈앞에 나서라.
타곤 (일어서 나오며) 새녘족의 자제, 연맹장 타곤,
아사신의 후예, 탄야님의 눈앞에 나섭니다.
탄야 (태알하를 살짝 보고 타곤을 본다) ...
태알하 (마음의 소리 E) 하늘과.. 땅을 이을.. 자..
탄야 타곤 그대는 하늘과 땅을 이을 자..
아사사칸 ...!!!
탄야 그대는 오늘과 내일을 이을 자..
아사론 ...!!!
미홀 (아득해지는 눈을 감으며 이를 악문다) ..

탄야　　타곤 그대는... 아라문 해슬라의 재림이다...!
모두들　　(경악하여) ...!!!
타곤　　(미소로 보며) ...

모두들 충격과 놀라움으로 정적에 휩싸이는데, 이때, 누군가가 '아라문 해슬라시여!', 그러자 또 누군가가 '아사신의 후예시여!' 이제 여기저기서 손을 들며, '탄야님이시여!', '아라문이시여!' 어지럽게 외치기 시작한다. 열광적인 분위기. 아사론과 아사사칸 당혹감을 감추지 못하고 어쩔 줄 모르는데, 그 와중에 아사론, 자기를 바라보는 시선을 느끼고 보면, 타곤의 차가운 미소.

S#5. 대신전 내부 복도(낮)

복창꾼1이 상기되어 흥분된 표정으로 미친 듯이 뛴다.

S#6. 대신전 건물 앞(낮)

수많은 사람들이 운집한 가운데, 정적이 흐른다. 단상 위에, 복창꾼들도 초조한 표정으로 연신 뒤를 흘끔흘끔 보며 긴장한다. 채은, 눈별, 도티와 다른 쪽에 위장한 대칸과 무백도 보인다. 이때, 복창꾼1이 상기된 표정으로 뛰어나온다. 모여드는 복창꾼들. 모든 사람들, 조용해지고. 긴장한 채은! 긴장한 눈별! 긴장한 무백!

복창꾼1　　(목청껏) 와한의 탄야...!!!
모두들　　.. (집중) ..!!!
복창꾼들　　(목청껏) 와한의 탄야가...! 어머니 아사신의 별방울을 찾았다아아!!!

경악한 사람들에게서 우레와 같은 환호성이 터져 나오고, 떨 듯이 기뻐하는 채은과 눈별. 영문도 모르고 같이 뛰는 도티.

열광하는 사람들 속에서 쉬마그를 벗는 무백.

무백 (미소 지으며, 마음의 소리 E) 역시.. 탄야가 방울이었는가..!
복창꾼들 또한 아사신의 후예께서...!! 타곤 니르하를 아라문 해슬라의 재림으로...!
인정하셨으니...! 연맹에 축복이 내렸도다아아아!!!

모두들, 다시 한 번 환호성을 터트리며 기뻐하는데
무백은 웃음기 가시고 표정 어두워지며 복잡한 심경이다.

S#7. 대신전 외곽 은밀한 곳(낮)

기토하, 무광, 양차 등등의 대칸들이 멀리서 들리는 환호성에
벌떡 일어나 두리번거린다. 무광은 뭔가 불길한 느낌이 드는데,
이때, 박량풍이 헉헉거리며 달려온다. 흥분으로 상기된 박량풍.

박량풍 저기... 무광 형님..
무광 (불안) 왜.. 왜애?
박량풍 초승달 뜨면 집 밖으로 나오지 마세요.

모두들, 이게 뭔 말인가.. 하다가 알아차린 기토하가 '됐구나!' 하고
소리 지른다. 무광, '아, 젠장' 이런 표정을 짓는다.

박량풍 그리고 타곤 니르하께서! 진정한 아라문 해슬라로 인정받으셨습니다...!!!

모두들, 환호성을 지르고 무광은 좋지만 짜증이 나는데,
기토하가 박량풍의 손을 잡고 다른 대칸들과 함께 무광을
둘러싸고 '초승달!' '초승달!' 하면서 강강수월래를 춘다.
무광, '아 그만해!' 하고 울상이다.

S#8. 대신전 건물 앞(낮)

사람들 여전히 좋아하고, 채은과 눈별, 도티는 펄펄 뛰며 좋아한다.

도티 (같이 뛰며) 왜? 왜? 뭔데 좋아하는 거야?

채은 그니까! 그니까..! 하여간.. 나중에 알려줄게 일단 좋아해!

도티 (계속 뛰며) 알겠어!

이때, 사람들 일순간 조용해진다. 보면, 단상으로 탄야와 타곤이
나란히 나오고 있다. 무백, 감격스럽게 그 광경을 바라본다.
채은도 마찬가지로 들뜬 가슴으로 그 광경을 본다.
#. 단상 위, 나온 타곤은 엷은 미소를 머금고 있고,
탄야는 경악하여 군중들을 본다. 이렇게 많은 사람들이 한자리에
모여 있는 걸 생전 처음 보는 탄야. 놀라움으로 입술이 파르르한다.
타곤, 운집한 연맹인들을 바라보다가 손을 든다.
그러자, 터져 나오는 우레와 같은 환호성!
여기저기서 '아라문이시여!' '아라문 해슬라시여!' 소리를 지른다.
그걸 바라보는 탄야의 시선은 공포다.
타곤, 눈치채고는 탄야에게 손을 들어주라는 눈짓을 한다.
탄야, 떨림을 감추며 손을 살짝 들자, 이번엔 더 큰 환호성이
터져 나온다. '아사신이시여!', '어머니시여!', '탄야님이시여!'
탄야, 경악해서 본다. 이가 덜덜 떨려 부딪힌다.

탄야 (충격, 마음의 소리 E) 나.. 날 부르는 거야..? 저 많은 사람이...! 내 이름을!

타곤, 앞으로 나서며 탄야의 손을 잡아 함께 올린다.
환호성은 더 커지고, 탄야는 그 광경을 바라보며 충격과 공포에서
뭔가 흥분되고 환희에 찬 표정으로 점점 바뀌며 미소가 지어진다.

탄야 (사람들 보며, 마음의 소리 E) 은섬아, 이제 널.. 구할 수 있어..!

S#9. 돌담불 은섬네 깃바닥 통로(낮)

깃바닥 위로 올라가는 광주리.
눈을 감고 죽은 척하는 은섬의 거적때기.
이때, 살짝 눈을 뜨는 은섬.
푸른 하늘을 보는 결연한 은섬. (12부 엔딩 지점)
거적에 싸인 은섬과 쇼르자긴이 탄 광주리가 지상으로 나온다.

쇼르자긴 다 시체 늪으로 옮겨!!
골두 (E) 뭐?

S#10. 돌담불 지상 골두의 막사 안(낮)

골두가 있고, 수하가 앞에 있다.

골두 누가 왔다고...?
수하1 저기.. 아스달에서.. 대칸이
골두 대칸이? 대칸이 왜?

이때 막사의 휘장이 걷히면서 연발과 대칸전사 6명이 들어온다.

S#11. 돌담불 지상 은섬네 구덩이 입구(낮)

쇼르자긴이 광주리에서 내린다. 수하들, 혹시 옮을까 봐 은섬이 싸인 거적을 들고는 조심하며, 옆에 거적들 사이에 던져버린다. 그사이 쇼르자긴은 자연스럽게 자신의 몸에 묶인 줄을 옆에 말뚝에 슬쩍 묶어둔다. 스천이 슬그머니 온다.
보고 있던 달새, 거적들을 보고 망연자실하다. 무너지는 느낌.

스천도 은섬이 죽었다고 생각하니, 참담하다.
사트닉의 시체, 올마대, 바도루, 차나라기, 노예1, 노예2, 잎생
그리고 은섬의 거적이 차례대로 놓여 있다.

쇼르자긴 야, 뭐해! (수레 가리키며) 실으라니까!
골두 (E) 잠깐...!

보면, 골두와 수하들, 그리고 뒤에 연발과 대칸들이 오고 있다.
스천, 대칸들을 보고 놀라 얼굴을 돌린다.
쇼르자긴, 골두 보고 당황해서 자기가 묶어놓은 말뚝의 끈을 본다.

쇼르자긴 골두님, 아이고.. 이것들 다 뒤졌어요. 돌림병이 도는 바람에..
연발 (앞으로 나오며) 죽었다고?
쇼르자긴 ...??
골두 아스달에서 오셨다. 대칸 조장님이야.

거적 속의 은섬, 놀라는 느낌.

연발 올마대도 죽었느냐?
쇼르자긴 아! 그 늙은이요. 예, 죽었죠. 어차피 얼마 못 살 놈이었어요.
연발 어느 거적이냐? (하고 다가서는데)
쇼르자긴 (막으며) 아이고.. 큰일 납니다. 말씀 못 들으셨어요? (웃으며) 돌림병이에요.
가서 빨리 태워버려야 됩니다! (하고 웃자)
연발 (그런 쇼르자긴을 황당하게 보다가 픽 살벌한 미소) 안 비켜?
쇼르자긴 (쫄아서) 아 예... 뭐 그럼.. (하고 비켜선다)

연발, 거적 하나를 확 펼친다. 바도루다. 바도루 안간힘을 써,
죽은 척하고 있다. 거적 속의 은섬, 잔뜩 긴장했다.
그리고 다음 거적을 펼치려다 연발, 멈칫한다. 그리고는
다시 바도루를 본다. 쇼르자긴, 완전 긴장해서 사색이 된다.
그리고는 다시 거적들을 본다. 연발의 시선으로 거적들 클로즈업.

아주 미세하게 숨을 쉴 때마다 약간씩 움직이는 게 보인다.
거적 속의 은섬, 긴장한다.
이때, 스천이 거적 하나의 발가락의 움직임을 봤다.
스천, 달새 쪽을 보며 입모양으로, '살았어!'라고 하는데
달새, 처음엔 못 알아듣다가 깨닫는다.

연발 (쇼르자긴을 휙 보며, 황당하다는 듯 피식 웃는다) ..
쇼르자긴 (괜히 따라서 피식 웃는다) ...
연발 너.... (어이없다는 듯 웃으며) 너.. 뭐야...?
쇼르자긴 예? 저요? 저는 여기... 노예들... 다루는....

이때, 연발, 뒤에서 살기를 느끼고는 칼을 확 뽑아 뒤도는데,
거적 속에서 튀어나온 은섬의 공격이 더 빨랐다. 나동그라지는 연발!

은섬 모두 도망쳐!!

바도루가 벌떡 일어나고 다른 거적들도 잎생과 사트닉을 제외하고
모두 옆으로 구르며 일어난다. 골두, 대칸들, 수하들, 스천, 달새
모두 경악한다.

골두 뭐해! 저 새끼들 다 잡아!!

수하들도 일제히 칼을 뽑고 연발과 대칸들도 칼을 뽑는다.
은섬, 대칸 하나에게 기합을 지르며 달려들어 메치고, 그 대칸의
칼을 빼앗아 앞장서 싸운다. 다른 대칸들은 노예에게 달려들어,
노예1과 노예2가 그 자리에서 칼을 맞고 절명.
쇼르자긴, 묶어놓은 말뚝의 줄과, 싸우는 상황을 번갈아 보며
어쩔 줄 몰라 하는데, 골두가 쇼르자긴을 보며 '저 새끼부터 조져!'
하자, '에라 모르겠다!' 하면서 내뺀다.
연발과 붙는 은섬. 연발, 은섬의 칼솜씨가 예사롭지 않아 놀란다.
하지만 다른 대칸과 함께 공격하자 은섬이 밀리고,

닥치는 대로 집어던지며 싸우는 바도루. 차나라기는 몽둥이를 들었다.
이 광경을 어리둥절하게 보고 있는 스천과 달새.
스천, 뭔가 비장한 결심을 한 듯, 옆에 있는 공구용 도끼를 들어
달새 발 사이의 넝쿨 족쇄를 확 끊어버린다. 스천 '따라와!' 하고
달리면 달새, 엉겁결에 스천을 따라 뛴다. 여기저기 난장판이다.
그 와중에 아직 거적 안에 있는 잎생. 어쩌지? 미치겠는 표정이다.

S#12. 돌담불 지상 공방 앞(낮)

목책이 크고 둥그렇게 쳐져 있고 카메라 목책 안을 비추면, 노예들이
손발은 자유로운 상태에서 돌도끼, 돌망치, 등나무 줄기를 이용한
족쇄 등을 만들고 있다. 목책 바깥쪽에는 채반질 하는 진흙탕이
있고 그 안에 채반질 하는 노예들이 있다. 뭔가 난리가 난 것 같자,
노예들 채반질 하다 말고 뭔가 싶고 그 앞에 수하들도 어리둥절한데.
이때, 도끼를 든 스천과 달새가 달려온다.
그 앞에 있던 수하들도 어리둥절한데, 스천이 목책 앞으로 가서,
문을 열려다가 안 열리자, 도끼질을 한다.
채반 진흙탕 앞의 수하들, 경악해서 '저 새끼 뭐하는 거야!'
하며 달려가고, 스천은 계속 도끼질을 하면서 달새에게 '뭐해! 막어!'
하면, 달새 그제야 정신 차리고 주변의 몽둥이를 들고는
수하들과 싸운다. 이때, 스천의 도끼질로 목책의 문이 열린다.
스천, '야! 나가자!'라는 말을 각종 언어로 노예들에게 해댄다.
안에 있던 노예들, 처음엔 어리둥절하다가 안에 있던 각종 공구를
들고 '와!' 하면서 나온다. 달새와 싸우던 수하들, 혼비백산해서 칼을
버리고 도망치고, 달새는 칼을 줍고는 채반 진흙탕 노예들에게
던져주자, 노예들이 칼을 이용해서 자신의 발목에 채워진
등나무 줄기 족쇄를 끊는다.

S#13. 돌담불 지상 은섬네 구덩이 일각(낮)

은섬, 바도루, 차나라기와 올마대가 대칸과 골두의 수하들에게
포위된 채, 싸우고 있다. 은섬, 잘 싸우지만 수적으로 부족하고,
그나마 올마대는 이미 다리에 칼을 맞아 다리에서 피가 나고 있다.
도저히 이들과 함께 여길 뚫을 수 있을 것 같지 않다. 절망스러운데.
연발, 뒤에서 싸우는 은섬을 흥미롭게 본다. 이때!
갑자기 한쪽에서 함성소리가 들려서 보면, 수십 명의 노예들이
몽둥이와 도끼, 망치 등을 들고 몰려온다. 맨 앞에는 달새가 있다.
경악하는 연발과 골두! 은섬, 달새를 보고는 '달새야..!' 소리 지른다.
달새, 역시 은섬 보며, 복잡한 심경이 담긴 뜨거운 눈빛을 보낸다.
은섬, 역시 같은 마음으로 눈빛을 보낸다. 이때 한쪽의 스천을 보고는
'어?' 싶다. 이때 대칸 하나가 공격해오자, 싸우기 시작한다.
바도루 차나라기 등도 맹렬히 수하와 대칸들을 공격하고!
달새네도 무기를 든 노예들은 그들대로,
무기가 없는 노예들은 대칸과 수하들을 향해 돌을 던지며 공격한다.
연발, 짜증스럽게 칼을 뽑아 돌들을 막아내지만, 앞뒤로 공격당하자
낭패다 싶다. 이때 골두 한쪽으로 뛰어가서 뿔나팔을 분다.

ins.cut.〉 근처 일각
주둔해 있던 골두의 수하들이 놀라 움직인다.

골두, 연발에게 와서 '일단 빠집시다!' 하자, 연발 짜증스럽게 대칸들과
수하들 몇과 함께 노예들의 공격을 받아내며 골두네를 따라
빠르게 이동한다.
모두 포위를 뚫고 나가려고 흩어져서 필사적으로 싸운다.
은섬, 싸우다 올마대가 주저앉아 있는 것을 본다.

S#14. 돌담불 숲 일각1(낮)

쇼르자긴이 미친 듯이 뛰다가 지쳤는지 헉헉거리며 멈춘다.

뒤를 돌아보는데, 쫓는 사람은 보이지 않는다.

쇼르자긴 (숨을 헐떡이며) 아... 내 보석... 보석.. 어떡하지.. 아.. 젠장...!

S#15. 돌담불 입구 높은 목책 문 안쪽(낮)

차나라기와 노예들이 문을 거세게 흔드는데, 바깥에서 잠긴 듯
안 열린다. 이때, "비켜!!" 하며 돌도끼를 들고 나타나는 바도루.
모두들 피해주면 바도루, 돌도끼로 문을 부수기 시작한다.
은섬, 주저앉은 올마대 다리에 천을 급하게 감고 있다. 올마대 비명!
스천, 연신 뒤를 돌아보며 "빨리! 빨리!" 바도루를 재촉하는데!
굳는 스천. 보면, 골두와 불어난 수하들이 몰려온다.
다급한 스천은 바도루 옆에 붙어 "빨리! 빨리!"를 외치고,
바도루는 미친 듯이 도끼로 문을 내리치고, 골두와 수하들은 다가온다.
그러자 달새, 시간을 벌어주기 위해 칼을 들고 앞으로 나가려 하고,
은섬도 칼을 들고 싸우려는데, 달새가 그런 은섬의 손을 잡아 막는다.

달새 넌 저거 부서지자마자, 저 사람 데리고 나가!
은섬 (뭐야? 싫어 손 뿌리치며) 말도 안 되는 소리 하지 마. (하고 나서려는데)
달새 (더 세게 잡으며, 성질) 말 좀 들어라! 저 사람 어쩌고! 너 아니면 포기한다고!
은섬 ...!
달새 와한 최고의 전사는 니가 아니라, 나야. 말 들어.. (하다가)
이 새끼야.. 너한테 더 미안하기 싫어서 이러는 거잖아!

하고는 달새, 앞으로 나서며 수하들과 싸우기 시작한다.
차나라기와 와비족1, 2도 함께 싸우는데, 훈련된 수하들에게 밀린다.
그런 달새 보다가는 올마대를 업는 은섬. 이때!! 바도루가 내려친
도끼에 드디어 문 일부가 부서지고, 사람 한둘이 나갈 정도의
공간이 생긴다. 그러자 스천이 노예들을 한 명씩 내보내고,
바도루는 얼른 올마대를 업은 은섬을 끌어와서는 밖으로 내보내는데

나가려던 은섬, 잠깐 고개 돌려 달새 보고는, 결심한 듯 나간다.
이후 스천과 바도루, 남은 노예들 하나씩 내보내는데
그사이 힘겹게 막아내던 차나라기, 구석으로 몰려 시야에서 사라지고,
와비족2도 칼에 맞아 쓰러진다.
이를 본 달새, 비장한 표정으로 이를 악문다. 이제 바도루까지 나가고
스천, 마지막으로 달새의 뒷덜미를 잡아끌려는데

달새　　가서 사람들을 도와!! 빨리!! (스천을 문밖으로 확 밀어낸다)
스천　　(문밖에서 뒤로 넘어진 채) 뭐? 안 돼! 이 새끼야!! 야!!

달새, 스천이 나가자마자 구멍 난 문을 딱 막아서고는 싸운다.

ins.cut.〉 돌담불 입구 높은 목책 문 바깥쪽
넘어진 채 그런 구멍 사이로 달새를 보면서 어쩔 줄 몰라 하는 스천,
"이러다 다 죽어!!" 하는 바도루 손에 이끌려 뛰어간다.
달새, 싸우는 틈에 뒤돌아 그들을 보는데, 공격이 들어오고!
결국 다리에 부상을 입고 무릎을 꿇는 달새..!
쓰러지는 달새를 보고 미치겠는 스천! 뒤돌아 죽어라 뛴다.

S#16. 시체처리장 근처 숲 일각1(낮)

헉헉대며 올마대를 업고 오는 은섬. 시체처리장이다. 보면,
불에 타서 검게 그을린 시체, 썩어가는 시체, 백골이 된 시체들이
널려 있는 참혹한 광경이다.
시체들 옆으로 펼쳐진 진흙 늪도 보인다. 이때!

거한　　(E) 이 근처야..! 뒤져!!

은섬, 주위를 두리번거리며 미치겠는 표정이다.

올마대　날 내려놓고 가시게.. 둘 다 죽을 필욘 없네..!

주변을 살피는 은섬, 진흙 늪과 시체 더미들을 본다...

S#17. 바치두레 건물 앞(낮)

아직 열기가 가시지 않은 듯, 연맹인들은 여전히 흥분된 채로 장터에 삼삼오오 모여 웅성거리고 있다. 건물 앞에 서 있던 울백, 트리한, 라임도 "내 생전에 아사신의 곧쪽을 뵙게 되다니..!" 하며 감격에 찬 채 떠들고 있다. 그들의 뒤로, 바치두레 건물 앞에서 물건들을 옮기고 있는 검불에게 슬그머니 다가오는 아가지와 둔지.

아가지　(연맹인들 보며) 무슨 일이 났나? 다들 좋아하네.
둔지　그러게.. 뭔가 좋은 일이 생긴 모양이야...
검불　(무뚝뚝하게 물건 옮기며) 우리한테 좋은 일은 아니잖아.

이때, 이쪽으로 다가오는 위병단.
그러자 장터에 있던 연맹인들의 시선이 집중된다.

위병1　여기 와한족 노예들이 누구야?
둔지　(공포로) ... 저... 저휜데요...
위병3　...! 저.. 저기... 절.. 따라오시지요..
와한들　(불안한 눈빛으로 서로를 보는데) ...?!!

S#18. 시체처리장 근처 숲 일각2(낮)

거한과 수하들이 칼을 들고 이리저리 수색하며 뛰어오고 있다.

거한　이 개만도 못한 새끼들..! 어딨어!!!

수하3　이 근처에서 소리가 났는데...

하며 오던 그들 앞에 시체처리장과 늪이 보인다.
날카롭게 시체들을 보는 거한, 피식하고 미소를 짓더니,
널린 시체 하나를 칼로 푹 찌른다. 수하들도 함께 흩어져서
시체들을 하나하나씩 뒤집어보고 살핀다. 없다.

거한　젠장..! 분명 이 근방인데..
(수하들에게) 야, 빨리 움직여..! 이 근처야...! 빨리!

수하들 "예" 하고는 급히 움직인다.
그리고 아무도 없이 고요해진 시체처리장의 모습.
이때, 늪 안으로 드리워진 등나무 줄기 하나가 클로즈업된다.
그 옆에, 가느다란 나무가 두 개 보인다.
조금씩 움직이는 등나무 줄기, 점차 늪의 잔잔한 표면이 꿀렁대더니
그 안에서 올마대를 업은 은섬이 힘겹게 기어 나온다.
온몸이 진흙투성이다. 둘 다 나오자마자, 가쁜 숨을 터뜨리며
땅바닥에 널브러져 헉헉대는데.

올마대　(가쁜 숨을 참아내며) ... 지금은 어찌.. 잘 넘겼지만.. 난 안 돼...
날 데리고 여길 빠져나갈.. 수는.. 없어...
은섬　(몸을 일으키고 역시 헉헉대며, 단호하게) ... 같이 갑니다..
올마대　(은섬의 멱살을 잡으며) 포기해...!
은섬　(그런 올마대를 보다가, 올마대의 멱살을 더 세게 잡으며)
난... 이제부터 누구도 포기 안 합니다...!
올마대　(은섬 보며) ....!!

S#19. 연맹궁 대접견실(낮)

양쪽으로 마주 선 채 웅성거리는 좌솔들과 대대.

아사론은 초조한 표정이고, 태알하는 그런 아사론을 비웃듯 본다.
이때, 문이 열리고, 일순 조용해진다. 나란히 들어오는 타곤과 탄야.
타곤의 옆 뒤엔 무광이, 탄야의 옆 뒤쪽엔 양차가 호위하며 온다.
모두, 고개를 숙여 예를 갖추지만 궁금한 듯 탄야를 흘끔흘끔 본다.
탄야, 그런 그들의 시선이 부담스러워 신경을 쓰다가 옷자락을 밟아
넘어질 뻔한다. 얼른 잡아주는 양차. 손을 잡고 있는 양차와 탄야.
서로 깜짝 놀라 당황스럽고, 어색하다. 얼른 손을 놓는 탄야.
그런 탄야를 묘한 느낌으로 보는 양차.
타곤이 자리에 앉는다. 탄야, 이번엔 자기가 어디에 서야 할지를 몰라
당황하는데 양차, 탄야의 옷 끝을 잡아 타곤의 옆에 서게 한다.
타곤 옆에 선 탄야, 슬쩍 양차를 보고. 양차도 탄야를 보는데..

타곤 그 멀고 먼 옛날, 아사신께서 저 먼 이아르크까지 내려가 준비해두셨던
위대한 신성이, (탄야 보며) 와한에 이어져, 오늘에야 아스달에 이르렀습니다.

아사론은 침통하고, 다른 모두는 호기심 어린 눈으로 탄야를 본다.

탄야 (긴장, 침을 꿀꺽 삼키고) 위대한 어머니 아사신의 곧쪽인 저, 탄야!
이제 제가 어머니의 집에 돌아왔으니.. 고함사니를 지내야 합니다.
(하고 타곤의 눈치를 보는 탄야)
(자막: 고함사니: 신께 중요한 일을 고하는 의식)
양차 (그런 탄야 보고, 타곤 보는데)
타곤 (살짝 고개를 끄덕인다)
탄야 (E) 고.. 고.. 뭐요?

ins.cut.〉 새로 찍는 회상, 연맹궁 일각(낮)
타곤 고. 함. 사. 니..!
탄야 (의아) 고함.. 사니..?

탄야 이레 안에 고함사니를 올려야 합니다..
아사론 어라하께선 흰머리산으로 가셔서, 아사사칸님과 함께

고함사니의 준비를 부탁드립니다..

아사론 ....!!! (분노, 마음의 소리 E) 타곤... 날 하늘못에 처박아두고,
그사이에 대신전을 장악하시겠다...!
(현실 소리로) 예, 니르하.. 여부가 있겠습니까, 그리하겠습니다..

타곤 (그런 아사론 미소로 비웃듯 보다가) 탄야 니르하께선 아직 연맹에 대해
잘 모르시니, 곁에서 도울 자들이 필요합니다.
하여, 흰산의 심장을 대신전에 불러들이려 합니다.

쿵퉁 (조심스럽게 나서며) 하지만.. 흰산의 심장은 그동안 삿된 무리로서..
아스달에 혼란을 일으켰고, 또한.. 와한은 산웅 니르하를.. 돌아가시게 한..

타곤 (OL) 우리가 먼저! 신성을 범했소.
그리고, 우리는 산웅 니르하를 죽인, 어쩌면 아사신의 핏줄일지도 모를
그 와한의 전사를 삶아 죽였으니, 그것으로 은원 관계는 끝이 났습니다.

탄야 (타곤 흘긋 보며, 마음의 소리 E) 끝..? 이제 시작이지..!

타곤 또한 흰산의 심장, 그들의 선조는 과거 아사신을 섬겼지요. 그런데 이렇게
아사신께서 돌아오셨으니, 그들도 제자리를 찾는 게 순리지 않겠습니까..?!

쿵퉁 (당황하여 눈치 보며) .. 예.. 맞습니다..

태알하 (화제 바꾸며) 아사신의 후예께서 돌아오셨으니, 이보다 큰 경사는 없습니다.
허니 연맹인들에게 술과 조를 내려 일곱의, 낮과 밤을 즐기게 하시지요.

타곤 좋은 말씀이십니다. 그리 명하세요. (미소)

아사론 (치욕스러운 표정으로 보는)

탄야 (E) 이제 약속을 지켜요.

S#20. 연맹장의 집무실(낮)

앉아 있는 타곤 앞에 탄야가 서 있고, 타곤의 옆에는 태알하 있다.
사야, 한쪽에 기대어 서 있다. 양차, 그런 사야를 보고 놀란 표정.

ins.cut.〉 7부 14씬 중,
양차, 은섬이 휘두르는 청동검을 오른손으로 잡아내고는,
왼손으로 자기 칼을 꺼내 은섬을 찌른다! (cut.)

타곤 약속이라니?

태알하 응. 약속했어.

사야 예, 약속했어요.

탄야 사야님과 태알하님이 하라는 대로 다 했어요.
이제 당신들이 약속을 지킬 차례예요.

타곤 (픽 웃고는) 어떤 약속?

탄야 아스달에서 노예로 일하고 있는 우리 와한 사람들에게 자유를 주세요.

타곤 (피식) 그거라면 위병단이 이미 움직였어..

탄야 (OL) 돌담불...!!

모두들 ....?!

탄야 돌담불로 끌려간 와한의 사람들이 있어요,
(결연 비장) 그들을 다시 아스달로 데려와주세요...

타곤 (피식) 그 정도의 일은 이제 내 허락을 받을 것도 없어.

하고는 타곤, 뒤에 서 있는 양차에게 눈짓하자, 양차가 나간다.
양차, 들어오는 무백과 마주치는데, 양차, 무백을 보며 턱으로 사야를 가리킨다. 무백, 사야를 슬쩍 보지만 아직은 알아채지 못한 채, 타곤에게 예를 취하며 들어온다. 그리고는 탄야에게 다가가 예를 취한다.

무백 물길족의 자제이며, 군검부를 맡고 있는 무백.
위대한 어머니 아사신의 후예이신, 탄야 니르하를 뵙습니다..!

탄야 (놀란, 마음의 소리 E) 이 사람이.. 무백이라고...!!

ins.cut.〉 새로 찍는 회상, 11부 7씬 연결.

채은 은섬을 구해준 사람이 바로 무백님이야..!

ins.cut.〉 2부 35씬 중,
불화살을 쏘는 대칸들 사이의 무백의 모습.

탄야 (혼란스러운, 마음의 소리 E) 우릴 그 지경으로 만들어놓고.. 은섬이를 구해?

타곤 (탄야 보며) 직접 명을 내리시지요. 니르하...

탄야 (뭔 소리야) ...???

탄야, 사야와 태알하 눈치를 본다. 사야, 하라는 듯 고개를 끄덕인다.

탄야 (무백을 위엄 있게 보다가는) 저.. 저기요..

사야 (그런 탄야를 보며 황당하다는 듯 실소)

탄야 ... 돌담불이라는 곳에, 와한의 사람들이 노예로 잡혀 있어요.
그들을 데려오세요.

무백 예, 니르하..! 명을 받들어, 가장 빠른 말에 전갈을 보내겠습니다..!!

무백, 탄야에게 목례 후 나가려다가, 구석에 서 있는 사야를 본다.
걸음을 멈추고 경악하는 무백..! 탄야, 그런 무백의 표정을 본다.

타곤 (무백을 보는 탄야의 시선을 살피다가는 오해라는 듯, E)
무백은 명을 받았을 뿐입니다. 니르하.
결국 무백이 이아르크에서 별다야를 가지고 왔으니, 공을 세운 겁니다..

타곤의 목소리 위로, 사야를 보고 경악한 무백의 표정과
그런 무백과 사야를 번갈아 보는 탄야의 표정이 보인다.
그러다가 탄야, 뭔가를 느낀 듯 그런 무백을 본다.

S#21. 연맹장의 집무실 밖 복도(낮)

문이 열리고, 얼이 빠진 표정으로 나오는 무백.

무백 (멍한, 마음의 소리 E) 이게 대체.. 어찌.. 은섬..!?? 아니면 그저 닮은 것인가..?

S#22. 대제관의 집무실(낮)

들어오는 탄야, 그 뒤로 모명진과 아사못이 따라 들어온다.
탄야, 집무실에 들어오자마자 경악하는데, 탄야의 시선으로 보면,
화려한 아사론의 집무실 모습이다. 화려하고 큰 청동거울을 닦는
여인들과 고급한 집기들, 풍성한 과일들을 나르는 여인들이 보인다.
탄야, 점점 더 놀랍고, 모명진은 아사못을 보며 분노한다.
아사못이 박수를 작게 탁탁 치자 제관들이 들어와 인사를 한다.

아사못 이제 대신전의 주인이시니.. 우선 대제관의 옷을 지어 입으셔야 합니다.

아사못의 말이 끝나자, 제관들이 탄야를 에워싼 채 치수를 잰다.
탄야, 제관들의 요구에 따라 어색하게 팔을 올리고, 고개를 든다.
제관들이 여러 색깔의 비단을 탄야의 얼굴에 대본다.
탄야, 처음으로 만져보는 비단의 부드러움에 놀라 다시 손에
대고는 만져본다. 제관들은 아랑곳 않고, 이것저것 대보는데..
그러다 이내 심각한 표정이 되는 탄야. 그 위로,

ins.cut.〉 13부 20씬 중,
사야를 보고 경악한 무백의 표정.

탄야 (마음의 소리 E) 설마... (하고는 모명진 보며) .. 저기...
모명진 어찌 그러십니까, 니르하.
탄야 사야님을... (하다가) 아니.. 무백님을 뵈어야겠습니다.

S#23. 군검부 3층 건물 망루(낮)

무백이 심각한 표정으로 왔다 갔다 하고 있다.

무백 (나지막이, 마음의 소리 E) 은섬인가... 아닌가...!? 양차도 보았을 터..!
기토하 (문 열고 들어오며) 형님! 부르셨소?

무백 (생각에 잠겨 있다가 정신 차리며) ... 가장 빠른 말을 돌담불로 보내야겠다.

기토하 돌담불? 거기 지금 연발이 가 있을 텐데..?

무백 거기 있는 와한족들을 모두 아스달로 데려오라는 대제관 니르하의 명이다.

기토하 아이고.. 그 와한들 팔아먹은 것도 무광인데, 어떡해요 무광이?

무백 시덥잖은 소리 그만하고, 양차 좀 불러다오.

S#24. 하시산 전경(밤)

S#25. 하시산 동쪽 기슭 동굴 앞(밤)

스천, 바도루가 동굴 앞을 서성이고 있고
그 뒤에 탈출한 노예 3~4명이 앉아서 쉬고 있다.

바도루 (걱정하며) 왜들 안 오지?

스천 근데 어디로 갈 작정이었어?

바도루 주비놀, 죽은 놈이 하나 있는데, 약속을 지켜야 하니까.. (하다가)
.. 근데.. 참 그쪽은 누구쇼..? 노예는 아니구..

스천 아.. 난 말야.. 사실 그냥 와한족 애들만.. (하다가는 깊은 한숨 쉬며)
얘기가 길어.. 근데 얘네 왜 안 오니?

하는데 이때, 수풀 사이로 인기척이 들린다. 바짝 긴장하는 둘.
수풀을 헤치고 올마대를 업은 은섬이 나타난다.

스천 은섬아!

하면 은섬, 바도루, 올마대가 서로 얼싸안는다.
스천, 그런 그들을 본다. 은섬도 스천을 본다.

은섬 (반가워하며) 맞지? 진짜 어떻게 된 거야? 여길.. 어떻게..

스천 아이고.. 그것도 얘기가 길어..

은섬 (얘기도 안 듣고 사람들의 얼굴을 보며 찾는다)

바도루 (그런 은섬 보며) 이게 다는 아니고.. 뿔뿔이 흩어져서 간 사람들도 꽤 돼.

은섬 으응.. (하다가는 스천에게) 달새는?

스천 .. (미안해하며 한숨) 하... 달새가.. 잡혔어.. 우릴 도망치게 하느라고..

은섬 ..!!!

바도루 ... 젠장...

은섬 (스천 보며) 올마대 치료 좀 해줘... (올마대 보며) 이래 봬도 약바치야..

스천 뭐.. 약바치까진 아니고... (하다가 놀라) 너는?!

은섬 가야겠어. 달새 구하러.

스천 뭐어?? 돌담불에 다시???

바도루 (결심한 듯) 나도 가.

스천 (둘 보며 얘들 미쳤구나 싶은데) ...

올마대 ... (보다가) .. 근데 잎생은..?

은섬 ...! 그러고 보니, 깃바닥 올라와서 한 번도 못 봤는데..?

바도루 (두리번거리다가) ... 이 새끼.. 안 올라왔나?

S#26. 돌담불 지상 은섬네 구덩이 입구(밤)

거적 안의 잎생, 아직도 누워 있다. 미치겠는 표정. 움직이려고 눈치를 살피는데 또 누군가가 앞을 지나간다. '아 젠장' 이를 악무는데.

S#27. 돌담불 지상 막사 앞 큰 마당(밤)

잡힌 노예들이 잔뜩 묶여 있고, 그 앞을 골두와 수하들이 지키고 있다. 옆의 연발, 짜증스럽고, 대칸들이 노예들의 얼굴을 하나하나 살핀다.

대칸14 (연발에게 와서) 올마대는 없습니다.

수하1 죽은 놈이 열하나! 없어진 놈은 스물둘입니다!

골두 아니, 스물세 놈이지.. 쇼르자긴까지...!! 이 개똥같은 새끼!!!
그 와한족 놈은 조지고 있지? (하고 가려는데)

골두, 어딘가를 보고 씨익 웃는다. 보면
거한이 이미 만신창이가 된 쇼르자긴을 질질 끌고 온다.

골두 (잔인한 미소) .. 죽여달라고 빌게 해줄게.. (하곤 수하에게) 창고에 갖다 놔..!!

S#28. 돌담불 지상 은섬네 구덩이 입구(밤)

거적에서 나온 잎생, 살금살금 말뚝 쪽으로 간다. 그 위로,

ins.cut.〉 새로 찍는 회상, 12부 53씬 연결.
쇼르자긴이 허리에 줄을 매고 있다. 줄 끝엔 보석이 담긴
가죽 주머니가 달려 있다.

ins.cut.〉 새로 찍는 회상, 13부 11씬 다른 시점 샷.
거적에 누운 채, 잎생의 시선으로
쇼르자긴이 자신의 몸에 묶인 줄을 옆에 말뚝에 슬쩍 묶어두는 모습.

잎생, 말뚝에 묶인 줄을 잡고 올리려는데 뭔가 이상하다.
급하게 올리는데, 줄이 끊어져 있다. 표정이 구겨지는 잎생.

S#29. 돌담불 지상 창고 뒤쪽 일각(밤)

잎생, 몸을 숨긴 채 창고 뒤쪽으로 살금살금 가고 있다.

잎생 (마음의 소리 E) 쇼르자긴 이 새끼!

창고 창문틀 아래를 지나는데, 안에서 소리가 들린다.

수하2 (E) 그 이그트 새끼 어디로 갔어?!! 알지? 넌.. 같은 와한이잖아?

창문으로 살짝 보면, 달새가 묶인 채, 수하2에게 맞고 있다.
잎생, 혀를 끌끌 차며 보다가 움직이는데, 저쪽에서 쇼르자긴이
끌려오는 게 보인다. 놀라 급히 숨는 잎생,
창고 안으로 쇼르자긴이 끌려 들어가는 걸 본다.

S#30. 돌담불 근처 일각(밤)

잎생, 건물 모퉁이에서 사람이 없는 걸 확인하고 냅다 뛰려는데,
누군가 잎생을 확 낚아챈다. 은섬과 바도루다!!

S#31. 돌담불 숲 일각2(밤)

잎생, 바도루, 은섬이 있다.

바도루 (잎생 멱살을 잡고) 애들 다 죽는 동안, 넌 거적 안에서 그냥 가만히 있었어!?
잎생 (같이 화내며) 그럼 나와서 나도 같이 죽냐?!
바도루 이 새끼가 진짜..!!
잎생 때리면 소리 지른다!! 다 잡혀 그냥?!
바도루 하..
잎생 근데 왜 다시 왔냐? 기껏 잘 도망가 놓고...?
은섬 와한족 동무 구하러..
잎생 아..! 그래, 꼭 구해라. (하고 가려다가) 아니, 나도 같이 하자..!
바도루 ...?? 웬일이냐, 니가.
잎생 (마음의 소리 E) 보석..! 쇼르자긴..!

S#32. 돌담불 지상 창고 앞(밤)

엄폐물에 숨어서 창고를 바라보는 잎생, 바도루, 은섬의 시선.

잎생 (가리키며 작은 소리로) 저기.. 있더라. (은섬 보며) 니 동무.

경비를 서고 있는 수하2. 이때, 날아오는 돌멩이.
수하2, 뭔가 싶어 돌멩이가 날아온 쪽을 보는데 반대쪽에서
나타난 은섬, 수하2를 기절시킨다. 은섬, 손짓하면
바도루와 잎생이 수하2를 끌고 간다.

S#33. 돌담불 지상 창고 안(밤)

고개를 숙인 채 피범벅이 되어 대자로 묶여 있는 달새.
쇼르자긴도 맞아서 부은 얼굴로 대자로 묶여 있다.
쇼르자긴 옆 화로엔 불이 있고, 거기에 이런저런 도구가 꽂혀 있다.
이때, 문이 열리고 누군가 들어온다. 긴장하는 쇼르자긴!!
달새 앞으로 지는 그림자. 달새, 천천히 고개를 들어 보면
수하 복장으로 변복한 은섬이다.

달새 은.. 은섬아..
쇼르자긴 ...!!

S#34. 돌담불 지상 창고 앞 일각(밤)

한쪽에서 잎생이 숨어서 망을 보고 있는데, 이때!
골두가 오는 것이 보인다. 잎생, 깜짝 놀라며 새소리를 낸다.

S#35. 돌담불 지상 창고 안(밤)

달새의 줄을 풀고 있는 은섬. 밖에서 새소리가 들린다. 당황한다. 쇼르자긴, 턱짓으로 은섬의 반대쪽 짚 더미를 가리키자, 은섬 급히 몸을 숨긴다. 이어 곧 골두가 들어온다. 들어오자마자 화로의 돌칼을, 다시 불에 달구는 골두. 공포스럽게 보는 쇼르자긴.

쇼르자긴　(비명을 지르며) 살려주십쇼! 뭐든지 물어보세요!!
골두　(칼을 대며) 궁금한 게.. (잔인한 미소) 없어...! 아, 간만에 한번 해볼까?
쇼르자긴　...!
골두　자.. 나 쇼르자긴은...! 똥입니다! 어떤 더러운 년이 그저 싸지른! 똥입니다!
쇼르자긴　...! (숨어 있는 은섬을 본다)
은섬　(쇼르자긴과 눈이 마주치며) ...!!
골두　(칼을 확 다시 들이대며) 안 해?
쇼르자긴　(은섬과 눈 마주친 채로) 나 쇼르자긴은...! 똥... 입니다..
골두　(더 지지며) 크게..
쇼르자긴　어떤 더러운 년이 그저.. 싸지른!! 똥.. 입니다..!!
은섬　(그런 쇼르자긴을 보고, 쇼르자긴도 본다) ...

ins.cut.〉 10부 40씬 인서트(9부 19씬 연결) 중,
은섬　(더 악을 쓰듯) 나는! 어떤 더러운 것과..!! 괴물 새끼 뇌안탈이 붙어먹어서..!!

쇼르자긴, 한 번 더 외치고 은섬, 그런 쇼르자긴을 본다.

S#36. 돌담불 지상 막사 앞 큰 마당(밤)

노예들, 잡혀 있고 그 앞에 연발과 대칸 6명이 있다.

대칸14　어찌할까요..

연발 죽었다면 모를까, 살아 있다면 올마대 그놈 데려가야지 (수하1에게) 야..!

수하1 (달려오며) 예..!!

연발 골두 데려와. 추격조를 짜 다시 시작한다..

S#37. 돌담불 지상 창고 안(밤)

그새 고문을 더 한 듯, 쇼르자긴 만신창이가 되어 있고, 수하1이 있다.

골두 날? (신경질적으로) 지가 대칸이면 대칸이지.. 오라 가라야..

하며 쇼르자긴을 한번 보고 나가는 골두. 따라 나가는 수하1.
문 닫히자, 은섬 급히 나와 달새의 줄을 푼다. 스르르 쓰러지는 달새.
얼른 달새를 부축하여 나가려는 은섬. 나가다 쇼르자긴을 본다.

S#38. 돌담불 숲 일각3(밤)

은섬이 달새를 부축해서 가고 있고 바도루가 따른다.
그 뒤에 절뚝이며 가는 누군가. 쇼르자긴이다. 옆엔 잎생이다.

잎생 (미소) 자식들, 이 와중에 다시 돌아와서 구해낼 줄은 상상도 못했을 거다..
(하고는 쇼르자긴 보며) 보석 어딨어! 너지? 니가 빼돌렸지..?

쇼르자긴 (하는데 쓰러진다)

잎생 (쓰러진 쇼르자긴의 멱살을 잡으며) 이 새끼.. 너 어차피 죽어..
어딨어? 어딨어 내 보석!! 어디다 숨겼어..!!

하는데 달새도 쓰러진다. 은섬, 달새를 본다. 상처가 심각하다.

S#39. 어느 동굴 안(밤)

은섬, 다친 달새의 다리에 나무를 대서 묶어주고 있다.
달새, 달달 떤다. 은섬, 달새의 이마를 짚어보는데, 열이 심하다.
한쪽엔 만신창이가 된 쇼르자긴, 등을 기대고 있다.

쇼르자긴 (힘겹게) 없어..! 보석 없다고.. 골두 그 새끼한테 다 뺏겼어...!
잎생 이 짜식 거짓말이야..!!! (다시 애원하듯) 너 이러고 있음 죽어..
내가 너... 치료해줄게.. 보석 어딨어. 딱 반 나누자...
쇼르자긴 (한숨) ... 없어...
잎생 (너무 절박하고 열받아 노려보는데)
바도루 (은섬에게) 빨리 가야 돼. 여긴 돌담불과 너무 가까워.
달새 (힘겹게 일어서며) ... 나.. 갈 수 있어.. 걸을 수 있어..

힘겹게 일어나는 달새. 바도루가 부축한다.

바도루 (잎생에게) 같이 있을 거 아님 일어나! 저건 놓고 갈 거야. 죽든 말든..
잎생 (쇼르자긴 보며) 하... 지독한 새끼... (하고는 일어난다)
은섬 (그런 쇼르자긴과 잎생을 본다)

달새와 바도루, 잎생, 쇼르자긴을 한번 보더니 나간다.

은섬 너 골두한테 안 뺏겼잖아.. 그치?
쇼르자긴 ...
은섬 잎생 말대로.. 너 지금 잘못하면 죽어..
근데도 그 보석이 그렇게 중요해? 정말 궁금하다.. 대체 왜 그렇게 중요한데?
쇼르자긴 (허망하고 꿈꾸듯) .. 힘을... 가질 수 있지..
은섬 힘... 힘을 가진다는 게... 뭐야...?
쇼르자긴 (입술이 터져 말하기 힘들지만) 내 밑에... 사람을 엄청... 두는 거지.
은섬 ...?
쇼르자긴 내 밑에 얼마나 거느릴 수 있느냐.. 내 부하가 몇 명이냐.. 그게... 힘이야..
보석이 있으면 대칸이건 노예건.. 필경사건..

다.. 사재껴서.. 내 부하로 거느릴 수 있어.

은섬 .. (읊조리듯) .. 부하..

쇼르자긴 니가 아무리 싸움을 잘하면 뭐해? 왜 아스달을 다스리는 건 무백이 아니고, 아사론일까? 힘은... 부하의 숫자로 결정되는 거야... 이 머저리.
(하며 허망한 듯 흐흐 웃는다)

은섬 .... (그렇게 쇼르자긴 보다가 뒤돌아 나가는데)

쇼르자긴 나도 하나 물어보자.

은섬 (돌아보며) ...

쇼르자긴 왜 날.. 굳이 데리고 나와서 살렸냐..? 더러운 이그트 새끼가..!

은섬 (하자 멱살을 확 잡고는) 만약 니가 살아서.. 보석으로 사재끼는 순간이 오면! 기억해라. 그 목숨은, 더러운 이그트 새끼가 준 거란 걸..!

하고는 멱살을 확 뿌리치고 나가는 은섬. 보는 쇼르자긴.

S#40. 어느 동굴 앞(밤)

달새, 잎생, 바도루 있다. 은섬이 나오고 있다.

잎생 (은섬 보며) 니네 얼이 빠졌냐..? 죽을지 살지도 모르는 판에 진짜 주비놀을 가겠다고..? 미쳤어?

은섬 너도 약속했잖아..

잎생 그거야 죽는 놈 맘 편하라고 그런 거고..!
돌아가는 꼴이 바뀌면 하는 짓도 바뀌는 거지 당연히!!

바도루 (OL) 그래 넌 빠져. 대신 내가, 너 사트닉 약속 안 지킨 거 반드시 얘기한다. 모모족 누구든 만나면.

잎생 (인상 쓰며) 아.. 씨.. 뭐 그런 얘길 해. 무섭게.
하.. 사트닉 그 새끼.. 모모족이지.. 드럽게 걸렸네..

하는데, 달새 힘든 듯 주저앉는다. 모두, 걱정스레 본다.

은섬　(보다가 바도루에게) 달새 좀 스천이한테 데려가줘. 가면 치료해줄 거야..
잎생　(반색하며) 그래 그럼 내가 데려갈게.. 너희 둘이 갔다 와.
바도루　(화내며) 니가 모모족 말 알잖아..! 니가 가야 말을 전하지! 진짜 이게!!
잎생　(바로 포기) 아이.. 씨.. 뭐 그래.. 좋아! 내가 간다..!
모모족은 원수도 갚지만 은혜도 확실히 갚으니까..
보석도 다 잃었는데, 뭐 좀 챙기긴 하겠지..!
바도루　(노려보는)
잎생　뭐 임마.. 보석이든 금이든..! 뭐든 있어야 돼. 없잖아?
깃바닥 벌레랑 똑같애.. 나와봤자 별게 없다고..! 뭘 알아야지!
은섬　(달새 보며) 얼른 다녀올게.. 치료 잘 받고 있어.
달새　(힘겹게) 걱정 말고.. 다녀와..
골두　(화내며 E) 이것들이..!

S#41. 돌담불 지상 막사 앞 큰 마당(밤)

골두, 수하1, 은섬에게 옷을 뺏겨 벗고 있는 수하2를 때리고 있다.
연발과 대칸들, 보고 있다.

골두　이것들이, 어떻게 지켰길래..!

하는데 이때, 거한이 한쪽 손목이 잘린 차나라기를 데려온다.

거한　골두님!! 알아냈습니다..! 말씀 올려!!! 어디로 간다고 했다고?!
차나라기　(몸도 마음도 힘든) .. 주.. 주비놀.. (하고는 울음이 터진다)
골두　주비놀...? 하시산 넘어서?

S#42. 하시산 길 일각(밤)

가파른 산길을 올라가는 은섬과 잎생. 군데군데 쌓인 눈이 있다.

은섬　야.. 정말 이렇게 꼭 산꼭대기를 넘어가야 돼..? 중턱으로 둘러 가면..
잎생　산 중턱은 못 들어가. 거긴 다 아고족 땅이라니까.
은섬　니가 아고족이래매! 아고족 태씨 족장 세 번째 아들!!
잎생　암튼 안 된다고! 깃바닥서 애들 얘기 못 들었어?
아고족은 그냥 똥덩어리라고! 묻을까 봐 아무도 안 들어간다고!
은섬　(한심한 듯) 너 아고족도 아니지? 자기 부족을 그렇게 말하는 사람이 어딨냐?

S#43. 돌담불 지상 막사 앞 큰 마당(밤)

(41씬 연결)

골두　거기 아고족 땅이랑 가깝잖아.. 거길 왜..?
거한　그 사트닉인가 하는 놈 각시가 거기 있대요. 죽음을 전해줘야 한다고..
골두　지랄들 한다 진짜..
연발　(하는데 대칸들에게) 주비놀로 간다...!
골두　에이씨..! 우리도 간다..!

S#44. 하시산 중턱 일각(밤)

눈보라가 치는 바위산. 은섬과 잎생, 좁은 바위틈에서
서로의 옷을 함께 덮은 채 딱 붙어 앉아 덜덜 떨고 있다.

잎생　그래도 모모족이 은혜는 제대로 갚을 거야..
먹을 게 없으면 지 허벅지라도 잘라서 구워 올 거야.
은섬　모모족은.. 왜 그렇게까지 은혜를 갚는 건데? (흔들며) 야.. 자면 안 돼.
잎생　(졸려서는 겨우 눈뜨며) 모모족 걔네가 모시는 신이 그래..
은섬　(다시 막 흔들며) 자면 죽어..
잎생　(눈 다시 뜨며) 은혜나 원수를 안 갚으면, 죽어서 온몸이 갈리고 찢겨.

은혜 갚다 죽으면, 죽어서 빛의 땅으로 간다고 믿어.. 멍충이들이지 모..

은섬　(고개 끄덕이는데 은섬도 졸립다) ...

잎생　(자는 거 흔들며) 아스달도 개네는 안 건드리잖아..

은섬　(눈뜨며) ...! 그렇게 강해?

잎생　강하긴 뭐.. 바다 부족이라.. 건드리면 바다로 나가버리고..
원수 갚는다고 엄청 괴롭히고.. 피곤한 거지. (하고 또 자려고 하는데)

은섬　(다시 흔들며) 야아!! 아고족은? 아고족 신은 뭐야? (하며 은섬도 졸립다)

잎생　.. 아고족은.. 심판의 신인데.. 어마어마한 폭포야.. 이나이신기께서 뛰어내린..
(하며 눈꺼풀이 내려간다) 우리.. 내일 일어날 수 있는 거겠지...?

은섬　(역시 눈꺼풀이 내려가며) .. 이나이.. 신기.. 는.. 누.. 군..

S#45. 아스달 전경(밤)

탄야　(E) 왜...

S#46. 대제관의 집무실(밤)

탄야 의자에 앉아 있고, 카메라 팬 하면 무백이 서 있다.

탄야　왜... 은섬이를 살려주셨나요..?

무백　... 니르하... 그 말씀을 다 올리기엔 이 밤이 너무 짧을 겁니다.
저에겐 그날 이후 믿을 수 없는 일들이 너무 많이 일어났으니까요.

탄야　(고개 끄덕이며) 저 역시 그날 이후 그랬죠...

무백　가장 믿을 수 없는 일은 오늘 일어났습니다.

탄야　(OL) 은섬과 똑같이 생긴 아이..!

무백　...!!!

탄야　타곤 니르하 옆에 있던.. 은섬과 똑같은 얼굴의 아이...!

무백　... 역시 은섬이 아니군요.. 누굽니까...!

탄야　우리 둘... 모두 오늘 밤이 너무 짧네요...!

무백　　짧은 대로... 말씀해주십시오.

S#47. 군검부 3층 건물 망루(밤)

무백과 양차가 있다. 양차, 놀란 표정이다.

무백　　탄야 니르하께서도 사연은 모르신단다. 그저 배냇벗인 거 같다고...
양차　　(믿어지지 않는 눈빛으로) ..
무백　　모른 척하자..
양차　　...??!! (마음의 소리 E) 모른.. 척? (하고는 강하게 고개를 가로젓는다)
무백　　어차피 은섬은 죽었어. 이 일이 불거지면 탄야 니르하는 타곤님께
이 모든 사실을 숨긴 게 밝혀질 테고, 더구나 타곤님의 배냇벗 아들이
산웅 니르하를 죽인 게 돼.
양차　　...!!
무백　　이런 혼란 속에 무슨 일이 벌어질지 넌 헤아릴 수 있어?
양차　　(고민스러운) ...
무백　　(단호하게) 지금은 아니 된다.. 지금은...!

S#48. 위병단 막사 안(밤)

먹고 마시며 시끌벅적하게 노는 분위기.
한쪽에서 뭉태와 또 다른 덩치 큰 위병7이 팔씨름을 하고 있다.
편을 나누어 응원하면서 소리 지르고 흥미진진하게 보는 위병들.
뭉태, 위병7을 무표정하게 보다가 갑자기 팔을 확 넘긴다.
그러자 위병7, 몸뚱이째로 넘어가서 나동그라진다!
뭉태 편은 환호성 지르고 박수 치는데, 위병7 편은 실망!!
소당, 내기에서 이긴 듯 편미에게 약을 올린다.

소당　　너 나한테 수수 두 항아리 빚졌다?? 응?

편미 젠장... 저 자식.. 힘이 뭐 저렇게 세..?

이때, 자존심 상한 위병7이 일어나, "야..! 너 일루 와봐!" 하면서
뭉태를 때리려고 한다. 위병들, 왜 그러냐며 위병7을 말리는데

소당 (잔 들이켜며) 야.. 야..! 그만해!
좋은 날이야.. 아사신께서 돌아오신 날이라구! 살다 이런 날이 또 올 줄 알아?
위병7 (아직 분한) 내가 져서 그러는 게 아니라요.. 저 자식 눈빛이...! (하는데)
(옆의 위병이 위병7에게 귀엣말하자, 위병7, 경악) 너.. 와한이었어..?

시끌벅적하던 분위기가 갑자기 조용..! 모두들 놀라 뭉태를 본다.
의아한 뭉태, 왜 그런지 모르고 두리번거린다.

소당 (피식, 편미에게) 얘.. 아직 모르나 본데...?

뭉태, 어리둥절한데 이때, 길선 들어온다. 그런 뭉태를 보는 길선.

S#49. 위병단 막사 앞(밤)

뭉태, 길선 앞에 부동자세로 서 있다.

길선 너.. 누가 살려줬냐?
뭉태 (기합 들어간) 길선! 위병 총관님이십니다!
길선 그래.. 그때 내가 너 살려주면.. 너, 나한테 어떻게 한다 그랬지?
뭉태 (더 크게 외치는) 뭐든지 다 하겠다고 했습니다..! 길선님을 위해선 뭐든..!!
길선 (대답이 흡족한 듯 웃으며) 대신전에 가봐.
뭉태 (의아) ....?

S#50. 아스달 거리 일각(밤)

뭉태, 흥분된 채로 달려간다.

S#51. 대신전, 8신전(밤)

8신전 문이 열린다. 겁먹은 듯, 흥분한 듯 묘한 표정으로
들어오는 아가지, 둔지, 검불 등의 와한들!
거대한 대신전의 위용에 놀라 보는데, 이때!
한쪽에서 곱고 눈부신 흰옷을 입은 탄야가 모명진 등의
제관들을 거느리고 나온다. 경악하는 와한들..!
탄야, 그런 와한 사람들을 보는데, 눈물이 핑 돈다.
와한들도 놀란 채 보다가, 서로에게 달려가서는 얼싸안는다.

아가지 (어여쁜 탄야의 옷을 만지며) 이게 어찌 된 거야.. 이 고운 옷은 뭐구?
둔지 그니까 흰늑대할머니가 원래.. 여기 씨족어머니 같은 거였단 거야?
검불 (웃으며) 우리 탄야가 그 후계자고...?

이때, 뭉태가 들어온다. 위병 옷을 입은 걸 보고 놀라는 와한 사람들.

탄야 뭉태야..! 어떻게 된 거야? 돌담불로 가지 않았어? 돌아온 거야? 벌써?
뭉태 아.. (당황하며).. 난 중간에 빠져서.... 위병단이 됐어..
아가지 겁이 젤루 많았던 녀석이.. 어떻게 됐대. (하며 웃으면)
둔지 (웃으며) 힘두 젤루 셌으니까..
탄야 (웃으며) 돌담불로 끌려간 애들도, 다 돌아올 거예요!

다들, "정말?" "아주 잘됐다" "다행이다" 한다. 뭉태, 표정이 굳는다.

뭉태 (공포스러운, 마음의 소리 E) 돌아.. 온다고.. 걔들이..!

하는데, 문이 열린다. 흥분된 얼굴의 열손이다.

탄야, 아버지의 얼굴을 본다. 열손, 놀란 표정으로 천천히 다가온다.
그리고는 아무 말 없이 포옹하는 탄야와 열손.
그런 그들을 멀리서 보는 사야. 흐뭇하다.

S#52. 무백과 무광의 집 안(밤)

무광, 찜찜한 표정으로 앉아 병째 술을 들이켜고 있다.

ins.cut.〉 4부 20씬 중,

탄야 　초승달을 만난 어느 밤, 어느 한 손이 너의 심장을 꺼내리라. (cut.)

ins.cut.〉 11부 68씬 중,

탄야 　(멍하게 무광을 보며) .. 늦었어....
무광 　뭐?
탄야 　'늦었어'... 이게 당신이.. 당신 인생 마지막 듣게 될 말이야.. (cut.)

무광 　아... 왜 하필 그 미친년이...

이때, 무백 들어온다. 무광, 못마땅한 표정으로

무광 　형님이래매? 형님이 별다얀가 뭔가 가져와서.. 이렇게 된 거래매?
무백 　... 그렇게 됐다..
무광 　그럼 사실 허깨비지 뭐.. 형님이 가져오고, 타곤 니르하께서 판 짜주고..
그냥 아사론 제끼려고 앉혀만 논 거잖아...?
무백 　니르하시다.. 그래도.
무광 　니르하는 지랄... 하.. 그 슬까스른 년!..
그럼, 어차피 이용하다 버리겠네. 버리는 날! 내가 그년 꼭 목 따고 만다..

S#53. 대제관의 집무실(밤)

탄야와 열손이 있다.

열손 (안타까운) 초설어머니가... 이런 널 봤어야 했는데....
탄야 (초설 생각에 코끝이 찡해진다) ....
열손 이제 다들 어떻게 되는 거냐?
탄야 노예일은 안 하셔두 되구요.. 아부지도 원하는 데를 말하시면..
열손 아니, 아냐. 난 해족 불의 성채가 좋다...
탄야 .. 예..?
열손 살피고 생각하고.. 그걸 만드는 거... 좋다.. 내가 원래 그런 거 좋아하잖아..
탄야 (그런 열손을 보며) 그럼 다행이에요... 이젠 노예가 아니시니, 맘껏 하세요.
열손 (한숨 쉬며) 그래.. 그럴게...
탄야 (주위 살피곤) 아부지..
열손 (긴장하여 같이 주위 살피며) .. 왜..?
탄야 .. 실은..
열손 (집중하며) .. 실은.. 뭐..?
탄야 은섬이가.. 살아 있어요..!
열손 (경악) ...!!! 뭐, 뭐?!
탄야 그리고.. 아스달에.. 은섬이의.. 배냇벗이 있어요..!
열손 .. (더 경악) ...!!!
탄야 그러니 절대 아는 척을 하시면 안 돼요.
열손 ...!!!
탄야 와한 사람들한테도 전해주세요.

S#54. 하시산 전경(낮)

산봉우리가 온통 눈으로 뒤덮여 있다.

S#55. 하시산 정상(낮)

허리까지 눈이 쌓여 있는 은섬과 잎생. 눈썹은 하얗게 얼어붙었다.
은섬, 겨우 눈에서 빠져나와 한 걸음을 걷는데, 잎생은 정신이 반쯤
나가 눈 속에 박혀 있다. 은섬, 그런 잎생의 손을 잡아 끄집어낸다.

잎생 (갈라진 목소리로) 우리가 사트닉 때매 이렇게까지 해야 되는 거야?

S#56. 주비놀 산장 전경(낮)

허름한 산장. 산장 앞을 4명의 호위무사(2, 3, 4, 5)가 지키고 서 있다.

카리카 (모모어, E) 사트닉은.. 이제 잊어라

S#57. 주비놀 산장 안(낮)

카리카, 타피엔은 의자에 앉아 있고, 카리카 뒤에 호위무사1이 있다.
허름한 의상의 타피엔과 달리, 카리카는 사냥꾼 같은 털옷을 입었다.
(둘 모두 모모어로 대화)

카리카 우리 모모는 물에서 태어나고 물에서 죽는다. 산중에서... 이게 뭐냐?
타피엔 제가 여길 떠나면, 사트닉이 돌아와도 만나지 못해요..
카리카 벌써 몇 년이니... 돌아온다면 모모의 바다로 오겠지..
타피엔 사트닉과 여기서 만나기로 했어요.. 전.. (눈물이 핑) 여기서 기다릴 거예요.
카리카 (안타깝게 보는) ...
타피엔 그러니 샤바라.. 땅멀미까지 하시면서.. 이젠.. 오지 마세요...
더군다나.. (한쪽을 보며) 호타우님까지 데리고..

하고는 보면, 어린아이가 산장 안을 철없이 누비고 있다.
이때 밖에서 소란스러운 소리가 난다. 보는 타피엔.

S#58. 주비놀 산장 앞(낮)

모두 칼을 뽑은 채 경계하는 4명의 호위무사.
거지꼴을 한 은섬과 잎생이 그 앞에 당황한 채 서 있다.

호위2　(모모어) 누구냐..?
은섬　(잎생 툭 치며) 말 좀 해봐..
잎생　너무 오랜만인데.. (더듬더듬, 모모어로) 나.. 잎생! 너희.. 갔다..
부탁.. 전한다..?

호위무사들 못 알아듣고, 더 위협적으로 다가온다.
은섬, 잎생 보며 "제대로 하는 거야?" 하고,
호위무사들, 칼을 뽑고 다가오는데, 긴장하는 잎생과 은섬.

은섬　(안 되겠다 싶어) 사트닉! 사트닉!

이때, 산장 문이 벌컥 열리며 나오는 타피엔과 카리카.

타피엔　사트닉이요?

S#59. 주비놀 산장 안(낮)

은섬, 사트닉의 머리카락과 머리카락을 묶은 띠를 조심스레 건넨다.
타피엔, 머리카락을 묶은 띠의 장식을 알아보고는 울음이 터진다.
그런 타피엔을 보는 은섬과 잎생.

S#60. 주비놀 산장 밖 일각(낮)

타피엔과 카리카가 산을 보며 모모어로 대화하고 있고,
좀 떨어진 뒤쪽에 호위무사2, 호위무사3이 보고 있다.

타피엔 고맙습니다. 샤바라.
카리카 .. 뭐가?
타피엔 이 긴 기다림이 끝난 건 샤바라께서 찾아주셔서입니다.
카리카 (보다가는) 신의 뜻이다.. 오래 슬퍼 마라.. 사트닉은 신께서 품으실 거다..
타피엔 (눈물 그렁해서) .. 예..

둘을 보던 호위무사2, 3. 서로 뭔가 음산한 눈짓을 주고받는다.

S#61. 주비놀 산장 안(낮)

은섬과 잎생, 뜨거운 국물과 구워진 닭을 정신없이 먹고 있다.

잎생 (얼굴 가득 미소 머금고) 아아.. 살 거 같다..!!!
은섬 (먹다가 기분이 좋은지 웃음이 난다) ...

혼자 있던 아이가 잎생과 은섬이 신기한 듯 다가와서는
얼굴을 빤히 보다가 해맑게 웃으며 도망간다.

잎생 잰 누구지? 사트닉 애.. 는 아닐 거고.. 그.. 털옷 입은 여자 아인가?
딱 봐도 그 여자.. 뭔가 있어 보이던데... 샤바라.. 샤바라라고 했어...
은섬 (먹으며) 근데.. 너 왜.. 사트닉 그냥, 일하다 돌림병으로 죽었다고 한 거야?
잎생 (고기를 입안 가득 넣은 채) 사트닉 겪은 일 다 얘기해주면..
사트닉 각시.. 복수하러 나서야 되고 그러다 죽어.. 애가 생각이 없어..
은섬 (의외인 듯 잎생을 보는데) ....
잎생 (씹으며) 아.. 이제 슬슬 뭐가 나올 때가 됐는데.. 보석이든 뭐든..
(아이에게 모모어로) 아까.. 그 사람 니네 엄마..? .. 털옷 입은 사람..?

아이	(엄마란 소리에 고개 끄덕이는)
잎생	아.. 엄마.. 그 털옷이 엄마 맞네.. 근데 엄마가 샤바라... 하.. 샤바라가 뭐더라..? 알았는데.. 샤바라.. 샤바라...?

S#62. 하시산 숲 일각 갈림길(낮)

골두와 수하들, 그리고 연발과 대칸들이 말을 탄 채 서 있다.

연발	우린 사브웨 언덕으로 갈 테니까 너흰 하시와칸 계곡을 훑으면서 와!
골두	....
연발	(골두 보며) 대답 안 해?
골두	(떨떠름하게) 네..

그러자 연발과 대칸들, 곧장 말머리를 돌려 달려간다.

골두	(연발 가자) 하.. 딱 봐도 나보다 어린 새끼가.. 어디서 명령이야? 뒤질라고.. (거한 보며) 야, 넌 저쪽으로 가로질러 가! (하고는 말머리를 돌려 가는 골두네)

S#63. 주비놀 산장 안(낮)

카리카와 타피엔, 호위무사1이 들어온다.
카리카와 호위무사는 테왁을 차고 있다. 테왁을 보는 은섬.
아이와 놀아주고 있던 은섬과 잎생, 둘을 보고는 일어난다.
옆에 선 잎생, 은섬의 옆구리를 팔로 쿡 치며,
아싸! 하는 표정 짓고 은섬, 그런 잎생을 신기하게 본다.

카리카	(서툰 아스말로) 아스달..?
잎생	(짐짓 진지한 척) 아 뭐.. 고향이 아스달은 아니지만.. 그런 셈이지요...
카리카	(은섬 보고는) .. 이그트..?

은섬 .. (살짝 당황한 듯 자신의 입술에 손이 가는데) ..

카리카 (서툰 아스말로) 괜찮.. 습니다. 우린.. 상관없어요.

은섬 ....

카리카 (서툰 아스말로) 커다란.. 은혜.. 를 입었습니다.

은섬 아닙니다. 사트닉이 우리에게 잘해줬습니다.. 우리가 은혜를 갚은 겁니다.

카리카 (당황, 미소 띠며) 빨라서.. 아스말.. 잘 못 알아들었어요..

타피엔 (모모어로 통역) 사트닉이 잘해줬다고.. 오히려 은혜를 갚은 거라고 하십니다..

카리카 (듣더니 미소로) 모모족은.. 은혜.. 갚습니다.
(금으로 만든 조개 모양의 장식 패를 준다)

은섬 (무덤덤히 받는) ...

잎생 (금조개패를 알아보고 눈이 휘둥그레진다) ...!!!

카리카 작지만... 모모의.. 손시시(자막: 선물)입니다.

은섬 예.. 소중히 받겠습니다. 고맙습니다.

잎생 (신난, 마음의 소리 E) 저거다..!! 됐다..! 됐어...!!!

S#64. 주비놀 산장 전경(밤)

잎생 (E) 캬.. 모모족! 진짜 제대로 갚네..

S#65. 주비놀 산장 창고 안(밤)

은섬과 잎생, 자려는 듯 누워 있는데, 잎생은 떠들고 있다.

잎생 먹여줘, 재워줘.. (새 가죽옷 들고 신나서) 입혀줘..
그리고 이거! (금조개패 들어 올려 보며) 너 이거 뭔지 모르지?

은섬 (보는데)

잎생 (신나서) 이게 모모족에게 은혜를 베푼 사람이란 증표야!
모모족 누구든 이걸 갖고 있는 사람을 보면 은혜를 갚는단 거고..!
대단한 거야 이거..!

은섬 (심드렁) 그래? 근데 모모족들은 허리에 이상한 물통 같은 걸 다 찼더라?

잎생 그거 물통 아냐, 이 머저리. (말 돌리며) 야..!
(확 진지하게) 장터에 가서 팔자.. 엄청 받을걸! 너랑 나랑 반반 나눠서..!

은섬 (잎생 손에 있는 걸 확 뺏으며) 그럼 다친 사람들 치료하고,
돌담불서 나온 사람들하고 같이 써야지.. 무슨 헛소리야?

잎생 ...

은섬 니가 그랬잖아. 보석 하나 없이 나와봐야 깃바닥이랑 다를 거 없다고..

잎생 그러니까.. 둘이 나눠 써야지. 왜 여럿이 나눠? 고생은 우리가 했는데.

은섬 (한심해 보며) 대체 어떡하면 너 같은 생각을 하게 되니?

잎생 내 말이.. 그 고통을 당했는데도 넌 아직도 생각이 그 모양이냐?
그래서 당한 거야.. 니네가..!

은섬 (보다가) 난 그렇게 배우지 않았으니까...
(하고는 금조개패를 쥐고는 돌아눕는다)

잎생 하.. 세상은 왜 우리에게 다른 걸 가르쳤을까?
그리고 왜 붙여놨을까, 우릴.. 속상하다 진짜.. (하고는 역시 돌아눕는다)

S#66. 주비놀 산장 밖 일각(밤)

경비를 서고 있는 호위무사 2, 3, 4, 5.
서로 의미심장한 눈빛을 주고받는다. 이때!
호위무사1이 오자, 모두 아무 일 없는 듯 딴청을 한다.

호위1 (모모어) .. 샤바라께선..?

호위2 (모모어) 주무시고 계십니다.

하면 호위무사1은 고개를 끄덕하고 지나가고,
남은 호위무사 네 명은 다시 서로 눈빛을 주고받는다.

S#67. 주비놀 산장 창고 안(밤)

감았던 눈을 조용히 뜨는 잎생, 조용히 일어나 자기 옆에 놓여 있던
가죽옷을 걸쳐 입고는 은섬에게 다가간다.
자는 은섬의 손에 금조개패가 놓여 있다. 진지한 표정의 잎생,
은섬의 손에 있는 금조개패를 조심스럽게 잡아 서서히 뺀다.
그리고는 은섬을 한번 물끄러미 내려보다가는 나간다.

S#68. 주비놀 산장 창고 밖(밤)

조용히 나오는 잎생, 얼른 도망가려 산장 밖 쪽으로 가며

잎생　(마음의 소리 E) 암것도 모르는 이그트 자식.. 그딴 식으로 살아봐라..

ins.cut.〉 13부 65씬 중,
은섬　난 그렇게 배우지 않았으니까...

잎생　(작은 혼잣말) 뭘 배웠든.. 넌 그걸 저주하면서 죽게 될 거야..
어차피 너 같은 놈은 이걸 뺏기게 돼 있고 결국은 뒈지게 돼 있어..

하고 가는데, 호위무사1이 오는 것이 보이자 얼른 숨는다.
잎생 숨은 채 보면, 호위1의 뒤에 조용히 오고 있는 호위2, 3!
잎생, 뭔가 싶은 순간, 호위2, 3이 호위1의 목을 친다!
놀라는 잎생! 자기 입을 막는다. 이어 곧 칼을 든 호위4, 5가 온다.
그리고는 호위2, 3, 4, 5가 비장한 표정으로 산장 문 앞으로 다가간다.

잎생　(더 놀라서는 마음의 소리 E) 아.. 씨.. 저놈들..! (하고는 창고 쪽 보며 E) 은섬이..!

하며 좀 갈등하다가, 확 돌아서 도망가는 잎생.
호위무사2가 산장의 문을 조심스럽게 열면, 무사들 조용히 들어간다.
산장의 문이 닫히자, 칼이 부딪히는 요란스러운 소리만이 들린다.

잠시 후, "쾅!!" 문이 열리면서, 아이를 들쳐 업고 한 손엔 칼을 쥔 채,
뛰어나오는 카리카! 뛴다! 호위무사 3명도 튀어나와 카리카를 쫓는다.
부상을 입은 호위무사2가 제일 마지막으로 나와 쫓는다.
이때, 기다시피 해서 나오는 부상 입은 타피엔. 은섬이 놀란 얼굴로
달려온다. 타피엔, "도.. 와주세.. 요.." 하며 쓰러지고, 놀라는 은섬.

S#69. 하시산 숲 일각1(밤)

잎생, 뛰다가 멈추며 갈등이 되는지, '아 진짜..!' 하다가
품에서 금조개패를 다시 꺼내 본다. '에이 몰라' 하는 심정으로 가는데

S#70. 하시산 숲 일각2(밤)

달이 휘영청 밝은 밤.
카리카는 아이를 업은 채, 눈밭을 뛰고 있고, 쫓는 호위무사2, 3, 4, 5.
결국 따라잡힌 카리카!
아이를 내려놓고는, 호위무사 4명에게 칼을 겨눈다.

카리카 (모모어) 네놈들이 감히.. 내 아들을 해하려 하다니..! 구이카의 짓이냐?
호위2 (모모어) 죄송합니다. 샤바라! 저희들의 죗값은 죽은 뒤에 치르겠습니다!

하고는 칼을 휘두르기 시작하자, 카리카 역시 빼어난 솜씨로
호위무사들과 맞붙어 싸운다. 싸우다 보니 결국 아이와 떨어지게 되고,
그 틈에 아이를 잡는 호위무사2! 경악하는 카리카!
이 틈을 노리고 카리카를 공격하는 호위무사3. 카리카 부상당하고,
호위무사2는 아이를 베려 칼을 높이 들고, 카리카, "안 돼!!!" 하는데,
이때, 번개처럼 나타난 은섬, 호위무사2를 가격하고 아이를 안는다.
놀라는 카리카! 호위2도 놓치지 않고 은섬을 공격하지만, 가까스로
피하는 은섬! 카리카가 호위2를 공격하자, 은섬, 호위2를 들이받는다.

아이를 안은 은섬과 카리카가 도망친다. 뒤쫓는 호위2, 3, 4, 5!!

S#71. 추격 몽타주(밤)

#. 아이를 안고 뛰는 은섬. 뒤의 무사들을 경계하며 뛰는 카리카.
#. 쫓는 호위무사2, 3, 4, 5의 모습이 교차로 보여진다.

S#72. 하시산 숲 일각3(동틀 녘)

숲길보다 낮은 지형의 수풀 속으로 뛰어들어 숨는 은섬과 카리카!!
숨죽인 채 보는 은섬과 아이를 안은 카리카.
잠시 후, 그 앞을 지나는 호위무사2, 3, 4, 5!
최대한 몸을 숨긴 은섬이 길보다 낮은 쪽에서,
길 위에서 두리번거리는 호위무사들을 본다.

호위2 (모모어, 두리번거리며) 멀리 가진 못했다. 흩어져서 찾아라.

하며 서서히 흩어지는 호위무사들. 안도하는 은섬, 카리카를 보면,
부상당한 곳에 피가 흐른다. 그러자, 자신의 윗옷을 벗는 은섬.
자기 옷의 아래쪽 반을 찢어 카리카의 부상 부위를 동여매준 뒤,

은섬 (마음의 소리 E) 이대로는 힘들다..!

하더니 옆에 있는 썩은 커다란 나무토막을 본다.
그리고는 나머지 옷으로 나무토막을 감싸서는 안는다.
카리카는 의아한 채 보는데,

은섬 (손짓 발짓하며 작은 소리로) 내가... 저놈들을.... 따돌릴게요.
카리카 ....

은섬 (손짓 발짓 작은 소리로) 내가 가면.. 도망... 쳐요.

카리카, 그런 은섬의 말을 알아들은 듯 감동해서 보는데,
은섬, 바로 나무토막을 안고는 뛴다. 은섬의 뒷모습을 보는 카리카.
은섬의 등에 있는 이그트 문양이 선명하다. 감동으로 보는 카리카!

S#73. 하시산 숲 일각4(동틀 녘)

호위2가 멀리서 은섬이 뭔가를 안고 뛰는 걸 발견한다.
호위2, "저기다!" 하며 휘파람을 분다.

ins.cut.〉 근처 일각
휘파람 소리 나는 곳을 보는 호위3, 4, 5! 방향을 바꿔 쫓는다.

S#74. 하시산 숲 일각5(동틀 녘)

나무토막을 안고 뛰는 은섬! 그러다 순간! 확 멈춘다!
은섬, 긴장해서 멀리 아래쪽을 내려다보는데,
모퉁이를 돌아나와 달려오는 연발과 6명의 대칸들의 모습이 보인다.
은섬, 돌아서 뛰려는데, 호위무사들의 모모어 고함소리가 들린다.
앞과 뒤를 번갈아 보다가 옆의 경사가 심한 비탈길로
몸을 던지는 은섬. dis.

S#75. 주비놀 산장 전경(아침)

의아한 표정의 연발과 대칸들이 말에서 내리고 있다.
그리고 보면 산장의 문은 떨어질 듯 거칠게 열려 있고,
그 앞엔 호위1의 시신이 보인다.

연발　　뭐야? 여기 왜 이래?

은섬　　(낮게 E) 야...

S#76. 하시산 숲 일각6(아침)

뒤돌아 앉은 채 뭔가를 구워 먹고 있던 잎생이 천천히 돌아본다.
은섬이 노려보고 있다. 옷의 아랫부분이 찢어져, 등허리
아래쪽 문양이 훤히 보이는 은섬.

잎생　　(경악하여) 너... 너어.. 어떻게 살았어?

은섬　　어떻게 살았어..? 너.. 그 금조개만 훔쳐 간 게 아니라..
그 사람들 쳐들어온 것까지 다 봤구나..

잎생　　(헉..) .. 야 내가.. 진짜루.. 그럴려고 그런 게 아니라..! 사정이 있었지..
내가 너 구하려고..

하는데 은섬, 잎생에게 다가온다.
잎생, 때리는 줄 알고 손으로 자기 몸을 방어하며

잎생　　(금조개패를 얼른 내밀며) 여기!! 여, 여깄어..! 살려줘..!

하는데 은섬이는 금조개패만 확 채고는 노려본다.

연발　　(E) 네년이 여기 주인이냐?

S#77. 주비놀 산장 앞(낮)

연발과 대칸들 앞에 타피엔이 서 있다.

타피엔　예.. 근데 무슨 일이신지..?

연발　사트닉을 알아? 사트닉.

타피엔　(쿵..) ...!!

대칸14　(바로) 이년이 아는구만..! (하며 타피엔의 머리를 거칠게 잡는데)

대칸15　(떨리는 목소리로) 저.. 저기.. 조장님..!

연발과 모두들, 대칸15가 가리킨 쪽 보면서 cut.

잎생　(E) 생각났어..!

S#78. 하시산 산길 일각1(낮)

잎생과 은섬이 걷고 있다. 뒤쪽이 반이나 찢어진 옷을 입고 있는 은섬. 추워서 더욱 옷깃을 여민다.

은섬　(걸으며) 뭐가?

잎생　샤바라..! 그 털옷 입은 여자 샤바라라고 했잖아? 샤바라 무슨 말인지 생각났다고..!

은섬　.. (의심하며 보는데) ..?

잎생　으뜸 지존!

은섬　그게 뭔데? 니가 좋아하는 거 보니 비싼 거네..

잎생　아 무식한 새끼.. 모모족의 최고 우두머리란 말야! 그 여자가..!!

S#79. 주비놀 산장 앞(낮)

놀라 보는 연발과 대칸들! 보면 말을 탄 카리카와 수십의 모모 전사들!! 모두 눈빛이 형형한데, 작살을 들고 옷의 한쪽엔 모두 테와과 줄, 그물 같은 것을 장식처럼 차고 있는 것이 괴기스럽다. 긴장한 연발.

대칸14 (연발에게) 모모족입니다. 더구나.. 샤샤... 샤바랍니다.
카리카 (모모어) 아스달의 대칸들이 여긴 무슨 일인가?
연발 (마음의 소리 E) 모모족이 무슨 일로... 이렇게 땅 깊숙이..?!!
(서툰 모모어) 사람을 쫓다 여기까지 왔소. 모모족과는 싸울 생각이 없소.
카리카 (모모어) 그럼 떠나라..

하면, 연발과 대칸들 모두 간다. 가고 나자, 카리카 손짓한다.
포박당한 호위2, 3, 4, 5 끌려나와 전사들 앞에 선다.
카리카가 멋지게 손짓하자, 일제히 목이 잘린다.
그리고는 돌아서는 카리카, 모모족 전사들에게 외친다! (모두 모모어)

카리카 물에서 태어나고, 물에서 자라난..!! 물의 전사들이여!!!
모모의 샤바라! 나 카리카! 거대한 은혜를 입었다!!
훗날 위대한 샤바라가 될 모모의 핏줄을..! 어느 사내가 살려냈다..!
허나 나, 카리카..! 부끄럽게도, 그 사내의 이름도, 그 무엇도 알지 못한다..!
물의 전사들이여!! 어찌하겠는가..?!!!
전사들 은혜를 갚는다...! 이름 모를 사내여!!!
카리카 내가 그 사내에 대해 아는 것은..!!! 보랏빛 입술과 (하며 품에서 커다란 천을 꺼내 확 편다) 그 사내의 등에 있던 이 문양이다...!
가자! 물의 전사들이여!! 우리의 자식과 그 자식의 자식들이 모두 죽어, 사라질 때까지...! 우린 이 사내를 찾을 것이다! 반드시 은혜를 갚을 것이다!

하고는 카리카, 칼을 뽑아 한 손으로 꼭 쥐고는 확 긋는다.
주먹 쥔 손에서 피가 떨어진다. 전사들 모두도 카리카처럼 피를 내서 땅바닥에 뿌린다. 모두들 피가 떨어지는 주먹 쥔 손을 높이 든다.

카리카 우리는 이곳 주비놀에서...! 우리의 피로 맹세한다...!
이름 모를, 그 보랏빛 입술의 사내에게 받은 은혜를..! 갚고 말 것이다..!!!
전사들 은혜를 갚는다! 죽어서라도, 우리의 자식에 자식까지! 은혜를 갚는다...!!
카리카 오늘부터.. 은혜를 갚는 그날까지.. 우리가 맞게 될, 모든 낮과 모든 밤을 지나는 동안, 우리의 깃발은...! 이제 이것이다..!

전사들 은혜를..! 갚는다..! (하고는 자신의 테왁을 두 손으로 치켜든다)

카리카 손에 쥔 깃발이 바람에 확 펴지고, 카리카의 눈빛은 형형하다.
은섬의 등 문양과 똑같은 그림이 그려진 깃발이 펄럭인다.

S#80. 하시산 산길 일각2(낮)

은섬과 잎생이 가고 있다.

잎생 (보며) 옷은 왜 그러냐? 배고파서 옷을 찢어 먹었냐?
은섬 얼어터지기 전에 입 닥쳐라..

하며 은섬, 앞서가고 잎생 피식하며 뒤따라간다.
그렇게 가는 은섬의 뒷모습. 그리고 찢어진 옷 밖으로 보이는
은섬 등의 문양 클로즈업! (13부 엔딩 지점)

"카리카, 샤바라" from 타피엔

바다가 보이는 절벽 위에 홀로 서 있는 카리카의 모습이 보인다.
손엔 뭔갈 들었다. 바람이 거세게 불어 머리가 흩날린다. 멍한 표정.
그 위로,

타피엔 (NA.) 모모의 샤바라, '빛나는 자' 혹은 '크게 갚는 자'라는 뜻이다.
카리카님은, 선대 샤바라였던 할아버지의 막내 손녀였고
(할아버지를 중심으로 대가족이 보여지고, 어린 막내 카리카 줌 인)
카리카님의 아버지는 세 명의 형제 중 막내였기 때문에
카리카님이 샤바라가 되기엔 서열이 너무 멀었었다.
(막내 카리카 위로 층층이 쌓인 서열을 보여주듯 카메라 무빙한다)
하지만 운명은... 카리카님을 모모의 샤바라로 이끌었다. (카리카 줌 인)

타피엔 (NA.) 그날은 새로운 샤바라가 탄생하는 날이었다. 모모의 모든 장로와
모든 씨족의 어른들이 한자리에 모여, 그를 축복하는 날이었다.
그날... 야심만만했던 다른 씨족의 족장, 다하루가 반란을 일으켰다..

사람들이 모여 잔치하는 분위기, 습격하는 다하루와 그 부하들.
다하루의 모습이 보인다. 날카롭고 탐욕스러운 인상이다.
경악하는 사람들! 여기저기서 다하루의 부하들이 튀어나와 학살!

타피엔 (NA.) 다하루 패거리의 학살은 거침없었다.
샤바라는 물론, 샤바라가 되어야 했던 첫째 아들과 그 가족들, 심지어

카리카님의 아버지와 두 오라버니까지도 모두 살해당했다.
(각각 살해당하는 모습 컷컷들)
씨족의 어른들은 공포에 떨었고, 반란은 성공한 것 같았다. 하지만..

다하루가 장로와 씨족 어른들을 협박하다가, 카리카를 찾는다.

타피엔 (NA.) 카리카는 보이지 않았다. 당시 카리카님은 혼인한 지 고작 1년..
자신의 신랑이 다하루에게 끔찍하게 죽는 것을 눈앞에서 본,
만삭의 신부였다. 그녀는 어디로 사라진 걸까?

잔잔한 바다 위에 테왁이 하나 떠 있고 움직인다.
그리고 떠오르는 카리카의 형형한 눈빛.

타피엔 (NA.) 모두가 다하루를 피해 도망갈 때, 카리카님은 오히려, 만삭의 배를
움켜쥔 채 물에 뛰어들었고, 다하루의 배가 있는 곳으로
역류를 거슬러 올라갔다. (카리카 이 악물고 필사적으로 헤엄치는 모습)
그녀는 배 꼬리 부분을 잡고 몸을 물에 잠근 채, 사흘을 굶으며 기다렸다.
(배 꼬리 부분에 얼굴만 내놓고 기다리는 카리카의 형형한 눈빛)
언젠가는 다하루가 이 배에 타겠지. 언젠가는...!

다하루가 배 안으로 들어가자, 눈을 빛내며 칼을 쥐고
물에서 나오는 카리카의 만삭의 배와 형형한 눈빛.

타피엔 (NA.) 결국 카리카님이 그 배에서 다시 나왔을 때, 그녀의 두 손엔
반란을 일으킨 다하루와 그의 아들의 목이 들려 있었다.

(피투성이의 카리카, 두 목을 들고 배에서 나와 걷는다)

양손에 목을 들고 걷는 카리카의 멍한 눈빛. 놀라 그런 그녀를 보는
다하루의 부하들과 장로들과 씨족 어른들.

타피엔 (NA.) 아무도 그런 카리카님을 감히 어쩌지 못했다.
다하루의 부하들은 추세를 깨달았다. 카리카님은 계속 걸었다.
여기저기서 모모족들이 모여들어 그런 카리카님을 따랐다.

카리카, 걸어가고 수백 명이 카리카를 그저 따라 걷는 모습.
카리카, 사하곶 절벽을 향해 올라간다.

타피엔 (NA.) 그렇게 그녀는 마루긴 군도의 사하곶에 올라, (맨 앞의 장면과 연결)
다하루와 그 아들의 목을 던져버리고는, 모모의 율법에 따라,
이제 자신이 정당한 샤바라임을 스스로 선언했다. (선언하는 모습)

절벽 위에 홀로 선 카리카의 카리스마 넘치는 바스트 샷.

타피엔 (NA.) 카리카.. 나의 샤바라.. 크게 갚는 자.
이제 이름 모를 보랏빛 입술의 사내, 당신에게 갚을 차례다.

세상 모든 전설의 시작

14부

S#1. 13부 엔딩 하이라이트

#. 주비놀 산장 앞(낮)

카리카　오늘부터.. 은혜를 갚는 그날까지.. 우리가 맞게 될,
모든 낮과 모든 밤을 지나는 동안, 우리의 깃발은...! 이제 이것이다..!

전사들　은혜를..! 갚는다..! (하고는 자신의 테왁을 두 손으로 치켜든다)

카리카 손에 쥔 깃발이 바람에 확 펴지고, 카리카의 눈빛은 형형하다.
은섬의 등 문양과 똑같은 그림이 그려진 깃발이 펄럭인다.

#. 하시산 산길 일각2(낮)
은섬과 잎생이 가고 있다.

잎생　(보며) 옷은 왜 그러냐? 배고파서 옷을 찢어 먹었냐?

은섬　얻어터지기 전에 입 닥쳐라..

하며 은섬, 앞서가고 잎생 피식하며 뒤따라간다.
그렇게 가는 은섬의 뒷모습. 그리고 찢어진 옷 밖으로 보이는
은섬 등의 문양 클로즈업! (13부 엔딩 지점)

S#2. 주비놀 산장 앞(낮)

말을 탄 멋있는 카리카와 모모족 전사들 수백 명이 있다.
(모두 모모어)

카리카 보랏빛 입술에..! 등허리에 푸른 문양이 있는 사내를 찾는다..!
멀리 가진 못했을 것이다. 하시산을 샅샅이 뒤져라..!
전사들 예, 샤바라...!

전사들, 흩어지고 카리카, 말을 확 돌려 출발한다.

S#3. 하시산 숲 일각6(13부 76씬과 같은 곳, 낮)

연발, 잎생이 불 피웠던 곳을 보고 있고, 대칸14가 뭔가를 들어 올린다.

대칸14 (연발에게 구워진 채 반쯤 먹은 토란을 보이며) 이거 보세요..
연발 (살피며) 아까 그 모모족 샤바라가 찾는 놈이 돌담불 노예 놈이었어..
대칸14 예에?
연발 들었잖아? 보랏빛 입술의 사내를 찾아라...! 노예 놈들 중에 이그트가 있었어..
이 산중에 이그트가 둘은 아니겠지.
(불 피운 자리를 손으로 만지며) 아직 온기가 있다..!
대칸15 (좀 떨어진 곳에서) 여기 발자국이 있습니다..!
연발 가자..!

S#4. 아스달 전경(낮)

(E) (들뜬 연맹인들의 소리)

S#5. 장터 제화단 앞(낮)

곳곳에 연맹의 문양이나 흰산의 심장 문양의 깃발들이 걸려 있다.
높게 쌓인 과일을 머리에 이고 가는 여인들, 소나 양 등을
끌고 가는 사람, 춤을 추거나 크게 웃고 있는 사람들 등
시끌벅적 즐거운 분위기다.
한쪽에선 위병단이 커다란 항아리를 앞에 두고 술과 곡식을
나누어주고 있으며 그 앞엔 연맹인들이 길게 줄을 서 있다.
이때, 양손에 잔뜩 뭔가를 든 채은과 하림이 온다.
사람들이 모여 있는 곳에 눈별이 있다.

채은 (눈별 보며) 고함사니 끝날 때까지, 조와 수수를 나눠준대!
하림 이제 들어가자.. 도티는.. 어딨어..?
눈별 (사람들 모여 있는 곳 눈짓하며, 난감하다는 듯) 저.. 저기요..

채은과 하림이 사람들 헤치고 들어가 보면, 도티가 사람들을
모아 놓고 와한의 꽃꾸밈을 가르치고 있다. 이미 도티는 분장 상태.
풀과 꽃, 다져진 천연색소가 있다. 황당하게 보는 하림과 채은.

도티 (앞의 청년에게) 수수! 그 꽃은 머리를 두르는 거예요. 귀에 거는 게 아니구..
청년 그래?
도티 (천연색소를 바르는 옆의 여인에게, 혀를 차며) 쯔쯔.. 그 빛깔이 어울려?
(다른 색으로 얼굴에 칠해주며) 이게 예쁘지.
채은 (황당하게 보다, 옆에 쌓여 있는 과일, 닭, 곡식 등 보고 눈별에게) 저건 뭐야.
눈별 (난감) 재가.. 사람마다 받았어. 아스달엔 공짜가 없는 거 아니냐면서...
하림 하.. 참내...

이때, 뒤쪽에서 비명이 터진다. 사람들 모두 놀라 일어서 보면,
소 한 마리가 뭐에 놀랐는지 난동을 부리고 있다. 놀라는 모두들.

이때, 도티가 있는 쪽으로 돌진하는 소! 사람들 비명!
채은이 급히 도티에게 달려가 껴안고, 피하는데 소는 채은에게 돌진!
하림, 경악해서 '채은아!' 소리치고! 도티를 안은 채은은 넘어지는데,
맹렬히 뛰는 소를 믿을 수 없는 속도로 따라잡는 누군가! 눈별이다!
확 하고 날아올라 소의 뿔을 잡고는 그대로 내리꽂자,
소의 목뼈가 우지끈하고 부러진다. 쓰러지는 소.
채은과 하림이 경악해서 보면 눈별, 숨을 헐떡이다가는 그대로 기절!
하림과 채은, 눈별에게 달려간다. 사람들은 놀라 웅성거린다.

S#6. 하림의 약전 안(낮)

눈별은 누워 있고, 하림은 눈별의 맥을 짚어보고 있다.
곁에서 걱정스러운 눈빛의 채은.

채은 (놀라서) 어떻게... 된 거예요..? 혈맥이 모두 끊어진 애가 어떻게...!
하림 (맥을 여러 군데 짚어보다가, 경악) 이어졌다... 다시..
채은 ...!!! 예에?
하림 (믿을 수 없다는 듯 심각) 눈별이는.. 아직 성장 중이다..
몸이 자라면서 혈맥도 자랐고.. 그러다 순간적으로 흥분해서,
막힌 혈맥이 다시 통한 것 같구나... 이런 일이...
채은 어쩌죠.. 사람들이 봤어요. 더구나.. 눈별인 사람의 무술까지 배웠어요.
혈맥이 이어지면..!
하림 (OL) 다시 끊어야지..! (결연하게) 준비하거라.
채은 예! (하고 급히 간다)

하림, 한숨 쉬며 안타깝게 눈별을 보다 괴로운 듯 눈을 감는다.

S#7. 연맹궁 대접견실(낮)

과거와는 달리 대접견실에 높은 단이 설치되어 있다.
단의 가장 높은 곳에 멋있는 의자가 있고, 그곳에 앉아 있는 타곤.
아래에는 대대가 있고, 대칸 몇이 호위하고 있다.

보우　가들족의 보우..! 새녘의 어라하이시며, 대칸의 주인이시자 연맹을 이끄시는 니르하를 뵙습니다..! 살아 있는 신 아라문 해슬라시여..!
타곤　(흐뭇하게 보며) 아직.. 고함사니도 올리지 않았습니다.. 살아 있는 신이라니, 너무 앞선 말씀입니다.
보우　곧 그리되실 테니까요.. 거슬렸다면 용서하시길..!
타곤　용서라니 당치 않습니다.
(온화로운 미소로) 가들족을 기억할 겁니다. 앞으로도 평안하시길..!
보우　(예를 취하며) 예, 니르하..! (하고 나간다)
타곤　(피곤한 듯) ... 아 이제 끝인가..
대대　한 분이 남았습니다..
타곤　...?

하면 문이 열리고 미홀이 들어온다. 보는 타곤.

미홀　(뻔뻔하고 정중한 예를 다하며) 아라문 해슬라시여..!!
타곤　(그런 미홀을 빤히 보다가 대대 보며) 다들 나가 있게..
모두들　(나간다)
미홀　(모두 나가자 일어서며) ... 니르하..! 우리가 이겼습니다..!
제가 분명, 탄야 니르하께서 별방울이 있는 곳을 안다 하지 않았습니까..!
타곤　(그런 미홀을 황당하게 보다가는 갑자기 크게 웃는다)
미홀　(눈치를 보며 같이 웃는다)
타곤　(웃음을 확 멈추며) 절 속였다고 생각하는 겁니까..
아니면.. 그냥 우겨보시는 겁니까..
미홀　(정색하며) ... 속였다 생각지도 않고, 우기는 것도 아닙니다.
제가 이렇게 무릎을 꿇는 것이 니르하께도 좋은 일 아니겠습니까..
아사론의 신성은 탄야 니르하로 대체될 수 있지만..
청동의 비밀을 쥐고 있는 한.. 이 미홀은 누구로도 대체될 수 없으니까요.

타곤 (피식) 옳은 얘기네요.. 그럼.. 정말로.. 무릎부터 꿇어보시지요..

미홀 ...!

타곤 못하십니까..?

미홀, 바로 무릎을 꿇고는 두 손을 뻗어 고개를 숙이며 "니르하" 한다.

미홀 레무스에서 왕을 알현할 때 하는 인사입니다.

타곤 ...!!

미홀 (천천히 일어서며) 왕이 되시려는 게 아닙니까..?
결국, 니르하께서는 왕이 되실 테고.. 이 아스달은 왕국이 되겠지요..

타곤 ...

미홀 왕이라는 자리.. 얼마나 알고 계십니까..?

타곤 (이 새끼 봐라 하는 눈빛으로 미소 지으며) ...

미홀 저는 왕이 다스리는 세상에서 태어나, 왕의 다스림을 받으며 자랐습니다.
니르하께선 제가 필요하실 겁니다.. 도움이 되리라 자신합니다..
더 크게 쓰이길 원합니다..!

타곤 (황당하다는 듯 미소 지으며 본다) ...

미홀 저는 항상 최고의 힘을 가진 자의 편에 설 뿐입니다. 아시지 않습니까?
니르하께서, 최고의 자리에 있는 한, 전 결코 배신하지 않습니다.

타곤 ... (보다가) 예에. 그 말씀은 믿습니다. 내가 삐끗하면
제일 먼저 배신할 건 분명하니.. (비웃듯 미소)

미홀 (미소로) 칭찬으로 듣겠습니다.

타곤 해서 고함사니 전에 서둘러 오셨군요..

미홀 고함사니를 하러... 진정 흰산에 가실 겁니까?

타곤 ...? 무슨 말씀이시오?

미홀 아사론은 결코 순순히 물러나지 않을 겁니다...
그리고.. 흰산은... 그들의 본거지예요... 위험할 겁니다.

타곤 (피식) ..

미홀 왜.. 웃으십니까...?

S#8. 흰산 전경(낮)

아사욘 (E) 그냥 빼앗기고 마실 겁니까?!

S#9. 흰산 일각(낮)

아사론, 산을 오르고 있다. 아사욘이 따른다.

아사욘 (빠르게) 자리를 빼앗긴 건 문제도 아닙니다. 그로 인해 아사씨가 누렸던 그 모든 것들이 사라지면, 우린 흰산족을 이끌지 못합니다..!

아사론 ....

아사욘 이곳에서 올리는 고함사니.. 기회는 이번뿐입니다!

아사론, 말없이 깊은 생각을 하며 신성동굴 앞으로 가는데

S#10. 흰산의 신성동굴 앞(낮)

신성동굴 앞에 다다른 아사론과 아사욘.
뭔가를 보고 경악한다.

S#11. 연맹궁 대접견실(낮)

(7씬 연결)

미홀 왜 웃기만 하시냐는데두요?

타곤 미홀님께서 이렇게 제 걱정을 해주시니... 당황스러워서요. 또한.. 옳은 충고지만, 너무 늦은 충고라서... (피식)

하고는 나가는 타곤. 그런 타곤을 보는 미홀.

S#12. 흰산의 신성동굴 앞(낮)

놀란 아사론. 보면 신성동굴 앞을 장악하고 있는 대칸들의 모습.
앞에는 무백이 서 있다. 무백, 다가와 예를 취한다.

무백 고함사니를 준비하는 아사론님을 잘 보살펴드리라는,
연맹장 니르하의 명이 있었습니다.
아사론 (분노로 대칸들을 둘러보며 마음의 소리 E) 타곤...!! 이놈...!!
아사사칸 (E) 들어오세요...

아사론, 고개를 돌려 보면 아사사칸과 신녀 몇이 서 있다.

S#13. 신성동굴 안 들어가는 길(낮)

아사사칸과 아사론, 둘만 걷고 있다.

아사사칸 이곳뿐만이 아닙니다.. 옛 흰터.. 슬냇가.. 흰뱀골..
흰산 곳곳에 대칸과 새녘족 전사들이 배치되었어요..
별방울을 찾자마자 바로 움직였어요.. 우리보다 먼저 왔더이다.
아사론 (심각) ...
아사사칸 흰산족 열일곱 개의 씨족에도 모두 병사를 보내놨답니다..
우리가 다른 생각을 못하게 하려는 게지요...
아사론 (심각) ..
아사사칸 흰산에 오는 게, 겁은 났던 모양입니다..
아사론 (마음의 소리 E) 타곤...

S#14. 연맹궁 내부 은밀한 일각(낮)

기토하, 무광, 양차, 박량풍 등 대칸의 조장들이 도열하여 서 있다.
그 앞에 타곤이 있다. 대칸들 모두 흥분되고 설레는 표정이다.
타곤도 대칸을 뜨겁게 본다.

타곤	결국.. 여기까지 왔다..
대칸들	(흐뭇, 뿌듯) ...
타곤	너희들이 날 믿었고, 또 견디고 참아냈기에 올 수 있었어..
대칸들	...
타곤	아뜨라드의 붉은 밤, 10년간의 뇌안탈 대사냥! 그걸 마친 우리에게! 아고족의 반란을 진압하라! 대흑벽에 사다리를 만들라! 이아르크에서 노예를 잡아와라..! 하지만 너희들은 나를 믿고, 묵묵히..! 참아내고 견뎌주었다.
기토하	니르하께서도 견디시는데, 저희가 뭐라고 못 참겠습니까!!
타곤	그래! 참았기에, 연맹이 온전하다. 견뎠기에 내전이 일어나지 않았다! 하여 연맹인들은 오늘, 노래하고 기뻐하며 신을 칭송한다..! 우린! 피 흘리지 않고 여기까지 왔다..!
무광	(선창) 긴 것의 끝!
대칸들	깊은 것의 바닥까지!!!
타곤	(그런 대칸들을 뜨겁게 보다가) 이제.. 고함사니.. 한 고비만이 남았다.
대칸들	....
타곤	이미 흰산은 무백이 장악하고 있으니, 너희들은 아스달부터 흰산까지의 길을 살펴다오. 티끌만 한 흠도 없이 고함사니를 치를 수 있도록 부탁한다.
대칸들	예, 니르하!!
타곤	(설레는 마음에 미소로) 그리고 내가 사실 말야.. 비밀이 하나 있는데..
양차	(본다)
기토하	뭡니까, 니르하?
타곤	내가 사실... 사람 죽이는 걸 정말 싫어해.

대칸들, 이게 '부장님의 재미없는 농담'인지 헛갈린다. 정적. 그러다

무광 이야! 니르하께서 저랑 똑같으십니다. 저도 살인이 그렇게 싫더라구요.

이제야 대칸들, '부장님 농담'이다 싶어 다들 깔깔대고 웃는다.

기토하 난 또 비밀이라고 하셔서.. 뭐, 전 오래전부터 짐작은 했지만..
그 (놀리듯) 아... 아드님...
타곤 (OL) 그래! 아들 맞아. 아들 있다!
대칸들 오올!
타곤 니네도 다 있는 아들. 난 없을 줄 알았어?
대칸들 오올!
무광 근데, 어머님은 누구십니까..!
타곤 태알하다.
대칸들 ...!!!??

S#15. 불의 성채 어느 방(낮)

들어오는 해투악. 보면, 태알하가 큰 방의 한구석에 깔린
가죽 위에 엎드려 뭔가를 쓰고 있다. 전체 모습은 안 보인다.

해투악 (답답) 뭐하고 계세요..?
지금 고함사니 때 입으실 옷이 나왔는데..!! 엄청나요..!
태알하 (쓰며) 내가 고작.. 예쁜 옷이나 입자고.. 여태 그 고생을 한 줄 아니?

하는데, 하호들이 또 가죽을 들고 들어오자,

해투악 (보며) 그럼 여기 가죽 깔려고 고생하신 거예요?
태알하 (얼른 일어나서 하호들에게) 이쪽이야! 그건 이쪽에서 깔어.

하호들이 태알하가 일어난 가죽 옆에 다시 가죽을 깐다.

태알하 (가죽 까는 거 보며 투악에게) 아버지는?
해투악 예상하신 대로! 타곤 니르하 찾아뵙고 고개를 조아리셨다는..
태알하 (가죽 까는 거 보며 묘한 미소) 그래서.. 타곤은 어떻게 했대..?
해투악 그럼 무릎부터 꿇어보라고 하셨대요! 근데! 미홀님이..!
태알하 바로 꿇었겠지 뭐. (피식 웃고는) .. 사야는.. 대신전에 있나..?

S#16. 대신전, 8신전(낮)

고함사니 때 챙겨 가기 위한 만장이나 등 같은 것들이 가득 차 있는데..
탄야, 단 중앙에 서 있고, 그 옆으로 사야가 위엄 있게 서 있다.
그들 오른쪽 앞에는 모명진과 아가지를 비롯한 흰산의 심장 제관들이,
왼쪽 앞에는 아사못과 원래 제관들이 한 줄로 죽 늘어서 있다.

사야 전 타곤 니르하 직속의 밀솔 사야입니다. 앞으로 탄야 니르하도 모실 겁니다.
모두 ....
사야 저는 흰산의 심장의 가르침을 믿는, 연맹장 니르하의 유일한 자제..!
아사못 ....
모명진 ....
사야 앞으로 탄야 니르하께서 행하실 일은 모두 제가 보살필 것입니다.
아가지 (마음의 소리 E) 이럴 수가!! 열손아버지 말이 맞네!
진짜.. 은섬이랑 똑같이 생겼어..
사야 이제 대신전은..! 본래 아사신의 가르침에 따라!
모두 (긴장하여 보는데)
아사못 ....
모명진 ....
사야 (탄야를 보며) 대제관 니르하께서 새롭게 인도하실 것입니다..!
탄야 ....
사야 기존의 제관이셨던 분들은,

흰산의 심장의 가르침을 각 기둥에 새겨 넣는 일부터 시작하도록 하십시오!
(모명진 보며) 모명진 제관께서.. 잘 맡아주세요.

모명진 그리하겠습니다.. (하고는 제관들 보며) 모두들, 제 말을 잘 따라야 합니다.

제관들 예!

사야 (탄야에게 다가가, 에스코트하듯이 손을 내밀며) 니르하..

탄야, 손을 내민 의미를 몰라 어리둥절. 입모양으로 '뭐야?' 하면
사야, 입모양으로 '잡아' 한다, 탄야, 뭐지 싶은데, 사야가 가까이
다가가 작게 "예법이야" 하자, 탄야는 어색하게 잡는다.
그리고는 에스코트하듯 천천히 걸어가는데, 탄야 이상하다.
사야, 아무도 모르게 씨익 미소 짓는다.

아가지 (보며, 작은 소리로 아사못에게) 원래 저렇게.. 하는 거예요?

아사못 ... 글쎄요. 처음 보는데.. (작게, 모명진에게) 흰산의 심장.. 예법이요?

모명진 (갸우뚱) 저도 모르는 예법인데요..

S#17. 아우성의 숲길(낮)

앞서서 가는 사야와 탄야. 탄야와 사야는 아직도 손을 잡고 걷는다.
모명진과 아가지 등 서너 명의 제관들이 뒤따르고 있다.

탄야 (잡은 손을 보며) 꼭 이러고 걸어야 해? 안 불편해?

사야 예법이라는 거야. 익혀. 난 안 불편해.

탄야 (불편하다) ...

사야 (혼자 미소) ..

탄야 진짜 안 불편해?

사야 니르하!! 어찌 이 정도도 못 참으십니까?

탄야 (뒤를 흘낏 보고는) .. 근데.. 노예로 끌려간 와한 사람들은 언제 돌아올까..?

사야 곧 오겠지. 사실 가족도 아니면서 뭘 그렇게 챙겨?

탄야 ... (걸으며) 우린 다 가족이야. 다 형제고 자매구...

사야 (피식)

탄야 (은섬이 오겠다 싶어서) ... 저기.. 넌 진짜 부모, 진짜 형제 안 궁금해?

사야 ... 형제? 부모는 그렇다 치고 갑자기 웬 형제?

탄야 아니, 그냥 만약에.. 형제가 있구.. 다시 만나게 되면..

사야 ... 있다 해도.. 얼굴 한번 못 본 형제가... 무슨 의미가 있어...

탄야 (그런 사야를 본다) ...

S#18. 연맹궁 궁문 앞(낮)

대칸들이 우르르 나오고 있다. 지나던 소당과 편미를 만나, 서로 인사한다. 이때 저쪽에서 사야와 탄야 일행이 오고 있다.

기토하 (혼란) 아니.. 태알하님 아들이라고..? 나이도 안 맞고 말이 안 되잖아!

무광 아니 그게 아니고 이 답답한 형님아.. 누구 배에서 나왔는지가 뭐가 중요해? 공식적인 어머니가 태알하님이시라는 게 중요한 거지!

기토하 (큰 깨달음을 얻은 듯) 아.. (무광 보며) 야 너 근데 지금 말을 짧..

편미 어..! 저기..!

모두들 (가리킨 쪽을 보면, 탄야, 사야 일행이 온다) ...

대칸16 (사야 보고는) 근데 니르하 옆에 저 젊은인.. 누구예요? 손은 왜 잡은 거야?

기토하 (아는 척) 몰라?? 이거 이거 큰일 날 놈이네! 아까 뭐 들었어..!! 저분이 바로 그분이야..!! 타곤 니르하의 아드님!! 어머니는 태알하님이시고..! 모르면..! 배우란 말야! 응!

소당 (크크크 웃으며) 기토하 너 아주 태어날 때부터 알고 있었던 거 같다?

기토하 (괜히 무시하고 헛기침하며) 형님은 좀... 자중하시고.. 근데 손은 왜 잡은 거지?

편미 (하는데 이때 가까이 온 탄야를 보며 예를 취한다) 니르하..

대칸들 (모두들) 니르하..

탄야 (어색하게 답례) ...

사야 (무장한 대칸들 보며 일부러 위엄 있게) 어디들 가십니까...?

무광 예, 고함사니 때 니르하의 호위를 위해 살펴보러 갑니다.

탄야 무백님께선요?

무광 (티꺼운 눈빛이나, 정중하게) 무백 형님은 흰산에 가 계십니다.

사야 (고개 끄덕이며) 모두들 잘 부탁드립니다. 아무 일 없이 잘 치러지도록.

탄야 (어색하게) 잘 부탁드립니다..

대칸들 예! 니르하

하고 탄야와 사야 가면, 무광, 이 악물고 비웃듯 가는 쪽을 본다.

무광 니르하? 지랄한다.. (하고는 확 가고)

기토하 ...!!

편미 쟤 뭐랜 거야?

기토하 (가는 무광 보다가) 야.. 야! 니네 무광이 빙빙 돌면서 초승달 그거, 응? 놀리지 좀 말란 말야.. 쟤 자꾸 삐뚤어져.

하고 가면, 나머지 소당, 편미, 대칸들 어리둥절.

S#19. 흰산의 신성동굴 안(밤)

아사론, 아사사칸과 함께 마주 앉아 있다.

아사사칸 이소드녕께서 고함사니 날짜를 내려주셨습니다.
탄야, 타곤 두 분 니르하를 모셔 오세요...

아사론 (묵묵부답) ...

아사사칸 (그런 아사론을 보다가) 뒷일은 고함사니 후에 차분히 생각하십시다.

아사론 (생각에 잠긴) ....

아사사칸 (타이르듯) 대답하지 않을 겁니까...?

아사론 어머니시여, 고함사니 후에 타곤은 살아 있는 신이 됩니다.

아사사칸 (근엄하게, 노려보며) 그래서요? 잊었습니까?
타곤이 문제가 아니라고, 이미 일렀습니다.
아스달에 더 큰 재앙이 옵니다. 타곤이 막을 자라니까요!

아사론 ... 어머니께선.. 신을 만나십니까?

아사사칸 (엄하게) 무슨 소리요!!

아사론 어머니시여, 저는 이제 신성한 연기가 아니면 신을 만나지 못합니다.

아사사칸 ....

아사론 그러니 어머니께서는 보시는 멀고도 깊은 곳이
이제 저는... 보이지 않습니다...

아사사칸 ...!!! 아사론!!

아사욘 (E) 아사사칸께서 뭐라 하십니까?

S#20. 흰산 일각(밤)

아사욘과 아사론이 걷고 있다. 어두운 아사론의 표정.

아사욘 (아사론 표정 보다, 절망스럽게) 결국 우리 아사씨는 이대로..

푸른거미 (E) 니르하...

이때, 아사론에게 다가와 인사하는 흰산의 전사 푸른거미!
아사욘, 스산한 느낌의 푸른거미가 불쾌한 듯 떨떠름하게 본다.

아사론 (푸른거미에게) 샤하티의 아이들에게 전갈을 넣어라...

아사욘 (크게 놀라) 니르하..! (하고는 놀라 주위를 살핀다) 어찌...?

아사론 검은혀, 그 아이도 꼭 오라 하고...

푸른거미 예..! (하고 사라진다)

아사욘 (긴장, 놀라움으로 아사론 보는)...

아사론 (마음의 소리 E) 타곤 니르하, 곧 모시러 가겠습니다... (차가운 미소)

타곤 (E) 뭔데 그래?

S#21. 불의 성채 어느 방(15씬과 같은 곳, 새벽)

태알하가 타곤을 끌고 들어온다. 들뜬 표정의 태알하.

타곤　아무것도 없는데?

태알하　일루 와봐.

태알하, 바닥에 덮여 있는 장막을 걷는다.
그러자 바닥에 거대한 그림이 나온다. 감탄하는 타곤.

타곤　(감탄하여) 이게... 뭐야...?

태알하　너와 나의.. 깃발이야...!

타곤　...?!

태알하　정복이야, 타곤!! 너와 함께 나도 정복의 제일 앞자리에 서겠어..!
다시 칼을 잡을 거라구!

타곤　(미소로) ..!

태알하　우린 이제 아스 대륙을 하나로 만드는 거야!
이제 이 그림이 그려진 깃발이 아스 대륙 곳곳에 나부끼는 거야..!
그리고... 이름을 붙이는 거지. 땅의 이름은... 타곤! 태알하!

타곤　....

태알하　우리 이름은 사람의 이름이 아니라, 땅의 이름이고 나라의 이름이 되는 거야.

타곤　(이제 햇빛을 받는 태알하를 흐뭇하게 본다) ... 우리가 나라가 되는 거네..?

태알하　응! 그리고 결국 우린, 노래가 될 거야...! 리산과 아사신 대신,
사람들은 우릴 노래하는 거지..!

타곤　(그런 태알하를 설레어 본다) ...

태알하　널 믿었지만.. 이루어질 줄은 몰랐어. 믿는 만큼 불안했으니까..

타곤　뭐가..?

태알하　뭐겠어..? 내가 유일하게 맘에 안 들어하는 너의 그 성격...!

타곤　.... (피식)

태알하　넌 이미 오래전부터 최강이고..! 뭐든 맘만 먹으면 할 수 있었는데
눈치 보고.. 망설이고.. 연맹 사람들의 예쁨도 받아야 하고..
(돌아서서 햇빛을 받으며) 나의 예쁨으론 부족해?

타곤　사람들의 예쁨을 받지 못하는 권력자가 가야 하는 길은 참혹해...

80년 전.. 아라문 해슬라를 참칭했던 아히르 연맹장이 그랬듯이.

태알하 ...

타곤 아히르가.. 왜 그렇게 미친 짓을 했는지 난 이해해..
예쁨을 받지 못하면, 선택할 수 있는 건 하나거든.. 폭정.. 난 그게 싫어...

태알하 (그런 타곤 보며)

타곤 그러니까.. 연맹인들이 행복하고 편하려면 (미소) 날 예뻐하는 게 좋을 거야.

태알하 (미소 지으며) .. 그래 니가 옳았어.

타곤 ...!

태알하 연맹인들의 예쁨을 받으면서.. 넌 해냈고..
연맹에 피를 뿌리지 않고도.. 넌.. 해냈어..

타곤 .. 니가 날 배신하지 않았으니까..

태알하 ....

타곤 우린 서로를 위해 죽지도 않았고.. 자기를 위해 서로를 등지지도 않았어..
태알하.. 우린.. (하며 태알하에게 손을 가져가 얼굴을 어루만진다)

태알하 (보며) 우리.. 이제 둘 다.. 답답한 껍데기를 벗었어..

타곤 .. 물론이지..

태알하 이제.. 우린.. 정말 나비가 되는 거야...!

타곤 (역시 그런 태알하를 뜨겁게 보며) ...

카메라 점점 뒤로 빠지며 타곤과 태알하의 모습이
부감으로 보여진다. 이제 햇빛이 가득 찬 바닥 그림이 보인다. dis.

S#22. 하시산 전경(낮)

S#23. 하시산 숲길 일각1(낮)

잎생, 눈치 보며 앞서가는 은섬을 뒤따라가고 있다.

잎생 야... 너 나... 용서하는 거야..?

은섭 (확 째려본다) ...

잎생 (쫄린 듯 조용히 자신이 입고 있던 가죽옷을 벗어서 은섭에게 내민다)
춥지..?

은섭 (째려보다가 받아 입으려고 확 옷을 채면)

잎생 (움찔) 아니.. 용서할 거면 용서한다, 딱 얘기를 하던가, 사람 불안하게...

은섭 (옷을 입으며) 불안은 하냐?

잎생 뭐.. 내가 한 짓이 있으니까..

은섭 (기가 차서) 사트닉 죽을 때 신께 했던 맹세..
너한테 그런 건 아무것도 아니냐?

잎생 .. 맹세..? (피식) 너 이아르크에서 언제 올라왔냐?

은섭 .. 언제 올라왔든...! 그게 뭔 상관이야..?

잎생 야, 여기서 그렇게 살면, 배신당하기 일쑤고..
죽기 딱 좋아.. 이제부터라도 아무도 믿지 말고 너만 생각해! 살고 싶으면..

은섭 난 그렇게 배우지 않았어.. (간다)

잎생 (가는 은섭 따라가며, 답답 큰 소리로) 아니, 뭘 배운 건데!?

S#24. 하시산 숲길 일각2(낮)

연발과 대칸들 말을 타고 가다 말고 서며, 고개를 휙 돌린다.

연발 잠깐.. 지금 저쪽에서 무슨 소리 들리지 않았어..?

대칸14 분명 사람 소리였습니다..!

연발 어느 방향이야?!

대칸14 아.. 메아리 때문에 어느 쪽인지는...

하면서 두리번거리는 연발과 대칸들.

S#25. 하시산 숲길 일각1(낮)

은섬, 앞서가는데 잎생, 따라가면서.

잎생 (진지) 너 진짜, 마지막으로 얘기해주는 건데.. 잘 들어라..

은섬 ....

잎생 니가 이아르크서 뭘 배웠건, 여기서 그렇게 살면, 죽어.
죽을 기회만 늘어나는 거라고, 명심해.

은섬 너두 명심해. 내가 보는 데서, 자꾸 그렇게 행동하면..
너두 나한테 죽을 기회가 늘어나는 거야. (하고 앞서간다)

잎생 ...!! (은섬 보며, 마음의 소리 E) 하.. 진짜.. 빨리 헤어져야겠다..
같이 있다 함께 돼지지 않으면, 정말 저 자식한테 죽을지도 모르지..!

하면서 잎생, 심각한 표정이었다가,
갑자기 태도 확 바꿔서 은섬에게 다가간다.

잎생 아! 알았어! 은섬아.. 근데 금조개 말이야.. 그건 다시 생각해보면 안 되냐?
(확 진지하게) 아니 따져봐도 그렇잖아! 너랑 내가 그 고생해서 얻은 건데,
그럼 너랑 내 거지..! 동굴에 있는 사람들이 우리처럼 고생을 했어 뭘 했어?

하는데 은섬, 갑자기 걸음을 딱 멈춘다.
은섬, 멈춰 서서 수풀 속을 보고 있다. 수풀 클로즈업.

잎생 (그런 은섬 보며) 아, 알았어 알았어. 그거 너 가져.

은섬 (순간) 뛰어...!

은섬, 뒤돌아 달리기 시작한다! 잎생도 놀라 무작정 달린다.
도망가며 뒤를 살짝 돌아보는 잎생, 보면 곰이 달려오고 있다!
경악하여 뛰는 잎생, 쫓아오는 거대한 곰!!

S#26. 하시산 숲길 일각3(낮)

미친 듯이 도망가는 은섬과 잎생. 앞서 뛰던 은섬, 뒤를 돌아보면
잎생도 죽을힘을 다해서 뛰어오고 있다. 그 뒤로 보이는 곰..!
연신 뒤를 돌아보는 잎생, 빠르게 달려오는 곰에 잡힐 것만 같다.
잎생, 필사적으로 뛰어보지만 이젠 따라잡힐 듯 가깝다!
공포로 사색이 된 잎생, 뭔가 결심한 듯
갑자기 "은섬아!!!" 하며 확 넘어진다.
앞서 달리던 은섬, 쓰러진 잎생을 보자 급히 달려오더니
잎생을 일으키려 부축하는데, 이때, 달려오는 곰 클로즈업!
그 순간! 잎생, 품에 있는 돌칼을 번개같이 꺼내
은섬의 종아리를 확 긋는다! 팍 튀는 보라색 피! 당황하는 은섬!
잎생, 은섬을 지나 뛰쳐나간다! 당황한 은섬, 재빨리 일어나려는데
다친 종아리 때문에 절뚝이다가 앞으로 넘어진다.
넘어진 은섬의 시선으로, 저 앞에 뛰어가는 잎생의 모습..!
그리고 뒤를 보면, 은섬을 향해 달려드는 곰..!!
은섬, 자신의 위로 달려드는 곰의 턱에 일격!
곰, 충격받고는 살짝 물러서지만, 바로 앞발을 들어 포효한다.
은섬, 긴장해서 보는데 다시 으르렁거리며 달려들려는 곰!
은섬, 고통스러운 듯 다리를 절뚝이며 간신히 일어서지만,
종아리 상처를 보자 절망스럽다. 이때 곰이 은섬을 향해 돌진해 오고,
은섬, 비장한 표정으로 쓰으!! 하는데.

S#27. 하시산 숲길 일각4(낮)

도망가던 잎생, 헉헉거리며 멈춰 서서 뒤를 본다.

잎생 (헉헉) 에이씨 젠장.. 아 몰라! 내가 아니어도.. 어차피
(헉헉) 까불다가 죽을 새끼였어... 죽을 새끼였다고..!

S#28. 하시산 숲길 일각3(낮)

은섭, 의아하게 곰을 보고 있다. 돌진해 오던 걸 멈추고
어딘가를 보고 있는 곰. 은섭 곰이 보는 쪽을 보면, 수풀이다.
수풀 속에서 쓰으! 누군가가 천천히 걸어 나온다.
누군가의 털 신발 클로즈업!
점점 틸업 하면 종아리와 팔 등 곳곳에 푸른 혈관이 도드라져 있다.
틸업 하면 이쓰루브다!
그리고 뒤이어 나오는 로떱!
이쓰루브, "쓰으...!!!" 하며 자세를 취하자, 곰이 쭈뼛거리더니,
바로 도망간다. 놀란 은섭, 그런 그들을 본다. 푸른 입술..!!
그리고 종아리와 팔을 휘감은 푸른 혈관과 반점...!!!

은섭 (마음의 소리 E) 뇌... 안탈...???
이쓰루브 (물끄러미 은섭을 보며) ...
은섭 (살피며) 고.. 고맙다.
로떱 (그런 은섭을 유심히 본다)
은섭 고맙다구...
이쓰루브 (로떱에게 뇌어) 뭐라는 거야?
로떱 (뇌어) 고맙다고 하네...

이쓰루브와 로떱, 그런 은섭을 보다가는 뒤돌아 간다.

은섭 (그들이 가자, 다급하게) 뇌안탈!? 뇌안탈이지? 난 이그트야..!!

로떱, 그 소리에 돌아본다.

은섭 (자신의 종아리 피를 손에 묻혀 보이며) 이그트!! 나 이그트라고...!!

로떱, 은섭의 얼굴 보며 뭔가 느낀 듯, 놀라 보다가
갑자기 믿을 수 없는 속도로 은섭에게 확 달려들더니
양손으로 은섭의 얼굴을 잡고 유심히 보며 살짝 코를 킁킁거려

냄새를 맡는다. 당황하는 은섬.
놀란 듯 은섬의 얼굴을 살피는 로떕..! 슬픔으로 눈이 파래진다!

로떕 (그렇게 보다가는, 뇌어, 마음의 소리 E) 하... 의미 없다..

하고는 돌아서는 로떕. 망연하게 바라보는 은섬

로떕 (걸어가며, 뇌어, 마음의 소리 E) 살아남아 저리 컸구나... 아사혼... 너의 아들..

그러고는 다시 가는 로떕과 이쓰루브. 그들을 망연하게 보는 은섬.

S#29. 하시산 숲길 일각5(낮)

로떕과 이쓰루브 걸어가고 있다. 로떕의 표정 위로,

ins.cut.〉 1부 16씬 중,
로떕 (손 내밀며, 뇌어) 아기 이리 줘.. (cut.)
로떕 (뇌어) 넌, 아기만 없으면..! 빠져나갈 수 있어..!
아기 줘! (cut.)

ins.cut.〉 1부 24씬 중,
아사혼 (로떕 보며, 미소 지으며, 뇌어) 고마웠어..!

하고 돌아서 아기를 안고 가는 아사혼, 안타깝게 보는 로떕. (cut.)

이쓰루브 (뇌어) 왜 그랬어?
로떕 (뇌어) 쟬 알아.
이쓰루브 (뇌어) 어떻게?
로떕 (뇌어) 아사혼의 아들.
이쓰루브 (뇌어) 아사혼? 아사혼이 누구야.. 아! 너 어렸을 때... 구해줬다던..

빚을 갚았네.. (하다가는 확) 그럼 라가즈의 아들이라는 거잖아?!
왜 말 안 했어?! (뒤돌아보며) 라가즈의 아들을 만났는데!

로떱 (뇌어) 만나면 뭐? 뭘 할 수 있는데?
괜한 연을 쌓아서 스스로를 가두지 마라...

하며 앞서 걸어가는 로떱. 어쩔까 하다가 따라가는 이쓰루브.

이쓰루브 (따라가며, 뇌어) 넌 나보다 새까맣게 어린 게.. 하는 말마다 그 모양이야?
천년을 산 소나무 정령처럼..

로떱 (돌아보며, 뇌어) 넌 근데 왜 사람들처럼 나이를 따져? 사람이랑 산 건 난데?

그렇게 티격태격 가는 이쓰루브와 로떱.

S#30. 하시산 숲길 일각3(낮)

은섬, 처음 만난 뇌안탈의 모습에 충격과 신선함을 느낀 듯
이쓰루브와 로떱이 간 자리를 보며 아직도 멍하니 서 있다.

잎생 (E) 난 살았어!

S#31. 하시산 숲길 일각6(낮)

잎생, 살았다는 안도감과 은섬에 대한 죄책감으로
괜히 혼잣말하며 가고 있다.

잎생 또 살았다고! 야..! 난 혹시 불사신인가?! (하며 가다 갑자기 멈춰 선다)
(마음의 소리 E) .. 이그트라 해도 다친 상태에서.. 큰 곰한테는.
(인심 쓰듯) 그래..! 형이 너, 시신은 거둬주마..! 금조개도 거둬주고..!

하고는 홱 돌아서는 잎생, 돌아서다 멈춰 선다.
보면, 앞엔 말을 탄 연발과 대칸!!
잎생, 공포로 연발을 보며 천천히 뒷걸음질 친다.

연발 (수상한) 저놈 뭐야..?

뒷걸음질 치던 잎생, 갑자기 확 뒤돌아서 뛴다!

연발 잡아!!!!!

S#32. 하시산 숲길 일각7(낮)

잎생, 공포에 질려 필사적으로 도망가고 있다.
말을 타고 뒤쫓는 연발과 대칸들. 이때, 연발, 화살을 재어 쏜다!
그러자 잎생의 무릎 부근에 스치는 화살..!
"아아아악!!" 비명을 지르며 쓰러지는 잎생.

S#33. 하시산 숲길 일각3(낮)

멍하니 서 있던 은섬. 이때, 들려오는 비명소리!
은섬, 소리 나는 쪽으로 고개 확 돌리는 데서

S#34. 하시산 일각(낮)

잎생, 거칠게 한번 발길질당한다. 헉하며 옆으로 쓰러졌다가
바로 다시 일어난다. 잎생, 묶인 채 무릎을 꿇고 있다.
그 앞에 연발을 비롯한 대칸 6명이 있다. 공포에 질린 잎생이다.

연발 (칼을 들고 다가오며) 다른 놈들..? 어딨어?
잎생 ... (칼 보며 움츠러들며) ...
연발 올마대..! 알지? 같이 있었지? 어딨어?
잎생 (눈치 보며) 저기.. 혹시.. 올마대만 데려가시면 되는 거예요...?
연발 (피식) ...! 난.. 다른 놈들 관심이 없어. 올마대만 데려가면 돼..
잎생 그럼.. 저는 풀어주실... 건가요?
대칸14 이 새끼가!! (하고 주먹을 쳐드는데)
연발 (손 들어 제지하며) 당연하지. 풀어주지. 내가 여기서 아스달까지.. 힘들어 죽겠는데.. 너까지 묶어가지고 데려가면서 감시하고.. 그러겠냐?
잎생 말씀드리면... 바로 풀어주실 거예요?
연발 그건 안 되지. 니가 거짓말했는지 어떻게 알아? 가서 확인하고, 올마대 잡고, 넌 풀어주고. 어때?
잎생 (머리 굴리다가) ... 그럴게요... 제가.. 길잡이.. 할게요.

ins.cut.〉 나무 위
지켜보던 은섬, 잎생의 대답에 똥 씹은 표정이 된다.

S#35. 하시산 큰길 일각(낮)

잔뜩 신경질이 난 골두와 수하들이 가고 있다.

골두 주비놀은 왜 그 지경이 된 거야! 이제 어디 가서 찾아, 이것들을...!
수하 어쩔 수 없습니다. 돌아가시죠. 아고족 지역과 점점 가까워집니다.
골두 에이...! 연발인지 개발인지 이 자식은, 어디 간 거야?

이때, 앞길 모퉁이에서 말을 탄 카리카가 나온다.
산중에 예쁜 여자를 보자, 놀라는 골두.

골두 (음탕한 미소 지으며) 산중에.. 저런 계집이...!

카리카 뒤로, 나타나는 모모족 전사들의 위용. 놀라는 골두와 수하들.
그리고 거한이 웃통이 벗겨진 채, 만신창이가 되어 묶여 끌려오는 게 보인다. 더욱 놀라는 골두. 타피엔이 따라온다.

골두 모모.. 족이다..! (수하들에게 작은 소리로) 야, 물러서..

하면서 뒤를 보는데, 뒷길에도 모모족 전사들이 온다. 당황하는 골두.

카리카 (다가와서는, 모모어) 골두가 누구냐...
타피엔 모모의 크고 밝은 샤바라께서 골두가 누구인지 물으신다..!!!
골두 (마음의 소리 E) 샤.. 샤바라라고??!!! (주춤거리며) 저.. 저기.. 내가 골두인데..
우린 모모족에게 잘못한 일이 없는데, 왜 이러시는 거요?
타피엔 사트닉...!
골두 ...!!
카리카 (거한 가리키며, 모모어) 이자에게 들었다. 니가 사트닉를 노예로 잡아,
땅속에 처넣고 죽였다지?
타피엔 (통역하며, 눈에 핏발이 선다)
네놈이 사트닉을 노예로 잡아 죽였는지 물으신다...!
골두 우리가 주... 죽인 건 아니오..! .. 모모족인 줄 몰랐소!!! 정말이요...!

카리카, 멋있게 손짓하자 전사 중 하나가 달려들어 골두의 목을 친다.
경악하는 거한과 골두의 수하들. 공포에 질린다.

카리카 (거한과 수하들에게, 모모어) 내가 이제 알고자 한다.
너희들은 보랏빛 입술을 가진 사내를 찾고 있다.
나 또한 그 사내를 찾고자 한다. 아는 걸 모두 이야기하라...!

S#36. 하시산 갈래길(석양)

묶인 채로 길을 인도하는 잎생. 따르는 연발과 대칸들.

잎생, 앞의 갈림길에서 한쪽으로 가려고 하자, 연발이 '잠깐' 한다.

연발	이 길은 하시산 꼭대기로 가는 길이야. 그 산꼭대기에 올마대가 있다고?
잎생	그.. 그게 아니라.. 이쪽을 가로질러 가면 빠르겠지만... 이쪽은 아고하 숲 근처예요.. 아고족의 땅입니다.
연발	아고하 숲 밖으로 돌면 돼. 그리로 들어가지만 않으면 상관없어.
잎생	그래두.. 너무 가까운데.. 위험하지 않을까요?
대칸14	가라면 가지.. 니가 뭘 안다고! 야.. 여기 연발님은, 지금 아고족이 왜 지들끼리 싸우고 노예로 팔아먹고 난린지 알아?
잎생	(그 말에 눈을 빛내며) ...!!
대칸14	타곤님이 아고족 정벌하실 때, 이 연발님께서..
연발	(OL) 야.. 야.. 거.. 쓸데없는 얘기 하지 말고... (하고는 잎생에게) 빨리 앞장서!
잎생	(그 말에 날카롭게 연발 보더니) .. 예.. (하고는 다른 길로 들어선다)

잎생, 무표정한 얼굴로 가고, 다른 대칸들 따른다.

ins.cut.〉 근처 일각
은섬이 눈빛을 빛내며 따르고 있다. 손에는 급히 만든 듯한
나무줄기 등을 엮은 로프가 들려 있다.

스천	(E) 왜 이렇게 안 와..

S#37. 하시산 동쪽 기슭 동굴 앞(밤)

스천과 바도루가 토끼와 오소리 등을 잡아서 들고 온다.
부상당해 누워 있는 달새와 그 앞에 올마대는 모닥불을 쬐고 있다.

바도루	(토끼 가죽을 벗기며) 그러게 말이야. 은섬인 걱정을 안 하는데, 잎생 이 새끼 때문에, 뭐, 또 허튼짓을 안 했을까.. 걱정이네..

스천 (바비큐를 하기 위해 고기를 꿰며) ... 계속 기다리고 있을 순 없는데..!

올마대 자네 스천이라고 했나? 아스달 사람 같은데... 무슨 사연으로 예까지 와서, 우릴 돕는 겐가..?

스천 아.. 복잡해요.. 뭐.. 심부름 온 건데.. 아이.. 무백님은 이런 걸 시켜가지고... 노예 시세도 제대로 모르면서...

S#38. 하시산 숲속 야영지(밤)

큰 나무 아래, 잎생이 묶인 채로 있고, 그 앞에 한 곳에서
모닥불 위에 고기가 구워지고 있다. 대칸 3명은 모닥불 앞에서
먹고 있고, 3명은 잘 자리를 마련하고, 연발은 좀 떨어진 곳에서
소변을 본다. 잎생은 굽는 고기를 보며, 군침을 흘린다.

잎생 (웃으며) 저두.. 좀.. 아 며칠을 먹지 못했는데.. 제가 이러다 쓰러지면..

대칸14 (피식) 이게 목숨을 붙여놨더니, 호강에 겨웠구나.

연발 (소변보며) 줘.

대칸14, '예' 하고는 고기를 가지고 큰 나무 아래로 가는데,
이때, 대칸14의 목에 확 걸리는 올가미. 놀라는 잎생!
나무 위에 있던 은섬, 그 줄을 도르래 삼아 확 뛰어내리면,
대칸14는 목이 감긴 채 순식간에 확 나무 위로 끌려 올라간다.
대칸들 깜짝 놀라, 칼을 뽑으며 일어나고, 연발도 달려온다.
잎생과 모닥불 사이로 뛰어내린 은섬, 대치한다.
대칸14, 목을 부여잡고 캑캑거리며 비명을 지른다.
은섬, 짧게 뒤돌아보며 잎생에 돌칼을 던져 건네는데,
잎생은 자길 죽이려는 줄 알고, 확 눈을 감는다!

은섬 (앞 대칸들 경계하며) 뭐해! 빨리 줄 끊어!

잎생, 황당. 멍하게 보다 재빨리 칼을 받아 줄을 끊으려 한다.

연발 (뛰어와서) 그 이그트구나! 이런다고 될 것 같애!!! (하고 달려들려는데)

은섬, 줄을 확 더 잡아당기자 대칸14가 숨 막히는 비명을 지른다.

은섬 칼 내려놔! 움직이지 마! 움직이면 저 자식 죽어!
연발 (다급하게) 알았어. (공중에 매달린 대칸14 보며) 일단 풀어줘!
은섬 (OL) 칼부터 버려!!
연발 알았어! 알았어!

연발, 칼을 땅에 놓는 척하면서 재빠르게 발목에 있던 표창을 꺼내
공중을 향해 확 날리자, 줄이 툭 끊어지며 대칸14는 땅에 떨어진다.
놀라는 은섬, 잎생 보며 '뭐해! 뛰어!' 하자, 뛰는 은섬과 잎생!
연발, '쫓아!' 하고 대칸들이 쫓기 시작한다.

S#39. 하시산 숲속(밤)

미친 듯이 뛰는 은섬과 잎생. 필사적으로 쫓는 연발과 대칸들.
연발 뛰면서 활을 꺼내고, 화살을 잰다. 전력으로 뛰면서 화살을
쏘아대는 연발의 솜씨!
은섬, 어깨가 스치면서 보랏빛 피가 확 터진다. 그러면서도 계속
뛰는 은섬과 잎생. 옆의 나무에 팍팍! 박히는 화살.
어둠 속에서 정신없이 뛰다가 뭔가에 걸려 확 미끄러지는 잎생.
그런 잎생을 잡으려다가 그 밑에 가파른 비탈로 함께 떨어지는 은섬.
데굴데굴 굴러서 비탈길로 떨어지는 둘.
뒤에서 쫓아온 연발과 대칸들.

대칸15 이쪽입니다! 이리로 뛰었습니다! (하고 내려가려는데)
연발 자.. 잠깐...!

하고 보면, 주변 나뭇가지들에 노란색 천들이 군데군데 묶여 있는 게 달빛에 빛난다.

연발　(당황한 눈으로 노란색 천 보며) 이런... 빌어먹을..!

S#40. 비탈길 아래(밤)

굴러떨어져 내려온 은섬과 잎생. 물가 앞의 흙땅이다.
달빛이 밝다. 숨을 몰아쉬며, 만신창이가 된 몸을 일으킨다.
잎생, 주변을 확 살피더니 벌떡 일어난다.

잎생　(다급) 여기서 빨리 나가야 돼!
은섬　(그런 잎생을 멍하게 보며) ...
잎생　뭐해? 여기 아고족 땅이라고! 빨리 나가야 돼!
은섬　(차분히, 어둡게) 너... 아고족 족장 아들이라며...
잎생　아! 사정이 있다니까.!
은섬　(OL) 타곤의 배다른 동생이기도 하고...!
잎생　...!
은섬　(경멸하는 듯, 동정하는 듯 보며) ... 거짓이 아닌 게 있긴.. 하냐?
잎생　... (성질 나서) 뭐 어쩌라고? 여기서 빨리 나가야 된다고!
안 나갈라면 말어. (하고 돌아서는데)
은섬　(나지막이) 왜 그랬냐...?
잎생　(돌아보며) 뭘 왜 그래애?
은섬　너, 일부러 넘어진 거지? 내 다리 찔러서..
곰한테 미끼로 던질려고..
잎생　... 아니.. 좀 오해가 있는데, 그런 게 아니고!
은섬　(버럭) 왜 그랬냐고..!! 까닭이 뭐냐고!!!
잎생　... 하... 왜 그러긴! 그걸 몰라서 물어! 살려고 그랬다!! 응!
내가 살고 싶어서 그랬어! 내가 곰 배고플까 봐 그랬겠냐!!
은섬　(슬프게 본다) ... 똥 같은 새끼..

잎생 그래 나 똥 같애.. (씹어뱉듯) 나도 좀 물어보자. 넌 왜 이런 똥 같은 새끼 구하려고 그러냐??!! 응!!! 너 얼간이야? 멍청이야?!!! 응!!!
내가 너 죽이려고 했잖아!
근데 넌 왜 그랬어, 왜 나 같은 거 구하려고 돌아왔냐고오오!!!

은섬 ...

잎생 내가 그 동굴, 대칸 새끼들한테 불까 봐 걱정되면 죽이면 되잖아!
죽일 만하잖아!!
만났을 때부터 거짓말만 하고! 깃바닥 나와서도, 다들 피 튀기게 싸우는데, 어떻게든 보석 가지고 튈려고 거적 속에 숨어 있었고!

은섬 ....

잎생 주비놀에선 그 금조개 훔쳐 나오느라!
그놈들이 산장 덮치는데, 너 죽건 말건 혼자 도망쳤어! 오늘 낮엔!
널 곰한테 던졌구!! 근데!! 왜 이래!! 왜 날 살리려고 목숨을 거냐고오!
나한테 왜 이러냐고, 이 개새끼야!

은섬 ...

잎생 (씩씩대며, 나지막이) 말해..

은섬 ... 니가 필요했어...

잎생 (황당) 내가? 내가 왜?

은섬 부하.. 부하로 삼을라고 했어..

잎생 (황당해서 웃으며) 나를? (웃다가) 니가 부하가 왜 필요해?

은섬 힘이 필요하니까..

잎생 이런 씨.. 너 힘 엄청 쎄잖아, 이그튼데..!

은섬 아니.. 나 약해. 힘이 없어.. 힘이 있는 놈이, 소중한 우리 사람들.. 하나도 못 지키고, 다 빼앗기고.. 난 깃바닥에 갇혔겠어...?

잎생 ...!

은섬 구해내고 싶어.. 그럴려면 힘이 있어야 돼. 근데 대흑벽 위의 세상에선.. 얼마나 많은 부하가 있느냐, 어떤 부하가 있느냐, 그게 힘이래.
그래서 부하가 있어야겠다.. 그래야 힘이 생기고, 그래야 싸워서 이길 수 있고, 구해낼 수 있고, 지킬 수 있을 거라 생각했어...

잎생 ... (자기 사연이 생각나서, 진지해지며) ...

은섬 근데 우리 씨족은 높낮음이 없어서 부하라는 게 뭔지도 모르겠어.

당연히 어떻게 부하로 삼는지도 몰라..
그래서, 그냥 너한테 잘해주려고 했어.

잎생 ...

은섬 근데.. (울컥) 이렇게 하는 게.. 아닌가 봐.. (하고는 돌아서며)

잎생 ...

은섬 그만 헤어지자... 그만둘래.. (하고 가는데)

잎생 ... (가는 은섬 보며, 뒤에 대고) 저... 저기.. 누구랑 싸우려는 건데..?

은섬 ...

잎생 누구냐고? 엄청 쎄?

은섬 (돌아서 보며) 아스달...

잎생 아, 진짜..! 그니까 아스달에 누구냐고!! 아스달 뭐!

은섬 (결연하게) 아스달.... 연맹 그 자체...!

잎생 (쿵) ...!!! (경악하여, 멍하게 보다가) ... (정신 차리려는 듯) 아..
저거 진짜, 생각보다 더 미친놈이구나... (하고는 은섬을 쫓아가서)
야, 아스달이건 뭐건, 일단 여기서 살아 나가야지..

은섬 ...

잎생 어딜 가..! 글루 가면 안 돼. (하다가) 어! 저기.. (작은 배가 있다) 저거 타고,
물길을 따라서 돌아 나가야 돼.

은섬 (한심하다는 듯) 니가 길을 알어?

잎생 당연하지, 내가 아고족 태씨 족장의.. 셋째... 아들..

은섬 (확 째려본다)

잎생 아, 여하간 알아! 일단 나가자고..!

하고는 작은 배에 타는 은섬과 잎생.

S#41. 좁은 강 일각(아침)

배가 물 흐름에 따라 서서히 가고 있다. 날이 밝고 있다.
잎생과 은섬, 배 위에서 엉켜 잠들어 있다.
폭이 꽤 되는 계곡 사이를 유유히 가는 배. 잎생이 먼저 눈을 뜬다.

햇살이 비치기 시작하는 아름다운 강과 계곡의 풍경.
잠에서 덜 깬 상태로 보다가 정신이 번쩍 들며 은섬을 흔든다.
은섬, 일어나는데,

잎생　야, 이 머저리! 내가 깨우랬지!
은섬　니가 언제?
잎생　빨랑 기슭에 배를 대야 돼! 야 손 저어! 빨리! (하고는 손으로 강을 젓는다)
(주위 살피며) 아 완전 가운데로 제대로 들어왔네. 뭐해 저어!

은섬과 잎생, 손을 저어서 배를 한쪽으로 모는데, 이때...

은섬　(나지막이) 야...
잎생　아 왜! (하고는 보다가 놀라 굳으며) ... 아고족...!

강 양쪽의 나무와 수풀 사이에서 나타나는 아고족들의 형형한 눈빛.
하나씩 나타나더니, 꽤 많은 수다. 잔뜩 긴장한 채, 보는 은섬과 잎생.
은섬이 보는 광경에서 illusion. 잎생의 '아고족!' 하는 말이,
메아리처럼 멀어진다.

S#42. 대신전 내부 복도(낮)

사야가 눈을 감은 채 걷고 있다. 그 위로,

잎생　(E) 아고족...!
사야　(눈 뜨며, 마음의 소리 E) 어젯밤 꿈.. 왜 아고족이.. 꿈에..
그리고 날... 아.. 너무 희미하다..

앞쪽에서 모명진이 급히 오고 있다.

모명진　고함사니 날짜가 나왔습니다. 이틀 후입니다..!

사야 　그래요? 아사론님이 흰산에서 돌아오신 모양이네요.. (미소)

S#43. 대제관의 집무실(낮)

아사론, 아사욘이 탄야에게 보고하고 있다. 아사못도 있다.

아사욘 　예, 니르하. 고함사니의 모든 준비를 마치고 돌아왔습니다.
탄야 　고맙습니다. 고생하셨습니다.
아사론 　(회한 가득한 미소로) 이제 모든 것이, 제자리로 돌아가게 되었으니,
이소드녕의 보살핌이요, 아이루즈의 순리입니다.
탄야 　제자리라 하심은...?
아사론 　니르하께서 이리 돌아오시고, 저희는 흰산으로 돌아갈 것이고,
또한 아라문 해슬라께서 연맹을 이끌 것이니, 제자리지요...
탄야 　(그런 아사론 보며) ...
아사론 　연맹의 큰 복입니다...

이때, 사야와 모명진이 들어와 탄야와 아사론에게 예를 취한다.

아사론 　(그런 사야를 본다)
사야 　인사 올립니다. 타곤 니르하와 탄야 니르하를 보좌하는 초군방 밀솔,
(자막: 초군방 밀솔: 국왕 직속의 왕실 조직 관리 부서의 수장)
사야라고 합니다.
아사론 　(고개 끄덕이며) 아... (하는데, 아사못이 귀엣말을 한다)
아... 연맹장 니르하의 아드님이시라구요?
사야 　(미소로) 그렇습니다.
아사론 　이런..! 이리 장성한 아드님이 계시다니...! (하하)

S#44. 대신전 내부 복도(낮)

앞 씬과 달리 심각한 아사론과 아사욘, 아사못이 걷고 있다.

아사론 아들이라니... (차가운 피식) 하긴.. 이 마당에 타곤에게 숨겨진 자식, 하나 있는 게 무슨 놀라운 일이겠는가... (하고 아사못을 본다)
아사못 이제서야 알았습니다. 송구합니다..
아사론 ... 검은혀는...?
아사욘 왔습니다.
아사못 (경악) ...!!! 예에? 검은혀라뇨? 검은혀가 왜..!
아사론 목소리 낮추거라..
아사욘 샤하티의 아이들도 들어왔습니다..
아사못 ...!!! (경악해서 보며) 니르하.. 뭘 하시려는 겁니까...!
아사론 (차가운 표정으로) ...

S#45. 불의 성채 태알하의 방(낮)

해흘립이 탁자 위에 놓인 나무 상자의 뚜껑을 조심스레 열어 보인다.
아름답게 보석으로 장식된 짧은 청동검과 청동망치다.
보고 있는 태알하와 해투악. 보고는 감탄의 미소가 잔잔히 번진다.

해투악 와... 이거 진짜 너무 아름다워요! 태알하님 그쵸?
해흘립 이 정도면... 고함사니 때, 연맹장 니르하의 예물로 부족하진 않을 겁니다.
태알하 수고하셨습니다. 허나 일전에 말씀드린... 또 다른 청동 예물의 제작도... 서둘러주세요..
해흘립 예, 모두가 진심을 다하고 있으니, 걱정치 마소서. 어라하...! (하고 나간다)
해투악 (보고 감탄하며) 와.. 이거 진짜... 제가 이거 한 번만 만져보면 안 되겠죠?
태알하 그렇게 탐나?
해투악 그럼요오... 저도 사람인데, 이리 이쁜 거 보면 탐나죠.. 또 무사로서 훌륭한 칼을 보면 눈 돌아가는 건 지당한 일이구요.
태알하 (칼 보며) ...
해투악 태알하님도 그렇죠? 막 가슴이 뛰죠? 예쁜 것도 좋아하시고,

실은 무사시고.. 뭐, 칼 잡으신 지 오래돼서
예전 같지 않으시겠지만.. (하다가) 사실 다 잊어버렸죠?

태알하 까분다.. 몸으로 배운 거 어떻게 잊겠어. 당장 붙어도 내가 너 이길걸?

해투악 에이, 태알하님.. 큰일 나요...

태알하 (피식하다가 뒤에 고개 숙이고 있는 시녀를 본다) 못 보던 애네?

해투악 아 새로 왔대요..

태알하 이쁘네..

아사못 (E) 흰머리산 지하세계의 이소드녕께서

S#46. 불의 방(낮)

이곳에도 고함사니 때 가져갈 등이나 만장 등이 많이 있다.
탄야가 불의 방의 한가운데 서 있고, 모명진과 아가지는 뒤에 서 있다.
앞에선 아사못이 모션을 하면서 탄야를 가르치고 있다.
탄야, 아사못의 모션을 따라 한다.

아사못 (모션 하면서) 자신의 심장을 넣어 빚으신, 흰산족의 어머니를
바람에 실어 지상으로 올려 보내셨다.

탄야 (아사못을 보며 따라 한다)

아사못 (모션 하면서) 그분이 이 땅에 처음 오신 아사초하수니이시며,
그분께서 뜨거운 물기로 가득한 세상을 일구시니,
불과 연기밖에 보이지 않던 흰머리산에, 드디어 하늘못이 떠올랐다.

탄야, 따라 한다. 조용히 불의 방 뒤쪽으로
들어오는 사야. 연습하고 있는 탄야를 본다.
탄야 따라 하고, 사야는 그런 탄야에게 사랑 가득한 눈빛을 보내는데,
탄야, 마지막 모션인 하늘을 향해 두 팔을 벌린다.

아사못 그러면.. 이때.. 어린 제관이 하늘못의 신선수를 가지고 올 겁니다.

하면 소년제관이 천천히 청동잔을 가지고 온다.
그런 소년제관을 의미심장하게 보는 아사못.
소년제관은 탄야의 앞에 반무릎을 꿇고는 앉아 청동잔을 바친다.
탄야, 청동잔을 받다가는 긴장한 듯 놓친다. 물이 소년제관에게
튀자, 탄야가 당황해서는 얼른 앉아서 자신의 옷으로 소년제관의
물을 닦아주며,

탄야 .. 미안해요.. 너무 서툴러서..
소년제관 (해맑게) 전.. 괜찮습니다.. 니르하.. 저도 오늘이 처음이라, 제가 서툴렀습니다.
아사못 (그런 소년제관 보고는) ... 좀 쉬셨다 하시지요, 니르하.
탄야 예에... (사야 보고는) 아버진 오셨습니까?
사야 지금 연맹장 니르하와 만나고 계실 겁니다.
소년제관 (탄야를 보며 차가운 미소를 살짝 지으며) ...

S#47. 연맹장의 집무실(낮)

회의 탁자에 차가 한 잔씩 놓여 있고, 타곤과 열손이 앉아 있다.
타곤은 열손이 얇은 가죽에 그린 여러 가지 그림을 보고 있다.
바퀴살 형태의 바퀴 그림도 보인다.

타곤 (그림 보며) 당신은 이제, 대제관 니르하의 아버지야.
근데 불의 성채에서 계속 일하고 싶다고 했다며?
열손 .. 예..
타곤 혹시.. 알아냈어? 청동의 비밀?
열손 아뇨.. 그건 전혀...
타곤 .. (실망) 그렇겠지. 청동관 노예한테 그걸 들킬 미홀이 아니지..
열손 (망설이며) 근데... 청동 말고 다른 것도 되지 않을까 싶은데..
타곤 다른 거라니..?
열손 철입니다..
타곤 철? (피식) 그거 어따 써? 녹이기만 하면 대단한 일 있을 것처럼 굴더니,

녹여보니 다 부서지고 별거 없었다고 하던데..

열손　(OL) 잡것들이 많이 섞여서 그렇습니다! 깨끗하게 철만 뽑아낼 수 있다면..!

타곤　...!

열손　(빠르게) 주석이나 구리는 귀하지만.. 철은 땅만 파면 나옵니다..!
청동검 한 자루 만들 재물이면, 철검은 수십 자루 백 자루도 만듭니다..!

타곤　... (피식) ... 적응이 빠르군.. 좋아.. 근데 그게 됐으면 해족이 벌써 했겠지..

길선　(들어오며) 니르하..! 드디어 고함사니 날짜를 받아, 아사론님이 돌아왔습니다.

타곤　(기대에 차는) .. 그래?

길선　이틀 후이니, 내일 떠나셔야 할 듯합니다.

열손　우리 탄야도..?

길선　물론입니다. 대제관 니르하께서 당연히 가셔야죠.
와한의 분들, 모두 니르하께서 부르십니다. 가보시지요...

열손　.... 예 그럼.. 저는 이만 가보겠습니다.

타곤　.. (예를 취하며) 예, 또 뵙겠습니다.

열손 나가는데, 길선과 타곤 모두 예를 취한다.
타곤, 흥분되는 얼굴이다.

S#48. 대신전, 8신전(낮)

열손이 놀란 얼굴로 앞을 보고 있다. 그 옆에 뭉태, 둔지, 검불 등의
와한족 사람들이 제의 때 입는 흰옷을 입고 역시 놀란 표정으로
앞을 보고 있다. 앞에 있는 사람은 사야다!

뭉태　(마음의 소리 E) 어떻게 이렇게.. 똑같을 수가!!!

열손　(마음의 소리 E) 세상에... (하고는 얼이 빠진 뭉태의 옆구리를 쿡 찌른다)

사야　(얼어붙은 사람들 보고는) 왜 그리 얼어붙어 계십니까.
이젠 노예가 아니십니다.. 당당하셔도 돼요.

열손　.. (당황한 채) .. 아.. 예..

사야　예, 가시죠. 니르하께서 기다리십니다.

모두들 (사야를 신기하다는 듯 보며, 따라가며) ...
사야 이제 곧... 돌담불로 끌려간 동무들도 올 겁니다. 대칸이 갔어요.
모두들 ...!!
둔지 정말요? 그럼... 터대랑, 달새랑 북쇠랑 다 오겠네요..! (사람들 보며) 그치?
검불 아이구... 살아서 못 볼 줄 알았는데, 뭉태야.. 잘됐다. 잘됐어..
뭉태 .. (당황) .. 아.. 그렇네요. (억지웃음 지으며 당황) 다 만나겠네..

하고는 어두워지는 뭉태의 표정. 따라가는 와한들.

S#49. 연맹궁 전경(밤)

S#50. 연맹궁 복도(밤)

45씬의 청동검과 청동망치를 쟁반에 받쳐 들고 오는 태알하.
집무실 앞에는 소당과 양차가 있다.

태알하 말씀드리세요.
소당 안 계십니다. 그냥 좋은 술 한 병 가져오라 하시더니, 나가셨습니다.
태알하 (갸우뚱하다가는 양차 보며) 같이 안 가고?
양차 (고개를 끄덕한다)
태알하 (의아한) 호위도 없이.. 술.. (하다가는 생각난 듯 마음의 소리 E)
산웅의 무덤에 갔구나.. 생각날 만한 날이지..

S#51. 아우성의 숲(밤)

달빛이 내리쬐는 아우성의 숲. 오늘은 무섭기보다는 아늑한 느낌이다
그 사이를 타곤이 술 한 병을 들고 가고 있다.

ins.cut.〉 숲길(낮)
젊은 산웅이 어린 타곤의 손을 잡고 가고 있다.
타곤은 불안한 눈빛으로 아무 말도 없이
깊은 숲으로 들어가는 아버지를 흘낏흘낏 본다.

다시 현실, 타곤이 걷고 있다. 마치 옆에 젊은 산웅이 걷는 듯하다.
타곤의 표정이 슬프고도 비장하다, 그 위로,

ins.cut.〉 검은 숲(밤)
공포에 사로잡힌 어린 타곤이 "아버지" "아버지"를 부르며
찾고 있다. 숲이 너무 깊어 타곤이 가려는 곳마다
들짐승의 눈빛이 보인다. 그러면서도 계속 찾으며 가는 타곤.

다시 현실, 타곤이 계속 걷는다. 괴로운 듯 눈을 감는다. 그 위로,

ins.cut.〉 타곤의 옛집 마당(밤)
경악하여 보는 산웅. 옷이며 얼굴 등이 여기저기 찢기고 터진 채로
눈물로 범벅이 된 어린 타곤이 집으로 들어와 있다.
그리고는 안도감에 울면서 산웅에게 안기는 어린 타곤.
그렇게 안겨 있는데, 조용히 타곤의 목을 조르는 산웅의 손.

S#52. 산웅의 무덤 앞(밤)

타곤, 눈을 감은 채, 괴로운 듯 걷다가 눈을 뜬다.
숲속에 3, 40여 개의 돌비석으로 둥그렇게 꾸며진 산웅의 무덤이다.
돌문으로 들어가는 타곤, 가운데 서서 니르하에게 하는 예를 취한다.

타곤　　아버지, 접니다.. 당신의 아들.. 타곤..

하고는 술을 돌비석 하나에 거칠게 뿌린다.

타곤 드디어.. 제가 아라문 해슬라가 되나 봅니다..
(눈물이 고이며 미소) 기뻐하셔야죠?
(울먹) 그러라고 하셨잖아요....

S#53. 회상과 현실 몽타주

#. 타곤의 옛집 마당(51씬의 회상 연결, 밤)
어린 타곤의 목을 조르는 젊은 산웅.
점점 더 조르고, 어린 타곤이 숨이 막혀가는데, 목을 조르던 손을
확 풀어버리는 산웅! 캑캑거리는 어린 타곤! 흥분한 산웅은
눈물을 흘리며 그런 타곤을 부둥켜안는다.

산웅 내가 대체 무슨 짓을 한 것이냐? 미안하다 타곤..
내가 잘못했다.. 잘못했어. (cut.)

#. 타곤의 옛집 1층 거실(밤)
어린 타곤이 겁에 질려 산웅을 보고 있고 산웅은 타곤의 손을 잡고
얼굴을 가까이 한 채, 이야기한다.

산웅 넌 아라문 해슬라가 될 거다. 내가 그리 만들 거야.
다라부루의 말씀이 틀렸다는 걸 내가 보이고 말 거다.
넌 결국 아라문 해슬라의 재림이 될 거다!
어린타곤 ...!!
산웅 그때까진.. 결코 너의 피를 드러내서도, 들켜서도 아니 된다.

#. 일각(낮)
무릎이 찢겨 보라색 피를 흘리고 있는 어린 타곤.
이를 보는 놀란 타곤의 친구. 놀라는 타곤.

#. 친구네 집 마당(밤)
어린 타곤, 놀라서 마당을 바라보고 있다. 친구가 죽어 있고,
그의 가족들이 모두 몰살되어 있다. 헉헉거리는 피 묻은 산웅.

산웅 그사이, 지 식구들에게 말했을지도 모르는 일이다...!
(차갑고 결연하게) 누구도 알아선 아니.. 된다..!
어린타곤 (경악) ...!!!

#. 숲 일각(낮)
동물에 물린 듯 팔이 찢긴 어린 타곤. 아파할 새도 없이 얼른,
옷의 일부를 찢어 팔을 묶으려는데, 이때 친구 하나가
도와주려 다가온다. 그러다 타곤의 보라색 피를 보고 놀라는 친구!
당황하는 타곤. 얼떨결에 돌로 친구의 머리를 내려치는 타곤.
그리고는 바들바들 떨며 우는 어린 타곤.

어린타곤 (울먹이며) 미.. 미안해.. 너의 가족까지 다 죽을 수도 있어...

#. 산웅의 무덤 앞(밤)
현재의 타곤, 마치 어린 시절처럼 입술을 바들바들 떨고 있다.

#. 반칼곶 근처 일각(새로 찍는 회상, 1부 9씬 연결)
무백 협상이 결렬됐습니다..
타곤 .. (무심하게 흰별삼광새에게 먹이 주다가는, 피식) 그럼 전쟁인가...?

하며 무백 보다가는, 다시 무심히 흰별삼광새에게
먹이를 주는데 무백은 모르게 침울해지는 소년 타곤의 표정.

#. 연맹장의 집무실(낮)
산웅과 소년 타곤이 있다.

산웅 뇌안탈과의 화합은 실패다... 이제 전쟁이야.

타곤 ...!!!

산웅 이그트부터 다 죽일 거다.. 넌.. 아스달을 떠나야겠다..

타곤 (무릎 꿇으며) 안 돼요.. 아버지.. 그것만은 못해요..

산웅 같이 죽자는 것이냐...

타곤 (억울) 아버지의 약속을 믿고.. 전.. 제 친구들을...
(하다가는 태도 전환) 살려주세요.
아스달에 있게 해주세요. 제가 할게요..! 제가 뇌안탈을 다 죽일 수 있어요!
제게 방법이 있어요.

산웅 ...!!

타곤 뇌안탈도 제가 다 죽이고, 이그트도 제가 다 죽일게요..! 제가 다 할게요!

산웅 ... 어째서.. 니 어머니의 혈족과 니 동족까지 다 죽이면서..
못 떠나겠다는 것이냐... 이유가 뭐냐...

S#54. 산웅의 무덤 앞(밤)

현실의 타곤, 눈물을 흘리고 있다.

타곤 (마음의 소리 E) 이유가 뭐냐고요..?
나 때문에 죽은 나의 동무들과 그 가족들..
그들 앞에서 맹세했으니까요..
난 꼭 아라문 해슬라가 될 거라고.. 당신들의 죽음은 헛된 것이 아니라..
앞으로 신이 될 자에게 바쳐진 영광스런 제물이라고..
그래서 전.. 떠날 수 없었어요... 그리고..
결국 이렇게 이뤄졌어요. 아버지.
(눈물을 머금은 육성으로) 축복.. 해주세요...

하며 고개를 숙이고, 복잡한 마음이 터져 나오며 흐느끼려는데

아사론 (E) 아버지를 보러 오셨군요..

타곤, 놀라 얼른 돌아본다. 아사론이다.
타곤, 주변을 빠르게 훑어보는데 아사론 혼자다.

아사론 흰산의 전사들이라도 왔을까 싶어 그러십니까?
타곤 ....
아사론 그만한 병력이 움직였으면 보고가 들어왔겠죠..
연맹장께서 흰산 곳곳에 이미 대칸들을 두시지 않았습니까?
타곤 (피식) 아사론님을 지키기 위해서이니.. 이해해주시지요.
아사론 지켜요? 저를?
타곤 만에 하나 이제 와 다른 마음을 품으시면.. 제가 당신을 죽이게 될 테고..
아사론 ...!
타곤 그리되면.. 그리 참아온 저와 대칸의 노력은 물거품이 되지 않겠습니까?
아사론 (피식) ... 예, 흰산에 대칸이 배치되지 않았다면, 제가 흰산에서
다른 마음을 품었을 수도 있었겠습니다. 잘하셨어요.
타곤 이번 고함사니는.. 진정 티끌만 한 흠집도 없이 치르고 싶습니다.
아사론 (온화하면서도 허탈한 듯한 미소로) 흠집 없이 치른다... (미소)
그 말씀... 산웅 니르하 때문입니까...?

ins.cut.〉 7부 31씬 중,
타곤 아버지의 목이 반이나 떨어져 나가는 걸.. 저도 봤답니다..
제 손에.. 칼이 들려 있더군요. (cut.)
타곤 예.. 제가 죽였습니다. (cut.)

아사론 사실 전 이해할 수가 없었습니다.
산웅 니르하께서 왜 그리 아드님을 미워했는지를요.
타곤님의 공도 모두 산웅 니르하의 것이었는데..
타곤 .. 권력의 일이었으니까요..
아사론 안타까운 거지요.. 산웅 니르하가 아드님을 품었다면..
타곤 니르하께서 아버지를 죽일 이유도 없었을 테고..
타곤 ....
아사론 그랬다면.. 모든 게 달라졌을 텐데요.

타곤 .. 달라졌을까요?

아사론 (점점 거리를 벌리려 걷는 척하며) 아닌가요?

타곤 .. (상념에 잠기는데) ..

아사론 뭐.. 하긴... 아버지를 죽였기에... 이 자리에 서게 되신 것이니..
타곤 니르하 입장에선 오히려 잘된 것일 수도 있겠습니다.

타곤 (괴로운 듯 고개를 가로저으며) 아뇨.. 어떤 경우에도..
아버지를 자식의 손으로 죽이는 일이 잘된 일일 수는 없습니다.

아사론 (거리를 꽤 둔 채 차가운 미소로) 그렇죠. 어떤 경우에도 아버지를 죽인 자가..
(태도 돌변하며) 연맹장이 되고, 아라문 해슬라가 될 수는 없는 것이니...!!!

타곤 (놀라고 의아) ...!!

이때 산웅의 무덤 주위의 숲속에서 나타나는 쿵퉁, 다와 등
좌솔 서넛들과 어라하들! 너무도 놀라 타곤을 본다.
타곤, 경악..! 불쌍할 정도로 어쩔 줄 몰라 당황...!!!

아사론 아비를 죽이고, 흰산의 심장을 사주하여, 제관을 죽이고,
아사신의 곧쪽을 꾸미면 연맹을 차지할 수 있을 거라 생각했느냐..!
이제 아스달 모두가 알게 될 것이다..!
아라문 해슬라를 참칭한 네놈의 추악한 모습을!!

타곤은 경악하여 얼어붙은 채 아사론을 보고,
좌솔들과 어라하들은 여전히 놀라 타곤을 보고 있다.
그들 뒤로는 흰산의 전사들 열댓 명이 스며들듯 들어온다.
타곤은 절망스럽고, 당황스러워 미칠 것 같다.

아사론 타곤 네놈은 요물이고! 아스달에서 도려내야 할 썩은 부스럼이야!

타곤 (절망으로 미칠 것 같다) ... 아.. 아사론...

아사론 나 아사론은 아스달 여덟 신의 부름을 받는 자로서
그 썩은 부스럼들을 도려낼 책임이 있고..
그 책임을 다한다면 예서 죽어도 여한이 없다..

타곤 ....

아사론 또한..! 타곤 네놈의 손발인 태알하 탄야도..!

타곤 (경악) ...!

아사론 내일 아침 해를 보지 못할 것임을 이소드녕의 이름으로 약속한다..!

타곤 (모든 것이 물거품이 된다는 미치겠는 마음으로) 하아...!! 아사론... 왜 이렇게까지..! 왜??!!!!!

S#55. 불의 성채 태알하의 방(밤)

태알하, 화장대에 앉아 청동거울을 보며, 귀걸이를 떼고 있다.
화장대에는 타곤에게 주려던 칼과 망치가 놓여 있다.
이때, 자리끼를 들고 들어오는 45씬의 시녀.

시녀 어디다 둘까요?

태알하 (흘낏 보고는) 거기.. 탁자에..

시녀 (탁자에 자리끼를 놓고는 태알하 보며) 머리 빗겨드릴까요?

태알하 그럴래?

하면 시녀가 와서 머리를 빗긴다.

S#56. 대제관의 집무실 앞 복도(밤)

차와 과자 등을 담은 청동쟁반을 들고 오는 후드를 쓴 소년제관.
이때 방 앞으로 오던 사야.

사야 대제관 니르하께 가느냐...?

소년제관 예에.. 사야님.

사야 됐다. 내가 가지고 들어가마..

소년제관 (당황한 척) 이런 일은 제가 할 일입니다.

사야 (무심히) 괜찮아.. 넌 가서.. 쉬어..

소년제관 (당황) ... 하지만..
사야 .. 물러가라니까..
소년제관 물러갈 수가.... 없는데..? (차가운 미소)
사야 ....!!!

S#57. 불의 성채 태알하의 방(밤)

(55씬 연결)

태알하 넌 온 지 얼마 안 됐다고?
시녀 예...
태알하 어디서 왔어.... 고향이 어디야....?
시녀 (차가운 미소로) 흰산.. 깊숙한 곳이요...
타곤 (E) 왜애..!!

S#58. 산웅의 무덤 앞(밤)

(54씬 연결)

타곤 (거의 울먹이듯이) 이렇게.. 까지.. 하셔야 합니까...
왜애... 왜애.. 날 이렇게까지..!
아사론 타곤 저자는 제 입으로 죄를 말하였다..! 저자를 당장 추포하라!!!

타곤, 절망적인 표정으로 아사론을 보고,
주변의 좌솔들과 어라하들의 얼굴을 하나하나 본다..

타곤 (눈물이 난다) 그렇게.... 애썼는데... 그렇게..
태알하 (E) 눈치 보고.. 망설이고.. 누구의 피든 안 흘리려 하고..
연맹 사람들의 예쁨도 받아야 하고..

타곤 ....

ins.cut〉 14부 21씬, 불의 성채 어느 방과 현실의 타곤 교차 구성.
태알하 (미소 지으며) .. 그래 니가 옳았어.

타곤 (멍하게) 아니 내가... 틀렸어..
아사론 ....?

태알하 연맹인들의 예쁨을 받으면서.. 넌 해냈고..
연맹에 피를 뿌리지 않고도.. 넌.. 해냈어..

타곤 (마음의 소리 E) 아니, 실패... 했다.. 태알하.. 실패다...
피 흘리지 않고... 갈 수 없는 (울먹) 길이었다...

이때 흰산의 전사들이 포위하듯 다가오고.. 이때..!
확 튕기듯 날아와 다리로 타곤의 허리를 감으며,
타곤의 목덜미에 칼을 꽂는 누군가! 그렇게 꽂은 채로

검은혀 연맹장 니르하... 이리 뵙게 되었습니다. 샤하티의 검은혀입니다...
(하고는 "하아..!" 하며 혀를 무섭게 내미는데, 검다)
타곤 (고통스러워하며, 이를 악물고 움직이려는데) ...
검은혀 움직이실 수 없을 겁니다. 칼이 정확히 혈맥에 들어갔습니다..

하다가, 더 놀라는 검은혀..!
칼이 꽂힌 곳에서 보라색 피가 흘러나오고 있다..!
아사론과 좌솔들, 상황 파악 못하다가는 경악한다!!! '저.. 저 피는!!!'
타곤, 그런 아사론과 좌솔들을 보고, 흘러 내려오는 자신의 피를 본다.

타곤 그렇게... 그렇게 노력해도.. 안 되는 거면.. (울먹)
진작에 알았으면 좋았을 텐데.... (울컥) 미안하다.. 나 때문에 죽은 모두들...!

고통스러워하며, 눈물을 흘리며, 아사론과 좌솔들을 하나하나 본다.
모두들, 타곤의 보랏빛 피에 경악해 있다.

타곤 (고통을 참으며 울먹이는 목소리로) 다.. 당신들이... 잘못한 거야...
난 정말.. 피로 물든 폐허 위에.. 서고 싶지 않았어.. 죽이기 싫었다고..

아사론 이그트.. 타.. 타곤이.. 이그트라니..!

하는 순간, 타곤의 표정이 변하며 기합과도 같은 '으앗!'
소리를 지르며 두 손을 뒤로 뻗어 검은혀의 목을 확 꺾어버린다!
검은혀, 그대로 땅으로 툭 떨어진다!! 목이 90도 꺾인 채, 절명.
공포로 바라보고 있는 아사론과 사람들!
타곤, 이제 눈빛이 보랏빛으로 확 빛나며, 쓰러지는 듯하더니,
네발로 자세를 잡는다.
보랏빛 피범벅인 된 채, "쓰으으.....!!!" 소리를 내며

타곤 그래... (눈물 흘리며, 이를 악물고 씹어뱉듯) 그렇게 소원이라면
모조리 죽여줄게.....!!!!

아사론, 경악한 눈으로 보는데 타곤, 마치 짐승처럼 포효하며,
엄청난 속도로 아사론을 향해 돌진! 블랙아웃! 14부 END.

"산웅, 무트루브" from 산웅 & 무트루브

*화면(카메라) 여자 뇌안탈의 시선

/화면 양쪽으로 나무들이 빠르게 지나가고, 원시림 숲을 달리고 있는 카메라, 마치 짐승의 시선 같다.

/옆으로 카메라 돌아가면, 숲 밖에 넓게 펼쳐져 있는 평원을 가로질러 달리는 순록 떼들의 모습이 보인다. 순록 떼와 나란히 달리는 카메라.

무트루브 (뇌어 NA.) 그때 그 남자를 처음 보았다.

/이때, 저 앞 수풀에 숨어, 지나는 순록 떼들을 보고 있는 사람 청년.

/달리던 카메라, 서서히 속도를 줄이고, 청년에게 시선 고정한다.

무트루브 (뇌어 NA.) 그는 나와는 다른 종의 무엇...... 사람이었다.

/이때, 청년의 뒤로 다가오고 있는 호랑이의 모습!

/카메라, 청년과 호랑이 번갈아 보다가

/호랑이가 상체를 낮추며 청년에게 달려들자, 동시에 "쓰으..!"

무트루브 (뇌어 NA.) 난 나도 모르게 그를 구하러 몸을 던졌다.

소리와 함께 무서운 빠르기로 호랑이에게 돌진하며 블랙.

*화면(카메라) 사람 청년의 시선

/점차 화면이 밝아지면서, 누군가의 얼굴 보이는 듯하다.
희미하던 시야가 또렷해지자, 눈앞에 보이는 여자 뇌안탈!

청년 (NA.) 그때 그녀를 처음 보았다.

/뒷걸음질 치며, 고통 섞인 신음소리, 낮은 비명소리와 함께
주변에 잡히는 나뭇가지와 돌들을 던진다.
/던진 나뭇가지가 여자 뇌안탈의 목을 확 긋자, 목에 맺히는
파란 핏방울..! 뇌안탈이 자신의 목에 손을 쓱 가져다 댄다.

청년 (NA.) 나와는 다른 종의 무엇. 뇌안탈이었다.

/더 이상 공격하지 않고, 숨만 헐떡이며, 뇌안탈의 눈치를 살피는데
/벌떡 일어나 동굴 밖으로 나가버리는 여자 뇌안탈.
/그제야, 다친 자신의 팔, 다리를 이리저리 살핀다. 찢긴 살점에
덕지덕지 붙어 있는 약초들. 그런 청년을 보고 있는 무트루브.
눈이 마주치는 무트루브와 청년, 서로를 바라본다.
위 장면들 펼쳐지고 그 위로,

청년 (NA.) 난 나도 모르게 날 구해준 그녀에게 다가갔다.

*화면(카메라) 누구의 시선도 아님
/화면 밝아지고, 동굴 안에서 자고 있는 청년과,
동굴 끄트머리에서 자고 있는 여자 뇌안탈. 밖엔 비가 오고 있다.
/청년, 일어나자 멀리 누워 있는 여자 뇌안탈을 본다.

/여자 뇌안탈의 하얀 목에 긁힌 상처 클로즈업.
/그러자 자신의 옆에 놓인 약초를 들고 다가가는 청년.
/상처 난 여자 뇌안탈의 목에 약초를 살살 발라준다.
/여자 뇌안탈의 몸 반쯤이 비를 맞고 있자, 조심스럽게
동굴 안쪽으로 밀어 넣는 청년.
/뇌안탈이 움찔하자, 깜짝 놀라서는 동굴 안으로 후다닥 들어간다.
/여자 뇌안탈의 얼굴 클로즈업, 푸른 입술에 옅은 미소가 번진다.

무트루브 (뇌어 NA.) 사람이여.. 우리는 다르다. 그래도 나는 너를 바란다.

/시간이 좀 지난 듯, 나은 듯한 청년 절뚝이며 숲을 빠져나가려는데,
망설이듯 연신 뒤를 돌아본다.
/청년, 동굴로 들어오자, 안에 있던 여자 뇌안탈, 웃어 보인다.
/청년의 손 보면, 약초 풀, 꽃 등이 가득하다.

청년 (NA.) 뇌안탈이여.. 우리가 옳지 않다는 것을 안다.
그래도 나는 너를 바란다.

/시간이 더 지난 듯, 여자 뇌안탈의 목에 무언가를 그리고 있는 청년.
/카메라 내려가면, 부풀어 있는 여자 뇌안탈의 배.
/물가에서 목을 비춰보는 뇌안탈, 물에 비친 나뭇잎 모양의 문신.
/이때, 뒤에서 나타나 여인을 안는 청년. 키스하는 둘. (물에 비친 모습)
/화면, 서서히 연기 차듯 희미해지고.
위 장면들 펼쳐지고 그 위로,

청년 (NA.) 그리고 세월이 흐른 후, 우리는...

*화면(카메라) 사람 청년의 시선

/밤안개가 가득한 어둠, 저 멀리서 횃불이 점차 다가온다.

/드러나는 호랑이 두개골 뼈를 뒤집어쓴 뇌안탈.

/카메라를 보는 여자 뇌안탈, 세월의 흐름이 느껴진다.

둘이 동시에 (NA./뇌어 NA.) 하늘못에서 다시 만났다.

숲속, 홀로 걷는 산웅, 무트루브가 앞에 서 있는 걸
보고 놀란다. 무트루브가 다가간다.

무트루브 (뇌어) 우리.. 아이는? 살아... 있나..?

산웅, 답하지 않고 외면하고 간다. 멀어지는 산웅의 뒷모습. dis.

1부 9씬 반칼곶 근처, 새에게 먹이 주는 소년 타곤의 모습.
그 앞에 서 있는 무백.

타곤 이 흰별삼광새.. 참 재밌지 않아요?

이 장면을 멀리서 보고 있는 무트루브의 모습.

무트루브 (뇌어 NA.) 타곤.. 나의 아이.. 타곤...

세상 모든 전설의 시작

15부

S#1. 14부 엔딩 하이라이트(전경)

아사론 이그트.. 타.. 타곤이.. 이그트라니..! (cut.)

아사론을 비롯한 좌솔들, 모두 경악해서 타곤을 본다.
타곤, 고통으로 표정이 일그러지지만 그런 좌솔들을 본다.
(*이 부분은 14부 엔딩에 없는 부분입니다)

ins.cut.〉 14부 53씬 회상 중,
어린 타곤 시점으로 다가오는 산웅의 얼굴! 그 위로,

산웅 (E) 너의 피를 본.. 모두를.. 죽여야 한다..!

타곤 (좌솔들 하나하나 보며 세는 느낌, 필사적인 마음의 소리 E) 열일곱.. 열여덟...
쿵퉁 (경악하여) 이.. 이런.. 말도 안 되는...

하는 순간, 타곤의 표정이 변하며 기합과도 같은 '으앗!'
소리를 지르며 두 손을 뒤로 뻗어 검은혀의 목을 확 꺾어버린다! (cut.)
타곤, 이제 눈빛이 보랏빛으로 확 빛나며 쓰러지는 듯하더니,

네발로 자세를 잡는다.
보랏빛 피범벅인 된 채, "쓰으으....!!!" 소리를 내며

흰산1 (뭔가 이상한 것을 느낀 듯) 아사론 니르하! 피하십쇼!!!
아사론 ...!!!
타곤 그래... (눈물 흘리며, 이를 악물고 씹어뱉듯) 그렇게 소원이라면
모조리...... (한숨처럼 외치는) 죽여줄게....!!!!

아사론, 경악한 눈으로 보는데 타곤, 마치 짐승처럼
엄청난 속도로 아사론을 향해 돌진! (14부 엔딩 지점)
흰산 전사1, '니르하!' 외치며 아사론을 보호하기 위해
튀어 오르고 흰산2, 역시 타곤을 향해 몸을 날린다.
타곤 공중에서 흰산1을 베어버리고 착지하며 흰산2를 벤다.
그대로 목이 잘려 떨어지는 흰산1! 피가 솟구친다.

타곤 (흰산1과 흰산2를 보며 E) 둘... (나머지를 보며 E) 나머지..
(이 악물며 E) 스물여섯...!

모두들, 경악 긴장하여 얼어붙고 아사론은 도망치듯 뒷걸음친다.

아사론 (흰산 전사들에게, 다급 공포) 뭘 하고 있는 것이냐!! 저 괴물을 죽여!!

흰산 전사들, 모두 칼을 들고 타곤에게 달려든다.
타곤, 피를 뒤집어쓴 채, 달려드는 흰산 전사들을 보며,
희번덕거리는 눈에 잔인한 미소!
타곤, 압도적인 실력으로 싸우는데 흰산 전사들 추풍낙엽이다.
아사론을 비롯한 좌솔들 도망가려는데
타곤, 흰산 전사의 어깨를 밟고 도망가는 쿵퉁에게 날아가 베어버린다.
공포에 질리는 좌솔들. 타곤, 이를 악물고 기합을 지르며 달려든다.

S#2. 불의 성채 태알하의 방(밤)

태알하의 머리를 빗기는 샤하티 시녀(샤소녀1), 손에 가는 줄이 있다.
태알하, 기분 좋은 듯 눈을 감는데 순식간에 줄이 태알하의 목을
감는다. 태알하 경악! 목을 졸라 잡아당기는 샤소녀1.
태알하, 딸려 가지 않으려고 안간힘 쓰며 앞쪽 테이블에 있는
타곤의 청동 예물검을 향해 손을 뻗는다. 필사적인 모습이다.
샤소녀1도 이를 악물고 잡아당기고 태알하, 숨이 넘어가는 듯하다.
이때, 태알하 갑자기 몸의 힘을 쭉 빼버리자
샤소녀1, 당기던 힘에 확 뒤로 밀리고 태알하와 함께 나가떨어진다.
재빠르게 초생칼을 뽑아 휙휙 돌리며 태알하에게 달려드는 샤소녀1!

S#3. 대제관의 집무실 앞 복도(밤)

사야가 있고 그 앞에 후드를 쓴 소년제관(샤소년1)이 있다.

사야 뭐...? 너.. 지금 뭐라고 했어. 물러갈 수가 없어?

샤소년1, 품에 손을 넣는다. 사야 뭔가 이상한데,
꺼낸 손을 펼치니 손바닥에 가루! 그리고는 가루를 사야를 향해
후! 하고 분다. 가루를 흡입한 사야가 캑캑거리며 중심을 잡지 못하고
비틀거리며 쓰러진다. 일어서려고 안간힘을 쓰는데 되지 않는다.
그런 사야를 미소 지으며 보는 샤소년1, 초생칼을 꺼내 들고
문을 열고는 대제관 집무실로 들어간다.

S#4. 대제관의 집무실(밤)

들어오는 샤소년1 주위를 살피는데 아무도 없다. 열려 있는 반대쪽 문!
낭패라는 표정으로 급히 반대쪽 문으로 튀어나가는 샤소년1.

그러자, 한쪽 구석에 숨어 있다 놀란 눈빛으로 나오는 탄야.
탄야, 혼잣말처럼 '사야!' 하면서 구하려고 나가려는데
반대쪽 문에서 다시 나와서 확 뛰어올라 탄야 앞을 막는 샤소년1.
탄야, 경악!

샤소년1 (고개를 숙여 인사하더니) 안 아프게 보내드릴게요...

하더니 초생칼을 치켜든다. 탄야, 물건을 집어던지고 소리 지르면서
도망가는데 금세 궁지에 몰린다.

탄야 도와주세요! 밖에 없어요!!
샤소년1 이 대신전에.. 지금 당신의 편이 있을까요...? (차갑게 웃는다)

S#5. 대제관의 집무실 앞 복도(밤)

기절하여 쓰러져 있는 사야. 그 위로 '누구 없어요!' 하는 탄야의 소리가
희미하게 들린다.

S#6. 아우성의 숲 일각1(밤)

뒤를 연신 돌아보며 바삐 가는 아사론의 뒷모습. 카메라 따라간다.

아사론 (마음의 소리 E) 실패다..! 타곤이 이그트였다니..!!!
(소리 내어, 누구에게 말하는지 모르게) 이젠 신성재판은 필요 없다.
그 시신이 증좌가 될 것이니..! 가서 타곤을 죽여!

하고는 가버리는 아사론. 아무도 없는 숲인데
숲나무 사이로 샤하티의 아이들 3명이(샤소년3, 4, 샤소녀2) 나온다.
가는 아사론의 뒤에 대고 인사를 한 후,

아사론이 오던 방향으로 무표정하게 걸어간다.

S#7. 산웅의 무덤 일각(밤)

거친 호흡을 몰아쉬며 다와의 목에 칼을 들이대는 타곤.
숨을 몰아쉬며 앞을 보면, 공포에 질린 듯한 흰산 전사 셋이
보인다. 그리고 여기저기 널브러져 있는 좌솔과 흰산 전사의 시신들.
타곤, 온몸에 붉은 피와 보라 피로 피 칠갑이 되어 있다.

다와　　니.. 니르하.. 사.. 살려주시오..
타곤　　(상관 않고 둘러보며 마음의 소리 E) 아사론.. 빠져나갔는가..!
　　　　(다와의 목을 슥 베며) 스물... 넷...

마치 숫자를 세듯, 칼로 앞의 흰산 전사를 가리키는 타곤.
전사들, 타곤을 보는데 도무지 상대가 될 것 같지 않다.
타곤이 다와의 목을 던져버리고 전사들은 당황한 표정으로 보다가
도망치기 시작한다. 타곤, 그들을 보다가
피에 굶주린 맹수처럼 포효하며 뒤를 쫓기 시작한다.

S#8. 불의 성채 태알하의 방(밤)

태알하, 샤소녀1의 초생칼을 피하며 어떻게든 테이블 위에 예물검을
잡으려 하고, 샤소녀1은 못 잡게 하려고 공격하는 공방이 이어지다가
태알하가 예물검을 잡기 위해 몸을 돌려 검을 잡는 순간, 샤소녀1이
뒤에서 다시 줄로 태알하의 목을 감는다. 등에 딱 붙어 태알하의
목을 조르는 샤소녀1. 검을 잡은 태알하, 자신의 등 뒤를 향해 검을
휙휙 찌르고 샤소녀1은 등 뒤에서 목을 조르며 검을 피해낸다.
그러다 태알하, 두 발로 벽을 짚고 몸을 날리자,
태알하를 뒤에서 안은 자세로 함께 반대편 벽에 쿵 부딪히는

샤소녀1과 태알하! 이때, 태알하 번개처럼 공중에서 턴 하면서
앙칼진 기합을 지르며 샤소녀1의 목을 벤다. 샤소녀1 절명.

태알하 (거친 숨을 고르며) ... 해투악..! 해투악..!!!

S#9. 대제관의 집무실(밤)

탄야 앞에 초생칼을 든 샤소년1! 탄야 절체절명의 위기인데
이때, '멈춰...' 하는 소리. 보면 사야가 정신이 혼미한 채, 비틀거리며
샤소년1의 손목을 잡았다. 샤소년1, 피식하고는 사야를 공격하려는데,
소년의 손목을 잡은 사야의 손아귀에 힘이 들어가며 눈이 보랏빛으로
번쩍한다. 사야, 으아! 기합을 지르며 힘을 주면 샤소년1, 비명 지르며
칼을 놓친다. 사야, 그 칼을 간신히 잡고 샤소년1과 힘을 겨루다
소년의 심장에 칼을 박아 넣는다. 그리고는 다시 쓰러지는 사야.
경악하는 탄야. 달려가서 사야를 살핀다. 사야 정신이 혼미하다.

탄야 (몸을 흔들고 뺨을 두드리며) 사야... 사야야..!!

사야, 신음소리만 낼 뿐 정신이 혼미하다.
탄야, 재빠르게 문을 열고 나가서 조심스럽게 복도를 살핀다.
아직은 아무도 없다. 문을 닫고 다시 들어온 탄야. 그 위로,

샤소년1 (E) 이 대신전에.. 지금 당신의 편이 있을까요...?

탄야, 쓰러진 사야를 한번 보고 창가 쪽을 본다. 어쩌지! 하는 표정.
창가 쪽으로 가서 아래를 내려다보더니 갑자기 결심한 듯,
집무실 한쪽에 있던 휘장 같은 것을 확 떼어내고 매듭을 짓기
시작한다. 이때 밖의 복도에서 들려오는 발자국 소리.
매듭을 짓는 탄야의 손놀림이 더욱 빨라진다.

S#10. 대제관의 집무실 앞 복도(밤)

흰산 전사3과 흰산 전사4가 걸어온다. 긴장된 표정이다.
이윽고 대제관 집무실 문 앞에 서는 전사들.
칼을 뽑는다. 조심스럽게 문을 연다.

S#11. 대제관의 집무실(밤)

문이 천천히 열리고 흰산 전사3, 흰산 전사4가 들어온다.
먼저 들어온 흰산3이 경악한다. 보면, 후드를 뒤집어쓴 채
엎어져 있는 샤소년1의 시신이 보인다.

흰산3　실패다..!
흰산4　(창가 쪽으로 빠르게 가서 아래를 살피더니) 여기!

흰산3, 빠르게 창가 쪽으로 가서 보면, 창가에 휘장으로 급히
매듭 지어 만든 로프가 매달려 있다.
낭패라는 표정을 짓고 급히 나가는 흰산3, 흰산4.

아사욘　(E) 뭐라!!

S#12. 대신전 내부 복도(밤)

흰산3과 흰산4 앞에 아사욘이 있다.

아사욘　어떻게 샤하티의 아이가.. 죽어?! (미치겠다) 푸른거미는?
흰산3　아사못님을 모시고 연맹궁의 동태를 보러 가셨습니다.
저희는 탄야를 찾겠습니다.

아사욘 (짜증) 니놈들이 어떻게 찾아! 흰산에서 온 니놈들이 탄야의 얼굴을 아느냐!

흰산3 ....

아사욘 하.. (다시 가라앉히고) 제관들과 짝을 지어서, 대신전을 샅샅이 뒤져라. 탄야를 찾으면, 즉시 죽여야 할 것이다.

흰산3, 4 예!!

하고 빠르게 흩어진다. 낭패라는 표정의 다급한 아사욘.

S#13. 대제관의 집무실(밤)

아무도 없는 대제관 집무실. 가운데 엎어져 있는 샤소년1의 시신과 창 쪽에 드리운 로프. 달빛이 처연하게 새어 들어온다.
이때, 한쪽에 있던 장롱 같은 것의 문이 벌어지며 손이 툭 하고 나온다.
그 안의 사야다. 신음하며 괴로워하고 정신을 못 차리는 느낌.
이때, 샤소년1의 시신이 일어선다. 탄야다.
탄야, 장롱 쪽으로 급히 가서 보면 사야 옆에 진짜 샤소년1의 시신이 한쪽에 구겨져 있다.

탄야 (작은 소리로) 사야야.. (미치겠다) 제발 정신 좀 차려봐...

사야 (신음하며) 도.. 망쳐.. 빨리... 나.. 상관.. 말고...

탄야 (마음의 소리 E) 어쩌지.. 어떡해야 하지..

하더니 뭔가 결심한 듯, 바닥에 초생칼을 챙긴다.

S#14. 대신전 내부 곳곳 몽타주(밤)

아사욘 (E) 탄야를 찾아라..!!

대신전 여러 곳에서 칼을 든 흰산의 전사들이 나온다.

전사들 옆에는 제관이 하나씩 붙어 있다.
분주히 움직이는 제관들과 흰산의 전사들.

ins.cut.〉 일각
탄야, 초생칼을 든 채 숨어서 그런 모습들을 본다.

해투악 (비명, E)

S#15. 불의 성채 태알하의 방(밤)

해투악, 놀란 눈으로 서 있고 그 앞에 숨을 몰아쉬는 태알하와
샤소녀1의 시신이 있다.

해투악 이게... 뭐예요? 어떻게 된 거예요!!

태알하, 샤소녀1의 옷을 벗겨 등 쪽을 보면 샤하티의 문신이 있다.

태알하 하... 이런.. 샤하티야..!!
해투악 예에? 샤하티요? (다가가 문신 보며) 이것들이 아스달에 왜..!!
태알하 반란이야...! (하고는 한쪽 장을 뒤져 분주히 청동검을 꺼내 들며)
넌 빨리 대칸과 위병에게 전부 알려! 반란이 일어났다고!
해투악 반란이요? 누가요? 혹시 여비 언니?
태알하 (무장하다 말고 멈칫하고 황당하게 보며) 너 바보야? 미친 거야?
샤하티가 나타났는데, 누구겠어! 아사론이지..!! (무장한 채 나서려는데)
해투악 ...!!! (잡으며) 어디 가시는 거예요!
태알하 타곤이... 타곤이 위험해! 혼자 산웅의 무덤에 갔어!!

하고는 급히 나가는 태알하, 보는 해투악.

S#16. 불의 성채 중앙계단 + 마당(밤)

다급히 중앙의 계단을 뛰어 내려오는 태알하.
해족 병사3이 말을 끌고 천천히 가다가 태알하를 보고 인사하는데
태알하, 고삐를 낚아채더니 날아오르듯 올라타고는 말을 달린다.

태알하 (필사적인, 마음의 소리 E) 타곤...!! 타곤..! 제발..!!

S#17. 장터 술집 안(밤)

왁자지껄한 분위기의 술집. 탁자에 앉아 있는 무광과 기토하, 박량풍.
술동이 하나를 옆에 놓고 서로 대나무통 잔의 술을 마시며
웃고 떠들고 있다. 어느 정도 취한 느낌이다.

기토하 (신나서) 이제 우리 타곤 니르하께서.. 흰산에서 고함사니만 지내면..!!
아라문 해슬라의 재림이 되신다는 거 아냐! (호탕한 웃음)
(갑자기 생각난) 아, 박량풍. 너도 옛날에 제관 했었잖아?

무광 (놀라) 진짜? 얘가?

기토하 얘 원래 제관 수련받다 쫓겨났잖아.. 야, 고함사니 어떻게 하는 거냐?

박량풍 (손사래 치며) 에이.. 어렸을 때라 다 잊어버렸어요.

이때, 앳된 소년(샤하티 소년2) 하나가 술동이를 가져다준다.

무광 뭐야, 이거..? 우리 이거 안 시켰는데?

샤소년2 (호들갑 떨며) 아 이거요? 우리 주인님이 대칸 조장님들께 드리라고 하셔서요!
내일 고함사니에 타곤 니르하 호위하시는데, 당연히 대접해드려야죠!

무광 오! 진짜? 야.. 보람 있네! 응? (하고 웃는데)

샤소년2 (술 따르며) 이제 정말 타곤 니르하.. 흰산에 오셔서 고함사니만 딱 하시면..!

박량풍 (OL) 에이.. 야야야.. 너 흰산족이냐?

샤소년2 (사실 흰산족이니까, 당황) 예? 아뇨.. 전 가라말족인데요..?

박량풍 (실소) 하여간.. 흰산족도 아닌 게.. 뭘 흰산에 오셔?
야.. 여기가 아스달인데 오시냐? 가시지? 응? (하고 머리에 헤드락 걸려는데)
기토하 (황당) 야, 너는 무슨 그런 말도 안 되는 것 가지고 시비를 걸어?
(취해서 나서며) 야, 하지 마, 하지 마. (둘을 떨어뜨려 놓고 둘의 손을 잡으며)
자 싸우지 말고.. 화해해. 화해..
박량풍 (손잡으며) 너무 흰산 흰산 하지 마라. 듣는 소수부족 서럽다...
(하고는 웃으며 악수하다가 표정 굳는) ...!!!!
기토하 (눈치 못 채고) 자, 손 흔들고!! 인사도 하고..!
박량풍 (손잡은 채로 날카롭게 보며, 정색) 너.. 이 일 하기 전에 뭐했어?
무광 (취해서) 아, 왜 또 그래!
박량풍 (상관 않고, 소년 노려보며) 이 일 하기 전에 뭐했냐고?
샤소년2 (웃으며) 그냥.. 술도가에서요..
박량풍 근데 새끼손가락이 이래? 초생칼 10년은 수련한 거 같은데...!
기토하 ...!!!
무광 ...!!!
샤소년2 (웃으며) 아이.. 그게 무슨 말씀이세요.. (손을 슬쩍 빼려 하는데)

기토하 뭔가 이상한 듯, 샤소년2가 가지고 온 술동이를 보더니
주먹으로 깬다. 이때 술동이에서 확 튀어 오르는 독사..!
무광, 반사적으로 칼을 휘둘러 독사를 벤다.
동시에 눈빛이 변하는 샤소년2! 잽싸게 박량풍의 손을 뿌리치더니,
품에서 꺼낸 초생칼로 순식간에 기토하의 목을 딴다!
기토하의 목에서 피가 확 튄다. 양손으로 목을 잡고 휘청이며
무릎을 꿇는 기토하. 무광과 박량풍, 경악한다!
샤소년2, 무표정하게 초생칼 두 개를 양손 새끼손가락에 건 채 휙휙
돌리더니 확 달려들어 박량풍을 공격! 가까스로 피하는 박량풍!
무광, 샤소년2에게 달려들어 싸운다!
양손으로 목을 잡은 채 괴로워하던 기토하, 이를 악물더니 달려들어
한 손으로 샤소년2의 얼굴을 움켜쥐고 기합을 지르며 괴력으로 번쩍
들었다가 땅바닥에 메다꽂는다. 박량풍과 무광 달려들어 난도질.
기토하, 목을 움켜쥐고 그대로 무릎을 꿇는다.

무광 (놀라) 형님!!!

박량풍 (기토하에게 달려들며) 형님!!!

기토하 (숨을 헐떡이며 뭔가 말하려는데 말이 안 나온다) ...

무광 우리..! (이를 악무는) 대칸 조장들을 노린 거야..!

박량풍 (설마) 그럼..!

무광 (긴장하여 눈을 날카롭게 빛내며) 뭔가 터졌어..!!
넌 빨리 형님, 약전으로 데려가..!! 난 군검부로 간다..!!

S#18. 군검부 건물 일각, 위병단 막사 앞(밤)

뭉태, 위병단 막사 앞에서 홀로 창술 수련을 한다. 꽤 잘한다.

ins.cut.〉 8부 51씬 중,
배신한 뭉태를 슬프게 보는 달새와 은섬의 시선.

ins.cut.〉 13부 51씬 중,

탄야 (웃으며) 돌담불로 끌려간 애들도, 다 돌아올 거예요!

뭉태, 괴로운 듯 머리를 흔들며 다시 더욱 수련에 열중한다.
지나가던 길선, 그런 뭉태를 보고는 다가온다.

길선 내일 흰산 가야 될 놈이 이 밤까지.. 열심이다 아주..!

뭉태 (예를 취한다. 숨 몰아쉬며) 쎄지고 싶어요.. 누구도 날 해치지 못하게..

길선 (씨익) 힘이 좋으니까, 좀만 하면 강해질 거야. 소질도 있구, 근데...
아스달에서 쎄진다는 건, 강한 사람 편에 선다는 거야. 그래야 널 못 건드려!

뭉태 ...!

이때, 소당과 편미가 온다. 뭉태가 인사한다.

뭉태　　전.. 대신전으로 가보겠습니다. (하고는 간다)
소당　　(뭉태가 가는 것 확인하고는 조용히) 총관님.. 드릴 말씀이 있어서 왔습니다..
길선　　뭐야, 또..?

S#19. 아스달 길 일각1(밤)

무광, 전속력으로 말을 달린다.

초리곤　　(경악, E) 반란이라뇨?

S#20. 연맹궁 궁문 앞 일각(밤)

뭉태, 걸어가고 있는데
해투악이 양차, 초리곤과 이야기하는 것이 보인다.

해투악　　지금 태알하님 죽을 뻔했어요! 대신전 쪽이에요! 산웅 니르하 무덤 있는 쪽! 빨리요!!!! (양차 보며) 내 말.. 알아들은 거죠? 탄야 니르하도 위험하대요!!
양차　　(긴장하여, 고개 끄덕이는) ...!!!
뭉태　　(듣고는 놀라, 마음의 소리 E) 탄야가...??
길선　　(경악, E) 뭐! 이 새끼들이..!!!

S#21. 위병단 막사 안(밤)

칼을 뽑는 길선! 동시에 칼을 뽑는 편미! 가운데 소당이다.

길선　　(겨눈 채로) 이 반역자 새끼들이 뭐라는 거야!! 타곤 니르하를 어째..?!!!!
편미　　(겨눈 채, 버럭) 총관님부터 죽이는 게 우리 임무였습니다!!!
길선　　...!!!

소당 아사론이 하라는 대로 할 거였으면..! 여길 찾아오지도 않았습니다!!!

길선 헛수작 하지 마 이 새끼들아!! 둘 다 죽여주마!!! (하고 자세 잡는데)

소당 (버럭 E) 길선아!!!

길선 (소당 노려보며) ...!

소당 (이 악물고) 타곤 니르하께서 당하셨으면.. 아사론 세상 되는 거구..
넌 끝이야, 이 머저라..!

길선 ...!!!

편미 만약.. 타곤 니르하께서.. 살아서 반격에 성공하면.. 우리가 끝이지..

길선 그래서 어쩌자는 거야?

소당 같이 살자는 거야.. 그래도 우리 모두 (간절하게) 어릴 적 동무잖아!

길선 ....

소당 그러니까 칼부터 내려.. 같이 살길을 찾자.. (편미 보고) 칼 내려..

편미 (칼을 내린다) ...

길선 (소당과 편미를 번갈아 보며 미치겠는 심정으로 머리를 굴리는데)

편미 기다려보자.. 응? 추세가 어느 쪽으로 기우는지.. 그래야 우리 모두 살아!

길선 (머리를 굴리며 마음이 복잡한데) ...! (결국 칼을 천천히 내린다)

S#22. 아우성의 숲 일각2(밤)

흰산의 전사5, 6이 쓰러져 있고, 흰산7이 공포에 질려
나무에 기대어 칼을 겨눈 채 있다.

흰산7 (공포에 질려 위악적으로) 와봐..!! 숨지 말고 나오라고..!!

이때! 나무 위에서 덮치는 타곤. 흰산7, 그대로 절명.
타곤, 안간힘을 쓰며 일어서는데 등 뒤로 싸늘한 기운이 느껴진다!
돌아보면 나무 사이사이로 모습을 드러내는 샤하티의 아이들 3명!
아무런 감정도 읽히지 않는 샤소년3, 4와 샤소녀2. 공손히 인사하더니
칼에 김을 불어넣듯, '하..!' 하는데 모두 혀가 검다..!

S#23. 아우성의 숲 일각3(밤)

10명의 흰산의 전사들이 결연한 표정으로 칼을 들고 간다.
이때, 뒤쪽에서 말발굽 소리가 들린다. '뭐지?' 하고 돌아보는데,
저 멀리서 태알하가 옷자락을 휘날리며 말을 달려 오고 있다!

흰산8 (경악하여 E) 태알하다..!! 어떻게 살아 있지???!!

태알하, 말을 달리는 채로 '으아!' 기합을 지르며 칼을 뽑는다!
말을 탄 채로 흰산의 전사 몇 명을 베어 죽이는데
이때, 말의 앞다리를 칼로 베는 흰산8!
고통으로 앞다리를 치켜들며 쓰러지는 말!
태알하, 그 바람에 말에서 떨어진다.
말에서 떨어지는 태알하를 흰산9가 베는데, 태알하의 팔에 스치는 칼!
팔에서 피가 흐른다. 태알하, 눈에 독기를 품으며 이를 악문다.
흰산의 전사들, 모두가 태알하를 둘러싸며 포위한다!

태알하 (팔뚝의 피를 혀로 핥더니 흥분되는 듯, 차가운 미소 지으며 마음의 소리 E) 하..
그래.. 이런 느낌이었지...! (설레는 눈을 희번덕대며) 전부.. 죽여... 줄게!!!

하면서 전사들과 동시에 달려드는 태알하, 혈전이 벌어진다.

S#24. 아우성의 숲 일각2(밤)

샤하티의 아이들 3명과 타곤의 일대 격전이 벌어지고 있다.
3명이 진을 짜고 합을 맞추어 타곤을 몰아붙인다.
타곤이 초생칼에 여기저기 베일 때마다 보랏빛 피가 튄다.
보랏빛 피에도 전혀 반응 없이 무표정한 샤소년3, 샤소년4, 샤소녀2.
계속 공격해온다. 타곤, 부상당한 몸으로 필사적으로 반격하는데..!

S#25. 몽타주(밤)

#. 하림의 약전 안
기토하의 큰 몸집이 침대에 쿵 하고 떨어진다.
급히 목의 상처를 살피는 하림.

박량풍 (발걸음이 안 떨어지는) 그럼 부탁드리겠소!! 우리 형님.. 제발 살려주시오..!!!

하고는 박량풍, 눈물을 흩뿌리며 급히 뛰어나간다..!

#. 대칸의 막사 안
무광이 문을 쾅! 열고 들어오며 외친다!

무광 (악을 쓰듯) 전부 일어나!!!

일사분란하게 일어나는 대칸들.

#. 아스달 길 일각2
결연한 표정으로 말을 타고 달리는 양차의 모습!

#. 위병단 막사 안
위병7의 다급한 보고에 벌떡 일어서는 길선, 소당, 편미!

편미 (긴장) 대칸이... 움직였어?!
소당 (길선 보며) 아사론이 실패한 거 같다..!
길선 (둘 보며) 자 이제 됐지..!? 빨리!! 대신전으로!!

#. 아스달 길 일각3
전력으로 질주하는 뭉태!

#. 아우성의 숲 일각3
흰산 전사들과 처절하게 싸우고 있는 태알하!

#. 아우성의 숲 일각2
샤하티들의 정교한 공격에 맞서 싸우는 타곤!
이들의 모습이 교차로 처절하게 보여지다가는,

S#26. 아우성의 숲 일각3(밤)

헉헉대며 턱까지 차오른 숨을 거칠게 몰아쉬는 태알하.
간신히 칼을 지팡이 삼아 버티는데 온몸이 피투성이다.
여기저기 흰산의 전사들 시신들이다.

태알하 타... 타곤... 타곤....

태알하, 안간힘을 쓰며 걸어가는데 저 앞 나무들 사이에서
붉은 피와 보랏빛 피 칠갑을 한 채로 뛰어나오는 타곤!
둘 다 얼어붙은 듯 서로를 본다.

타곤 (한숨처럼) 아... 태알하....

타곤, 태알하, 서로에게 다가간다. 부둥켜안는 둘.

태알하 (눈물이 울컥 솟으며) 아.. 타곤... 살아 있어.. 우리 둘 다.. 살아 있어....
타곤 (피투성이 얼굴을 보듬으며) 좌솔들을 다 죽였어... 이제 다.. 끝났어... 태알하..
태알하 (떨어져서, 타곤 보며, 울먹이는 소리로, 미소) 그래..
이제... 우리 예쁨은 못 받겠다... 남은 놈들도 다 죽여야 할 테니..!
타곤 (울먹, 미소) 이제... 상관없어..
태알하 (울먹이는 미소) 난... 첨부터 (활짝 웃으며) 상관없었다?

그렇게 눈물과 미소를 주고받는 피투성이의 태알하와 타곤.

S#27. 아우성의 숲 일각4(밤)

전속력으로 달려가던 뭉태, 가다가 확 놀라 멈춘다.
앞에 아사론이 있다..! 역시 놀라 멈추는 아사론.
순간 정적이 흐른다.

아사론 네놈은 위병이 아니냐? 소당과 편미에게 지시를 받았느냐?
뭉태 (엉겁결에 무릎 꿇으며) 대제관 니르하..!!!
아사론 타곤이 반란을 일으켰다. 이제 흰산으로 가, 신의 전사를 몰고 오려 한다! 날 호위할 수 있겠느냐..!!
뭉태 예에.. 니르하..!
아사론 가자..!!

하고는 앞장서는 아사론. 뭉태, 엉겁결에 따라가는데... 그 위로,

ins.cut.〉 15부 18씬 중,
길선 아스달에서 쎄진다는 건, 강한 사람 편에 선다는 거야. 그래야 널 못 건드려.

뭉태, 결연한 표정으로 아사론의 뒤를 따른다.

S#28. 아우성의 숲 일각3(밤)

보랏빛 피를 닦아낸 타곤의 모습과 달리 아직 피투성이인 태알하,
타곤의 어깨를 천으로 단단히 조여 맨다.
그리곤 얼굴의 보라 피를 닦아주는 태알하.

타곤 (슬프게) 역시.. 고통에 의지하지 않고선 아무것도 배울 수가 없네..
태알하 (피식) 아프더라도 배우면 다행이지...
타곤 (일어서며) 우린 결국 어떤 식으로든 노래가 되겠네.. (미소 짓는)
태알하 (역시 미소 지으며) 응, 좀 다른 노래가 되겠지만.. (하고 일어선다)
타곤 (역시 일어서며, 칼을 집는다)
태알하 (대신전 쪽 보며) 탄야.. 죽었을까...
타곤 살았길 바래.. 이제 폐허가 될 아스달에 신까지 없으면 너무 서글프잖아..
태알하 (미소 지으며) 타곤 넌.. 역시.. 참 다정해..

걸어가는 타곤과 태알하.
이때, 멀리서 외치는 소리가 들린다.

모두들 (E) 타곤 니르하!!! 타곤 니르하!!! 어디 계십니까..!!!

S#29. 아우성의 숲 입구 일각(밤)

횃불을 든 무광과 박량풍, 초리곤, '타곤 니르하!'를 외치고
그 뒤로 대칸들도 함께 외친다. 간절한 눈빛으로 타곤을 찾는 양차!
해투악은 '태알하님!'을 연신 외치고
소당과 편미와 길선을 비롯한 위병단도 '타곤 니르하!'를 외친다.

무광 (이때 어딘가를 가리키며) 저기!!!

어둠 속에서 보랏빛 피는 다 닦아내고 온몸을 붕대로 감은 타곤과
아직 피투성이인 태알하가 나온다.
만신창이가 된 두 사람 모습에 경악하는 모두들, 달려가 부복한다.

길선 니르하 괜찮으십니까!!
소당 저희들이 늦었습니다!!
타곤 (훑어보다가) 기토하는...?

무광　(울먹이며) ... 당했습니다.. 니르하...!

타곤　...!!!

태알하　...!!!

타곤　... 주.. 죽.. 었다고...?

박량풍　(울음 참으며) 약바치 하림이 보고 있긴 한데... 초생칼에 목이 그어졌으니...!
(하며 울음이 터지는데..)

분노로 눈이 충혈된 대칸들, 복수의 의지를 다지며 이를 악문다..!

타곤　(간신히 슬픔을 억누르는) .....

태알하　(그런 타곤을 안타깝게 보며 나지막이) .. 타곤...

타곤　(차가워진 눈빛으로) 아스달의 오늘 밤은 오래도록 기억될 거다...
바토족의 어라하 쿵퉁.. 까치놀족의 어라하 다와.. 연달족의 어라하 보단...

모두들, 갑자기 저걸 왜 읊지? 하는 분위기로 모두 듣고 있는데..

타곤　가라말족의 어라하 흑갈... 모두...

모두들　...?? (갑자기 좌솔들 이름 왜 부르지?)

타곤　내가... 아이루즈께 인도해드렸다.

모두들　(경악) ...!!!!

타곤　아사론의 꼬임에 빠져...! 날 죽이려 했고, 아사론은 도망쳤다!!
(힘주어) 그리고 지금 우리의 형제 기토하는 생사를 알 수 없다...!

대칸들　...!!! (다시 분노로 이글거리는데..!!)

타곤　오늘 너희에게 일어난 일이, 태알하에게 일어난 일이, 나에게도 일어났다..!
하지만 아이루즈는 아사론이 아니라, 날 택했고..!
흰산이 아니라, 대칸을 택했고..!
샤하티의 아이가 아니라 태알하를 택했다..!
자, 이제 너희들은 누구를 택하겠느냐..!!!

모두들　(악을 쓰듯 외친다) 타곤! 니르하!!!

타곤　대신전으로...! 가자!!!

모두들　(모두 일어서며 악을 쓰듯) 대신전으로!!!

모두들 결연한 눈빛으로 간다.
이때 앞서가던 타곤이 "양차!!" 하고 부르면 가까이 다가서는 양차.
타곤이 먼저 가 잠입하라는 듯 눈짓하자 양차, 재빨리 움직인다.

S#30. 대신전 어느 방(밤)

아사욘, 안절부절못하여 서성이고 있다.

아사욘 (마음의 소리 E) 어찌 되고 있는 것인가.. 니르하께선 왜 돌아오시지 않는가..
타곤은 어찌.. 되었는가..!

하는데, 아사못과 푸른거미가 들어온다.

아사못 타곤은.. 살아 있어..
아사욘 ...!!!
아사못 아우성의 숲에서 대칸과 위병단이 집결하고 있다..
아사욘 (절망) ... 아사론 니르하께선..?
아사못 ... 알 수 없지...
푸른거미 ... 탄야는 어찌 되었습니까?
아사욘 (미치겠는 마음) 어디로 갔는지 알 수가 없어..!
푸른거미 ...
아사못 우리가.. 졌어..
아사욘 ...!
아사못 진 거야.. 우리는 오늘.. 이소드녕께 돌아가게 될 거다..
아사욘 (울컥) .. 좋아, 내가 꼭 탄야.. 그년의 목을 잘라 타곤에게 던져줘야겠어..!
어디 한번 신 없이.. 아스달을 다스려보라지..!
아사못 아니, 넌 어떻게든 살아. 내가 타곤과 함께 가겠다.. 난 타곤의 마놀하니까..
아사욘 (피식) 그럴 수 있을까..
아사못 (미소) 이소드녕께서 도와주신다면..

(푸른거미에게) 모두 죽을 필욘 없습니다. 탈출해서 흰산으로 가세요..

하고는 아사못과 아사욘은 나간다. 빈 방에 홀로 남은 푸른거미,
멍하게 있다가 쓰윽.. 문 쪽을 본다.

S#31. 대신전 건물 밖 외벽(밤)

누군가의 그림자가 줄을 타고 대신전을 오르고 있다. 양차다.
달빛에 빛나는 양차의 얼굴.
오르다 살짝 미끄러지는 양차, 사슬장갑을 벗고 다시 오른다.

S#32. 대신전 건물 앞 일각(밤)

타곤과 태알하가 앞에 있고 뒤로 대칸들이 있다. 달려오는 길선.

길선 니르하..! 대신전 주변에 위병들을 모두 배치하였습니다..!
명만 내리시면 즉시 돌입하여..
타곤 (OL) 아니. 어떤 경우에도 돌입하지 마라..
길선 ...?!!!
타곤 위병단의 임무는....! 누구도.. 밖으로 나오지 못하게 하는 것이다..!
나와 대칸들이 들어갈 것이다..!
모두들 ...!!
무광 (눈이 벌게져, 나서며) 니르하를 지키고!! 기토하 형님의 원수를 갚겠습니다!
제게 오늘 싸움에서 맨 앞자리에 서게 해주십시오..!!
타곤 안 돼..
무광 ...!
타곤 오늘 전투의 앞자리는.. 언제나처럼.. (이를 악물고 씹어뱉듯) 나다..!!
대칸들 ..!!
타곤 (돌아서며 모두를 향해) 대칸..! 너희들은 나와 함께 대신전으로 돌입한다..!

대신전을 치고..! 오늘 밤..! 아스달의 역사를 바꾼다..!

박량풍 (울컥하여, 악을 쓰듯) 기토하 형님의 원수를 갚자..!!

무광을 비롯한 대칸들의 살벌한 눈빛.
맨 앞에 선 타곤, 천천히 대신전의 문으로 다가간다. 따르는 대칸들.
문 앞에 가까워오자 무광과 박량풍, 빠르게 타곤을 앞질러 걸어가 문을 잡고 양쪽에서 연다.

S#33. 대신전 입구 안쪽 전실(= 첫째 방, 밤)

문이 열리고 타곤만 들어온다.
안에 있던 몇몇 제관들과 흰산의 전사들, 경악하여 본다.
흰산의 전사들, 타곤을 향해 돌진하나 타곤의 칼에 쓰러진다.
타곤, 들어온 문 쪽을 향해 손짓하면 대칸들, 으아! 함성을 지르며 타곤을 앞질러 달린다. 제관들, 경악하여 뒤로 달려가 재빨리 대신전 안으로 들어가는 문을 닫으려는데 이때, 무광이 달려나가 닫히려는 문틈으로 창을 쑤셔 넣는다. 그 문으로 달려오는 대칸들.
대신전 안쪽에서는 제관들이 문을 닫으려 하고 밖에서는 대칸들이 문틈으로 칼과 창을 쑤셔 넣으며 제관들을 찌른다. 피가 튀는 난투.
제관들 문을 계속 밀자, 창과 칼이 부러지며 문이 점점 닫히려는데..!

기토하 (엄청난 버럭 E) 비켜..!!

일제히 뒤를 돌아보는 대칸들. 기토하(목에 붕대)가 청동철퇴를 들고 돌진하고 있다. 놀라는 무광과 박량풍! 기토하 으아..! 하면서 청동철퇴를 휘둘러 문을 부숴버린다. 쿵 하며 문이 쓰러지고!
문을 막던 제관들을 베는 무광과 박량풍. 들어오는 타곤과 기토하.

타곤 (기토하에게) 어떻게 된 거냐?

기토하 (호탕하게) 니르하! 약바치 하림이 이르기를..!

목이 너무 굵고 목살이 두꺼워 칼날이 숨통에 이르지 못했다 합니다..!

무광 (피범벅이 된 채 미친 듯 웃으며) 아니 얼마나 두꺼운 거야..!

모두들 웃는다. 기토하 "가자..!!" 외치면
대신전 안으로 우르르 들어가는 대칸들, 도망가던 제관들과
몰려오는 흰산의 전사들을 일방적으로 학살한다.

S#34. 대제관의 집무실(밤)

푸른거미의 멍한 눈빛. 창문에 늘어진 로프를 보고 있다.
멀리서 들려오는 비명과 함성. 푸른거미, 로프를 천천히 올려다본다.

푸른거미 (로프를 보며 마음의 소리 E) 멍청한 놈들.. 이 줄로는 탈출할 수 없어..
탄야는 아직 이 안에 있다.

하면서 뒤를 돌면, 소년제관의 옷을 입은 탄야가 확 들어온다.
마주친 둘..! 푸른거미, 소년제관의 옷을 입고 후드를 쓴 탄야를 본다.
탄야, 초생칼을 들고 있다. 긴장하는 탄야.

푸른거미 (초생칼을 보고는) 샤하티의 아이냐..

탄야 (당황하다가) ... 예..

푸른거미 (보다가) ... 탄야는 아직 대신전 안에 있다. 따라와..

푸른거미, 탄야를 지나치면서 초생칼을 잡은 탄야의 손을 쓰윽 본다.
칼을 잡은 탄야의 손 클로즈업. 뭔가를 느끼는 푸른거미.

S#35. 대신전 내부 복도(밤)

걷는 푸른거미. 뒤따르는 탄야, 푸른거미의 뒷모습을 보며 불안하다.

푸른거미 (무심하게 걸으며) 샤하티에서는 언제 왔느냐..

탄야 며칠 전에..

하면, 푸른거미 불의 방으로 들어간다. 탄야, 어째야 하지.. 하며 복도와 불의 방 쪽을 번갈아 보다 어쩔 수 없이 따라 들어간다.

S#36. 불의 방(밤)

푸른거미, 불의 방의 이곳저곳을 보고 있다.

푸른거미 (살피며) 일이 끝나면.. 샤하티로 돌아가겠구나..

탄야 예..

하는 순간! 푸른거미, 갑자기 뒤를 돌아 탄야를 공격한다. 탄야, 속절없이 당하여 내동댕이쳐진다. 탄야 위로 올라타는 푸른거미. 탄야의 목에 칼을 들이댄다.

푸른거미 샤하티는 땅의 이름이 아냐.. 사람의 이름이지.. (피식) 니가.. 탄야냐..?

탄야 (너무 놀라 말 못하는) ..!!

푸른거미 맞구나.. 아사신의 후예여! 네 목을 잘라 타곤에게 던져줄 것이다... 이소드녕이시여..! (칼을 치켜들며) 용서하소서..!

하며, 칼을 번쩍 드는데 이때! 탄야의 시선으로 보이는 앙각. 천장의 구멍 위로 보이는 초승달. 그 초승달을 가리는 양차의 실루엣. 양차, 구멍 안으로 점프! 양차가 푸른거미에게로 떨어진다. 푸른거미, 순간 뭔가를 느끼고 몸을 돌려 양차의 공격을 막는다. 양차와 푸른거미의 치열한 싸움. 탄야, 놀라서 양차를 본다. 양차, 칼을 주고받다가 번개처럼 빠르게 푸른거미의 목을 벤다. 푸른거미, 목에서 피를 쏟으며 절명.

탄야　사야를 구해야 해요! 빨리요..!! (하고 뛴다)
양차　(마음의 소리 E) 그래 사야..! (하며 따라간다)

S#37. 대제관의 집무실(밤)

탄야가 급히 들어오자마자 문 뒤에 있던 흰산의 전사10이
탄야의 목을 향해 칼을 찔러 넣는다. 절체절명의 순간!
양차, 급히 몸을 날려서 손을 뻗고 칼은 양차의 손바닥을 찌른다.
피가 솟구치고 탄야 경악한다. 양차, 당황하지 않고 흰산10의 공격을
피하고 튀어나오는 흰산11을 베고, 흰산10의 목을 꺾어 절명시킨다.

탄야　(다가와 피가 나는 양차의 손을 잡으며) 피.. 피가 너무 많이..

하면 양차, 손을 뿌리치고는 쓰러져 있는 사야한테 천천히 간다.
탄야, 그런 양차를 본다. 양차, 더 가까이 다가가 얼굴을 잡아 살핀다.
그런 양차를 의아하게 보는 탄야. 사야를 보는 양차의 시선 위로,

ins.cut.〉 7부 14씬 중,
양차, 은섬이 휘두르는 청동검을 오른손으로 잡아내고는,
왼손으로 자기 칼을 꺼내 은섬을 찌른다! (cut.)

탄야도 자신을 보는 양차를 똑바로 본다. 서로 보는 둘.

ins.cut.〉 2부 35씬 중,
양차, 청동사슬로 와한족 노인의 목을 휘감아 죽인다. (cut.)

양차　(탄야와 사야 번갈아 보며, 마음의 소리 E) 배냇벗이라고...? 그걸 믿어야 하나..
속이는 거면..! 그놈과 같은 놈이라면..?
탄야　다른 사람이야!

양차 (놀라 탄야 본다) ...!!!

탄야 우리 은섬인, 너희들처럼 아무나 죽여버리는 그런 사람이 아니야.

양차 (무시하고 고개 돌리며 비웃듯, 마음의 소리 E) 그럼 어떤 사람인데..

탄야 (OL) 좋은 사람..!

양차 (경악) ...!!

탄야 은섬인.. 사야나 타곤.. 너 같은 놈이랑은 달라.. 너흰.. 고살(자막: 악귀)이야..

양차 (경악한, 마음의 소리 E) 내 마음을 들어..??

탄야 그래.. 들려...

양차, 믿을 수 없다는 표정으로 탄야를 보는데,
이때 박량풍이 들어온다.

박량풍 (탄야 앞에 무릎 꿇으며) 니르하 무사하십니까..!

양차, 보다가 나가버린다. 보는 탄야.

S#38. 대신전, 8신전(밤)

타곤, 어두운 표정으로 대신전을 둘러보고 있다. 죽어 있는 흰산의
전사들과 제관, 대칸 등이 보이고 다쳐서 신음하는 대칸들과
제관들을 추포하여 나가는 위병단도 보인다.
모명진과 아가지, 묶여 있던 줄을 풀며 나오고 있다.

박량풍 (급히 오며 타곤에게) 탄야 니르하와 사야님이 무사하십니다..!

모명진 (가슴을 쓸어내리며) 이실로브 디케바! (자막: 신의 보살핌이여!)

하면, 여기저기서 '이실로브 디케바!'를 한다.
그러나 굳어 있는 타곤.

길선 니르하.. 헌데.. 아사론이 보이지 않습니다..

타곤 (불안한 마음의 소리 E) ..! 대신전으로 온 것이 아니란 말인가..!!

이때, 대신전의 문이 큰 소리를 내며 열린다. 모두, 본다. 뭉태다!
뭉태가 뭔가를 짊어지고 온다. 모두 뭔가 하고 본다.
뭉태, 쿵쿵거리며 와서는 타곤 앞에 선다.
누군가를 내려놓는데 보면 입에 재갈이 물린 아사론이다!!

타곤 (아사론 보고) ...!
뭉태 (무릎 꿇으며) 니르하...!
무광 아사론...?!!
길선 ...!!
타곤 (입에 재갈이 물려진 아사론을 보고 뭉태를 슬쩍 본다) ...
뭉태 ...
타곤 (다시 아사론을 본다)
아사론 (타곤을 죽일 듯 노려본다)
길선 (이때 나서며) 아사론 네 이놈..! 감히 암살을 하려 하다니!!!
무광 (나서며 한마디씩) 탄야 니르하의 첫 신성재판이 네놈의 재판이 되겠구나!

하며 한마디씩 떠드는 분위기이고 아사론을 끌고 가려나 싶은데..
아사론을 물끄러미 보고 있던 타곤, 그대로 아사론의 목을 벤다!
순식간에 얼어붙는 대신전의 공기!! 모두 너무 놀랐다!!
아사론의 목이 바닥을 뒹굴고 타곤 숨을 고른다.
뭉태만이 무표정하게 무릎을 꿇고 있다. 모두, 얼어붙었다.

타곤 (뭉태에게) 위병단이구나.. 이름이 무엇이냐.
뭉태 ... 뭉.. 태...
길선 (놀라 보다가) ... 예.. 예에.. 와한족의 뭉태.. 제가 발탁한 수하입니다..

타곤, 뭉태를 보고 있고 모두 아직도 놀라 정적만 흐르는데 이때,

아사못 (E) 타곤..!!

보면, 대칸들에 끌려 나오던 아사못이 아사론의 시신을 보고 있다.

아사못　(이미 벌게진 눈으로) 타곤.. 니놈이 역시 괴물이었구나...

타곤, 듣자마자 아사못에게 다가가 두 손가락으로 아사못의
턱을 잡는다. 귀 가까이로 다가가는 타곤.

타곤　(이를 악물고 씹어뱉듯 속삭이며) 아니.. 난.. 아니었어.. 그리도 아니고 싶었다..
근데.. 너희.. 아사씨들이.. 결국 괴물을 만들었다..

아사못　(타곤의 눈동자를 공포로 보다가는 미소를 짓는다) .. 그래.. 타곤...
(자신의 턱을 잡은 타곤의 손을 양손으로 잡으며, 떨리는 목소리로)
같이... 가자...

타곤　...!?

하면서 타곤의 등을 감싸려는 아사못의 손! 이때, 그 소매에서
확 기어 나오는 뱀! 번개처럼 타곤의 팔뚝을 문다. 모두 경악하여
"니르하!" 하며 달려와 아사못을 타곤에게서 떼어낸다.
무광, 거칠게 아사못을 가격한다. 타곤, 멍하게 물린 자국을 본다.
무광, 칼을 들어 올려 아사못을 죽이려는데,

타곤　가둬놔. 신성재판에서.. 발목이 잘릴 것이다..

하면 대칸들, 아사못을 끌고 간다. 타곤, 자신의 상처를 보며 멍하다.

길선　니르하..! 어서 치료를...!

타곤　괜찮다..

하고는 터벅터벅 걸어 나가는 타곤.
모두, 그런 타곤의 뒷모습을 본다. 쫓아가는 양차와 무광, 박량풍.

S#39. 연맹장의 침소(밤)

양차와 박량풍이 타곤을 침대에 급히 눕힌다. 태알하가 앞에 있다.

태알하 (타곤 보며) 하림은요..? 아직이에요?
박량풍 무광 형이 급히 갔으니 곧 올 겁니다..!

S#40. 아스달 길 일각4(밤)

말을 타고, 옆에 한 마리의 고삐를 끌고 달리는 다급한 표정의 무광.

채은 (E) 무슨 일일까요..?

S#41. 하림의 약전 안(밤)

채은, 하림, 감실이 있다. 채은, 기토하를 치료한 도구를 정리 중이다.

채은 (피를 닦은 천을 치우며) ... 이 밤에.. 대칸이 그렇게나 다치고..
하림 아스달에.. 뭔가 큰일이 벌어지고 있어...
감실 (채은에게) 그래.. 심상치가 않구나.. 절대 밖에 나가선 안 된다.
무광 (문 벌컥 열고 들어오며) 짐 챙겨! 지금 당장!!

무광을 보는 하림과 채은의 불안한 시선.

S#42. 대신전, 8신전(밤)

위병단, 삼엄하게 경비를 서고 있는데 뭉태는 옆에서 멍하다.

ins.cut.〉 새로 찍는 회상, 아우성의 숲 일각5(밤)
뭉태, 아사론을 쓰러뜨리고 포박하려는데

아사론 (다급히) 타곤은 이그트야!! 괴물이라고..!!

ins.cut.〉 15부 38씬 중,
타곤, 그대로 아사론의 목을 벤다!

길선 (어느새 다가와) 큰일 했다...
뭉태 (대뜸) 저기... 이그트가.. 그렇게 강해요?
길선 뭐? 갑자기 무슨.. (하다가) 강하지.. 그건 왜?
뭉태 아뇨.. 그냥.. (마음의 소리 E) 그래서 은섬이도.. 그렇게 쎘구나..
길선 근데.. 이그트 강한 건 뇌안탈에 비하면 암것도 아냐. 뇌안탈이 진짜 강하지..
뭉태 ... 뇌안.. 탈이요..?

S#43. 연맹장의 침소(밤)

타곤, 누워 있다. 옆의 탁자엔 하림의 약갑이 펼쳐져 있다.
펼쳐진 약갑엔 십여 가지의 약초와 숯가루가 담긴 뚜껑 있는 작은
도자기들과 광목, 수술 기구들이 있다. 하림, 긴장된 표정으로
숯가루가 담긴 도자기에서 숯가루를 덜어 물에 갠다.
이 모습을 긴장한 채 뒤에서 보고 있는 태알하와 양차.
하림, 타곤의 팔뚝 환부에 붙어 있던 짓찧어진 약초를 닦아내고
떡처럼 반죽된 숯가루의 일부를 떼어 환부에 붙인다.
그리고는 타곤의 맥을 짚는데 순간 뭔가를 느낀 듯 멈칫!
당황한 표정이 얼굴에 서리고 태알하, 그런 하림을 본다.
하림, 태알하의 시선을 느끼고는 표정 수습한다.

하림 (타곤에게 이불을 덮어주며) 됐습니다... 제가 할 수 있는 건 다 했습니다...

태알하　(OL) 괜찮다는 거예요? 안 괜찮다는 거예요?
하림　(숯가루떡이 담긴 그릇을 내밀며) 이것을 자주 갈아주시고,
그 후에는 물과 함께 가루째로 드시게 하십시오.. 사실 겁니다...
태알하　(표정 확 풀리며) 고생하셨어요...

하림, 목례하고는 나간다. 태알하, 누워 자고 있는 타곤을 본다.
불안한 느낌의 태알하, 거실로 가며 '무광!' 소리친다.
침소 거실로 들어오는 무광.

무광　예, 태알하님.
태알하　하림을 쫓으세요...
무광　(의아) 하림을요...?
태알하　하림이 집에 들어간 뒤에, 별다른 움직임이 없으면 그냥 오세요..
무광　별다른 움직임이 있으면...?
태알하　죽이세요... 가족 전부..
무광　...!!!

S#44. 하림의 약전 안(밤)

감실과 채은 있는데, 사색이 된 하림이 급히 들어온다.

하림　(다급) 짐 챙겨! 당장 여길 떠나야 해!
감실　(놀라) 갑자기 무슨 소리예요?
채은　예? 떠나요? 어딜요?
하림　사연은 나중에 얘기하고, 얼른 챙겨.
채은　도티는요? 안에서 자는데
하림　(잠시 생각하다가) 도티는 괜찮을 거야. 와한족이니까.

하며 하림 급하게 짐을 챙기자, 감실과 채은도 급히 짐을 챙기는데..

S#45. 하림의 약전 앞 일각(밤)

무광과 박량풍, 대칸들이 숨어서 약전 앞을 주시하고 있다.

박량풍 왜 그러시지..? 별거 없는데..

무광 (약전 주시하며) 알면 뭐? 그냥 시키는 대로 하면 되지..

박량풍 아니 제가.. 오늘.. 사실.. 전반적으로다가.. 느낌이 좀.. 이상한 게요...

무광 (박량풍 보며) 이게 또 어디서.. 제관 출신이랍시고..

박량풍 (달 흘끗 보며) 달도 초승달이고... (하며 키득거리는데)

무광 (짜증) 에이씨..! 진짜 이 새끼가!! 재수 없게...
(다시 약전 보며) 아이씨.. 오늘 내가 먼저 대신전 들어가서..
그 슬까스른 탄야 년.. 목 따버렸어야 되는데..

박량풍 (놀라) 형님... 니르하신데..!

무광 제관 놈들 중에 누가 죽였다고 하면 그만이지 뭐!

ins.cut.〉 4부 20씬 중,

탄야 초승달을 만난 어느 밤, 어느 한 손이 너의 심장을 꺼내리라. (cut.)

탄야의 말 떠올린 무광, 털어버리려는 듯 고개를 터는데
이때, 하림의 약전 문이 슬며시 열리더니
하림, 감실, 채은이 짐을 싸들고 주위를 살피며 나온다!
놀라는 무광과 박량풍!!! 무광, 눈빛이 날카롭게 변하며 손짓하자
박량풍과 대칸들, 조심스럽게 무광을 따른다.

S#46. 하림의 약초방 근처 일각(밤)

채은, 하림, 감실 급히 가며 얘기한다.

감실 아니 대체 무슨 일이에요! 어디로 가려구요!

하림　　만테이브..! 아니, 이아르크! 어디든.. 멀리..!!!
채은　　왜요?! 어째서요..!
하림　　아니면 우리 다 죽어..!

ins.cut.〉 일각
하림네를 은밀히 미행하는 무광, 박랑풍, 대칸들.

눈별　　(E) 무슨 일이에요...?

S#47. 하림의 약초방 안(밤)

눈별, 자다 깬 얼굴로 힘없이 감실과 채은을 보고 있고
하림은 다급하게 약초방의 짐들을 챙기고 있다.
눈별, 분위기가 심각하자 겁에 질려 "엄마.." 하며 감실에게 안긴다.
"빨리 가자...!" 하고는 하림이 나가자, 채은이 눈별을 부축한다.
따라나서는 채은, 감실, 눈별.

S#48. 하림의 약초방 앞(밤)

나오는 채은, 감실, 눈별. 그런데 먼저 나온 하림이 경악한 채 서 있다!
앞에 서 있는 무광, 박랑풍, 대칸들! 그들 뒤로 보이는 밝은 초승달..!

하림　　(짐짓 괜찮은 척) 무.. 무슨 일이시오? 니르하께선 좀 괜찮으.. 시오?
무광　　아.. 나도 잘 모르겠는데.. 당신들 다 죽여야 된다네..?
하림네　...!!!
무광　　안 아프게 빨리 끝내줄게.. 쫙 줄 서봐.

하고는 무광, 칼을 들고 다가서는데,
이때, 하림, "도망쳐!" 하며 들고 있던 짐을 대칸 쪽으로 던지고는

감실의 손을 잡고 반대편으로 뛰기 시작한다!
바로 눈별 손을 잡고 함께 달리는 채은!

무광 (한숨) 안 아프게 해준다니까.. 아프게 죽을라고 아주 용을 쓰는구나...
(대칸들에게) 야, 뭐해. 빨리 쫓아..

S#49. 아스달 외곽 숲 일각(밤)

미친 듯이 도망치는 하림과 감실, 그 뒤에 눈별과 채은!
무광, 박량풍, 대칸들, 그런 하림네를 쫓는다.
무광, 쫓다가 멈춰 서서 심드렁하게 화살 하나를 걸고 '핑!' 쏘자
앞에서 달리던 감실의 목에 꽂힌다. '으악' 비명 지르며 쓰러지는 감실.
하림, "여보!!!" 하고는 뒤돌아 달려가 감실을 보면,
화살이 감실의 목을 꿰뚫었다. 힘겹게 꺽꺽거리고 있는 감실.
뒤쪽에서 뛰던 채은과 눈별, "엄마!!!!" 하면서 달려온다.
보면, 감실은 이미 절명했고 하림이 망연하게 그런 감실을 보고 있다.
채은과 눈별은 달려와서 감실을 감싸며 '엄마!' 외친다.
서서히 그들에게 심드렁하게 다가오는 무광.

하림 (무광에게) 내가 죽겠소..! 애들은 보내주시오..! (애들을 막아서며)
하늘에 맹세코..! 이소드녕에게 맹세코..! 아무 말도 안 했소!!
나만 죽으면 됩니다! 나만..! 제발...!!!
무광 (약간의 가책 때문에 짜증스런) 뭐래는 거야..

어느새 온 대칸 2명이 각각 채은과 눈별을 잡아서 거칠게 패대기친다.

눈별 (눈물이 터지고 손을 빌며) 살려주세요.. 아부지 살려주세요! 제발...!!
채은 (대칸에게 애원하듯) 살려주세요.. 제발...!! 아부진 아무 잘못이 없어요...!!!
무광 (그런 그들 보다가)

ins.cut.〉 10부 19씬 중,

무백 그래서.. 그래서.. 아무 죄도 없는 연맹인들을 죽였어? 대칸이란 새끼가!

무광 왜 안 돼? 왜 안 되는데? (cut.)

무백 (그 말에 간절하게 설득) .. 무광아.. 안 돼.. (cut.)
그 싸움 맨 앞에서 그리 칼춤을 추다가는.. 니가 젤 먼저 죽어.. (cut.)

무광, 생각나자 짜증이 나고 생각을 없애려 고개를 털고는 '에이씨!'
하며 하림을 베어버린다.
눈별과 채은, 비명을 지른다. 이젠 채은과 눈별에게 다가오는 무광.
그러자 채은, 벌벌 떨며 눈물이 흐르는 채로
눈별을 보호하려는 듯 필사적으로 감싸 안는다.
채은에게 안긴 눈별, 놀란 듯 호흡이 거칠어진다. 상태가 이상하다.
채은, 그런 눈별의 상태를 인지 못하고, 눈별을 더욱 꽉 끌어안는다.

채은 (눈물 터지며) 대체 왜 이러는 거야!! 우리가 무슨 죄가 있다고..!!!

무광, 채은의 머리채를 거칠게 잡아 눈별과 떼어내려는데
채은, 눈별과 안 떨어지려고 "악!" 소리 지르며 발악하고
눈별도 채은을 더 꽉 안으며 떨어지지 않으려 한다.
그러자, 대칸16이 눈별을 거칠게 잡아 한쪽으로 떨어뜨려 패대기친다.
눈별, 공포에 질려 "언니!!" 외치다가는 호흡곤란이 온 듯
숨을 헉헉거리고 이를 덜덜 부딪히며 온몸을 떠는데,
아무도 모르게(시청자만 알게) 아주 잠깐 눈빛이 푸르게 빛난다..!
무광, 한 손으로 채은의 머리채를 잡고 목에 칼을 들이대자
채은, "으아..!!" 하며 울부짖는데 이때, 뒤에서 박량풍, "형님!!!"

무광 (돌아보며) 왜?

박량풍 (불길한 공포로) 뭔가 이상해요..! 물러.. 서요!

무광 ...???

대칸들 ...???

박량풍 (갑자기 엄청난 공포를 느낀 듯 뒷걸음질 치며) 물러서라고..!!! 다들 후퇴..!!

무광 왜 저러는 거야? 재?

대칸16 조장님.. 왜 그래요?

박량풍 (가까이 다가오지 못하고, 악을 쓰듯) 다들 후퇴!!! 후퇴하라고..!!!!!! 후퇴!!!!

눈별의 눈, 푸르게 빛나고 목덜미 혈관이 푸르게 도드라진다.
영문을 모르는 무광과 대칸, 재 왜 저래? 느낌으로 박량풍 보는데.

눈별 (멍하게) 후... 퇴...

채은 (눈별의 상태를 눈치채고) 눈별아! 안 돼..!

무광 (뭐야 싶어 보는데)

눈별 후퇴....? 이미....

무광 ...?

눈별 (안광을 빛내며) 늦었.. 어..!!! (*victoriam speramus 전주풍의 음악 어떨까 해요)

ins.cut.〉 11부 68씬 중,

탄야 '늦었어'... 이게 당신이.. 당신 인생 마지막 듣게 될 말이야..

경악하는 무광! 눈별, "쓰으....!!" 소리를 내며
온몸의 혈관이 문신처럼 푸르게 도드라지는 게 보인다.
푸른 안광이 번뜩이며 서서히 일어나는 눈별의 모습..!
무광 얼이 빠진 채 놀라서 그 모습을 보고 있는데..
눈별을 잡고 있던 대칸16의 상반신이 그대로 땅에 떨어진다.
무광, 경악하여 보면 하반신만 서 있는 대칸16.
대칸16의 칼을 빼앗아 대칸16을 그대로 반으로 가른 눈별이다.
공포에 휩싸인 무광, 채은을 놓고 그대로 뒷걸음질 치고,
얼어붙어 있던 다른 대칸들도 놀라 일제히 칼을 뽑는데...!!
눈별, 짐승처럼 달려들어 특정동작 A로 공격하자
찢어지듯 산산조각 나는 대칸들!

S#50. 대신전 내부 복도(밤)

아직 죽어 있는 제관들이 있는 가운데, 뭉태와 길선이 걸어가고 있다.

뭉태 뇌안탈은 무예도 모르면서 그렇게 센 거면.. 배우면 어떻게 돼요?
길선 배울 필요도 없지만, 걔넨 못 배워. 무예를 배우면 혈맥이 거꾸로 돌거든.
뭉태 그래도 만약에요.. 만약에.. 뇌안탈이 무예를 배우면요?
길선 글쎄, 그런 게 정말.. 있다면.....
(헛웃음) 그건... 그냥.. 하늘 아래.. 최강의 생물이겠지...!

S#51. 아스달 외곽 숲 일각(밤)

특정동작 A를 이용하여 폭발적으로 대칸들을 공격하는 눈별.
달려들던 대칸 하나가 눈별에 의해 산산조각이 난다.
이를 보고 있는 박량풍, 나무에 두 팔을 벌린 채 기대서서
얼이 빠진 얼굴로 이를 덜덜 부딪히며 떨고 있다.
그 앞을 보면, 이미 산산조각 난 대칸들의 시체가 즐비하다.
무광, 필사적으로 도망친다! 그 위로,

ins.cut.〉 4부 20씬 중,
탄야 (노려보며) 초승달을 만난 어느 밤..!

현실의 무광, 뛰면서 하늘을 본다...! 초승달이다..!!
눈별, 뛰는 무광을 향해 날아들며, 손을 뻗는다..!!

탄야 (E) 어느 한 손이..!

현실의 눈별, 무광을 덮치며 가슴에 손을 꽂는다..!!

탄야　　(E) 너의 심장을... 꺼내리라..!

무광의 심장을 꺼내 치켜든 눈별의 손. 화면에 함께 걸리는 초승달!
이 광경을 미칠 것 같은 공포로 보고 있는 박량풍.
그리고 한쪽에서 경악하며 이를 보고 있는 채은.
눈별, 무광의 심장을 든 채 박량풍에게 천천히 다가간다.
박량풍, 다가오는 눈별을 보며 공포로 덜덜덜 떠는데
눈별, 다가오다가 그대로 쓰러지며 실신!
채은, "눈별아...!" 하며 달려오고, 박량풍, 기절한다. dis. F.O.

S#52. 아고하 숲 일각(낮)

울창한 아고하 숲 가운데 휑한 공터가 보인다. 아고족 태씨 전사들이
왔다 갔다 하고 한쪽에서 고기를 굽는 태씨 전사들도 있다.
공터 가운데 깊이 파인 구덩이가 있다. 구덩이 위에는
굵은 나무를 마치 석쇠처럼 엮은 덮개가 덮여 있다.
그 안으로 카메라 들어가면 포로들이 두 손이 묶인 채, 갇혀 있다.
그중에 있는 은섬과 잎생의 모습.

S#53. 구덩이 안(낮)

은섬과 잎생, 다른 포로들이 있다. 잎생, 평소와는 달리
차분하고 침울한 느낌.

은섬　　(다그치듯이, 작은 소리로) 더.. 더 얘기해봐.
잎생　　(절망, 침울) 뭘 더 얘기해... 얘들 아고족이고, 우리 노예로 팔 거라고...
은섬　　너 아고족이라매?
잎생　　(한숨) ... 미안하다고 할까? 거짓말해서..
은섬　　(그런 잎생의 태도 보며) 너 왜 그래? 너답지 않게...

잎생　　(진지, 흘겨보며) 니가.. 나를 알아...?

은섬　　(평소답지 않은 잎생에 놀라) ...!

이때, 은섬과 잎생 위에서 누군가 다가와 그 위에 쪼그려 앉아 아래를 내려다본다. 아고족 태씨 전사 태마자다.
위에서 아래로 은섬과 잎생을 내려다본다. 괴이한 모습이다.
은섬과 눈이 마주친다. 눈을 피하지 않는 은섬.
은섬, 태마자와 눈을 맞춘 채, 잎생에게 이야기한다.

은섬　　야.. 이렇게 해보자..

잎생　　조용히 해.

은섬　　(눈 맞춘 채) 일단 내가 돌림병에 걸렸다고 하는 거야.

잎생　　...! 야..

은섬　　(눈 맞춘 채) 내 등에 푸른 반점 있잖아. 병에 걸렸다고 하는 거야. 그럼...

잎생　　... 저기.. (툭 치며, 입모양으로) 하지 말라고...

은섬　　(무시하고) 다른 사람도 옮을지 모르니까, 날 여기서 끄집어내려고 하면

잎생　　(이를 악물며) 그만... 하라고...

은섬　　(아고 전사와 눈 맞춘 채) 뭘 그만해...

잎생　　(못 참고 버럭) 야!!! 저 사람 아스달말 다 알아듣는다고!!!

은섬　　(경악! 충격!) ...!!!!

잎생　　(성질나서) 아까 뭐 들었어!! 아고족도 원래는 연맹이었다고 했지!!!

태마자　좋은 계획인데, 아쉽게 됐네..

은섬　　(망연자실) ..... 아... 젠장...

하고는 돌아서 가려는 태마자, 갑자기 확 돌아서서 다시 쪼그려 앉아 잎생을 본다. 잎생을 이상한 느낌으로 보는 태마자.
잎생, 고개를 숙이며 시선을 피한다.
그런 잎생과 태마자를 번갈아 보는 은섬.

S#54. 하시산 동쪽 기슭 동굴 안(낮)

스천, 바도루, 올마대 앉아 있다.
달새, 전보다는 많이 나은 듯 동굴 앞을 서성이고 있다.

달새 (들어오며) 이렇게 오래 걸릴 리가 없어. 무슨 일이 생긴 거야..! 찾으러 가자.
스천 괜히 나갔다가 엇갈리면... 차라리 아스달로 가 있자. 무백님이 기다려..!
바도루 주비놀로 가보자... (일어서서, 올마대 보며) 늙은인, 아직 치료를 더 해야 해..
올마대 아스달에 갈 수는 없네..
바도루 (스천에게) 저기.. 고생하는 김에 좀 더 하쇼.. 거믈둔 약바치에 데려다주쇼..
스천 아.. 진짜. 기어코.. 가겠다고..?!

S#55. 아스달 성 밖 아스달이 보이는 길 일각(낮)

멀리 아스달성이 보인다. 사람 하나 없는 풍경에 의아한
무백과 대칸들. 그 뒤에는 아사사칸을 비롯한 흰산에 있던
모든 제관들이 끌려오고 있다.

S#56. 장터 일각(낮)

흥분되고 흥겹던 축제 분위기는 온데간데없고 썰렁하다.
위병들이 삼엄하게 경계를 서고 있는 가운데, 서너 명씩의 사람들이
작은 말로 수군수군대며 연맹궁 쪽으로 가고 있다.

S#57. 연맹궁 광장(낮)

연맹궁 2층 노대에 단상이 있고 의자가 4개 있다. 아직 의자엔
아무도 없고 나팔을 들고 있는 위병 둘이 지키고 서 있다.
2층을 비추던 카메라, 연맹궁 1층으로 내려오면 처형대가 있다.

처형대 왼쪽엔 아사못이 발에 칼이 씌워진 채 무릎 꿇려 있다.
카메라가 다시 처형대 아래쪽으로 내려오면 흰산의 제관 3, 40명과
쿵퉁과 다와의 가족들이 전원 발에 칼이 씌워져 무릎 꿇려 있고,
그 앞 군중과 죄인들 사이에 길선과 위병단이 경비하고 있다.
수많은 사람들이 운집하여 그들을 보며 수군거리고 있다.

라임 (경악한 채로 걸어오며) 고함사니는 어쩌고.. 이게 뭔 일이요?
울백 어제 밤에 아사론이.. 탄야 니르하와 타곤 니르하를 죽이려고 했다잖아...
모두 (주의 깊게들 울백을 보고)
라임 .. 믿어지지가 않아서.. (아사못 쪽을 보며) 설마 마놀하님까지..?
울백 안 그럼 이 난리가 왜 났겠어...
해족5 근데 제관들을.. 저렇게 해도 되는 건가... 그래도 신을 모셨던 분들인데..
연맹인1 그런 자들이 살아 있는 신을 죽이려고 했으니 당연하지..!

모두 웅성웅성거리는데 이때, 뒤쪽이 소란스러워지면서 사람들이
가운데 길을 터준다. 보면 기토하와 대칸들이 또 한 무리를 잡아서
거칠게 인솔해 오고 있다. 모두 좋은 옷을 입은 사람들이다.

길선 (인솔해 오는 기토하에게) 또 뭔데?
기토하 아사씨 떨거지들이요..
아사씨1 (억울한 듯) 우린 아무것도 모릅니다... (그리고는 사람들을 향해 큰 소리로)
어제 대신전에 있지도 않았고...!! 우린 제관도 아니오..!

하자, 끌려온 아사씨들 이구동성으로 울부짖으며 소리친다.
사람들, 그런 광경 보며 놀라 길선과 기토하 등을 이상하게 본다.

길선 (분위기가 안 좋아지자) 다들 입 닥쳐!! 아가리 찢어버리기 전에!!!
기토하 (다가와선) 아 그리고 형님. 아사욘이 안 보입니다. 도망친 거 같아요..
길선 쥐새끼 같은 놈.. 도망쳐봤자지.. 그놈 혼자 뭘 하겠어..?
기토하 근데.. 타곤 니르하께선...?

S#58. 연맹궁 내부 은밀한 창고 안(낮)

창가에 돌아서 있는 타곤, 후광을 받아서 뒷모습 실루엣만 보인다.

타곤 (뒤로 선 채) 왜 그랬어?

카메라 팬 하면, 얻어터져 얼굴에 피 흘리는 뭉태가 포박당한 채
무릎 꿇려 있다. 양차는 옆에 서 있다.

타곤 (뒤돈 채) 왜 아사론의 입에 재갈을 물렸지?
뭉태 .....

ins.cut.〉 새로 찍는 회상, 아우성의 숲 일각5(밤)
뭉태, 아사론을 쓰러뜨리고 포박하려는데

아사론 (다급히) 타곤은 이그트야!!! 괴물이라고..!!!
뭉태 (멈칫) ...!
아사론 그게 무슨 말인지 모르겠느냐!!!
니가 날 타곤에게 바쳐봐야.. 너두 죽어!!
너도 나한테 그 얘길 들었을 거라 생각할 테니까..!

타곤 (뒤돈 채) 왜냐고...
뭉태 .. 타곤 니르하께서.. 이그트라고 했습니다.
타곤 ...!!
양차 ...!!! (조용히 칼을 뽑으려는데)
뭉태 .. 그래서 자길 잡아가면, 이미 그 얘길 들은 나도 죽을 거라고..
타곤 (이때 처음으로 돌아서서 뭉태를 보며) 죽을 건데... 왜.. 아사론을 데려왔지...?
뭉태 ....
타곤 얘길 해.. 이유가 있을 거 아냐..
뭉태 어차피.. 전... 저는..... 쎄지지 않으면...! 곧 죽습니다...!!!

타곤	...!!
뭉태	....
타곤	... 누구한테?
뭉태	(눈물 터진다) 내.. 소중했던.... 동무들한테....
타곤	(뭉태를 물끄러미 본다) ...
뭉태	(흐느끼는데) ...
타곤	그 눈물... 닦지 말고... 그 피... 씻지 말고..
양차	...??
타곤	날.. 따라와라..
뭉태	...!!
아가지	(E) 뒤숭숭해...

S#59. 대제관의 집무실(낮)

아가지가 탄야의 머리를 해주고 있다.

아가지	무서워 죽겠어. (하다가는) 아휴.. 이럼 안 되지.. 무서워 죽겠어요.
탄야	둘만 있을 땐 안 그러셔도 돼요.
아가지	아냐.. 버릇 돼.. 아, 아이구.. 암튼 큰 난리 날 거 같아요, 니르하.

하면 탄야, 한숨이 나오는데, 이때 사야가 들어온다.
탄야, 급히 일어나서 사야에게 다가가서

탄야	괜찮아? 괜찮은 거야?
아가지	(예를 취하고 나간다)
사야	(보다가 미소) 나.. 걱정했네..? 그치?
탄야	하... 괜찮은 거 같네.. 다행이다...
사야	그치 걱정했지? 나 처음 당해봐...
탄야	뭘?
사야	누가 나.. 아무 이득 없이 걱정하는 거.

탄야 (퉁명) 그런 건 당했다고 하는 거 아냐. (하고는 바로) 이제 어떻게 되는 거야?

사야 (아직도 기분 좋아서) 뭐가?

탄야 연맹궁 앞에 잡아둔 사람들 못 봤어?

사야 .. 으응.. 뭐 얘긴 들었어.

탄야 어젯밤 제관들은 그렇다 쳐.. 나머지 사람들은 어제 일과
아무 관련이 없어. 어린애들은 왜 잡아 온 거야?
그저 아사씨거나.. 바토족이거나... 아무 죄도 없이

사야 (의아, 황당) 이 상황에서 죄와 죽음이... 무슨 상관이 있어?

탄야 (황당) 뭐?

사야 다 죽여야 해.. 그러지 않으면 앞으로 나갈 수 없어.

탄야 ..... (황당) 뭐라고?

사야 (살벌한 눈빛으로, 점점 도취되어) 보일 수 있는 모든 공포를 보여줘야 돼...
아버지가 죽인 각 부족의 어라하가 몇이야...? 바토족에, 까치놀족에..
얼마나 슬프겠어? 그 슬픔을.. 두려움으로 바꿔야 돼... 그것도 서둘러서..!

탄야 (그런 사야를 낯설고 무섭게 본다) ...

사야 (그러다 탄야 시선 의식하고) ... 아... 근데.. 그렇게 안 될 거야.. 걱정하지 마.
아버진 나 같지 않으니까. 또 미적대겠지..

탄야 ....

사야 아직도 포기 못하고.. 연맹인들한테 예쁨받겠다고..
(비웃음이 섞인) 좋은 쪽으로 해결하겠지... 포용.. 화합.. 뭐 그런..?

탄야 (사야와는 달리 기대 섞인) 그럴까...? 아사론도 그렇게 단박에 죽였는데..

사야 ... 아사론은 그럴 이유가... 있었던 거구..

탄야 ....

하는데, 이때 들어오는 모명진.

모명진 연맹궁에 좌솔들이 모두 모였답니다. 가셔야겠습니다.

탄야 ....

사야 ....

트리한 (놀란, E) 아니 이게 대체!!!!

S#60. 장터 일각(낮)

트리한과 연맹 사람들이 입을 벌린 채, 놀라서 한쪽을 보고 있다.
보면, 무백과 대칸들이 흰산의 제관들을 추포하여 끌고 오는데
그 제일 앞에 포박당한 아사사칸이 있다.

트리한 (분노에 몸을 떨며) 이래도 되는 거야? 이래도..!!

트리한, 무백 쪽으로 간다. 몇몇 사람들도 따라간다.
그런 장터 사람들의 시선을 느끼며 오는 무백.
그들을 소당과 편미가 맞는다.

편미 고생하셨습니다.
무백 ....
트리한 (어느새 다가와서는 무백과 대칸들에게) 무백님.. 이게 무슨 짓입니까?
아무리 아사론님이 잘못했대도..
흰산의 어머니를 어찌 저리할 수 있단 말이오!!
소당 신성재판에서 신의 뜻에 따라 하겠지..!! (트리한을 제치며) 비켜들 서!!

하며 위병들이 길을 터주면 무백 일행들, 연맹궁 쪽으로 간다.
트리한과 사람들, 길을 터주면서도 웅성웅성거린다.
가는 무백, 그런 연맹인들의 시선이 부담스럽다.

S#61. 연맹궁 광장(낮)

57씬과 같은 상태로 있고, 기토하(목 붕대)와 길선이 있는데,
무백이 아사사칸과 제관들을 데리고 온다.
무백, 포박당한 제관들과 아사씨들, 바토족 등 노인과 어린이들 본다.

길선 (위병들에게) 아사사칸은 저 위로 올리고..! 나머진 그 밑에!!
위병들 예!!!

하며 아사사칸과 제관들, 인계받아 데리고 간다.

기토하 (무백 보고는) 아.. 형님..!! 우리 다 죽다 살았소!
이것들이 형님 없는 거 알고.. 그 틈에 일을 꾸미는 바람에..
무백 (다친 목을 보며) 그래.. 그만하길 다행이다...
기토하 아이 썅.. 고 샤하틴지 지랄인지 쥐똥만 한 놈한테..
무백 (그사이 광장 앞의 제관들을 보면서 심경이 복잡하다) ...
기토하 그래봤자.. 내 몸이 온통 다 무기 아니요.. (하고는 으하하 웃는데)
무백 무광이는?
기토하 아.. 어젯밤부터 안 보여요. 박량풍이랑 술 처먹고 어디 뻗었나 싶소.

S#62. 아스달 성문 앞(낮)

박량풍, 반 미친 느낌으로 거지꼴을 하고, 허위허위 오고 있다.

S#63. 아스달 외곽 어느 동굴(낮)

동굴 한쪽에 눈별이 누워 있고 채은은 바랑 안에서 청동으로 된 여러
침도구, 약그릇 등을 꺼낸다. 한쪽에 있는 평평한 돌 위에
약초를 놓고 돌을 들어 짓이기기 시작하는 어두운 표정의 채은.

ins.cut.〉 15부 48씬 중,
하림 (짐짓 괜찮은 척) 무.. 무슨 일이시오? 니르하께선 좀 괜찮으.. 시오?
무광 아.. 나도 잘 모르겠는데.. 당신들 다 죽여야 된다네..?

채은 (마음의 소리 E) 타곤.. 타곤이야..

눈별　　(E) 언니..

채은　　(놀라 눈별에게 다가가며) 눈별아..!

눈별　　언니.. 언니.. (하다가는 복받치는 듯 눈물이 터진다)

눈별을 안고 우는 채은. 우는 눈별. 둘의 모습에서.

S#64. 연맹궁 내부 복도(낮)

태알하와 타곤, 걷고 있다. 뒤따르는 양차와 뭉태.
뭉태는 눈물과 피투성이로 손엔 무기를 들었다.
타곤과 태알하, 슬프고도 건조한 얼굴이다. 결연하고 쓸쓸하다.

태알하　　다... 모여 있겠지...

타곤　　.. 그렇겠지..

태알하　　.. (그런 타곤 슬쩍 보고는) 우리 잘못이 아니야.. 타곤..

타곤　　.. 신에게...

태알하　　(멈추고 본다) ....

타곤　　잘못이란 건 없어...

하고 보면 문 앞이다. 양차가 얼른 문을 연다.

S#65. 연맹궁 대접견실(낮)

모든 좌솔들과 대대 서 있고 미홀과 탄야, 사야도 서 있다.
쿵퉁과 다와, 보단, 흑갈의 자리엔 바토족과 까치놀족,
연달족과 가라말족의 백발의 장로들이 서 있다.
넷은 붉으락푸르락한 느낌이다.
이때, 문이 열리며 타곤과 태알하가 들어온다.
이어서 양차와 뭉태가 들어온다. 모두, 뭉태의 모습에 뭔가 싶은데..

특히 탄야는 여기저기 터진 뭉태를 보고 놀란다.
태알하와 양차, 뭉태가 자리를 잡고 서고
타곤이 자리에 앉는다. 모두 타곤을 보는데
타곤, 앞의 대대에게 살짝 손을 들어 보인다. 앞으로 나오는 대대.

대대 (문서를 읽기 시작) 어젯밤, 흰산족의 어라하이자 대신전의 제관인 아사론과
바토족의 쿵퉁! 까치놀족의 다와, 연달족의 보단, 가라말족의 흑갈..!
이들 어라하들이 연맹을 향해 사특한 반란을 도모하였으나..!

모두들 ....

탄야 .. (의아한 눈빛으로 뭉태만 본다) ..

뭉태 .. (그런 탄야의 시선을 피한다) ...

대대 아이루즈의 보살핌과 위대하신 연맹장 타곤 니르하의 현명함으로
연맹은 평안을 되찾았으니..! 이실로브 디케바!!!

모두들 (안 따라 한다)

대대 (뻘쭘하게 보다가) 이실로브.. 디케바...

이때, 백발의 바토족의 장로가 흥분하여 앞으로 나온다.

바토장로 니르하시여... 우리 바토족의 어라하 쿵퉁은 그저 아사론의 연통을 받고,
영문도 모르고 따라나섰을 뿐입니다. 어젯밤 일에 휘말려 신께 가셨으나.
그 일은 묻지 않으려 합니다.. 허나..! 쿵퉁님의 가족들을 추포하여,
저리하시는 건, 말도 되지 않는 일이오..!!

타곤 (무표정) ...

미홀 그들은 모두 반역의 가족들..! 신성재판에서 신께서 정할 것입니다!!

까치장로 (나서며) 아사사칸님도요? 그렇습니까?

모두들 (보며) ...

타곤 ...

까치장로 아사론이 끔찍한 일을 저질렀소! 허나 흰산의 어머니를 어찌..!
저리할 수 있습니까!!

태알하 (타곤 보며) ...

사야 (심드렁하게) ...

까치장로 우리 까치놀족도 어머닐 잃었소..! (분노와 슬픔) 그저 아사론의 급한 부름을 받고 나가신다 했소..! 그리고 목이 잘린 시신으로 돌아왔어요! 우린 무슨 일이 있었는지 아무것도 모르고, 그저 당하고 있습니다! 이리할 수 있습니까? 연맹장께서 연맹을 깨려 하십니까!!

연달장로 니르하시여, 장로들의 말씀이 크게 틀리지 않습니다.. 말씀을 해주세요...

가라말장로 예, 니르하, 답하셔야 합니다...

타곤, 무표정하게 그들을 둘러보는데 뭔가 처연한 느낌이다.
태알하, 그런 타곤을 본다. 타곤도 태알하에게서 시선이 멈춘다.
태알하, 응원하는 듯 미소 지어 보인다.

사야 (그런 태알하와 타곤을 보며, 마음의 소리 E) 그래.. 또 좋은 쪽으로.. 용서하자며.. 더 큰 하나 되자며... 수습하겠지... (피식)

타곤, 태알하를 보다가 좌중을 본다. 그러더니 오른손을 들어 올린다.
이를 보는 양차와 뭉태. 양차와 뭉태를 보고
뭔가 느낀 듯 불안한 탄야의 눈빛.

S#66. 연맹궁 내부 복도(낮)

무백이 오고 있다.

무백 (E) 이제 타곤은 어쩔 것인가..? 이 상황을 어떻게 수습할 것인가...?!!

하며 무백, 대접견실 문을 여는데 '쿵' 하는 소리 들리며

S#67. 연맹궁 대접견실(낮)

벌어진 광경에 충격을 받은 무백의 표정.

보는 좌솔들과 장로들도 모두 경악한 상태로 얼어붙어 있다!!!!
탄야와 사야는 충격이다!!! 미홀 역시 놀란 채, 얼른 타곤을 본다.
타곤, 표정의 변화가 없다.
보면, 백발의 바토 장로가 이미 머리가 터져 쓰러져 있고
까치놀 장로를 뭉태가 청동봉으로 짓이기고 있다.
여기저기 피가 튀어 그야말로 아비규환!
탄야, 뭐라고 말을 할 수 없을 정도로 충격이다!
혼자 무표정한 태알하는 경악한 탄야와 사야를 보고 타곤을 본다.
타곤은 떨리는 눈빛을 억누르며 그 광경을 똑바로 응시하고 있다.

미홀 (타곤의 눈을 보며 경악한 마음의 소리 E) .. 저 눈..!

무백, 놀란 눈으로 그런 타곤을 본다.
뭉태, 이제 됐다 싶은지 헉헉대며 타곤을 보는데,
뭉태 역시 사람을 처음 죽이는 것이라 엄청 흥분된 모습이다.
이때, 천천히 타곤이 일어난다.
일어나는 타곤의 동선을 따라 모이는 모두의 시선. 충격과 공포다.

태알하 (그런 타곤을 보며 마음의 소리 E) 타곤...
사야 (흥분되는 듯 타곤 보며, E) 그래... 그래.. 이거야..!
탄야 (보는 E) 아아...
무백 (보는 E) 결국..
양차 (보는) ...
뭉태 (보는) ...
미홀 (타곤 눈을 보며 E) .. 왕이다..!! 왕의 눈이야!!
모두들 (공포와 충격의 시선으로 타곤을 본다)

타곤, 그런 시선을 맘껏 느끼려는 듯 잠시 눈을 감았다 뜬다.
방 안을 훑는다. 바닥에 널브러져 피투성이로 죽어가는 바토 장로.
여기저기 어지럽게 튄 피. 그리고 자신을 바라보는 모두의 시선.

타곤　　(모두의 시선 느끼며, 마음의 소리 E) 이런 거였지.. 내가 그토록....
가지 않으려 했던 길... 폐허.. 폐허의 왕.. (미소 지으며) 나.. 타곤.

하는 타곤의 슬픈 미소에서. END.

"샤하티의 아이들" from 아사못

샤하티의 아이들이 보인다. 무표정한 아이, 차갑게 웃는 아이 등이, 보인다. 그 위로,

아사못 (NA.) 샤하티의 아이들... 흰산의 오래된 비밀스러운 암살 집단이다. 이들의 역사는 흰산의 천년 역사와 함께한다.

두려움에 떨거나 눈치 보는 아이들 수십 명이 모여 있고, 얼굴이 보이지 않는 누군가가 들어와 아이들 한가운데 상자를 놓는데 열면 초생칼이 잔뜩 들어 있다.

아사못 (NA.) 부모가 죽었거나, 전쟁 중 버려진 아이들 중 샤하티의 아이들이 선발된다. 그러나 이들 중 대부분은 가혹한 수련 과정에 죽어 사라진다.

아이들이 눈치를 보다가 너 나 할 것 없이 동시에 초생칼을 잡아 서로 싸우기 시작한다. 여기저기 피가 튀고 아수라장이다. (cut.) 살아남은 아이들이 수련을 하는 모습. 모두가 눈빛이 달라져 있다.

아사못 (NA.) 여기서 살아남은 아이들이 샤하티의 아이가 된다. 이 아이들이 무서운 이유는 나이에 어울리지 않는 암살 실력 때문만은 아니다. 이 아이들이 정말 무서운 것은 정말 끔찍한 마음의 수련을 통해, 감정이 없어지기 때문이다.

아이들 앞에 신성한 연기가 피어오르고 아이들이 몽롱하게 취한다.
그 앞에 얼굴이 보이지 않는 누군가가 손을 내밀며
주문을 외우는 듯 최면을 거는 듯한 모습이다.
이때 누군가가 무언가 주면 그것을 입안에 넣고 사탕처럼 빨면서
갑자기 미소 짓는다.

아사못 (NA.) 공포도, 욕망도, 기쁨도, 슬픔도, 걱정도 없어진다.
이 과정을 거친 아이들은 하나의 사람이라기보단 그저 하나의 칼이다.
명령을 받으면, 오직 그것 외엔 아무것도 개의치 않는다.
(여기저기 시체가 널브러져 있고, 그중에 한 아이가 일어나 미소 짓는다)
명령은 단 한 번. 명령을 내린 자도 그걸 바꿀 수 없다.
(미소 짓는 아이가 천천히 걸어 나온다) 무감정, 무서운 살상력,
그 모두가 최고의 경지에 오른 아이들을 검은혀라 부른다.

아이, 초생칼에 하! 하면서 입김을 불어넣는다. 혀가 검다.

아사못 (NA.) 검은혀든 아니든, 쓰이고 쉽게 버려진다.
그래서 샤하티의 아이들 중 성인으로 자라나는 경우는 극소수다.
살아남아도, 어른이 되기 전에 미쳐버리거나 자살을 한다고 한다.
운 좋게 미치지 않고 어른이 되면, 흰산과 연을 끊고
세상으로 들어가 평범하게 살아간다.
누구인지는 아무도 모르지만 감정이 없는 누군가가 함께 살고 있는 것이다.

시장통의 상인, 농부 등등의 모습이 보인다. 시장 골목을 오가는
수많은 이들 사이에서 걷고 있는 누군가의 모습이 보인다.

아사못 (NA.) 그리고 샤하티. 이 아이들을 만들어내는 저 깊은 어둠의 인물.
그가 여인인지, 사내인지, 혼자인지, 여럿인지.. 혹은 젊은인지, 노인인지
아무도 모른다. 단지 우리 흰산은 그를 부르는 방법만을 알고 있을 뿐이다.

쉬마그를 얼굴에 휘감아 성별도 나이대도 전혀 알 수 없는 누군가,
잠시 걸음을 멈추더니 뒤를 살짝 돌아보는 컷에서 블랙아웃.

세상 모든 전설의 시작

16부

S#1. 연맹궁 대접견실(낮)

여기저기 어지럽게 튄 피. 그리고 자신을 바라보는 모두의 시선.
타곤의 슬픈 미소. (15부 엔딩 지점)
그런 타곤을 보는 태알하는 타곤이 안쓰럽고,
미홀은 왠지 모를 불안감으로 타곤과 태알하를 본다.
공포와 분노로 얼룩진 탄야! 흥분으로 입꼬리가 살짝 올라간 사야!
그러나 사야는 이내 옆의 탄야를 보며 걱정스러운 표정이다.

S#2. 연맹궁 복도 일각(낮)

미홀이 태알하를 붙들고 주변을 살피며 은밀히 얘기하고 있다.

미홀 청동의 비밀을 확실히 보장받기로 한 거지?
태알하 ...!! 지금 하실 얘기는 아닌 거 같은데요..
미홀 약조를 했어, 안 했어?!
태알하 (귀찮은 듯 대답) 했어요, 했다구요...!
미홀 언제? 이런 일이 있기 전이지? 타곤은... 변했다...!

태알하 안 변할 수가 없죠. 평생을 저러지 않고 왕이 되려고 얼마나 노력을 했는데요! 타곤이 얼마나 좌절했는지 아세요?

미홀 ....

태알하 얼마나 가슴이 찢어졌는지 아시냐구요.. 결국..!
아버지와 아사론이 다 망쳐버린 거예요! 전 타곤이 가여워요! (가버린다)

미홀 (가는 태알하를 보며, 불안한 표정) ......

탄야 (E) 이걸 외우라구요?

S#3. 대제관의 집무실(낮)

보면 태알하가 탄야의 책상에 두루마리를 펴놓았다. 보는 탄야.

태알하 (두루마리 가리키며) 응. 신성재판 때 여기 있는 그대로 말해.

탄야 (두루마리를 보며 굳은 얼굴로) ...

태알하 아, 글자를 모르지 아직, (두루마리 들고는) 세상의 처음과 끝이신 아이루즈의 말씀을 그의 아들 아라문 해슬라께 전합니다..

탄야 ....

태알하 앞으로 모든 신탁은 아이루즈야. 흰산의 이소드녕이 아니구..

탄야 ....! .. (굳은 채) 그다음은.. 요?

태알하 아사못이랑 어젯밤 일에 가담한 자들은 모두 목을 잘라.
그 일족과 그 일족들과 관련된 자는 모조리 두 발목을 잘라.
기억해.. 헷갈리지 말고.

탄야 (OL) 못해요... 그들 중 많은 사람들은 죄가 없어요..
그날 신전에도 없었어요.. 나.. 못해요..

태알하 (미소) 못해? 못하면 죽을 텐데?

탄야 (침 꿀꺽) ... (결연하게) ... 날.. 죽인다고 해도..

태알하 (미소, OL) 너 말고.. 와한족.

탄야 .....!!!

태알하 아... 이렇게 되지 않길 바랬어.. 나도 안타까워.. 근데..
이미 타곤은 아사론과 어라하들을 죽였고, 타곤의 적은 엄청 많아졌어.

탄야 ....

태알하 이제 방법이 없어. 공포를 심어줘야 돼. 그래야 아스달이 돌아가.

탄야 ....

태알하 그나마 너란 존재가, 타곤에게 신성을 부여하니까..
지금 광장에 끌려온 백 명으로 끝낼 수 있는 거야.

탄야 ....

태알하 그렇지 않았다면, 천 명 이상은 죽여야 할걸? 그래야 복종하겠지.
천 명을 구하는 일이라고 생각해...

탄야 ......

S#4. 연맹궁 대접견실(낮)

위병들이 죽은 장로의 시신을 끌어내고 있고, 뭉태 멍하다.
시종들은 재빠르게 바닥을 닦고 있다.
앞에 앉은 타곤은 무표정하게 그런 그들을 보고 있다.
이때 사야가 타곤의 앞으로 나선다. 그런 사야를 물끄러미 보는 타곤.

사야 (미홀이 했던 것처럼 무릎을 꿇고는 두 손을 뻗어 고개를 숙이며) 니르하..

타곤 (그저 물끄러미 본다)

사야 (고개를 숙인 채로) 얼마나 가기 싫어하셨던 길인 줄 압니다.
그래서 전, 이 기회가 소중합니다.
앞으로 전.. 니르하를 위해 최선을 다할 것입니다.

타곤 (물끄러미) ...

사야 탑에 갇혀 있는 내내..

타곤 (그냥 물끄러미) ....

사야 (고개 들어 보며) .. 이런 아버질 많이 기다렸습니다..

타곤, 그런 사야 보다가 돌아서 나간다.
사야는 그런 타곤 보다가는 진심으로 좋은 미소가 번진다.

S#5. 연맹궁 복도(낮)

무표정하게 가는 타곤.

S#6. 대제관의 집무실(낮)

사야가 조용히 들어온다. 태알하와 탄야가 얘기하는 것이 보인다.

태알하 (들어온 사야 힐끗 보더니) 많은 사람들을 다스리려면 어쩔 수 없어.
그 많은 사람들의 말을 다 들어줄 순 없잖아.
따르게 하려면 두려움이 필요하고.. 그 두려움의 위에, 서야 하는 거야.

하고는 태알하 나가려는데, 탄야 뒤에서

탄야 (간절한 OL) 돌아갈래요...
태알하 ....!
사야 ....!!
탄야 우리 사람들 데리고 조용히 이아르크로 돌아갈게요.
할 만큼 했잖아요. 아사론도 쳐냈고, 타곤 니르하도 아라문 해슬라가 됐구요.
태알하 ....
탄야 그 정도면 되잖아요. 이제 저랑 와한 사람들 놔줘요.
태알하 .. 그건 안 되지..
탄야 (다시 감정 격해지며) 왜? 왜 안 된다는 거야? 당신들 원하는 거 다 이뤘잖아?
(울먹) 우리한테 뭘 더 원해? 뭘 더 원하길래...!
태알하 ...
탄야 뭉태를... 그렇게 만든 거야...? 뭉태한테...! 무슨 짓을 한 거야...
태알하 (그런 탄야를 보며 한숨 짓고는) .. 우린 아무 짓도 안 했어..
탄야 ....
태알하 갠.. 그냥 너보다 빨리 안 것뿐이야.

탄야 ....

태알하 돌아가는 것도, 뭘 안 하는 것도, 버티는 것도, 다 힘이 있어야 한다는 걸.

탄야 ...

태알하 시키는 대로 하는 것 말곤, 모든 일에 힘이 필요하다는 걸..

탄야 ....!

태알하 (그렇게 가려다가는 돌아서며) 그리고.. 대제관 탄야 니르하..
이제 그들이 원할까? 다시 이아르크로 돌아가는 걸?

탄야 .....!!

S#7. 연맹장의 집무실(낮)

타곤 앞에 길선, 소당, 편미, 무백, 기토하, 초리곤 있고
양차와 뭉태는 호위무사로 문 근처에 서 있다.

무백 (무거운) 이번 반란에 관련된 자들 전원, 광장에 대기시켰습니다..

타곤 (무백 보다, 길선 보며 건조하게) 까치놀과 바토족의 장로 가족들, 전원 추포..
그리고 광장에 대기.. 반항하는 자는.. 참수..

모두들 ...!!!

길선, 소당, 편미 예, 연맹장 니르하 (하고 나간다)

타곤 (무백 보며, 건조하게) 군검부... 불만을 가질 다른 부족의 움직임을 감시..

무백 (타곤 보다가) ...... 예, 니르하...

타곤 (기토하에게) 무광이 보이지 않는다..

기토하 예.. 찾아서 불러오겠습니다, 니르하.

하면 무백, 기토하, 초리곤은 나간다. 양차와 뭉태만 문 근처에 있다.

타곤 (자기 자리에 앉으며 건조하고 싸늘하게) 사람 죽여본 기분이 어때?

뭉태 (아직도 사람 죽인 흥분이 가라앉지 않은 느낌이다) ....

타곤 (본다)

뭉태 제가.. 한 일 같지가 않습니다...

ins.cut.〉 15부 67씬 중,
까치놀 장로를 뭉태가 청동봉으로 짓이기고 있다.

타곤 (마음의 소리 E) 나도 그렇다..
양차 (그런 타곤을 본다)
뭉태 하지만 익숙해지겠습니다..!!!
타곤 (마음의 소리 E) 나도..

S#8. 까치놀 장로 집 마당(낮)

소당과 위병들이 들이닥쳐서 까치놀 장로의 가족들을 마구 때리며
추포하고 있다. 그중엔 네 살 난 아이도 있다.

S#9. 장터 거리(낮)

사람들이 주변에 서서 웅성거리고 있는데,
소당과 위병들이 까치놀 장로의 가족들을 끌고 가고 있다.
이때 다른 쪽 길에서 편미와 위병들이 바토족 장로의 가족들을
포박하여 끌고 오고 있다. 주변의 사람들은 수군대고 있다.
길 가운데 지점에서 만나는 소당과 편미.

소당 (허탈 심각, 편미에게 작게) 겨우 걸음마 뗀 애도 끌고 오는 거... 맞냐...?
편미 (역시 심각) 전원이라잖아.. 몰라.. 우린 그냥 시키는 대로.. 하면 돼.

하는데, 이때 트리한과 몇몇 사내들 나서며

트리한 볼수록 이거 너무들 하시네.. 아니 저기 아장아장 걷는 애가
반란을 일으키진 않았을 거 아니오!!

그 말을 듣던 소당, 위병들에게 턱짓한다. 그러자 위병들이 가서는
트리한과 사내들을 패고 짓밟는 등 살벌하다.
보는 연맹인들, 모두 몸을 움츠리며 바뀐 분위기를 실감하는데.

S#10. 대제관의 집무실(낮)

탄야가 망연한 채 앉아 있고.. 사야는 그런 탄야를 살피며 있다.

사야 .. 내 생각에도.. 지금.. 떠나는 건 아닌 것 같애..
탄야 .. (보지 않고, 침울) ... 어째서...?
사야 좀... 그냥... 뭐랄까... 그건 그냥... 바보 머저리 같애.
탄야 뭐가...?
사야 .. (보다가) .. 위로를 받고 싶어? 아니면 냉정한 현실을 알고 싶어?
탄야 현실.. 내가 지금 어디 서 있는지... 어디로 가는지..
사야 니가 타곤의 제안을 받아들이고, 나하고 손을 잡았을 때..
니가 원한 게 뭐였어?
탄야 ...!

ins.cut.〉 11부 50씬 중,
탄야 .. 근데.. 내가 대제관인가가 되면.. 정말 힘을 가져? (cut.)
탄야 노예로 사는 와한족들도 구할 수 있고? (cut.)
탄야 멀리 끌려간 노예도? (cut.)

사야 물론 넌 그게 선의고, 너희 씨족을 구하기 위한 숭고한 뜻이었겠지만..
탄야 ....
사야 선의도 게걸(자막: 욕망)이야.
탄야 .....!!!
사야 넌 너의 게걸을 위해, 결국 아사론을 물리치고 그 자리를 얻게 된 거야.
니가 그때 거부했으면 타곤은 이 자리에 못 왔어.

탄야 ....

사야 그리고 넌 얻었어. 그래서 와한들 다 잘 살고 있잖아?
근데 사람 죽이라고는 못하겠다고?
그건 비겁한 거지. 좋은 것만 하겠다는 거잖아.
그 정도는 니가 겪어야 할 대가고, 니 책임이야. 모르는 척하지 마.

탄야 ....

사야 니가 타곤과, 나와 손을 잡았을 때부터, 맞바꿈된 일들이야..

탄야 ... (부정할 수가 없다)

사야 난 힘이 없었고.. 그래서 20년을 죽어 지냈어. 태알하에게.. 타곤에게..

탄야 ...

사야 와한에게 벌어진 일만 비극이 아니야. 모두가 다 비극 속에 있어.
니가 원한다면 힘을 키워. 그리고 타곤과 맞서 싸워.

탄야 ...!

사야 연맹인들 안에 이미 니가 들어가 있어. 그걸 못 느껴?
이미 넌 연맹인들 모두의 무엇이 됐고, 그게 니 힘이고,
그게 너한테 주어진 소명이야.

탄야 .... (뭔가 결심하는 느낌이다) ...

사야 ....

탄야 .. (결연하게) 와한들을 전부 불러줘.

S#11. 연맹궁 위병 총관실(낮)

길선 총관 자리에 거만하게 앉아 있고, 그 앞에 뭉태 있다.

길선 타곤 니르하께서 뭐라시디?

뭉태 .. 그냥.. 사람 죽이는 거 익숙해지라고요..

길선 (반색하며) 야..! 널 쓰실 생각인 거다..! 잘했어..!
이렇게 빨리 타곤 니르하의 줄을 잡다니..!! 너 대단하다..?!

하는데 이때, 소당이 들어온다.

길선	(보며) 가족들 다 추포해 왔어?
소당	예.. 모두 (하고는 뭉태 보며 떨떠름하게) 야.. 뭉태.. 너 컸다 진짜.. 내가 니 연락병 노릇을 해야 되겠냐..?
길선	왜? 타곤 니르하께서 또 부르셔?
소당	아뇨.. 이번엔 대제관 탄야 니르하께서.. 부르십니다..
뭉태	(긴장) ..!!!
와한들	(웃음소리 E)

S#12. 대제관의 집무실(낮)

열손, 둔지, 검불, 아가지, 도티가 탁자에 둘러앉아 웃고
떠들고 있다. 탄야는 어두운 얼굴이지만 도티를 보며 미소 짓고 있다.

검불	(도티 안고는) 요거.. 요거.. 어떻게 살아서 여기까지 왔대애..
열손	글쎄.. 은섬이하고 같이 왔대. 나도 약전 갔다가 깜짝 놀랐다니까..
아가지	이렇게 잘 살고 있는 줄도 모르고.. 니 엄만.. (하며 눈물 나는데)
둔지	애 앞에서 왜 그래.. 좋은 날..
도티	괜찮아요.. (하지만 눈물이 흐르고) 저 다 컸어요.
탄야	(그런 도티를 가슴 아프게 보고)
도티	진짜예요.. (하며) 다들 어떻게 지냈어요?
검불	(일부러 분위기 바꾸려) 난 바치두레장님 밑에서 장사란 걸 배우는데..
도티	만들 때 쓴 거보다 엄청 붙여서 팔죠?
검불	그니까 열손아부지는 여기서 살았으면 부자 됐을 거예요!
열손	내 말이 그 말이야! 진작에 일루 올걸! (하고 웃는다)
탄야	(그런 모두를 본다)
둔지	(열손이 찬 허리장식 발견하고) 어? 열손아부지.. 이건 어디서 났어요..?
열손	응? 이거..? (은근히 뽐내며) 어때? 멋있지..? 미홀님이 일 잘한다고 주셨어..
둔지	(부러워하며) 나도 대대님 밑에서 열심히 배우면.. 이런 거 사겠죠?
아가지	그럼요.. (목걸이 보여주며) 제 것도 보세요.. 신전에서 일하자마자 떡하니..

어쩜 이렇게 번쩍번쩍 고운 걸 주시는지..

이때, 뭉태가 들어온다. 탄야, 뭉태를 본다.
뭉태, 그런 탄야 시선을 외면하며, 빈자리에 와서 앉는다.
모두들, 그런 분위기 눈치 못 채고 "어서 와..!"
"아이구.. 우리 뭉태 갈수록 늠름하네..!" 하며 뭉태를 반긴다.

탄야　(무겁게 입을 여는) 다들 오셨으니..
열손　그래 무슨 얘기 하려고 불렀어?
탄야　.. 우리... 이아르크로 돌아가는 건 어때요..?
모두들　(분위기 싸해진) ...!
아가지　(이해가 안 되는) 왜요..? 왜.. 돌아가요..?
모두들　(아가지와 같은 표정으로 탄야를 본다)
탄야　(그런 와한들을 둘러보며) ....!!!
둔지　이번에 죽을 뻔해서.. 놀랐구나..
열손　그래.. 나도 놀라긴 했다..
검불　그래도 타곤 니르하가 다 막아냈는데요 뭐..
아가지　예.. 이젠 그럴 일 없어요. 다들 니르하를 얼마나 높이 생각하는데요..
탄야　(OL) 그래서 내가 그들을 죽이고, 발목을 자르라고 명령해야 된다네요.
모두　....!!!!
탄야　죄가 없는 아이들까지도요.
모두들　....!
탄야　우린.. 그렇게 배우지 않았잖아요... 우리 와한의 가르침은..!
사람들을 향해, 먼저 베풀고! 세상을...!!
뭉태　(일어나며 OL) 가르침? 그게 무슨 소용인데요...!
타곤 니르하가 그렇게 하라면.. 그냥 그렇게 하세요..
탄야　(충격으로 보는) ....
모두들　(뭉태를 놀라 보는데) ...
뭉태　대흑벽 위로 올라와서...! 너무 무서웠어요.. 내가 어디 있는지도 모르겠는데,
하난 알겠더라구요..! 여기선 아무도 날 봐주지 않는구나. 나 혼자구나..
다.. 제각각 혼자 살아남아야 하는구나..

모두들 ....

뭉태 다들 그랬잖아요?

탄야 그래서.. 그래서 그렇게 한 거야? 그리 잔인하게! 아무 죄도 없는 사람을!!!

모두들 (놀라 뭉태를 본다)

뭉태 예.. 전 타곤 니르하를 따를 거예요. 타곤 니르하가 시키는 어떤 일도 할 거예요.
때려 죽이라면 때려 죽일 거고.. 찔러 죽이라면 찔러 죽일 거예요..

탄야 ....

뭉태 (울컥) 그게.. 내가 찔려 죽을까 봐 미치겠는 거보단 나아요. (하고는 나간다)

모두들 (놀라서, 나가는 뭉태 보는데) ...

모두들, 충격이지만 사실 틀린 말도 아니다 싶은 얼굴들이다.
탄야, 그런 와한을 하나씩 보는데 너무 멀게 느껴진다. 그 위로,

탄야 (마음의 소리 E) 와한은 더 이상... 와한이 아니리라..

도티 .. 언니.. 나는 이아르크로 가고 싶어. 언니 가면 나도 데려가줘..

탄야 .. (슬픈 미소 보며) .. 응.. 도티야..

S#13. 불의 방(낮)

꺼지지 않는 불 앞에 혼자 서 있는 탄야.

탄야 (마음의 소리 E) 흰늑대할머니.. 당신이 가르친 건 다 틀렸어요..
당신의 아스달은 그렇게 돌아가질 않아요...
왜.. 날 이 자리에 오르게 했어요? 할 수 있는 게 아무것도 없는데, 왜..!

탄야, 괴로워 눈물이 흐르기 시작한다.
이때 어느새 들어온 사야가 다가와 뒤에서 안아준다.

사야 어릴 때부터 난, 내 맘대로 할 수 있는 게 아무것도 없다는 걸 알았어.

탄야 ...

사야 그런 날이면.. 여지없이 그날 밤.. 꿈을 꿨어. 자유롭게, 들판을 다니면서
내가 가고 싶은 곳으로 가고, 사냥도 하고, 춤도 추고, 먹고 싶은 거 먹고,
자고 싶으면 자고, 놀고 싶으면 놀고..

탄야 ...

사야 그 꿈에서 항상 나와 같이 있어줬던 건 너야. 너를 보는 순간 알았어.

탄야, 자신을 안은 사야의 손을 풀려 하자 사야, 더 꽉 끌어안는다.

탄야 (자길 안은 사야의 손을 풀고는 돌아본다) ...

사야 넌 모르겠지만.. 내가 아무것도 할 수 없을 때
날 지탱시켜준 건 꿈속의 너였다고..

탄야 ....

사야 .. 나도 너한테 그런 사람이 될 거야...

탄야 ....

사야 .. 날 믿어... 날 믿고.. 내 말대로 해.. 지금은..

탄야 ....

사야 (탄야 보다가 쑥스러운 듯 뭔가를 꺼낸다) 이거.... (하고 내민다. 아직 안 보임)

탄야 (뭔가를 보고는 놀란다) ...!

사야 내 꿈 안에서.. 니가 하고 있던 거야...

하며 사야가 탄야에게 목걸이를 걸어준다.
탄야, 보면 은섬이가 이아르크에서 준 꿩돌 목걸이와 똑같다!
(*줄의 디테일은 달라도 됩니다.) 쑥스러운 듯 나가는 사야.
탄야, 멍한 채로 사야가 걸어준 목걸이를 들어서 보다가,
품안에 숨겨져 있던 뭔가를 꺼낸다. 은섬이 준 꿩돌 목걸이다!

탄야 (목걸이 보며, 모든 감정이 복받쳐 오며) 은섬아.. 어떡하면 좋아..
다 엉망이 됐어..

하며 엎드려 흐느껴 우는 탄야의 모습에서..

S#14. 장터 거리(낮)

사람들이 삼삼오오 모여 수군거리고 있다.

라임　(겁먹은) 트리한 형님 당하는 거 봤지?
울백　(심각) 다들 조심해.. 나서지들 말고.. 위병이 그러는 건 처음 보니까..

이때, 편미가 위병 2단을 이끌고 지나간다.
모두들, 삼엄한 분위기에 무서워하며 가만히 입을 꾹 다문다.
갑자기 편미가 어딘가를 보더니 "어..!" 하고 외친다.
박량풍이 반쯤 정신이 나간 사람처럼 비틀거리며 오고 있다.

편미　야! 너.. 기토하가 얼마나 찾았는지 알아!
박량풍　혀... 형님.... 나 좀... 군검부로.. (하면서 쓰러진다)
편미　(쓰러지는 박량풍을 붙잡으며, 놀라) 야.. 왜 이래..! 박량풍..!!

S#15. 연맹궁 앞 일각(낮)

연맹궁 앞에 연맹인들이 가득 모여 있다.

S#16. 대신전 복도(낮)

무표정한 탄야와 사야가 앞서 걷고,
그 뒤로 모명진, 아가지, 흰산의 심장 제관 등이 따른다.

S#17. 연맹궁 광장(낮)

아사못과 아사사칸은 처형단 위에 무릎이 꿇린 채로 앉아 있다.
그리고 그 옆에 아사론의 머리가 장대에 꽂혀 있다!!
단 밑에도 잡아놓은 제관들과 바토족과 까치놀족의 가족 등등
백여 명이 묶인 채 무릎 꿇려 앉아 있다. 이를 지켜보는 무백, 미홀!
이때 나팔소리와 함께 2층 노대로 들어오는 탄야, 사야!
뒤따르는 모명진, 아가지. 모두들, 예를 취한다!
탄야, 단 아래에 묶여 있는 사람들을 본다. 여자, 어린아이, 노인들..
이어 아사못과 아사사칸을 본다.

아사못 (당당한 표정으로 탄야를 보며 E) 넌 타곤의 꼭두각시가 될 것이다.
죽는 것은 두렵지 않으나, 내가 신의 시대를 끝내는 것이 한스러울 뿐이다.
아사사칸 (마음의 소리 E) 저 아이가 방울.. 허면... 칼과 거울은..

하며 탄야 옆의 사야를 보는 아사사칸, '저 아이인가?' 싶은 표정인데..
이때, 나팔소리 울리며 타곤과 태알하가 들어와 자리에 서고,
모두들 예를 취하자 대대가 앞으로 나선다.

대대 어젯밤! 위대한 어머니 아사신의 후예와 재림하신 아라문 해슬라의 신성을
범하는 반란이 있었다..! 허나, 아이루즈의 보살핌으로 두 분께서
능히 새 아침의 해를 맞으시니, 이는 아스달에 영광이라..!!
이제 대제관 탄야 니르하께서 신성재판을 하실 것이다..!
타곤 (탄야를 본다) ..
태알하 (탄야를 보며 E) 탄야...
사야 (앞으로 나서려는 탄야의 손을 살짝 잡고는)
탄야 (그런 사야와 잠시 눈을 마주쳤다가는 앞으로 나선다)
모두들 (탄야를 주목한다) ....
탄야 (모두를 둘러보다가) .. 세상의 처음과 끝이신 아이루즈의 말씀이다..
모두들 (집중) ...
죄인들 (긴장한 채 집중하는데) ...
사야 .... (긴장한 채)

타곤 ....

태알하 .... (뭐라고 할지, 긴장해서 보며)

무백 .... (긴장해서)

ins.cut.〉 새로 찍는 회상, 16부 3씬 연결.

태알하 아사사칸은 대신전 계단 감옥에 유폐하고,

모두들 (긴장하며 주목하는) ....

탄야 흰산족의 아사사칸은..

아사사칸 ....

타, 태, 사 ....

탄야 대신전 계단 감옥에 유폐한다...

모두들 ....! (안도의 소리가 여기저기서 웅성이는)

타곤 ....

사야 (휴 다행이다) ...

태알하 (그러면 그렇지.. 하는 느낌으로 보는) ...

탄야 그리고.... 어젯밤 일에 가담한 자와...
그들의 일족과 그 일족과 관련된 자들 모두...

태알하 ....!!! (마음의 소리 E) 모두?????

타곤 ...!!!!

ins.cut.〉 16부 3씬 중,

태알하 아사못이랑 어젯밤 일에 가담한 자들은 모두 목을 잘라.
그 일족과 그 일족들과 관련된 자는 모조리 두 발목을 잘라.
기억해.. 헷갈리지 말고. (cut.)

사야 ...!!! (마음의 소리 E) 왜 모두야? 하난 참수고, 하난 발목이라고!!!

탄야 모두!

타, 태, 사 .....??!!

탄야 (이를 악물고) 모두 사지를 찢어 사방에 나눈다!!

모두들 (크게 술렁이는) !!!

사야 (경악, 마음의 소리 E) 모두? 모두 사지를 찢어..?

태알하 (경악) !!!!

타곤 (경악) !!!!

죄인들 (경악하여 공포에 질린) !!!!

사야 (경악, 마음의 소리 E) 어쩌려는 거야?!!!!

탄야 .. 그 말씀에 아사신의 후예이자, 별방울의 주인인 나 탄야는..!!

모두들 (조용해지며 초집중) ....

타, 태, 사 (집중하여 보는) ...

탄야 (그런 그들을 여유롭게 죽 둘러보며 천천히) 그 일에 가담한 자는 참수하되.. 그 일족과.. 그 일족에 관련된 자는.. 단지 발목을 잘라, 일생 동안 궁석을 갈며.. 아이루즈의 신성을 빛나게 하는 일에 쓰심이 어떨지 여쭈었다...

모두들 ...!!!

탄야 아이루즈께서는 응답하셨다...

모두들 (집중하며) ....

탄야 뜻대로 하라....

모두들 (정적) .... (잠시 후 후우.. 하는 안도의 소리들이 터져 나오고) ...

죄인1 고맙습니다...!!! 목숨을 붙여주신다니.... 진심으로 고맙습니다...!!

죄인들 (여기저기서 안도의 소리와 울음소리가 터져 나온다)

아사사칸 (그런 탄야를 보는데) ...

태알하 (기막힌, 마음의 소리 E) 하.. 이것 봐라..?

연맹인1 (나서며, 일어서며) 대제관 니르하의 자애시다...!!

그러자 여기저기서 "자애시다!!!" "아사신의 자애시다..!!!" "자애를 베푸셨다!!!" "베풂이시다!!!" 하고 외친다.
탄야, 그런 연맹인들을 무표정하게 본다.

태알하 (이를 악물고 미소로 노려본다) ...

타곤 (재미있다는 듯 피식하며 본다) ....

사야 (감탄과 기쁨의 표정으로 웃으며) ...

탄야, 그저 무표정하게 사람들을 보다가 앞으로 나서서 손을 들자,

사람들의 환호가 더 커진다. 그제야 아주 살짝 미소 짓는 탄야.
사야를 살짝 보고는 타곤과 태알하를 본다.

탄야 (마음의 소리 E) 이게.. 내가 택한... 방법이야...!

S#18. 대제관의 집무실(낮)

탄야 들어오고, 모명진과 아가지가 따라 들어온다.

탄야 다들 나가세요.
모명진 예에?
탄야 (차갑게) 나가시라고요.
아가지 예에...

하고는 모명진과 아가지 나간다.
탄야, 짜증스럽게 대제관 장신구들을 확 벗어던지며 회상.

ins.cut.〉 16부 6씬 중,
태알하 그리고.. 대제관 탄야 니르하... 이제 그들이 원할까?
다시 이아르크로 돌아가는 걸? (cut.)

ins.cut.〉 새로 찍는 회상, 16부 6씬 연결.
태알하 탄야 니르하께서 지금 입고 있는 옷을 처음 걸칠 때 느꼈던 거...
그들은 못 느꼈을까? (cut.)

ins.cut.〉 16부 12씬 중,
들떠서 얘기하는 검불 cut. 허리장식을 뽐내며 얘기하는 열손 cut.
부러워하는 둔지 cut. 자기 목걸이 보여주며 신나하는 아가지 cut.

현실의 탄야, 벗어던진 자신의 장신구를 집어서 보며

ins.cut.〉 새로 찍는 회상, 16부 6씬 (위의 ins.cut.) 연결.

태알하　아니, 무엇보다..! 바로 대제관 니르하...!!!

탄야　.....!

태알하　니르하의 안을 찬찬히 보세요. 저는 봤어요.

탄야　....

태알하　별방울을 찾은 니르하께서 단상 위에 섰고!
연맹인들은 니르하의 이름을 불렀죠... 전 그때 니르하의 눈빛을 봤어요..

탄야　....

태알하　(다가오며) 설레고... 흥분되고... 자기 힘을 느꼈죠.. 근데 떠나실 수 있을까요?
(점점 다가오며) 이제 순진한 눈빛 그만하세요.
지금.. 어디 서 있는지.. 모르겠어요....?

ins.cut.〉 13부 8씬 중,
타곤이 탄야의 손을 잡아 올리자, 환호성은 더 커지고,
탄야는 그 광경을 바라보며, 충격과 공포에서 환희에 찬 표정으로
점점 바뀌며 미소 지었던 탄야의 표정. (cut.)

ins.cut.〉 16부 17씬 중,
'자애시다'라고 환호하는 연맹인들 앞에 나서며 손을 드는 탄야.
그리고 자기도 모르게 미소 짓는. (cut.)

현실의 탄야, '정말 그런 건가' 하는 '하아..' 큰 한숨을 내쉬는데..
이때, 태알하가 들어오고 타곤, 사야, 양차가 뒤이어 들어온다.

태알하　(들어오며 대뜸) 너.. 대체 무슨 생각으로 이따위 짓을 벌인 거야!!

탄야　(시큰둥) 하라는 대로 했잖아요. 어젯밤 일에 가담한 자는 참수,
그 일족과 그 일족에 관련된 자는 두 발을 잘라 공석 노예.. 틀렸어요?

태알하　...!!! (이 악물고 미소) 너... 뭔가... 결심을 했구나...?

탄야　배우라고 했잖아요. 그래서 배웠어요.
힘 없이는 당신들이 시키는 거 말고는 아무것도 못한다면서요?

그래서 가져볼려고요. 그 힘...!
근데 아무것도 없으니 어떡해. 딛고 설 땅이 없으니 어떡하겠어!

타곤　(창가에 여유롭게 있다가 돌며) 그래서 니가 설 땅이 뭔데?

탄야　(타곤 쪽을 보며) .. 마음... 사람들의 마음....

타곤　(여유롭게, 하지만 무서운 눈빛으로 다가온다) ...

탄야　(긴장한다) ...

사야, 긴장한 채 타곤을 보며 탄야를 보호하듯 앞으로 나서는데,
타곤, 그런 사야를 본다. 사야, 긴장하는데
타곤, 아랑곳하지 않고 다가가서 탄야와 얼굴을 가까이 한다.

타곤　내가 서 있는 땅도.. 다르지 않아.. 사람들의 마음이지.

탄야　...!!!

타곤　그 마음의 이름이 다를 뿐이지... 그래.. 아직까지 좋은 균형이야.
공포의 연맹장과 자애로운 대제관....

하고는, 피식 웃고는 걸어 나가는 타곤과 태알하.
앞에 서 있던 양차, 문을 닫으며 탄야와 눈이 마주치고는 나간다.
남은 사야와 탄야 서로 본다.

S#19. 대제관의 집무실 앞 복도(낮)

나오는 타곤과 태알하, 양차. 밖에 서 있던 초리곤도 뒤를 따른다.

타곤　(가다가 멈추며) 아, 양차.. 앞으로 니가 탄야의 호위를 맡아..

양차　(놀라 멈추는) ...!!!

타곤과 태알하, 초리곤이 간다.
양차, 당혹스러운 듯 그 자리에 멍하게 멈춰 서 있다.

S#20. 연맹궁 일각(낮)

타곤과 초리곤, 대칸들이 들어오는데
헐레벌떡 뛰어오는 기토하, 눈동자가 시뻘겋다.

타곤 ... 무슨 일이야..
기토하 (울음 삼키며) 니르하... 무광이 놈이.. 죽었습니다.
타곤 ...!!!
초리곤 형님! 그게 무슨 소리요!!!?
타곤 (충격으로 말을 잃은) ...

S#21. 연맹궁 어느 방(낮)

무광의 시신을 덮고 있는 흰 천을 천천히 걷고 있는 타곤.
더 걷으니, 심장이 꺼내진 흔적이 보인다. 경악하는 타곤.

기토하 (참담) .. 약바치 하림과 그 각시의 시신이 있었고.. 그 옆에..
(울먹) ... 무광도 이리 죽어 있었습니다.. 심장을 꺼낸 걸 보면...
초리곤 (공포) 뇌.. 뇌안탈이라구요..?
기토하 그건 모르겠고.. 하필이면 어제가...
초리곤 ... 초승달..!
타곤 ....!
기토하 군검부 전체에 말이 빠르게 돌고 있습니다.. 무광이가..
탄야 니르하께 함부로 해서.. 니르하의 저주대로 신벌을 받은 거라구요..
타곤 ... 박량풍은..?
기토하 .. 그놈이 넋이 나간 거 같아요...

이때, 문이 벌컥 열리며 무백이 들어온다. 타곤, 무백을 본다.
천천히 무광에게로 걸어가는 무백. 기토하, 초리곤 자리를 비켜준다.

무백, 무광의 얼굴을 물끄러미 본다. 핏기가 없는 무광의 얼굴.
무백, 무광의 시신을 안고 아이처럼 운다.
그런 무백을 참담한 심정으로 보는 타곤. 서럽게 우는 무백.

사야 (E) 대신전 기둥에..

S#22. 대신전 사야의 집무실(밤)

탁자에 펼쳐진 그림 뭉치가 있다.
사야가 있고 앞엔 모명진, 아가지가 있다.

사야 이거부터 새기세요.
모명진 (그림 보다 놀라며) 이.. 이건...!
사야 예.. 타곤 니르하의.. 그간의 업적입니다..
모명진 (머뭇거리며) 허나... 기둥에는 위대한 아사신의 가르침을...
사야 (단호, 싸늘) 이것부터입니다...
모명진 (사야의 눈빛에 주눅 들며) 아.. 예.. 오늘부터 시작하겠습니다.
사야 대제관 니르하께선 어디에 계십니까..?

S#23. 불의 방(밤)

탄야, 꺼지지 않는 불 앞에 앉아 불꽃을 바라보고 있다.

탄야 (불을 바라보며) ... 그래.. 곧 은섬이 올 거야.. 빨리 와.. 니가 있어야 돼..

이때, 눈이 벌건 무백이 터벅터벅 걸어온다. 탄야, 계속 불만 본다.

무백 (탄야의 뒤에 서서) .. 무광이를.. 아십니까..?
탄야 (계속 불을 보며) ... 예.. 어떻게 모를 수 있겠어요..

무백 초승달이 떴던 어젯밤.. 죽었습니다..
탄야 (놀라 그제야 뒤돌아 무백을 본다) ...!
무백 누군가의 손이.. (울먹이며) 제 동생의 심장을 꺼냈습니다.. 말씀대로...
탄야 (너무 놀라고 당황스러워 벌떡 일어서며) .. 예..??!!!
무백 니르하의 말씀대로.. 그리됐습니다..
탄야 .....!!
무백 .. 니르하께서.. 올림사니를 해주시면 안 되겠습니까..?
탄야 ....
무백 소수부족으로 태어나 핍박 속에서 산 아입니다..
탄야 ...
무백 (울컥) 피붙이라곤.. 저 하나였는데..
딴생각에 사로잡혀 변변히 돌봐주지도 못했습니다..
우리 대칸이.. 또 무광이가 와한족에 한 일을 용서하시라는 건 아닙니다.
탄야 ....
무백 니르하께서 내리신 저주만이라도 풀어서 보내주시길.. 간청하는 겁니다.
(울먹) 형으로서 할 일이 이것밖엔 없습니다. (고개 숙이며) 간청드립니다...
탄야 ....
무백 ....
탄야 .. 내일 밤.. 올림사니를 하겠습니다.. 준비시킬게요.
무백 ....!!! (그리고는 깊이 고개 숙여 인사하며) .. 고맙습니다 니르하..
탄야 ......
무백 .. (가려다가) 정말.. 앞날을 보십니까..?
탄야 ....
무백 ... 왜 그 아이를 살렸는지 물으셨었죠.. 드리지 않은 얘기가 있습니다..
탄야 ...?!
무백 20여 년 전.. 한날한시에 나타난 세 아이가 있다..
세 아이는 각각 방울과 거울.. 칼의 운명을 타고나.. 이 세상을 끝낸다..
탄야 ...???
무백 아사사칸이 그리 말했습니다. 전 니르하께서 그 방울이라 믿습니다..
칼은.. 제가 살린 그 아이겠지요..

ins.cut.〉 불의 방 문 앞
사야, 불의 방 문을 여는데, 무백이 있자 문을 닫고 돌아가려는데

무백 거울은.. 니르하 바로 곁에 있더군요..
탄야 (놀라) ... 사야요..?
사야 (뒤돌아가던 중 그 말을 듣고 멈칫) ....!!
무백 예.. 보자마자 알았습니다. 그 얼굴을 보고 어찌 모를 수 있겠습니까?
사야 (무슨 소리지?) ....?
무백 이 아스달은... 아뜨라드의 붉은 밤.. 그날부터 두려움은 분노로..
분노는 슬픔으로, 또한 참혹함으로 이어졌습니다.
저 또한 저 깊은 곳에 마음이 가라앉은 지 오래입니다..
탄야 (보며) ...
무백 그런 저에게 칸모르가 나타났고.. 별다야가 손에 들어왔습니다. 그때부터..
전, 뭘 해야 하는지도 모른 채.. 제 동생이 어찌 되고 있는지도 모른 채..
귓것(자막: 잡신)에 홀린 듯 움직였습니다..
탄야 ....
무백 칼.. 방울.. 거울.. 셋이 이어지면.. 뭔가 이 세상이 달라질 거라 믿었습니다..
탄야 ...
무백 그리되겠지요...? 니르하께서.. 그렇게 하실 수 있는 거지요?

ins.cut.〉 불의 방 문 앞
심각한 사야.

S#24. 대신전 내부 복도(낮)

탄야와 사야가 걷고 있다. 둘 다 딴생각에 빠져 있다.

탄야 (마음의 소리 E) 방울과 거울.. 그리고 칼..
은섬이가 돌아와 셋이 모인다면.. 난 그때부터 뭘 해야 하지..?
사야 (모른 척 건조한 톤으로) .. 무백이 왔었어?

탄야　　... (역시 건조한 톤) 동생이 죽었대.. 무광..

사야　　.....! ... 근데 왜 너한테 왔어?

탄야　　올림사니 해달라고...

사야　　(심각, 마음의 소리 E) 탄야가.. 내게 숨긴다.. 뭔가를...

탄야　　.. 대신전 기둥에 타곤 니르하의 업적을 새기라고 했다면서..?

사야　　.. 응.. 아버지가 살아 있는 신이 되려면.. 필요해..
업적도 다 사실이고..

탄야　　... 아뜨라드의 붉은 밤 같은 거..?

사야　　그것 말고도... 아고족을 아버지가 싸움 한 번 안 하고 평정한 적도 있고..

은섬　　(E) 아고족이라고?

S#25. 아고하 숲 계곡 일각(낮)

태마자 및 태씨 전사들이 은섬과 잎생을 묶어서 끌고 가고 있다.
뒤로는 묘씨 족장의 딸(20대, 예스란)을 포함, 아고족 노예들이 줄줄이
묶여 가는 것이 보인다. 잎생, 표정이 계속 어둡다.

은섬　　(끌려가는 노예들 보며) 저 사람들도 아고족이라고?
우리 잡아가는 것도 아고족이고? 말이 돼?

잎생　　(자조) 씨족은 다르지.. 저것들은 태씨.. 얘네들은 묘씨. 어쨌건 같은 부족끼리,
서로 잡아다가.. 아스달에 노예로 팔지.. 여전히 이러고 살고 있네.. 여전히..

은섬　　(황당하다) 말도 안 돼.. 어쩌다 그렇게 됐어?

잎생　　(한숨) ... 타곤... 타곤이.. 이렇게 만들었지.

사야　　(E) 타곤 니르하께서는..

S#26. 대신전, 8신전(낮)

사야가 준 그림이 펼쳐진 이젤이 곳곳에 있고, 사람들은
나무 사다리에 올라 기둥에 조각을 새기고 있다.

'타곤 앞에 무릎 꿇은 아고족 포로들'의 그림이 그려진 기둥 클로즈업.
그 기둥 앞에 탄야와 사야가 서 있고 아가지, 모명진은 옆에 있다.

사야 아고족 포로들에게 이렇게 말씀하셨어요.

탄야, 반응 없이 그림을 본다. 사야, 탄야 반응을 살핀다.

사야 너희들의 터전이 척박하여 이리도 약탈에 목을 매니 교역을 열어주겠다.
단..! 교역품은 노예다...!
탄야 ...!!
사야 (탄야가 반응 보이자 살짝 신나서) 너희들은 원래부터 씨족 간의 사이가
좋지 않았다.! 다른 씨족 사람을 노예로 잡아 오면,
재물로 교환해주겠다..! 그리곤 모두 풀어주셨습니다.
아가지 풀어주셨다고요?
사야 예, 풀려난 놈들이 처음엔 망설였겠죠. 하지만 한 놈이 노예를 끌고 갔고,
타곤 니르하께선 엄청난 재물을 안겨주셨습니다. 그 소문은 빠르게 퍼졌고
결국 아고족 서른 개 씨족은.. 서로를 붙잡아 노예로 팔기 시작했습니다..
내가 잡아서 팔지 않으면.. 내가 잡혀서 팔릴지도 모르니까요..
탄야 서로를... 믿지 못하게 만들었군요...
사야 예! 이제.. 그들에게.. 이나이신기 때의 영광은 다신 오지 못할 겁니다.
탄야 (OL) 이나이.. 신기..? 그게 뭔데요?
모명진 아고족을 통일했던 전설적인 아고족의 우두머리죠.
이백여 년 전, 이나이신기는 아라문 해슬라의 유일한 대적자였습니다.
잎생 (E) 이나이신기가..

S#27. 아고하 숲 일각 교역장 근처 + 교역장(낮)

교역하는 곳으로 가고 있다.

잎생 재림한다 해도.. 이 상황은 이제 돌이킬 수 없어..

은섬	아무도 믿지 말고 살라더니.. 아고족은 니 말처럼 했다가 이 꼴이 됐네.. 멍청하게.. 타곤한테 당하는 줄도 모르고..
잎생	그걸 모를 것 같애? 알면서도 어쩔 수가 없는 거라고!
은섬	왜 어쩔 수가 없어? 거꾸로 하면 되지..
잎생	거꾸로..?
은섬	서로 다른 씨족을 노예로 잡아다가 팔았으면..! 팔려 간 노예들을 다른 씨족 사람들이 구해서 고향에 돌려주는 거야.
잎생	(황당) ....
은섬	그 씨족은 얼마나 고맙겠어? 그럼 그 사람들은 또 다른 씨족을 구해주고..
잎생	(이제는 어이가 없는) ... 하...
은섬	(그런 잎생 보다가 앞을 보며) 나 살던 곳이었으면.. 그렇게 했을걸?
잎생	너 살던 곳이 어디든, 대흑벽 위는 다르다고 몇 번을 말해.. 배신하는 놈이 살고.. 배신당하는 놈이 죽어..
은섬	...!

ins.cut.〉 8부 51씬 중,

길선	궁금하지? 어떻게 우리가 미리 알고 매복했는지?

결박당한 뭉태가 위병 몇에게 끌려온다.
뭉태를 보고 놀라는 은섬과 달새.

은섬, 그때 생각하며 멍한데, 아스달 상인들과 전사들이 있는
공터에 다다랐다. 꿇려 앉혀지는 은섬과 노예들.
아스달 상인(가눌)이 태마자와 인사를 한다.
가눌, 다가와 하나둘 노예들을 살피기 시작한다.

가눌	(노예 살피며) 이야.. 이게 다 몇 명이야.. 이건 병들었네.. 빼고... (계속 살피며 걷다가 은섬 보고) 이그트..?! 아스달에서 이그트는 좀 곤란해..
태마자	아스달 성 안만 아니면 되는 거 아냐?! 일 잘하고! 힘세고!

가눌과 태마자, 은섬을 지나치고 은섬, 두리번거리다 시선이 멈춘다.

나무 틈에 숨어 있는 누군가(미루솔, 20대 여자)! 은섬에게 쉿! 하며
손짓한다. 이때, 가눌 바로 옆 나무에 박히는 화살. 놀라는 가눌!
은섬, 놀라 보면 앞에서 태씨 전사 하나가 화살에 맞고 쓰러진다.
경악하는 아고족 사람들! 여기저기 박히는 화살!
상인들, 빠르게 숲 쪽으로 도망치고 태마자도 어딘가로 뛴다.
수풀 여기저기서 묘씨족 전사들이 튀어나오며 태씨 전사들과
묘씨 전사들의 싸움이 시작된다. 아수라장이 되는 공터.
은섬과 잎생, 놀라는데 이때, 태씨 전사를 하나 죽이고 달려들어
은섬의 뒤에 묶여 있던 예스란의 연결된 줄을 끊는 묘씨 전사1.

예스란　(묘씨 전사1에게) 와줬군요..!!

묘씨1　예스란..!! 어서!!

하면서 묘씨1, 예스란과 가려는데..! 이때, 말을 탄 태마자가 더 많은
태씨 전사들과 함께 온다. 묘씨1을 죽이고 예스란의 줄을 낚아채서
확 끌고 가는 태마자! 묘씨 전사들, 예스란을 따라가보지만,
태씨 전사들에게 막힌다. 점점 밀리는 묘씨 전사들. 은섬, 이 광경을
놀랍게 보는데, 달려온 미루솔이 은섬과 잎생의 줄을 끊어준다.
잎생, "뭐해! 빨리!" 하고는 뛴다. 묘씨 전사들, 태씨 전사들을 막아주면
노예들, 반대쪽으로 달린다. 미루솔 "후퇴! 후퇴!!" 외친다.
묘씨 전사들도 노예들을 따라 달린다.

S#28. 아고 묘씨족 요새(밤)

산중에 거대한 아고족의 요새가 보인다.
나무 기둥을 엮듯이 얽어매어 견고하게 만든 둥그런 요새!
큰 나무가 있는 마당 가운데에 불이 피워져 있고 흰 연기가 올라온다.
주변엔 편평하고 넓은 돌들이 제각각 다른 높이로 둘러져 있다.
불 주변으로는 사람들이 여럿 모여 있고, 그 앞에서 무녀인 듯한 묘씨
여자가 북소리에 맞춰 춤을 추고 있다. 그 위로,

은섬　(E) 저 사람들 왜 저래..? 갑자기 왜 춤을 추고 저러지..?
잎생　(E) 폭포의 춤.. 족장의 딸이 무사하길 폭포신께 비는 거야.

보면, 구출된 은섬, 잎생과 15명의 노예들이 미친 듯 음식을 먹고 있고
미루솔은 음식을 나눠주고 있다.
은섬, 먹으면서 춤을 추고 있는 여자를 본다.

ins.cut.〉 2부 26씬 중,
춤을 추는 탄야. (cut.)

잠시, 회한에 잠기는 은섬.

미루솔　다 먹고.. 아고족인 사람은 자기 씨족에게 돌아가고..
아닌 사람들은.. 빨리 이 땅을 떠나시오.. (하고는 간다)
은섬　(가는 미루솔 보며) 니가 틀렸지?
이미 다른 아고족을 구해주는 아고족도 있었잖아!
대흑벽 위라고 다 너 같은 게 아냐! 그냥 니가 나쁜 놈인 거라고!!
잎생　(갑자기 은섬에게 확 가까이 가며) 아고족은.. 우리 잡아 온 태씨든..
우리 구해준 여기 묘씨든..
은섬　...
잎생　아무도 믿지 마..!
은섬　너도 아고족이라며?
잎생　그러니까. 나도..
미루솔　(E) 뭐라고요??

S#29. 묘씨족 큰 나무집 안(밤)

괴로운 표정의 묘씨 족장 파사와 미루솔, 타추간 등이 있다.

타추간	그럼 어떡해? 정작 예스란은 못 구했잖아!
미루솔	그래서.. 방금 구해낸 저 사람들을 예스란과 바꾸자고 해? 오늘 우리도 태씨 놈 몇을 죽였어..! 근데 태씨 땅으로 다시 들어가자고?
타추간	그럼 넌 빠져! 나 혼자 저것들 데리고 가서 협상해 오겠어..!
파사	(괴로운 표정) ...
미루솔	(버럭) 다시는..!! 타곤의 농간에 놀아나지 말자!!! 다시는..!! 같은 아고족을 아스달에 파는 일 따윈 하지 말자!!! 그 맹세를 한 혀에 침도 마르기 전에, 저 사람들을 다시 노예로 팔아?
타추간	아스달에 파는 게 아니잖아..! 족장님 딸과 교환하자는 거잖아...!
미루솔	아니지..!! 니가 혼인할 사람과 교환하자는 거겠지!
타추간	뭐?! 이 자식이..! (하면서 미루솔의 멱살을 잡는다)
파사	(버럭) 그만들 둬..!!
미루솔	... 족장님! 결정하시면 따르겠습니다...!!
파사	(생각하다 괴롭게) .... 저놈들을.. 노예로 삼아서.. 예스란과 맞바꿔보자..
미루솔	(괴롭다 어쩔 수 없다는 듯) ... 알겠.. 습니다..

하고는 성질이 난 듯 문 쾅 닫고 나가는 미루솔.
남은 파사와 타추간 등 괴로운 표정의 묘씨들의 모습.

S#30. 아고 묘씨족 마당(밤)

(28씬 연결)

아직까지 먹고 있는 은섬과 잎생, 노예들.
그들 주변으로 미루솔과 묘씨 전사들이 어슬렁어슬렁 다가온다.
은섬, 힐끔 보고는 별 의심 없이 열심히 먹는다.
다가오던 미루솔, 은섬의 뒤쪽 나무 옆에 무심하게 선다.
은섬의 맞은편에 있던 묘씨 전사2, 먹고 있는 은섬에게
"물도 같이 좀 먹어요.." 하며 물을 건네자, 은섬, "고맙소!" 하며
받으려는데, 이때 뒤에서 은섬의 목에 확 올가미를 거는 미루솔!

그리고는 올가미 줄을 나무에 감으며 세게 당기자
은섬, 캑캑거리며 목을 잡은 채 순식간에 나무 쪽으로 확 끌려간다!
나무 위에선 그물이 떨어지고 나무 옆에 있던 다른 묘씨 전사들은
순식간에 은섬의 목에 칼을 겨눈다..! 은섬, 보면 잎생과 다른
구출 노예 모두의 목에 모두 칼이 겨눠져 있다. 경악하는 은섬..!
잎생, '거봐'라는 느낌으로 은섬 보고 은섬은 절망이다..!

S#31. 주비놀 근처 숲 일각(밤)

야영을 하고 있던 모모족, 간이 막사를 철수하는 듯 분주하다.

ins.cut.〉 일각
숨어서 보고 있는 달새, 바도루.

바도루 저거.. 옷이... 모모족 같은데..
달새 모모족? 그럼 사트닉이라는 애 부족..?!
바도루 (의아하게 보며) 응. 근데 모모족이 이렇게 땅 깊숙이까지.. 무슨 일이지...?

이때, 바람이 불자 막사 옆에 꽂혀 있던 모모족의 깃발이 확 펼쳐진다.
정확히 보여지는 은섬의 등 문양, 클로즈업.

ins.cut.〉 일각
달새 (놀라) ...!!! 어? 저거...? ... 뭐더라..?!

달새, 뭔가 이상한 듯 깃발을 보는데 이때 달새 목으로 들어오는 칼..!
보면 모모족 전사들이다! 경악하는 달새, 바도루!

모모전사1 (모모어) 왜 우릴 훔쳐보고 있지?
바도루 (당황) 모.. 모모족이죠? 그 우리.. 모모족 친구가..
(하다가) 아스말 몰라요? 아스말?

카리카　(서툰 아스말로 E) 그래.. 우린 모모족이다..

달새, 바도루, 놀라 뒤돌아본다. 카리카다.
모모 전사들이 점점 다가와 에워싸자 바도루, 달새,
긴장해서 겁먹고는 천천히 쭈그려 앉는다.
이 와중에 달새, 뭔가 생각해내려고 안간힘을 쓰는데.

달새　(갑자기 벌떡 일어서며) 은섬이!! 은섬이 등!!
카리카　.....??
달새　(깃발 가리키며) 저기!! 있는 그거!! (자기 등을 내보이며) 등에 있는 무늬!!
은섬이!! (자신의 가슴팍 치며) 내 동무..!! (답답) 은섬이!! 아! 이그트..!!!
카리카　(알아들은 듯) .....!!! (깃발 가리키며, 아스말) 저 사내를.. 압니까?

S#32. 아고 묘씨족 마당(밤)

은섬과 잎생을 비롯한 노예들, 모두 결박당한 채 앉아 있다.
그들을 둘러싼 파사, 미루솔, 타추간, 그 외 묘씨 전사들.
은섬, 미치겠는 표정이고 잎생, 뭔가 머리를 굴리는 듯 심각하다.

파사　(노예들에게) 미안하다.. 하지만.. 내 딸을 구하려면.. 어쩔 수가..

이때, 잎생, "저기..!!" 하며 벌떡 일어선다.
파사, 본다. 모두들, 잎생 본다. 은섬도 보는데.

잎생　딸만 구하면 되는 거잖아. 다른 방법이 있어..!
은섬　(놀라) ...!!??
미루솔　무슨 방법?!
파사　(내심 간절한 눈빛으로 잎생을 본다)
잎생　내가.. 구해 오겠소! 내가 태씨 족장의 곧쪽이오...!!
은섬　(잎생이 또 사기 친다 싶어서 실망) ....

모두들 .....!!! (놀라 경악한 채 잠시 정적에 휩싸이는데)

타추간 (웃으며) 뭐? 태씨 곧쪽?

(웃음 멈추고는 날카롭게) 그런 놈이 왜 태씨한테 잡혀 있었어?!

잎생 내가 사실.. 철없을 때, 세상 구경하겠다고 아고족 떠났다가 이제 막! 돌아가는 길이었는데, 나를 잡은 태씨 놈들이 내가 하도 어릴 때 떠나서 내 얼굴을 모르네? 그래서 교역장에서 내가 딱 신분 밝히려고 하는데..! 그때! (타추간에게 삿대질하며) 당신들이 왔잖아..!!

은섬 (하.. 망했다 싶은데)

타추간 (으하하 웃으며) 저 새끼 말을 믿어?! 태씨 족장의 핏줄이란 말을 믿어?!

그 말에 잎생, 갑자기 자신의 어깨를 확 까 보인다.
어깨에 보이는 상처 각인! 놀라는 묘씨족들!!

미루솔 (다가가 자세히 보며) 지.. 진짜네... (파사에게) 이거.. 맞습니다..!

은섬 (경악하는 묘씨들 보며, 진짜였어?! 하는 눈으로 잎생 보는데)

잎생 (둘러보며, 피식) 이 많은 전사들을 데리고 태씨 땅에 들어간다? 바로 전쟁이야.. 나 혼자 가서 (파사 보며) 당신 딸, 풀어주라고 할게.

타추간 네놈만 사라지면?! 태씨 놈을 우리가 뭘 믿고..!

잎생 (OL) 어차피 노예 열다섯이나 열넷이나! (은섬 보며) 또..!! 여기 이놈..!

은섬 (놀라 잎생 보는데)

잎생 아고족은 아니지만, 내겐 목숨 같은 형제야..! 날 못 믿겠다면, 이놈을 여기 두고 다녀오면 되잖아. 어때?!

모두들 (고민되는 듯 서로를 보는데) ....

미루솔 (E) 해봅시다..

S#33. 묘씨족 큰 나무집 안(밤)

고민하는 파사 앞에 미루솔, 타추간 있다.

타추간 저놈을 어떻게 믿어..! 내 생전에 태씨 놈을 믿어본 적이 없어..!

미루솔 족장님..! 저놈 말대로 했다가 안 되면 그저 노예 하나 놓친 거고...
되면..! 예스란을 구하는 거 아닙니까..
파사 (고민) .....

S#34. 아고 묘씨족 야외감옥(밤)

묶여 있는 은섬과 잎생. 다른 노예들도 함께 갇혀 있다.
다른 노예들, 기대 어린 눈으로 은섬 잎생 대화를 안 듣는 척 듣는다.

은섬 니가 진짜 태씨 아들이라고? 정말 구해 올 수 있어? 족장 딸을?
잎생 (큰소리로) 야..! 내가 가서... 딱! 응? 나 돌아왔다!!
내 동무가 잡혀 있는데, 묘씨 족장 딸 보내주자! 그럼 끝이야.
은섬 (그런 잎생을 본다) ...
잎생 (은섬의 눈빛을 피하며) 걱정하지 마.. 내가 다 알아서..
은섬 이거...

껄렁거리던 잎생, 은섬이 내민 것을 보고는 놀란다. 금조개패다.

은섬 가져가... 도움이 될지도 모르니까..
잎생 (멍한) ....
은섬 뭐해? 받어.
잎생 (작은 한숨과 함께) 너.. 나를 믿어..? 정말로...?
은섬 아니, 솔직히 안 믿겨.. 지금 이야기한 것도 다 거짓말 같애..
잎생 ...! 근데 왜..?
은섬 .... 끝내려고...
잎생 끝내?
은섬 니 말대로, 난 다른 걸 배우고 살았어. 그리고 배운 걸 믿어...
근데, 여긴 그게 안 통해. 넌 말할 것도 없고.. 내 어릴 적 동무도 날
배신했고, 아고족이란 놈들이 서로 그런다는 건 믿어지지도 않아.
잎생 ... 그래서?

은섬 니가 (금조개 보며) 이거마저 가지고 사라진다면...
내가 배운 건.. 다 똥이었다는 거야. 그다음부턴 나도 고민하지 않겠어.
또.. 니가 오지 않으면 어차피 난 죽어. 죽은 자에게 뭐가 필요하겠어..
잎생 (은섬을 노려본다) ...

이때, 오는 파사와 미루솔, 묘씨 전사들. 그들을 보는 잎생과 은섬.

파사 결정을 내렸다. 네 말대로 해보자..!
은섬, 잎생 ....!!!

S#35. 아고 묘씨족 마당(낮)

길을 떠나려는 잎생과 타추간, 묘씨2를 보고 있는 파사와 묘씨족들.
은섬과 나머지 노예들은 야외감옥 안에서 이 모습을 보고 있다.
잎생, 슬픈 듯, 두려운 듯, 믿으라는 듯, 은섬에게
알 수 없는 미소를 보이며 떠난다. 가는 잎생을 보는 은섬.

S#36. 아고하 숲 일각1(낮)

타추간, 묘씨 전사2과 함께 가는 잎생. 복잡한 표정이다.

S#37. 아고 묘씨족 야외감옥(낮)

어찌 되려나 불안한 듯 앉아 있는 노예들과 무미건조한 표정으로
앉아 있는 은섬의 모습. 감옥 밖에서 그런 은섬을 보는 미루솔.

S#38. 아고하 숲 일각2(낮)

타추간, 묘씨 전사2와 함께 가던 잎생.

잎생 (심각, 타추간에게) 이제 더 들어가면 태씨족 땅이야..
괜히 자극하지 말고 여기 있어, 나 혼자 갔다 올 테니까.

타추간 (불안) 너 진짜.. 자신 있어...?

잎생 (괜히) 자신 있고 없고가 어딨어? 당연히 되는 거지. 내가 곧쪽이라니까.

타추간 (노려보며) 만약... 딴생각을 하면, 니 동무, 처참하게 죽일 거다..

잎생, 잠시 멈칫하고는 진지하게 숲속으로 들어간다.

S#39. 아고하 숲 일각3(낮)

한참을 걷던 잎생, 살짝 뒤를 돌아본다. 아무도 없다.
눈치 보며 "하.." 한숨을 쉬다가, 갑자기 몸을 돌려 옆길로 확 빠진다.
그러더니 미친 듯이 달리는 잎생! 결국 숨을 헐떡이다가는 멈춘다.

잎생 (헉헉, 웃으며) 진짜... 하..! 이걸 속냐..! (하고 깔깔대고 웃는다) 이걸..!
(금조개패 꺼내며) 이건 또 웬 횡재야? (깔깔) ... 하.. 머저리 같은 새끼..
(피식) 머저리 같은... (하다 갑자기 웃음 멈추며 깊은 한숨) 하아...
(순간 눈물 그렁해지며) 진짜.. 머저리 같은.. 새끼..

작은 한숨과 함께 금조개패를 물끄러미 보는 잎생의 모습에서.

S#40. 아고 묘씨족 마당(밤)

밤이 된 묘씨족 마당. 한쪽 야외감옥 안엔 은섬을 비롯한 노예들이
모두 손이 앞으로 묶인 채, 앉아 있거나 누워 있다. 은섬, 한쪽 구석에
앉아 머리를 기댄 채, 눈을 감고 있다. 꿈을 꾸는 듯 몸이 움찔한다.

ins.cut.〉 15부 67씬 중,
까치놀 장로를 청동봉으로 짓이기는 뭉태. (cut.)

현실의 은섬, 괴로운 듯 신음소리를 낸다.
미루솔이 지나가다가 그런 은섬을 보고 다가온다.

ins.cut.〉 15부 67씬 중,
피를 뒤집어쓴 뭉태가 은섬을 본다.

은섬, 헉! 하고 숨을 들이켜며 놀라 일어난다.
미루솔이 신기한 듯 보고 있다.
은섬, 숨을 몰아쉬며 주위를 본다. 불길하다..
이때, 타추간이 묘씨2와 함께 씩씩대며 온다.
마당에 있던 묘씨 전사들, 미루솔 모두 부리나케 몰려간다.

미루솔	어찌 됐어? 예스란은...!!?
타추간	(대답하지 않고 분노의 눈빛으로 은섬을 본다) ...!
은섬	(타추간의 눈을 보고 사태를 직감한다) ...! 하아...
미루솔	(버럭) 어떻게 됐냐고!!!
타추간	도망쳤어! 해 지기 전에 온다더니, 여지껏 돌아오지 않았어!! 그 태씨 놈 말을 믿고, 우리가 이런 멍청한 짓을..!
은섬	(절망으로 눈을 감는다) ...
타추간	(은섬 가리키며) 저 새끼부터 찢어 죽이겠어!! (하고는 야외감옥으로 간다)
은섬	(눈을 감은 채로, 마음의 소리 E) 결국... 다 똥이었다...! (천천히 눈을 뜨며) 내가 배운 것 모두... 이 세상도.. 저 아고족도..

야외감옥을 열고, 성큼성큼 들어와서는 은섬의 덩굴수갑에 연결된 줄을 거칠게 당겨 끌고 나가는 타추간. 끌려 나가는 은섬.
은섬이 야외감옥 밖으로 나오자 전사들이 양쪽에서 잡으려 한다.
이때 은섬, 한쪽을 몸으로 들이받고 한쪽은 머리로 들이받는다.

타추간, 이걸 보고 칼을 뽑아 은섬을 내리치는데, 은섬 자신의 손목을 X자로 하여 그 칼을 받아낸다. 손목 부근에서 보랏빛 피가 확 튄다. 은섬, 칼을 받은 상태에서 '으아!' 하고 소리를 지르며 타추간을 힘으로 밀어붙이고 타추간은 그 힘에 밀리다가 나무에 기대게 되는데 이때! 칼에 맞닿은 덩굴수갑 부분을 확 긋고는 끊어버리는 은섬! 순간, 타추간을 가격하고 칼을 빼앗는다. 경악하는 묘씨 전사들! 일제히 나무 앞에 서 있는 은섬을 둘러싸고 칼을 뽑아 겨눈다. 야외감옥 안 노예들도 모두 놀라 보고 있다.

은섬 (자신을 둘러싼 전사들을 하나하나 보며) 너희들은 똥 같애... 썩은 고기 같고! 구더기 같애!! 묘씨고, 태씨고, 할 것 없이 너희 아고족은 다 머저리야!

타추간 이 미친놈이 뭐라고 하는 거야! 니깟 놈이 뭘 알아!

은섬 (OL) 알아! (하나하나 가리키며) 너희 아고족들! (점점 울분이 터진다) 그렇게 너희들끼리 서로 잡아다가 아스달에 노예로 바치고! 결국! 서로 죽이고 죽이다, 그 썩어 문드러진 니들 시신을 거둬줄 동족마저 없겠지..! 이게 내가 아는 거다! 이 벌레 같은 것들아..!

은섬의 독기 어린 외침에, 모두들 동요하는 듯 씩씩거리는데

은섬 너희들이나 나나! 같은 죄다.. (이를 악물며) 오늘..! (칼을 겨누고) 죄를 지었으니.. (차가운 미소로) 함께 벌을 받자..!

미루솔 죄? 무슨 죄?!!

은섬 세상에.. 죄는 많지만 반드시 처벌받는 죄는 (미소) 하나밖에 없다더라..

파사 (소란 듣고 급히 나오며 본다) ...

ins.cut.〉 11부 52씬 중,

잎생 뭔데? 그 하나밖에 없는 죄가...? (cut.)

사트닉 (은섬의 귀에 대고) .. 약한 죄..

은섬 약한 죄...

모두들 ...!!

은섬	약하고... 멍청한 죄..

ins.cut.〉 11부 52씬 중,

사트닉	그것만이 죄야.. (cut.)

은섬	다른 건 몰라도 이건 반드시 벌을 받게 되지.. 나도 같은 죄야.. 멍청하게 사람을 믿었고...! 나약해서, 사람에 기댔어..! 죄의 댓가는 사라지는 것..! (눈이 벌게져서) 같이.. 없어지자....!
잎생	(E) 그거였구나...

모두들, 놀라서 소리가 나는 쪽을 보면 잎생이 서 있다.
은섬, 경악한 채로 본다. 모두들 놀라서 본다.

잎생	그거였네.. 사트닉이 죽어가면서 얘기한 게.. 어린놈이 똑똑하네.. 약한 죄라..
은섬	너어..! 너.. 어떻게 된 거야?
타추간	(놀라서) 뭐야? 예스란은? 구해 온 거야?? 엉?
잎생	구하긴 뭘 구해... 못 구해!
미루솔	너 태씨 곤쪽인 건 맞잖아. 니가 생각만 있으면 왜 못 구해!!!
잎생	그래 맞어. 나 태씨 곤쪽이고, 태씨 족장이 우리 작은아부지야! 근데..!
은섬	(멍하게 보며) ...
잎생	못 구해. 왜? 나 열일곱 살 때, 우리 어무니 아부지 죽이고, 날 노예로 판 게 우리 작은아부지니까..! 내가 맨날 따라다녔던, 내가 그렇게 좋아했던 작은아부지니까..
모두들	...!!!
잎생	(미소로) 근데 뭘 구해? (자조) 나 거기 들어가면 죽어.
타추간	(피식) 하.. 그렇지. 태씨가 태씨한테 잡혀 있었던 거부터가 이유가 있었겠지.
은섬	근데.. 왜 돌아왔어?
잎생	...
은섬	사람들 다 속이는 데 성공했고, 도망쳤으면 됐지, (울컥하다가는) 왜 돌아왔어?
잎생	그게 바로 내 죄야... (역시 울컥하다 냉정) 너 때문에... 약해지고.. 멍청해져서... 머저리처럼 이렇게 돌아왔어.

은섬 ...!!!

타추간 다들 뭘 듣고 앉았어! 이것들 다 잡아!

잎생 (OL) 아니! 그 전에.. 저놈 얘길 좀 들어.

은섬 ...??

잎생 이젠 어쩔 수 없어. 다 말해. 다 솔직히 얘기해.

은섬 (뭘?) ...???

잎생 내가 비록 가족한테 버림받았지만 엄연히 아고족이고 태씨의 곧쪽이야.
당연히 위대한 폭포를 믿고, 돌아오실 이나이신기를 믿어. 근데..
왜 그분은 안 나타나시는 걸까? 왜 이나이신기는 아무 말씀이 없으실까?

파사 ...

잎생 힘들 때마다 원망했어. 지금도 원망해. 왜? 이나이신기께선
태씨의 곧쪽인 내가! 아니라..! 저 이그트 놈에게 나타나셨으니까..!!

모두들 ...!!!

은섬 ... (뭔 소리야?) !!!????

미루솔 무슨 소리야, 그게?

잎생 저놈은 이그트야. 꿈을 만나. 저놈의 꿈에 이나이신기께서 강림하셨다..!

모두들 (경악) ...!!!

놀란 미루솔, 그 위로,

ins.cut.〉 16부 40씬 중,
은섬이 꿈꾸는 걸 보는 미루솔.

은섬, 당황해서 뭔 소리인가 싶어 잎생을 의아하게 본다.
파사, 놀란 얼굴로 사람들 사이를 가르고 나선다.

파사 (은섬 보며) 니가.. 꿈을 통해 이나이신기를 뵈었다고?

타추간 (웃으며) 저 말을 믿소!? 이런 말도 안 되는 소릴? 그렇게 속고도!?

파사 이나이신기가 뭐라 말씀하셨느냐?

은섬 (멍하게 보며) ...??

잎생 (그런 은섬 보며) 다 말씀드리라고! 왜 말을 안 해!! 니가 아고족은 아니지만

아무리 상관없다고 해도, 우리 아고족은 운명이 걸렸어. 말하라고.

은섬　(잎생 보며, 마음의 소리 E) 무슨 말? 이 미친놈아..!

잎생　거꾸로 하라고 하셨다면서!!!

은섬　(생각하다가, 깨달은 듯) ...!!!

ins.cut.〉 16부 27씬 중,

은섬　왜 어쩔 수가 없어? 거꾸로 하면 되지..

파사　진정 보았느냐? 이나이신기를?

은섬　.. 보.. 보았소. 말씀하시길 (침을 꿀꺽 삼키고) ... 서로 다른 씨족끼리..
서로 습격하여, 서로 노예로 잡아다가, 서로 노예로 팔았고,
서로가 서로에 원수가 되었다. 허니,

모두들　(집중하며) ...

은섬　거꾸로 하여 먼저 베풀라... 라고 하셨습니다.

파사　거꾸로라니...

은섬　아스달에 노예로 팔려 간 다른 씨족의 사람들을 구해내서..
그 씨족에게 돌려줘라.. 아무 댓가도 바라지 말고...

모두들　(멍하게) ...???

타추간　(갑자기 웃음이 터지며) 저걸 믿어요? 저 새끼 다 거짓말이요!
저 방법이 말이 됩니까! 이나이신기께서!! 저런 똥 같은 말씀을 해요!??

잎생　그것만 얘기하면 어떡해..! 모모족의 신처럼.. 이라고 하셨다며!

은섬　...!!!

ins.cut.〉 13부 44씬 중,

잎생　(눈 다시 뜨며) 은혜나 원수를 안 갚으면, 죽어서 온몸이 갈리고 찢겨.
은혜 갚다 죽으면, 죽어서 빛의 땅으로 간다고 믿어.. 멍충이들이지 모..

은섬　그런 은혜를 입은 씨족은 또 다른 씨족의 노예를 구해내는 것으로,
은혜를 갚아라. 그리하지 않으면 온몸이 찢기는 고통 속에 사라지리라..

모두들　...!!!

할머니　(E) 잠깐...

보면, 안쪽에서 묘씨 할머니가 천천히 나온다. 기괴한 모습이다.

할머니 진정.. 그것이 이나이신기의 말씀이냐...?
은섬 (침 꿀꺽) 그렇소...
할머니 무슨 옷을 입으셨더냐, 어떤 신을 신으셨더냐, 수염의 길이는 어떠했느냐?
은섬 (당황) ...
잎생 (당황) ...
은섬 (당황) ... 꿈이 희미하여.. 잘.. 기억이... 나지 않습니다...
할머니 (은섬을 꿰뚫을 듯한 눈으로 본다) ... 내 눈을 봐라...

할머니 은섬의 눈을 한동안 보더니, 돌아서서 걸어간다. 그리고는

할머니 거짓이다...

전사들 모두 칼을 겨누며 잎생과 은섬의 포위망을 좁히는데,
이때, 은섬, 막 머리를 굴리는 듯싶더니, 갑자기 들고 있던 칼을
땅바닥에 꽂는다. 전사들 당황해서 보는데, 은섬의 얼굴 위로,

ins.cut.〉 16부 28씬 중,
밥 먹으며 춤추는 여인을 보는 은섬의 눈빛.

은섬, 갑자기 몇 가지 춤동작을 똑같이 따라 한다. 경악하는 모두들.

은섬 이리 춤을 추시고, 사라지셨습니다.
미루솔 (나서서 무릎 꿇으며) 이나이신기께서 오신 겁니다..!! 이자가 이 춤을,
알 리가 없잖아요!!
파사 (경악) ...!!!
할머니 (놀란 채로 보다가) ... 장로회의를 소집한다...!
타추간 예에? 거짓이라 하시지 않았습니까?
할머니 이 문제는 내 권한을 넘어섰으니..! 장로들이 신의 뜻으로 결정할 것이다..!!

잎생도 놀라서 은섬을 보고, 은섬, 한숨을 몰아쉰다.

S#41. 산중 주막 전경(낮)

S#42. 산중 주막 안(낮)

여러 개의 탁자가 있고, 한쪽에 연발과 대칸들 뭔가 먹고 있다.
연발이 먹다 말고 숟가락을 거칠게 놓으며 한숨을 깊게 내쉰다.

연발　올마대란 놈도 놓치고, 그 이그트 놈도 코앞에서 놓치고 하.. 이리 돌아간다?

하는데, 들어오던 달새와 바도루, 놀라서 연발을 본다.
연발도 놀라서 본다. 대칸도 놀라서 보며 잠시 정적이었다가
일제히 일어나며 칼을 뽑는다.

달새　너 이그트라고 했어? 이그트? 어딨어! 어딨어, 이 새끼야!!
연발　(잔인한 미소) 다라부루께서 도우셨구나, 니놈들을 여기서 만나다니!!
올마대는 어디 있느냐..!

하는데, 뒤에서 타피엔과 카리카, 그리고 모모 전사들이 들어온다.
놀라는 연발, 그리고 대칸들.

타피엔　(달새와 바도루 가리키며) 이분들은 우리 모모의 손님이다.
연발　...!! (어이없다는 듯) 하...! (하고는 달새와 바도루를 본다)
(칼을 거두며 카리카에게 미소로, 모모어로) 모모족분들이 어찌 이리
오래도록 땅에 머무는 것입니까? 물로 돌아가셔야지요?
카리카　(모모어로) 대칸이 관여할 일이 아니다.
연발　(서툰 모모어로) 예, 나도 모모족과 관계하고 싶지 않소...!

하고는 너희 운 좋은 줄 알라는 듯 달새와 바도루에게 미소를 보내며 돌아서 나가려는 연발과 대칸들. 이때, 타피엔이 급히 카리카에게 귀엣말을 한다.

카리카 (모모어로) 잠깐! 너희들이 이그트를 쫓느냐?

연발 (뒤돌아보며 모모어로) 그쪽도 그놈을 쫓으시오? 우리 모두 아쉽게 됐소. 아고하 숲! 아고족의 땅으로 들어가버렸으니.

하고 나가는 연발과 대칸들. 카리카와 타피엔, 달새, 바도루 놀란다.

S#43. 묘씨족 큰 나무집 안(낮)

탁자가 있고 묘씨족의 나이 많은 장로들 셋과 할머니, 파사가 빙 둘러앉아 있다. 타추간, 미루솔을 비롯한 전사들이 뒤에 서 있다.

장로1 그자가.. 폭포의 춤을 추었다..?

파사 예, 저와 전사들이 모두 보았습니다.

할머니 저도 보았어요. 그자는 이그틉니다. 꿈을 만나는 것은 맞아요.

장로1 (깊은 한숨을 쉬며) 헌데 어찌... 그런 이방인의 꿈에.. 이나이신기께서 나타나신단 말이오..

미루솔 아스달의 아라문 해슬라도 이방인이었습니다.

모두들 ...!!

미루솔 또한.. 이나이신기께서 전하셨다는 말.. 먼저 베풀라.. 먼저 다른 씨족의 노예를 구출하여 돌려주고, 은혜를 받은 씨족은 똑같이 그리하라.. 그리되면 어쩌면.. 정말로.. 아고족은 이 똥 같은 상황을 벗어날 수도 있지 않겠습니까?

타추간 하... 아닙니다. 우리만 웃음거리가 될 겁니다..

모두들 (생각하며 침묵이 이어진다)

파사 저는 장로들의 의견에 따르겠습니다.

장로1 .... 폭포의 심판을 하십시다.

모두들 ...!!!

미루솔 ... (갑자기 무릎을 꿇으며) 그건! 그냥 죽이자는 얘기잖아요!!

장로1 네놈이 감히 심판의 신성을 범하는 것이냐..!

미루솔 (당황) 그.. 그것이 아니라..

장로1 네놈의 말대로 우리 아고족이 이 상황을 벗어나려면! 그 말씀에,
신성한 힘이 실려야 가능하다! 아니면 웃음거리가 돼!
폭포께서.. 결정하실 것이다..!

S#44. 아고하 숲 입구(낮)

카리카와 타피엔, 모모 전사들, 달새와 바도루가 어딘가를 보고 있다.
숲의 나뭇가지에 아고족 지역임을 나타내는 노란색 천들이 여기저기
매여 있다. 심각하게 보는 카리카.

타피엔 (모모어) 샤바라 어찌하실 겁니까. 우선 전사들을 모두 모은 후에..

카리카 (심각하게 OL, 결심한 듯 모모어로) 들어간다, 지금..!

모두들 ...!!!

카리카 (모모어, 모모 전사1에게) 넌... 지금 묘씨 족장에게 가서,
모모의 샤바라가 만남을 청한다고 전해라

모모전사1 (모모어) 예, 샤바라..!!

하고는 모모 전사1, 뛰어서 달려간다.
그리고는 숲 안쪽으로 계속 들어가는 모두들.

잎생 (초조한, E) 나가야 돼..

S#45. 아고 묘씨족 창고 안(낮)

은섬과 잎생만 따로 있다. 손발이 묶인 상태. 잎생, 바깥을 살피며

초조하게 안절부절못한다.

은섬 나가다니?
잎생 (작은 소리로 다급하게) 어떻게든 다시 탈출해야 돼..
은섬 장로회의에서 뭔가 결정한다며?
잎생 (다급하게) 결론은 뻔해. 어떻게 돌아갈지 뻔하다고. 야.. 힘을 좀 써봐.
너 그거 못 끊겠어? 어떻게든 끊어보라고!
은섬 뻔하다니, 뭔가 뻔한데?
잎생 (주변을 살피며 안절부절) 폭포의 심판..!
은섬 그게 뭐야?
잎생 이 근처에 어마어마한 폭포가 있어. 거기다 널 던지는 거라고..!
살아나면, 진실. 아니면 니 말은 거짓. 넌 그냥 죽는 거야..
은섬 (쿵) ...!!!
잎생 (울컥) 이렇게 될 줄은 몰랐어...
은섬 (멍하고 차가운 눈빛으로 본다) ...
잎생 (갑자기 성질내듯) 내가..! 이 잎생이...! 너 같은 놈한테 옮아서..
어떻게든 구해보려고 한 건데.. (눈물 흐르며) 이렇게 됐어... (흐느낀다)
은섬 (멍하게) ...... 나.. 헤엄을 잘 쳐.. 물에 빠지면..
잎생 손발을... 묶어..
은섬 ..!!
잎생 (울먹) 니가 묶인 뗏목은 떨어지면서 바위에 부딪혀 산산조각 날 테고,
어쩌면 너두 그럴 테구.. 거기서 살아도.. 폭포 아래엔 엄청난 소용돌이가
생겨... 사람은.. 아니 이그트도... 거기서 나올 수는 없어..
은섬 ...!!! 그.. 그럼.. 지금까지 한 명도.. 살아난 사람이 없어..?
잎생 ...... 천 년 동안.. 단 한 명...
은섬 ...
잎생 이나이신기... 폭포에서 살아나와 아고족을 통일했지...
은섬 (차갑고 멍하게) ...

S#46. 아고하 숲 일각4(낮)

카리카, 타피엔, 모모 전사들, 바도루와 달새가
긴장한 표정으로 숲속을 걷고 있다. 멀리서 북소리가 들린다.

S#47. 아고 묘씨족 마당(낮)

한쪽에서 묘씨들이 북을 치고 있다. 커다란 널빤지 위에 은섬이
대(大)자로 묶인 채 누워 있다. 손을 위로 뻗는 형태.
은섬의 손에 묶인 덩굴수갑과 발을 묶은 덩굴족갑을 널빤지에 대고
못질을 하는 묘씨 전사들. 할머니가 그 앞에서 은섬의 몸에
알 수 없는 가루를 뿌리며 주문을 외우듯이 웅얼거린다.

ins.cut.〉 창고 안
창을 통해 절망적인 표정으로 은섬을 보는 잎생.

은섬, 고개를 돌려 그런 잎생을 본다.
못질을 한 전사들이 칼로 자신들의 손바닥을 긋더니,
누워 있는 은섬의 몸 위 여러 곳에 자신의 피를 흘린다.
은섬의 온몸에 피가 뚝뚝 떨어진다. 할머니의 주문 소리 커진다.
이때, 파사가 신기하게 생긴 커다란 낫을 두 손으로 경건히 들고
나와서는 낫을 모닥불 안에 확 꽂는다.
파사가 은섬에게 다가와 은섬의 팔을 살짝 베어 피를 내고 그 피를
천에 묻히고는 그 천을 낫의 손잡이에 묻히자, 보랏빛 피가 묻는다.

파사 옳은 자를 벌하지 않으시는 숲과 물과 폭포의 신이시여!
이자의 말이 옳다면..! 이자에게 뜻을 전하시고자 한다면, 이자를 살리시어
이 낫을 잡게 하소서...!

모두들 돌아와 낫을 잡게 하소서..!

북소리 점점 커지고, 묘씨 전사들이 은섬이 놓인 널빤지를 든다.

두 손으로 높게 들려 가는 은섬. 황망한 표정이다.
북 치는 고수들도 북을 치며 따르고 모두 따라나선다.

S#48. 몽타주(낮)

#. 위 씬의 행렬이 이어지며 계속 간다. 고수들은 북을 치며 따른다.

#. 강어귀
행렬이 강어귀에 다다랐다.
은섬이 놓인 널빤지를 강 위에 올리더니, 밀어버린다.
떠내려가는 은섬. 절망적인 표정이다.
멀리 흘러가는 널빤지.

#. 아고하 숲 일각5
카리카와 타피엔, 달새, 바도루, 모모 전사들이 가는데,
모모 전사1이 앞에서 급하게 달려온다.
그러더니, 카리카에게 뭔가 이야기하는 모습. 카리카가 경악한다.

#. 강 위
떠내려가는 널빤지. 그 위에 은섬.
은섬, 손에 묶인 덩굴을 끊어보려고, 이를 악물며 안간힘을 쓴다.
하지만 끊어지지 않는다. 은섬, 필사적이다. 이를 악문다.
눈물이 날 지경이다. 점점 물살이 거세지고, 은섬, 무섭다.

#. 아고하 숲 일각6
카리카와 모모 전사들, 미친 듯이 뛰고 있다.

S#49. 폭포 위쪽 강(낮)

은섬, 점점 폭포에 가까이 다가간다. 물살이 이제 엄청나게
빠르고 거칠다. 은섬, 이를 악물고 필사적으로 줄을 끊으려 한다.
으아! 하며 비명을 지르는 은섬! 팔 하나가 널빤지와 함께
부서진다. 자유로워진 한쪽 손으로 나머지 손의 넝쿨을 어떻게든
끊어보려고 안간힘을 쓴다. 하지만 끊어지지 않는다.
다시 소리를 지르며 안간힘을 쓰고 손목에는 보랏빛 피가 맺힌다.

ins.cut.〉 폭포 근처 일각
놀라 숲에서 뛰어나오는 카리카, 모모 전사들, 달새, 바도루!
멀리 거대한 폭포의 모습이 보이자, 폭포를 향해 맹렬히 뛴다.

어떡하든 한쪽 팔을 풀어보려는 필사적인 은섬! 그러나 폭포 끝에
다다르자, 엄청나게 빠른 물살! 바위에 부딪혀 은섬의 널빤지가
일부 부서지고, 은섬 떨어진다.

S#50. 폭포 아래쪽 기슭(낮)

뛰어오던 카리카, 타피엔, 모모 전사들, 달새, 바도루!
거대한 폭포 위를 얼어붙은 듯 쳐다본다.
폭포 위에서 떨어지는 은섬의 모습이 보인다.

카리카 (급히 돌아서서 겉옷을 벗으며 모모 전사들을 향해, 모모어로)
물에서 태어나고, 물에서 자라난..!! 물의 전사들아!!!

전사들 샤바라!!!

카리카 (모모어) 세상의 물은 모두 이어져 있다! 세상 모든 물은 우리의 고향이다!
우리 앞에 물과 은인이 있다..!!! 은혜를 갚다 물로 돌아가는 것이 두려운가!

전사들 (모모어) 물로 돌아가 은혜를 갚겠다!!

ins.cut.〉 폭포
폭포 밑으로 떨어지는 은섬. 널빤지가 중간의 바위에

부딪혀 산산조각 난다! 그대로 떨어지는 은섬의 모습.

카리카　(모모어) 가자! 물의 전사들이여!!!

하더니 일제히 웃옷을 벗고 물로 뛰어든다.
모든 전사들의 허리에 매달린 테왁과 줄이 휘리릭 펼쳐진다.
경악하여 보는 달새와 바도루, 타피엔!
모모족은 물 위로 수영하지 않는다. 물 위에 테왁만이 떠서
폭포를 향해 가는 그들의 진로를 보여주는데 미친 듯이 빠르다.

S#51. 폭포가 떨어지는 물속(낮)

발이 묶인 은섬이 물속으로 확 들어온다. 떨어지는 가속도와
폭포의 물줄기 때문에 물속 깊이 떨어지는 은섬.
은섬, 한쪽 팔을 풀었지만, 또 다른 한쪽 팔엔 부서지다 만
널빤지 조각이 매달려 있다. 은섬, 안간힘을 써서 올라가려 하지만
발이 묶여 있어 도무지 되지를 않는다. 절망적이다.

ins.cut.〉 폭포
폭포를 향해 매우 빠른 속도로 움직이는 테왁들!

은섬 수면을 본다. 햇빛이 보인다. 햇빛이 점점 어두워진다.

ins.cut.〉 물속
빠르게 유영하는 카리카의 필사적인 얼굴 클로즈업.

은섬, 어두워지는 햇빛을 보며 점점 정신을 잃어간다.
눈이 감기는 은섬. 몸에 힘이 풀리는 은섬.

은섬　(편안한 마음의 소리 E) 끝인가... 탄야야..... 여기까지인가 봐.... 미안.. 하다..

ins.cut.〉 16부 45씬 중,

잎생　사람은.. 아니 이그트도... 거기서 나올 수는 없어..

ins.cut.〉 물속
카리카의 필사적인 표정 클로즈업.

ins.cut.〉 12부 22씬 중,

바도루　야, 사트닉, 근데 모모족은 바다 밑에서 걸어 다니며 사냥한다며? 그건 그짓말이지? 사람이 어떻게 그렇게 하겠어?

사트닉　... (미소) 우리 모모족은 물에만 들어가면 사람이 아냐.

S#52. 폭포 아래쪽 물 위(낮)

앞 씬의 필사적이고 긴박한 분위기와는 전혀 다른 평온한 느낌의 물 위가 보여진다. 아주 평화롭다. 테왁 5개만 여기저기 떠 있다. 한동안 그렇게 보여지다가, 일순간 은섬의 사지가 동시에 확! 떠오른다. 카리카와 모모 전사들이 은섬을 싱크로나이즈드 하듯 들어 올렸다! 은섬, 아직 정신을 잃은 듯하다.
은섬의 얼굴에 햇빛이 비친다. 은섬 신음소리를 낸다.

은섬　(E) 그럼.. 지금까지 한 명도.. 살아난 사람이 없어..?

잎생　(E) ...... 천년 동안.. 단 한 명...

은섬이 갑자기 물을 확 토해내고 숨을 확 들이켜며 눈을 뜬다.

잎생　(E) 이나이신기... 폭포에서 살아나와 아고족을 통일했지...

은섬의 놀란 눈에 햇빛이 가득하다. 은섬의 놀란 눈에서 END.

"이나이신기" from 잎생

아라문 해슬라가 연맹궁 중심에 오르고
모두가 아라문에게 무릎을 꿇는 모습.

잎생 (NA.) 결국 아라문 해슬라는 아스를 통일했어... 남은 건 하시산 동쪽, 우리 아고족이 살고 있는, 거대한 아고하 숲 지역이었지. 우리에게도 아라문은 손시시를 보냈어...

탁자에 놓여지는 뼈망치와 금은화 꽃다발. 그걸 심각하게 바라보는
아고족 14지파 장로들. 당황하고 떨리는 표정이 역력하다.

잎생 (NA.) 저 망치와 금은화 꽃.. 둘 중에 하나를 돌려보내야 했는데... (한숨) 망치를 돌려보내면 전쟁을, 꽃을 돌려보내면 동무가 되는 거라는데, 말이 좋아 동무지, 그건 그냥 항복이야.

장로들이 고개를 절레절레 흔들며 절망스러운 표정이다.
칸모르를 탄 아라문이 있고 그 뒤로 엄청난 대군이 정렬해 있다.

잎생 (NA.) 아라문은 아고하 숲 코앞까지 대군을 이끌고 와 있었어. (아고 장로가 꽃을 든다) 역시 꽃이지. 서른 개로 흩어져서 뭉치지도 못하는 아고족이 뭘 하겠어. (그때 누군가 급히 들어와 보고한다) 어? 근데... 생각지 못한 일이 생긴 거야.

밤을 틈타 아스달 진영 막사 곳곳에 잠입하는 아고의 전사들.
막사 곳곳이 불타고 장군과 병사들의 잘린 목이 나뒹군다.
아라문, 우왕좌왕하는 아스달의 병사들을 이끌고 후퇴한다.
승리의 환호성을 지르는 르파치와 아고족 전사들.

잎생 (NA.) 아고 벽씨족의 전사 르파치가 아고 전사들을 이끌고, 밤을 틈타,
아라문의 진영을 기습! 아스달의 수많은 전사들이 죽은 거야.
더구나 아라문은 하시산 밑까지 후퇴를 했고..!

르파치가 손을 들고 환호하는 아고 전사들.

잎생 (NA.) 문제는 아고의 14지파 장로들은 이미 꽃을 선택하기로
결정했다는 거였지. 사실 이 결정이 맞는 거였어. 어쩌다 한 번 이겼지만
아라문이 입은 피해는 사실 별거 아니었고, 그의 정예들은 건재했으니까.
(르파치가 장로들 앞에서 싸우자고 거세게 항의하는 모습)
장로들은 젊은 전사들을 자꾸만 선동하는 르파치를 그냥 둘 순 없었어.
르파치는 동굴감옥에 갇혔고, 그들은 꽃을 들고 아라문에게로 갔어.

아라문에게 무릎 꿇고 꽃을 바치는 장로들.
동굴감옥에 갇히는 르파치.

잎생 (NA.) 그렇게 7년이 흘렀지. 우리 아고족은 연맹의 일원이 됐어. 아 물론
좀 불안했지.
아라문은 우리 아고족을 진심으로 대하는 거 같았는데,
흰산과 새녘은 아니었거든. 르파치도 그런 얘길 했었어.

"아라문은 몰라도, 흰산과 새녘은 결코 우릴 받아들이지 않을 거다!"
그리고 세월이 흘러 아라문이 하늘로 승천했다는 소식이 들려왔지.
당연히 14지파의 장로들은 아라문의 장례에 참석하기 위해 아스달로 향했지.
근데...

14지파 장로들과 그를 따르는 행렬이 아스달로 가는 모습.
동굴감옥의 르파치가 눈을 감고 좌선을 하다가 눈을 뜬다.

잎생 (NA.) 동굴에 갇힌 르파치가 갑자기 폭포의 신께 계시를 받았다는 거야.
"아라문은 흰산에게 살해당한 것이다! 장례식은 아고의 장로들을 죽이기
위한 아스달의 음모다!!" (르파치가 창살에 대고 외친다)
아무도 르파치를 믿지 않자, 르파치는 폭포의 심판을 요청했어.
그건 그냥 죽여달라는 것과 마찬가지였지.

뗏목에 묶인 채, 떠내려가는 르파치. 눈을 감으며 비장한 르파치.

잎생 (NA.) 그리고 기적이 일어났어. 폭포께서 르파치를 뱉은 거야...!

르파치, 와류에서 튀어 올라 낫처럼 생긴 사슴 턱뼈를 높이 든다.

잎생 (NA.) 르파치는 외쳤어. 아고의 장로들을 구해야 한다..!
폭포의 심판을 통과한 최초의 전사를 따르지 않을 아고 전사는 없었어.

말을 탄 르파치를 필두로 아스달로 진군하는 아고족 전사들.
14장로들이 아스달 군사들에 포위되어 죽기 직전,

르파치와 아고 전사들이 나타나 적들을 치고 14장로를 구출한다.

잎생 (NA.) 14지파의 장로들을 구출해서 돌아온 르파치는 30개 씨족을 통일했어.
각 씨족, 최고의 전사들은 앞다퉈서 르파치를 위해 싸우다 죽길 원했어.
르파치는 하시산 동쪽에 있는 아스달 연맹 거점을 공격해서 다 불태우고.
(습격하는 아고 전사들과 불타는 성) 아스달 놈들을 하시산 서쪽으로 몰아냈지.
모두가 폭포의 신께 선택받은 르파치를 따랐어.
눈치챘겠지만... 그가 바로... 이나이신기야.
그때가 천년 동안 잠깐 있었던 아고족 영광의 시절이지. 다시는 오지 않을...

세상 모든 전설의 시작

17부

S#1. 폭포 아래쪽 물 위(낮)

폭포가 떨어지는 곳, 약간 옆의 물 위. 테왁 5개가 여기저기 떠 있다.
한동안 그렇게 보여지다가, 일순간 은섬의 사지가 동시에 확!
떠오른다. 카리카와 모모 전사들이 은섬을 싱크로나이즈드 하듯
들어 올렸다! 은섬, 아직 정신을 잃은 듯하다.
은섬의 얼굴에 햇빛이 비친다. 은섬 신음소리를 낸다.

잎생 (E) ..... 천년 동안.. 단 한 명...

은섬이 갑자기 물을 확 토해내고 숨을 확 들이켜며 눈을 뜨는 부감!

잎생 (E) 이나이신기... 폭포에서 살아나와 아고족을 통일했지...

은섬의 놀란 눈에 햇빛이 가득하다. 은섬의 놀란 눈에서.
(16부 엔딩 지점)

S#2. 강이 보이는 숲길 일각(낮)

#. 강가를 따라 맹렬히 뛰고 있는 달새. (cut.)
#. 그보다 뒤에서 미친 듯이 뛰고 있는 바도루와 타피엔. (cut.)

S#3. 폭포 아래쪽 물 밖(낮)

모모족 전사가 은섬을 뒤에서 안고는 들썩인다.
은섬, 확 물을 토해내고는 주저앉아 폭풍같이 물을 게워낸다.
아직도 숨을 헐떡이며 보고 있던 모모족 전사들과 카리카,
그런 은섬의 모습을 보며 이제야 안도의 한숨을 쉰다.
은섬, 아직 현실 파악이 안 되는 듯, 정신이 없는데
이때, 달새가 먼저 뛰어온다. 은섬을 보는 달새의 감격스런 표정.

달새 은섬아..!!!

은섬, 물을 게워내다 그 소리를 듣고 희미한 눈빛으로
소리 나는 쪽을 본다. 달새가 보인다. 비현실적인 느낌의 은섬.
'여기 어떻게 달새가' 싶은 마음에 어리둥절한데,
달새가 '은섬아!'를 외치면서 은섬에게 달려들어 덮친다.
은섬, 그 바람에 앉은 상태에서 뒤로 넘어지며 돌멩이에
뒤통수를 부딪히는데, 아파 죽겠다.

은섬 아프네...! (달새의 얼굴을 만지며) 꿈이..! 아니네..!
달새 살았어.. 너 살았어! 너 살아 있다고!! 꿈 그런 거 아니라고!!
은섬 (황당, 당황) 나.. 분명히.. 물에 빠져서... (그제야 주위를 보다 모모족 보고)
(놀라움) 당신들은....! 이게 어떻게.. 된 거.. 죠?
카리카 (천천히 멋있게 나서며 아스어로) 모모의 은인이여..! 물의 전사들이.. 그대를..

하는데, 이때 뛰어온 바도루가 '은섬아!!!' 하면서 달새처럼
은섬에게 달려들어 덮친다. '은섬아!' 하면서 뒹굴고 난리다.

카리카, 멋있게 말하려고 나섰는데, 민망한 표정이다.

타추간 (E) 이건.. 미친 짓이야.

S#4. 아고 묘씨족 요새 근처 숲길(낮)

미루솔이 앞서가고 타추간이 걷고 있다.

타추간 (투덜투덜) 이런 걸로 폭포의 심판을 한 거부터 미친 짓이라고!
미루솔 (말없이 걷는다)
타추간 그것들을 뭘 믿고.. 뿌리도 알 수 없는 이그트에, 버림받은 태씨 놈에..
미루솔 (말없이 걷는다)
타추간 미루솔! 뭐 말 좀 해봐!
미루솔 그러는 너도.. 사실은.. 바라고 있잖아?
타추간 (멈추며) ...!! 바래? 내가 뭘 바래?
미루솔 (멈추고) 정말.. 그놈이 살아 오기만 한다면... (돌아보며) 우리 씨족, 아니.. 우리 아고족 모두.. 뭔가 변할 수 있어.. 너두 그걸 바라잖아?
타추간 ...! 누가 그딴 걸! 그런 헛된 걸 바래!!? 그런 일은 안 일어나!
은섬 (E) 마음을 다해서..

S#5. 폭포 아래쪽 물 밖 일각(해 질 녘)

카리카와 은섬이 있고, 바도루, 달새, 타피엔, 모모족 전사들 있다.

은섬 고마움을 전합니다... 절 살리셨습니다.
카리카 그저.. 풀어진 것뿐입니다.
은섬 풀어.. 져요?
카리카 갈마.. (하다가 타피엔에게 모모어로) 아스말로 갈마를 뭐라고 하지?
티피엔 (모모어) 아.. 아스말엔 그런 말이 없습니다. 샤바라.

카리카 (다시 은섬 보며, 서툰 아스어) 당신이 나의 아이를 구하.. 면서 우린.. 갈마가 맺어졌고 내가 당신의 목숨을.. 구하면서.. 갈마가 풀어.. 졌습니다. 이제 당신과 난, 처음으로 돌아왔습니다.

은섬 (알 듯 말 듯한데) ...

달새 인연 같은 건가?

은섬 (갸우뚱하는데) ...

카리카 이제 어쩔.. 겁니까?

은섬 가서... 제 동무를 구해야 합니다.

카리카 폭포의 심판에서 살아난다는 게 어떤 의미인지 알... 아요?

은섬 ...?? 살아나면.. 내가 한 말을... 믿어준다고 하던데..

카리카 (황당하다는 듯 미소) ...

은섬 왜 웃어요?

카리카, 뭔가 말하려다가 타피엔에게 손짓하자 타피엔 은섬에게 다가와 귓가에 대고 통역한다.

카리카 (모모어) 아고의 폭포에서 살아난다는 건.. 다른 무엇이 된다는 겁니다.

은섬 (타피엔 통역을 듣고) ..??? 다른.. 무엇이요?

카리카 (모모어) 아고족에게 돌아가면... 당신은 이제 당신으로 살 수 없게 됩니다. 당신의 속은 온갖 다른 것들로 가득 차게 될 거예요.

은섬 (무슨 말인지 모르겠다) ...

카리카 (모모어) 원치.. 않는다면.. 당신은 우리와 함께 떠날 수 있습니다..

은섬 ?? 저.. 무슨 말인지 모르겠구요.. 전 동무를 구하러 가야 합니다.

카리카 (타피엔 통역 듣고, 피식 모모어) 나중에라도 도망치게 되면 모모에게 오세요. 모모족은 당신을 손님으로 맞겠습니다. 내가 아니어도, 그 어떤 모모족이라도. 마찬가집니다. 이 말을 기억하세요.

은섬 (타피엔 통역 듣고)

카리카 (아스말로) 세상의 모든 물은 이어져 있으니...

타피엔 세상 어느 곳이든 나의 고향이라...

하고는 돌아서 가는 카리카, 타피엔, 모모족 전사들.

S#6. 아고 묘씨족 요새 입구(해 질 녘)

놀란 표정의 미루솔과 타추간. 그들의 시선 따라가면,
묘씨족 여인들과 사내들이 불이 피어오르는 장작과 낫 앞에서
두 손을 모아 기도를 올리고 있다.

묘씨녀1　(읊조리며) 폭포시여... 이나이신기를 돌려주소서...
타추간　(보면서) 다들.. 다들... 제정신이 아냐...

하고는 나무집 안으로 신경질적으로 들어가고, 미루솔은 그들을 본다.

ins.cut.〉 창고 안
잎생, 멍하고 참담한 표정이다.

S#7. 묘씨족 큰 나무집 안(해 질 녘)

들어오는 미루솔, 파사가 앉아 있고 타추간이 있다.

타추간　이제 곧 해가 집니다.
파사　...
타추간　아까운 노예만 하나 날렸어요.
파사　그 이그트 놈이 꿈에서 이나이신기를 만났다고 하지 않았나...
타추간　당연히 거짓말이죠.
미루솔　그 이그트 놈은 그렇다 치고, 그 태씨 놈은? 아고족이 이나이신기의 이름으로 거짓을 말할 수 있어? 넌 그럴 수 있어?
타추간　하... 확인해볼까? 그 태씨 놈이 거짓말한 건지, 아닌지?

S#8. 아고 묘씨족 창고 안(16부 47씬과 같은 곳, 해 질 녘)

잎생, 멍하게 있다. 손은 묶여 있고, 발은 풀려 있다.

타추간　(문 열고 들어오며) 해가 거의 졌다... 이곳에 빛이 사라지면.. 넌 죽어...
잎생　(마음의 소리 E) 안다, 이 새끼야..
타추간　(그릇을 건네며) 마지막 밥이다.. 먹어라.

하고 나가는 타추간. 잎생, 그릇을 받아 허탈하게 본다.
그러다 문 쪽을 보는데, 문의 빗장이 살짝 걸쳐져 있다.
놀라는 잎생. 눈이 반짝하며 조심스럽게 일어난다.
잎생, 나무 창틀 사이로 마당을 보니 무릎 꿇고 기도하던 사람들이
일어나 낫에게 고개를 숙이고, 안쪽으로 들어간다. 아무도 없는 마당.
잎생, 조심스럽게 문 쪽으로 가서 문을 살짝 밀어본다. 열린다!

바도루　(흥분된 E) 아니, 그러니까..!!

S#9. 아고하 숲길 일각(해 질 녘)

은섬과 바도루, 달새가 급히 가고 있다.

바도루　(급히 가며) 이건.. 진짜 엄청난 거라고!!
은섬　(급히 가며) 뭐가 엄청나... 빨리 가야 돼.
달새　(급히 가며) 그러게 아까부터 자꾸 엄청나대..
바도루　(급히 가며) 그니까.. 폭포에서 살아 나온 건.. (속 터진다) 아휴.. 답답해.

S#10. 아고 묘씨족 창고 앞마당(8씬 장소의 앞마당, 해 질 녘)

문이 열리며 살금살금 나오는 잎생. 마당을 살핀다.

그리고는 확 도망치려는데, 이때 잎생의 목에 확 감기는 올가미!
확 당겨져 끌려가는 잎생! 캑캑거리며 괴로운데, 보면 타추간이다.
안에서 파사, 미루솔이 나오고 곳곳에서 실망한 묘씨족들이 나온다.

타추간　그 이그트 새끼 말이 참말이면! 이 새끼가 도망치려고 하겠소!?
파사　(절망으로 눈을 감으며) 하...
타추간　(올가미를 더 조르며) 다 거짓말이지! 말해, 말해 이 새끼야!

타추간, 캑캑거리는 잎생을 거칠게 가격한다. 나동그라지는 잎생.

잎생　(목을 잡고 괴로워하며, 악을 쓰듯) 속은 게 머저리지!!
모두들　...!!!
타추간　그래.. 이 쥐새끼! 죽여줄게, 니 동무한테 보내줄게! (하고는 칼을 뽑는데)
잎생　(목을 오히려 내밀며) 죽여! 그래 죽여! 고만 좀 살자.. 죽이라고!
타추간　(오히려 대들자 당황) 이 새끼가..!
잎생　(악을 쓰며) 근데! 나 여기서 죽어도 하나도 안 억울해!!! 왜!!???
어차피!! (모두를 둘러보며) 니네들도, 결국엔 나랑 똑같이 될 텐데.. 뭐!!
타추간　닥쳐! 이 쥐새끼야! (칼을 높이 쳐드는데)
파사　뭐가 똑같은데?
타추간　(멈추며) ..!
파사　너랑 우리랑.. 똑같이 된다며...?
잎생　몰라서 물어? 너희들도..! 결국! 같은 아고족에게 죽을 거 아냐..!
모두들　...!!!
잎생　이렇게 동족끼리 미친 듯이 싸우다가!! 결국 같은 아고의 형제 손에
목이 잘려 뒤질 거다! 먼저 가서 기다릴게! 죽여!!
타추간　이 쥐새끼가 어디서 감히 저주질이야!
잎생　저주? 내가 영능이 있어!? 공수가 있어? 무슨 저주! 이 지랄 계속하면
당연한 거지!! 아고족은.. 형제끼리 죽고 죽이다.. 끝장날 게 뻔하잖아!
타추간　...!! 이 새끼가!! (하고 발로 차서 잎생을 나동그라지게 한다)
잎생　누구든 아니라고 얘기해봐! 나는 영원히 같은 아고족한테 노예로
안 팔릴 거고! 같은 아고족 손에 죽지도 않을 거다!!! 말해봐!

그렇게 말할 수 있는 새끼 나와봐!!!

잎생의 외침에 모두들 반박 못하고 조용해진다. 타추간만이
흥분된 가쁜 숨을 감추며, '이.. 새끼가' 하는 탄식을 조용히 뱉어낸다.
미치겠는 표정의 파사, 미루솔, 전사들의 모습. 어느새 나와서
보고 있던 할머니는 괴로운 듯 눈을 감는다. 타추간, 그런 사람들을
어쩔 줄 모르고 보다가, 앞으로 나서며 외친다.

타추간 다들 왜 이래요! 이딴 헛소리를 왜 들어!
우린 그냥 저 태씨 모리배한테 잠깐 홀린 거라고!

미루솔 왜 홀렸을까?

타추간 ....

미루솔 (눈 벌게서) 너무 바라니까..! 어떻게든 바꾸고 싶으니까.. 홀린 거야.. (울먹)
어떻게든.. 이 상황을 벗어나고 싶으니까!! 아고족이라면 누구나 간절하니까!

타추간 (울컥) 그러니까! 그딴 거 바라지 말자고!! 그런 말도 안 되는 바램 같은 거..
이제 좀 버리자고...! (울먹) 이나이신기?? (낫을 보며) 저 낡은 낫을 들고,
아고족을 구원해줄 영웅? (낫을 향해 성큼성큼 걸어가며) 그딴 게..!
어딨어!!

하고 낫을 집으려는데, 먼저 낫을 잡는 누군가의 손!! 놀라는 타추간!
낫을 들어 올리는 누군가!! 타추간, 고개 들어보면 은섬이다.
입을 벌리며 경악하는 타추간!! 그런 은섬을 본 모두가 경악해서
은섬을 본다. 잎생도 경악했다!!

타추간 (말 더듬으며, 떨며) 너.. 너너.. 너.. 어.. 떻게...

은섬 (마주선 타추간을 비켜서 앞으로 나서며 무심히) 됐지? (낫 보이며) 된 거지?

모두들, 너무 놀라서 은섬을 보고 말을 잇지 못하고 얼어붙었다.

은섬 (잎생에게로 걸어가며) 인제 얘 데리고 가도 되는 거죠? (잎생에게) 일어나..

하고 잎생 일으키면, 잎생 일어나서도 믿어지지 않는 듯 본다.

은섬 (심드렁) 뭐, 내가 상관할 건 아니지만.. 그.. 이나이.. (갸우뚱) 신기..?
그분 말씀이 아니어도... 동족끼리 이러고 사는 거 진짜 아닌 거 같애..
이건 나쁜 짓이라기보단 너무 멍청한 짓이야.. (하고는 잎생 보며) 가자..
잎생 (그런 은섬을 보는데, 흥분되는지 숨이 거칠어지며) 이.. 이나이.. 신기..!
은섬 응?
미루솔 (흥분된 목소리로) 이나이.. 신기..!
파사 폭포께서.. 뱉으셨다!! 이나이신기가.. 돌아오셨다..!!!

하면 모두가 함성을 지르며 은섬에게로 달려든다.
어느새 온 달새와 바도루, 놀라운 미소로 은섬을 보고 서로를 본다.
은섬을 들어 올리는 묘씨족들. 은섬 어리둥절해서, '잠깐만, 잠깐만'
하는데 모두들 아랑곳하지 않고 환호한다.

S#11. 묘씨족 큰 나무집 안(밤)

황당한 표정의 은섬 클로즈업. 은섬이 상석에 앉아 있고
그 앞에 파사, 미루솔, 타추간, 할머니, 장로1 등이 있다.

파사 지난 천년 동안 폭포의 심판을 통과한 건 이나이신기와...
당신뿐이십니다.
은섬 (황당) ... 아니.. 그.. 그래서요?
파사 우릴 이끄셔야 합니다. 당신은 이나이신기의 재림입니다.
은섬 아... 이거.. 좀 오해가 있는 거 같은데요.. 전 그런 사람이 아니에요.
사실은.. (미치겠는) 하.. 사실은... 누가 물에 뛰어들어서 절 구해준 거예요.
할머니 상관없어요...
은섬 (보며) ...
할머니 그 옛날 이나이신기가 폭포에서 나올 때도.. 어쩌면..
목숨을 건 누군가의 도움이 있었을지 모릅니다. 이런 세상에 자신을 위해

목숨을 걸, 누군가가 있다는 것.. 또한 세상 누가 도왔든, 폭포의 소용돌이를 빠져나오는 건 하늘에 뜻이 닿지 않고는 불가능한 겁니다..
당신은 이미 충분해요...

은섬 (난감) ... 저.. 사실 제가 꿈에서.. 이나이신기라는 분.. 봤다는 것도..
타추간 (OL) 야!! (다가와 멱살 잡으며) 장난해 지금!!
장로1 (타추간에게 엄하게 꾸짖는) 이게 무슨 짓이야!!
타추간 이 자식이 지금 자기가 이나이신기 아니라잖아요!! 나와봐!

하고 은섬을 끌고 나가는 타추간. 미루솔이 급히 따라 나간다.

S#12. 아고 묘씨족 마당(밤)

은섬과 타추간이 나온다. 미루솔도 나온다. 밖에는
묘씨족 전사들이 화살대에 화살촉을 끼우고, 돌칼을 갈며,
전쟁 준비를 하는 비장한 표정이다. 은섬 그 광경을 본다.
은섬과 타추간이 다가오자, 묘씨 전사들이 일어선다.

묘씨2 이나이신기시여! 말씀대로, 우리가 먼저 노예를 구해내서,
그들의 씨족에게 돌려주겠습니다.
묘씨3 이런 날을 기다렸습니다! 목숨이 아깝지 않습니다..!

은섬, 놀라면서도 어리둥절하게 본다.
타추간이 그런 은섬에게 가까이 가 씹어뱉듯 이야기한다.

타추간 느껴져? 니가 한 말의 무게가... 느껴지냐고..! 우리 묘씨족 전사들은
다 목숨을 걸었어! (귓가에 작은 소리) 니 꿈이 거짓이든, 아니든 상관없어..
넌 무조건 이나이신기야! 때려 죽어도 이나이신기야..!
은섬 (어쩌나 하는 표정, 그 위로)
은섬 (E) 들어와봐!

S#13. 묘씨족 작은 나무집 안(밤)

은섬이 잎생을 끌고 들어온다.

잎생　(끌려 들어오며) 아 왜!!
은섬　아 쫌.. 일루 와봐 쫌..! (하고는 더 안으로 끌고 간다)
잎생　왜애..!
은섬　인제 어떡해?
잎생　뭘 어떡해? 너 못 가 임마.
은섬　하... (작은 소리지만 세게) 다.. 니 거짓말 때문에 이렇게 된 거잖아..
잎생　어디가? 이나이신기 얘기는 내 거짓말이지만.. 먼저 다른 씨족을 구해내서 돌려주고 먼저 베풀면 되지 않냐고.. 누가 그랬어? 너잖아.
은섬　(속 터진다) ... 아.. 진짜..
잎생　니 생각 때문에 다들 목숨 거는데 너는 빠져? 말이 되냐? 아마 이아르크에서 그렇게 안 배웠을걸, 너? 뭘 배웠는진 모르지만.
은섬　난.. 우리 와한족 사람들을.. 탄야를.. 구해야 돼...
잎생　그래서 싸워야 된다며?! 어느 한 사람이 아니라, 아스달! 그 자체랑 싸운다며! 그래서 부하가 필요하다고 그랬잖아? 이건.. (다가가서 작은 소리로) 아고족 3만을 부하로 삼는 일이야...
은섬　...!!!
잎생　근데 뭘 망설여...?
은섬　...!! (충격으로 머릿속이 복잡하다)
잎생　내 말이 맞지?
은섬　... 무서워..
잎생　(황당) 무서워? 뭐가 무서워...?
은섬　그건 3만을... 책임진다는 거잖아.. 내가 그 3만을.. 망칠 수도 있다는 거잖아..
잎생　(속 터진다) 하... 진짜. 그게 무섭냐, 진짜 무서워해야 될 게 뭔지 알아?
은섬　(보면)
잎생　그 3만의 열망을 받아 안지 못하면..... 넌... 디져.
은섬　(쿵) ...!!!

S#14. 묘씨족 큰 나무 아래(밤)

큰 나무 아래에 서 있는 은섬과 달새.

은섬 그.. 샤바라인지 뭔지가 한 말이 이거였어..
너는 너로서 살 수 없게 된다..
달새 (그런 은섬 보는) ....
은섬 자기 씨족 대신 먼저 다른 씨족을 구하라고 해놓고
내가 제일 먼저 탄야를.. 우리 와한을 구하러 갈 수는 없잖아..
달새 (OL) 인제 와한은 없어.
은섬 ...!! 뭐?
달새 열손아부지가 그랬어.. 와한의 이름으로 묶인 모든 매듭을 끊는다고.
은섬 (충격) .... 무슨 말이야, 그게...?
달새 사실.. 열손아부지가 그 말 하기도 전에.. 이미 (피식) 끊어졌지..
은섬 알아듣게 얘기해..
달새 나 살자고 동무가 귀찮아지고.. 그래서 버리고, 등지고, 결국 죽이고..
이게 우리 와한에게 있을 수 있는 일이야..? 근데 내가 그랬어..
은섬 .....
달새 대흑벽 올라온 순간부터 무서워 죽겠더라구 또 잡힐까 봐.. 또 그 꼴 당할까 봐..
뭉태 벌벌 떠는 거 뻔히 보이는데.. 외면하고 북쇠랑 냅다 달렸어.
난 뭉태가 귀찮았고. 그래서 뭉태는 우리 등진 거고..
널 등지고 싶었던 터대는 차마 널 죽이진 못하고, 지가 죽어버리구..
은섬 (진지하게 보며) ...
달새 (OL, 슬픈 미소로) 나두 죽고 싶었어..
은섬 ...!!
달새 정말 뭣도 모르고, 애들 구하러 가자고 몸도 성치 않은 너 끌고 나와서...
결국 뭉태 배신하게 하고.. 터대 그렇게 되고.. 넌 맞아서 죽어가고...
아 다.. 나 때문이다.. 죽어버리자.. 그랬는데... 여긴 다 그렇대..
은섬 ...!

달새 셴 놈은... 약한 놈 뭉개고.. 그니까 약한 놈은 겁에 질리고..
겁에 질린 놈은.. 배신하고 도망치고 저버리는 거지..

은섬 (진지하게 보며) ...

달새 열두 살 때.. 우리 처음 사냥 나갔지.. 그때 초설어무니가 했던 말.. 기억나?

은섬 .... 모두가.. 겁에 질렸다면.. 우린 겁쟁이가 아니다..

달새 상대가 너무 센 거다.. 그럴 땐... 두 가지.. 싸울 거라면 함께.

은섬 ..... 도망갈 거라면... 조용히..

달새 그래, 여기 아고족 사람들.. 싸우고 싶은데 그 함께가 안 되는 거 아냐?
니가 함께할 수 있는 뭔가가 돼주길 바라는 거 같은데. 너.. 잘할 거 같애.

은섬 (그런 달새 진지하게 보다 피식하고 고개 돌리며) 니가 뭘 알아..

달새 사냥 나가면 내가 너 따돌리느라 맨 앞에 세우고,
뭉태는 잘 챙겼지. 난 어떻게 그랬을까?

은섬 어떻게? 니가 잘나서..?

달새 그건 당연하고... 사실은 니가 있어서.. 야.

은섬 ...! (피식) 웃기고 있네..

달새 니가 맡은 앞쪽은 확실히 믿을 만하니까..
내가 다른 거 챙길 여유가 있었던 거라구...

은섬 ...

달새 여기 사람들한테.. 니가 그런 존재가 되면.. 되는 거 아닐까..?

S#15. 아고 묘씨족 마당(밤)

상념에 잠긴 채 걸어오는 은섬. 그 위로,

달새 (E) 와한의 꿈이라며? 개똥같지만.. 뭐..
더 많은 사람의 꿈이 되면 되는 거야. 달라질 건 없어.

은섬, 아직도 비장하게 마당에서 무기를 갈고,
옷을 다듬고 있는 묘씨족 사람들을 본다. 그 위로,

ins.cut〉 6부 21씬 중,

은섬　언젠가 반드시 난 아스달로부터 와한을 구해낼 거야.

타곤　(피식) 우리 아스달은.. 결국 이 세상 전부로 뻗을 거야. (cut.)
구해내면? 어디로 갈 건데..? 니들 세상이 남아 있을까...?

묘씨족 사람들을 보며 생각에 잠겨 있던 은섬. 이때, 묘씨족 아이가
뭔가를 들고 다가온다. 보면, 칼과 전투복이다. 의아하게 보는 은섬.

묘아이　(받으라는 듯 건네며) ... 울 아부지 거예요..

은섬　(물끄러미 보는) ....?

묘아이　(재차 받으라는 듯, 울먹) 울 아부지.. 싸움도 되게 잘했어요..
그러니까, 이거 입고.. 이거 들고.. 붙잡힌 씨족 사람들.. 꼭 구해주세요..

은섬　(울먹이는 아이를 보는데) ...

은섬, 이내 결심한 듯 아이가 내민 칼과 전투복을 받는다.

은섬　(결연, E) 탄야야.. 널 구하는 길이 좀... 달라졌어..!

S#16. 아스달 전경(낮)

S#17. 장터 거리1(낮)

아사론과 아사못, 여러 제관들의 목이 장대에 꽂힌 채 걸려 있고,
이전의 아스달과는 달리 조용하고 침잠된 분위기다.
이때, 어딘가에서 "타곤 니르하시다! 무릎을 꿇어라!!" 하는
기토하의 목소리가 들려온다. 소리 들리는 쪽을 보면,
타곤을 위시한 거대한 행차 행렬의 모습이다. 타곤은 가마 비슷한
탈것에 앉아 있고, 타곤의 가마 좌우로는 사야와 무백이,
그 주위엔 뭉태를 비롯한 호위병사들이 둘러싸고 있다.

행렬의 앞쪽에는 호위부대가, 뒤쪽으로는 많은 시종들이 따르고 있다.
전과는 달리 대칸과 위병들의 호위가 많아지고 삼엄해졌다.
행렬의 맨 앞에 있는 기토하가 "조아려라! 무릎을 꿇어라!
이마를 바닥에 맞추어라!!"라고 선창하면, 위병들이 후창한다.
연맹인들은 처음 보는 탈것을 탄 타곤을 보며, 압도되어
놀란 모습이다. 기토하, 분위기를 잡으며 "타곤 니르하께서 지나신다!!"
하자, 하나둘씩 눈치 보며 무릎을 꿇고는 조아리기 시작하는 연맹인들.
타곤의 행차 행렬 주위로 연맹인들이 이마를 바닥에 맞추고 있자,
서 있던 라임이 주변을 보고는 눈치껏 엎드린다.

라임 (옆에 엎드려 있는 트리한에게, 작게) 왜 엎드리는 거예요..?
트리한 (작은 소리로) 몰라.. 앞으론 이렇게 해야 되는 거래..

S#18. 장터 거리2(낮)

연맹인들의 소리를 들으며 걸어가는 무백. 타곤을 본다.

ins.cut.〉 새로 찍는 회상, 연맹장 집무실 앞 복도(낮)
무백과 기토하가 함께 걷고 있다.

기토하 난 신성재판 갈 줄 알았거든요. 근데 아사론을 단칼에 베시더라구요!

현실의 무백, 걷고 있다. 그 위로,

ins.cut.〉 새로 찍는 회상, 대칸의 막사 안(낮)
박량풍 (떨리는 목소리로) 타곤 니르하께서 뱀한테 물렸는데... 하림이..
무백 (OL) 그러니까!! 자길 고쳐준 약바치를 왜 죽이라고 했냐고..!!
박량풍 (겁에 질려 울컥) 몰라요 모른다구요..!! 무광 형님도 몰랐어요!!

현실의 무백, 걷고 있다.

무백 (마음의 소리 E) 타곤은.. 어디로 가려고 하는 걸까? 무엇이.. 되려는 걸까?

하며 가는데, 상념에 잠겨 가는 무백을 보고 있는 사야. 그 위로,

ins.cut.〉 16부 23씬 중,

무백 거울은.. 니르하 바로 곁에 있더군요..

탄야 (놀라) ... 사야요..?

무백 예.. 보자마자 알았습니다. 그 얼굴을 보고 어찌 모를 수 있겠습니까?

현실의 사야, 걸어가는 무백을 보며,

사야 (마음의 소리 E) 거울...? 내가 거울이라고? 칼, 방울.. 그게 다 뭐야.. 대체...

하고 사야, 계속 무백 보는데, 마침 무백이 고개를 돌리자
눈이 마주친다. 사야, 얼른 고개를 돌려 눈을 피한다.
갑자기 웅성이는 소리와 함께 행렬이 멈춘다.
무백, 뭔가 싫어 기토하가 있는 행렬의 맨 앞쪽으로 급히 온다.
당황한 기토하, "아니 저 미친년은 뭐야..?" 하는데 앞을 보면,
서늘한 눈빛에 머리를 풀어헤친 여자가 길을 막고 있다.
바토족의 무녀(곰파)다. 기토하가 나서는데, 타곤이 손을 들어 막는다.

곰파 (서늘하게 읊조리는) 타곤!! 나는 바토의 딸, 바토족의 누이, 곰파다!

모두들 .. (경악하여 웅성이기 시작한다) ..

곰파 (타곤을 노려보며) 빛나는 자이며, 울부짖는 자이고, 폭풍처럼 부수나
믿는 자를 끌어올리시는, 위대한 사냥의 신 미하제의 이름으로 널, 저주한다!
우리의 어라하와 장로들을 죽인 너 타곤..! 미하제의 화살에 눈과 귀가 멀어
보지도 듣지도..! 혀가 붙어 비명조차 지르지 못한 채, 죽을 것이다..!!

모두들, 경악한 채 있고, 보다 못한 기토하, "이런 미친년이..!!" 하며
청동철퇴를 들고 달려 나가려는데, 손을 들어 제지시키는 타곤.

타곤 (곰파를 지지 않고 보며) 바토의 무녀여... 그대의 신 미하제는..
살아 있는 신이자, 아이루즈의 아들인, 이 아라문 해슬라를 저주할 수 없다..

곰파 (갑자기 우하하 웃다가) 당신이 진정 아라문이라면... 이것만 기억해라..!
(악을 쓰며 독기를 품고) 살아 있는...! 모든 것은 죽으리라...!!
이것이 니가 말하는, 누구도 피하지 못하는 아이루즈의 섭리다...!!

타곤 ...!

곰파 (눈이 시뻘게지며) 네놈이 부수려던 것에 네놈이 부서지고..!
네놈이 그저 지나치는 것들이 네놈에게 달려들 것이니...!
(고개 치켜들며) 아이루즈시여..!! 저자를 비참히 거두소서!

하며, 칼을 꺼내 자신의 심장에 찔러 넣는 곰파! 공포와 충격!
보던 연맹인들 경악하고, 사야, 무백, 기토하 등등 모두들 놀란다.
그러나 홀로 무표정인 타곤. 조용히 옆에 서 있는 뭉태에게 "치워라."
하자, 뭉태, 행렬의 앞쪽으로 달려와 기토하에게 조용히 전한다.
기토하가 뭉태의 말을 듣고 손짓하자, 호위병사들이 빠르게
달려들어 곰파의 시체를 한쪽으로 끌어낸다. 쭉 피가 배어 나오자,
순식간에 흙으로 덮는 호위병사들. 거리가 다시 깨끗해지자,
행차 행렬이 다시 움직인다. 미동 없이 가는 타곤을 보는 무백.

S#19. 필경관 서가 안(낮)

필경관 3층 서가의 큰 문이 열리자, 태알하, 미홀, 알영을 비롯한
해족의 박사들이 양쪽으로 열을 지어 서 있는 모습이 보인다.
들어오는 타곤을 맞이하는 태알하, 그 뒤에는 미홀이 있다.
타곤을 따라 들어오는 사야, 무백, 뭉태, 호위1.

태알하 (미소) 어서 오십시오 니르하..

미홀 (타곤 얼굴을 살피며) 니르하, 헌데.. 안색이..

타곤 (OL, 무시하며) 이렇게 친히 필경관 서가까지 공개해주시다니.. 고맙습니다.

미홀 당치 않습니다. 이제 하늘 아래 모든 것은 타곤 니르하의 것인데요..
무백 (마음의 소리 E) 하늘 아래 모든 것은 타곤의 것...?
타곤 (갑자기 날카로운) 진정 그리 생각하십니까?
태알하 (타곤 보며 왜 저러지 싶은) ...?!
사야 (미홀의 반응을 보는) ....
미홀 (당황) .....
타곤 (무섭게 노려보며) 아닙... 니까?
미홀 (이전의 타곤 분위기와는 달리 서늘하다) 예? .. 예... 물론 그리 생각하지요..
타곤 (무섭게) 그럼 다행입니다. 저에게나.. 미홀님에게나.. 이 아스달에게나...

타곤, 그런 미홀을 꿰뚫듯 본다. 미홀, 당황한 눈빛에서.

S#20. 필경관 서가 밖 복도(낮)

나오는 미홀과 여비. 미홀, 충격받은 듯 멈춰 선다.

미홀 (위기, 마음의 소리 E) 무슨 뜻인가.. 타곤.. 어쩌려는 것인가..?
여비 미홀님... 약조를 하신 것이지요? 우리 해족의 비밀을 지켜주기로...
어째서 저런 말씀을...?
미홀 .... (어둡게) 가자...

S#21. 필경관 서가 안(낮)

가운데 탁자에 타곤, 사야가 마주 보고 앉아 있다.
가까운 곳에 무백이 서 있고, 뭉태와 호위1은 서가 문 앞에 서 있다.
사야 뒤쪽 서가에 기대어 타곤을 보고 있는 태알하. 그 위로,

미홀 (E) 이제 하늘 아래 모든 것은 타곤 니르하의 것인데요..

ins.cut.〉 17부 19씬 중,

타곤　(갑자기 날카로운) 진정 그리 생각하십니까?

타곤의 말 떠올리고는 미묘하게 표정이 변하는 태알하.
내색하지 않으려 괜히 서가에서 책 하나를 꺼내 본다.

타곤　(사야에게) 그래.. 왕이 되려면 제일 먼저 뭘 해야 되지?
무백　(경악) ...!!
태알하　(말없이 타곤을 보며 생각에 골똘한데)
사야　(놀라는 무백을 보며) 들어는 보셨지요? 왕..!
무백　... 예.. 들어봤습니다.
사야　타곤 니르하께서.. 왕이 되시기 위해선 우선.. 부족을 없애야 합니다.
무백　...!!!
타곤　부족을 없애? (딴생각하는 태알하 보며) 듣고 있어?
사야　(고개 돌려 그런 태알하를 본다) ..
태알하　(표정 바꾸며) 아..! 그럼 듣고 있지. 근데 부족을 어떻게 없애?
천년의 흰산족.. 새녘족.. 이걸 어떻게 없애?
사야　저는 사야입니다. 사야를 어떻게 없앨까요?
태알하　(미소) 죽여버리면 되나? (모두들 반응 없자, 사야 보며 심드렁하게) 계속해.
사야　탄야 니르하께서 이런 말씀을 하셨습니다. 이름이란 묶는 것이다..
태알하　...!!
타곤　.....
사야　저를 아무도 사야로 부르지 않고, 제가 어디에 가서도 사야라고
말하지 않으면 사야는 없는 겁니다.
타곤　(재미있다는 듯 보며) ....
태알하　(사야의 뒤에서 왔다 갔다 걸으며) 좋아.. 그래서?
사야　물길족을 물길족이라 부르지 않고, 새녘족을 새녘족이라 부르지 않고,
모두 하나의 이름을 갖게 하는 겁니다.
타곤　어떤 이름?
사야　위대한 나라, 아스달! 연맹이 아닌, 나라로서의 아스달! 타곤 니르하의 나라!
태알하　그럼 연맹인들은 뭐라고 불러? 이제 연맹이 아니면 연맹인은 이상하잖아?

사야 예, 새로운 이름이 필요하겠죠. 생각 중이에요.

타곤 탄야에게 지어보라고 해.

사야 ..!

타곤 그 아이가 이름이 묶는 거라고 했다며? 뭐... 탄야가 지으면..
뭔가 영험한 게 있겠지. 또..?

사야 각 부족의 상징이 아닌, 똑같은 상징이 있어야 됩니다.
그래서.. 제가 준비했습니다.

하며, 일어서서 태알하가 있는 서가 쪽으로 가는 사야.

태알하 (그런 사야의 머리를 잡고는) 내가 이 안에 다 있다고 했지?

타곤 .. (살짝 미소) ..

태알하 내 작품이야, 기억해. (미소)

타곤 물론..!

태알하 (피식) 말로만? 하여간 말씀들 나누셔.

타곤 어딜 가게?

태알하 (미소로) 해족의 어라하는 보고받고 챙겨야 할 게 많아. (하고 나간다)

S#22. 필경관 서가 밖 복도(낮)

태알하, 나오자마자 미소 가시며 심각해진다.

태알하 (서가 쪽을 보며, 불안한 마음의 소리 E) 아닐.. 거야...

S#23. 필경관 서가 안(낮)

(21씬 연결)

사야, 상자를 가지고 온다. 상자를 열어보면 그 안에 솟대 클로즈업.

사야 (솟대의 아래 부분을 가리키며) 이 부분은 아라문의 바람의 망치..
(새 가리키며) 이건.. 아이루즈의 사자께서 망치 위에 내려앉은 모습입니다..

타곤 (흥미롭게 보며) ...

사야 이것이.. 이제 아버지와 아이루즈의 상징입니다..!
나라 아스달의 힘이 미치는 모든 곳에 세워질 겁니다.

타곤 (의미심장하게 보며) ... 이걸 뭐라 부르는 것이냐..

사야 아직 못 지었습니다. 다만, 위에서 내려온 이름이 아니라..
아래서 올라온 것 같이, 쉬웠으면 좋겠습니다.

타곤 (무백에게) .. 한번 지어봐.

무백 (당황) 전.. 그런 건 재주가 없어서..

타곤 (그런 무백 보다가 뭉태 보더니) .. 그럼 니가 한번 지어보거라..

뭉태 (가만 보다가) .. 그냥.. 솟아 있으니까.. 솟대.. 솟대는 어떻습니까..?

사야 (음미하며) 솟대.. 솟대.. 좋습니다..! 쉽고 좋은 이름입니다!

타곤 솟대라.. (사야에게) 니 말대로 아래서부터 올라온 듯한 이름이구나.
좋아.. (일어서며) 오늘은 이만하지.

사야 (급히 간절하게) 저... 한말씀만..

타곤 (보면)

사야 청동의 비밀..

타곤 (나가다가 멈칫) ...!!

사야 이대로 두실 겁니까? 왕이란 다 가져야 하는 존재입니다.
아무리.. 태알하님이지만...

타곤 (표정이 굳는다) ..

무백 (그런 타곤의 눈치를 보다가) 불편하시면 저희들은 나가 있겠습니다.

타곤 아니, 그럴 필요 없어. 사야가 널 꼭 불러달라고 한 이유가 이거 같아.

사야 예... 무백님의 군검부와 대칸은 이 모든 일에 제일 앞줄에 서게 될 테니까요.

무백 ...

타곤 (굳은 표정으로) ...

미홀 (E) 타곤은..

S#24. 필경관 어라하의 방(낮)

미홀과 태알하 있다.

미홀 (불안) 약조를 지키지 않을 거다.

태알하 그렇지 않아요. 아버진 그냥 불안하신 거예요.
타곤을 계속 죽이려 하셨으니까. 근데 난 아버지랑 다르잖아요?
타곤이 왕이 되면 난 왕후가 될 거구.. 우리 해족은....

미홀 (OL, 이를 악물며) 타곤의 마음에만 기대서 살겠다는 거냐?

태알하 ...! 그게 아니라..

미홀 (버럭) 우리 해족의 명운을!! 변덕스럽기 짝이 없는 그저 사람의 마음에 걸겠다는 거냐!!

태알하 ...!!

미홀 타곤이 변한 게 아니라, 니가 변했구나..

태알하 ...

미홀 아비도..! 산웅도! 그 누구도 믿지 않고 줄을 타던 그 대담한 태알하가..!
타곤은 믿는구나..! 어느 한 사내를 그저 온전히 믿고 있어..!

태알하 ....!

미홀 니년이 어찌 이리된 것이야? 그래.. 그때부터였어. 넌 타곤이 위험하다며, 칼을 들고는 직접 말을 달려서, 생사를 따지지 않고 그 살육판에 뛰어들었어. 서로를 위해 목숨을 걸지 말자고 했다며?

태알하 그.. 그건.. 타곤의 생사를 알아야 뒷일을 도모할 수 있으니까요!

미홀 타곤도 그랬을까? 타곤도 널 위해서 앞뒤를 가리지 않고 목숨을 걸까?

태알하 하.. 그만하세요. 그동안 그렇게 이간질을 하셨으면 됐어요!
이제 세상이 변해요. 연맹이 아니라 나라가 될 거구! 타곤은 왕이 돼요!

미홀 니가 왕을 알아? 니가 책으로 보았던 왕을, 니가 얘기로만 들었던 왕을!
난 직접 모시고 겪었어!! 근데 그거 아니..?

태알하 ...

미홀 난 오늘 타곤의 눈을 보며 확신했다. 타곤은 이미.. 왕을 이해했어..

태알하 ...!

미홀 타곤은 나누지 않아. 너뿐만 아니라, 그 누구와도..!

태알하 (쿵) ...!

S#25. 연맹궁 복도(낮)

타곤과 사야가 걷고 있다.

사야 아버지.. 어려운 일이란 건 압니다. 하지만.. 왕의 길의 찬란함이란, 끝없이 음습하고 어둡고.. 깊은 바닥 위에 서 있는 겁니다.. 해족을 저리 둘 수는 없습니다. 다 가지셔야...

하는데, 타곤 갑자기 비틀한다.

사야 아버지... 괜찮으세요...?

타곤 괜찮다.. 그때 샤하티 것들이 낸 상처가 빨리 아물지 않는구나..

타곤, 천천히 걸어간다.
그런 타곤의 뒷모습을 불안하게 보는 사야.

S#26. 군검부 마당(낮)

무백, 걸어가고 있다.

무백 (마음의 소리 E) 저런 사야가 진정 거울이란 말인가.. 타곤에 맞선다고...?

하면 뒤에서 "형님!" 소리가 들린다. 보면 연발이다.

무백 (표정 수습하고는) 왔구나..! 오래도 걸렸다. 올마대는..?

연발 아, 말도 마십쇼. 이렇게 세상이 바뀐 줄도 모르고..! 올마대 그놈도 저한테 잡혀 왔으면 호강에 겨웠을 텐데.. 괜히 노예들 폭동에 껴서..

무백　　폭동..?
연발　　예.. 돌담불 노예들이 폭동을 일으켰어요.. 아주 난리도 아니었습니다.
무백　　(다급히) 그럼 그 노예들은..!! 노예들이 어찌 됐다는 것이냐?!
연발　　아니 뭐 잡힌 놈들도 있고.. 죽은 놈들도 있고.. 도망간 놈들도 있죠..
무백　　(심각한, 마음의 소리 E) 허면 은섬.. 그 아이는..!
연발　　(무백 보며) 아.. 형님.. 저.. 기토하한테.. 무광이 얘기.. 들었습니다..
어떻게 그런 일이... 뭐라 위로를 드려야 될지..
무백　　그래.. 어서 가보거라. 보고를 올려야지..
연발　　예에...

S#27. 연맹궁 내부 회랑(낮)

연발 앞에 소당과 편미가 있다.

소당　　지금 니가 들어간다고 타곤 니르하를 바로 만날 수 있고
그런 상황이 아니라고..!
연발　　(황당) 아니, 형님. 왜요?! 나 대칸인데!
편미　　대칸이고 뭐고! 잔말 말고..! 다 순서가 있으니까..!
(사람들 기다리고 있는 곳을 가리키며) 저기..! 저기서 대기하고 있어..!

하고는 가버리는 소당과 편미. 연발, 투덜거리며 그쪽으로 가다가
갑자기 어딘가를 보고는 멈춘다. 놀라 보는 연발.
보면 사야가 지나가고 있다. 연발, 갸우뚱하다가 경악하여 멍하게
본다. 사야, 지나가다가 시선을 느끼고는 연발을 슬쩍 쳐다본다.
연발, 계속 본다. 사야, 코너를 돌아 사라진다.
칼을 뽑고는 급히 사야를 따라가는 연발.

S#28. 연맹궁 복도(낮)

연발, 사야를 찾으러 두리번거리는데 아무도 없다.
다시 긴박하게 달리는 연발, 코너를 돌며 확 보는데 아무도 없다.

연발　(마음의 소리 E) 내가.. 잘못 본 건가.. 그래.. 말도 안 되지. 어떻게 그놈이..

이때 뒤에서 "야!" 소리 들린다. 돌아보면 기토하다.

기토하　너 뭐야? (칼 보고는) 너 왜 칼 뽑았어?!
연발　아니. 내가 여기서.. 돌담불 노예를.. 아.. 잘못 봤나 봐..
기토하　(칼 뺏으며) 무슨 말도 안 되는 소리를 하고 있어. 야, 정신 차려.
연발　(숨 몰아쉬며) ....
기토하　니르하 뵈러 가자. (뺏은 칼 흔들며) 이제.. 이런 거 들고는 니르하 못 봬.

하고는 기토하 가면 연발, 어리둥절해서 따라간다.

S#29. 연맹궁 대접견실(낮)

들어오는 연발. 전과 달리 위압적 분위기의 대접견실에 당황하여
두리번거린다. 단의 가장 높은 곳에 타곤이 있다. 보는 연발.
타곤 바로 아래 단에는 호위1과 대대, 그 아랫단에는 사야와 호위2가
양쪽으로 서 있다. 연발은 정면의 타곤만 보느라 사야는 미처 못 봤다.
연발, 타곤 쪽으로 더 가까이 다가가려 하자, 타곤 주위에 서 있던
호위들이 반사적으로 손을 칼자루에 얹으며 앞으로 나선다.
위압적인 분위기에 압도당해 다시 제자리로 물러서는 연발.

대대　세상의 처음과 끝이신 아이루즈의 아들. 타곤 니르하이십니다..!
(연발 보며) 대칸부대 연발은..! 몸가짐을 바르게 하라..!
연발　(어리둥절 눈치를 보다가 평복하며) ...
타곤　(단에서 내려와 연발에게 다가오며) 먼 길 다녀오느라 수고했다. 일어서거라..

하면 호위1, 2가 함께 타곤의 뒤를 따라 연발 곁으로 다가간다.
연발은 천천히 일어나고 사야는 다시 앞으로 도는 순간..!
연발, 사야를 보고 얼어붙는다.

ins.cut.〉 14부 38씬 중,

연발　(뛰어와서) 그 이그트구나! 이런다고 될 것 같애!!! (cut.)

은섬　(OL) 칼부터 버려!! (cut.)

연발, 놀란 채 사야를 보고.. 사야도 연발을 본다.

타곤　... 그동안 많은 일이 있었다.

연발　(사야 때문에 당황한 채) 예, 예... 니르하.. 헌데.. 주신 임무를 다.. 못하고..

타곤　이젠 상관없다. (대대에게) 고생한 연발에게 수수 열두 항아리를 내린다.

대대　예..!

연발　고.. 고맙습니다.. 니르하.. (하고 사야를 놀랍게 보는데)

사야　(그런 연발을 이상하게 보며 마음의 소리 E) .. 뭐지...?

연발　(계속 사야 보고) ...

사야　(의아한, 마음의 소리 E) .. 익숙한 눈빛이다.. 왜..?

타곤　(사야를 보는 연발 보고는) .. 넌 처음 보지? 내 아들이다..

연발　.. (경악) ..!!!

타곤　나와 대제관을 보좌하는 초군방 밀솔을 맡고 있다..

연발　(마음의 소리 E) ..!! 아들이라고..?

S#30. 연맹궁 대접견실 앞 복도(낮)

연발, 충격을 받은 얼굴로 나와 멍하니 선다.

기토하　(다가와서) 야!

연발　(보며) .. 엉...

기토하　돌담불서 못 먹을 걸 먹었나..

연발　　(은밀한 곳으로 끌고 가며) 저 안에 타곤 니르하 아들이라는 분..
기토하　..!! (갑자기 진지하고 은밀하게) 넌 알았냐? 아들이 있으신 거?!
연발　　(고개 가로저으며) .. 아니 몰랐어.. 근데..
기토하　(울컥) 야, 너랑 나만 몰랐던 거 알어?
(연발 안으며) 다 알고 있었어! 우리만 빼고!
연발　　(기토하 밀치며) 아, 놔봐 좀!! 타곤 니르하 아들이..!!
(작게) 돌담불에서 노예 폭동을 주도한 이그트 놈이랑 똑같이 생겼어..!!
기토하　(안은 거 풀고 확 떨어지고는 정색하며) 미쳤냐...?
연발　　...?!!
기토하　(정색한 채) 분위기 파악 안 돼? 너 그러다 죽어..
연발　　뭐어..?
기토하　야. 반란 일으킨 놈들은 물론이고.. 니르하께 대든 장로들도 다 맞아 죽었어..
연발　　...
기토하　근데, 자그마치 타곤 니르하 아드님에, 초군방 밀솔이신 사야님한테
뭐? 뭘 닮아? 노예에.. 더구나 이그트를?
연발　　...

S#31. 연맹궁 대접견실(낮)

단상에 앉은 타곤, 고열로 인해 땀이 흐르고 힘이 드는 모습이다.

대대　　다음 접견자는..
타곤　　(OL) 남은 접견은.. 나중에 하지. (하고 일어선다)
대대　　예... 헌데 붉은발톱의 전갈이 있습니다..
타곤　　(멈칫) ...!
대대　　아고족의 동향이... (타곤 살피며) 들으시겠습니까?
사야　　(마음의 소리 E) 붉은발톱?
타곤　　그것도 다음에 듣지..

하고는 일어서 계단을 내려오는 타곤. 갑자기 멈춰 선다. 보는 사야.

타곤의 시선으로 어지러워 주위가 빙글빙글 도는 것처럼 보인다.
사야, 이상해서 "니르하.." 하며 부축하려는데
타곤, 그런 사야를 손으로 제지하며 괜찮아진 듯 내려온다.
사야, 대대, 호위1, 호위2. 그런 타곤을 의아하게 보며 따른다.

S#32. 연맹궁 대접견실 앞 복도(낮)

타곤과 사야 나오고, 호위 1, 2와 밖에 있던 뭉태가 뒤따른다.
복도에 있던 연발과 기토하, 가는 타곤과 사야에 예를 취한다.
기토하, 뒤에 나오던 대대와 앞에서 기다리던 둔지를 잡고 묻는다.

기토하 (조용히) 아직 알현이 많이 남았는데.. 어디 가시는 겁니까?
대대 (아무 말 하지 않은 채 그냥 간다)
기토하 (둔지를 붙잡고) 어디 가시는 거예요..?!
둔지 글쎄 저도.. 니르하께서 몸이 좀.. 안 좋으신 것 같다는데..
(눈치 보고는 얼른 대대를 따라간다)
기토하 (심각해지는) ...!!
연발 .. 부상을 심하게 당하셨다면서.. 독사한테도 당하시구..
기토하 (불안) 이거 혹시..? 아.. 그러면 안 되는데..
연발 왜?
기토하 (작은 소리로 은밀히) 바토족 어떤 미친 무녀가.. 타곤 니르하를 저주했거든..
미하제의 신벌이 내릴 거라고..
연발 (쯧쯧) 어휴.. 그래서 신벌이라고? 이 미친 돼지 새끼가.. 겁은 많아가지구..
기토하 (발끈) 뭐 임마? 야! 그래도 난 너처럼 돌담불에 무슨 이그트 노예가
사야님을 닮았다는, 그딴 헛소린 안 해!!

ins.cut.〉 모퉁이에서 듣고 있는 사야. 의아한 표정.

S#33. 연맹궁 복도(낮)

사야, 찜찜한 기분으로 '뭐지..?' 하며, 생각에 잠긴 채 걷고 있다.
이때, 어딘가에서 '쿵' 소리와 함께 '타곤 니르하!' 하는 소리가 들린다.
사야, 소리 난 쪽으로 달린다.

S#34. 연맹궁 내부 회랑 일각(낮)

오가던 사람들이 모두 한쪽으로 모여들어
'니르하!' '타곤 니르하!' 하는데,
달려온 사야, 사람들을 헤치고 들어와 쓰러진 타곤에게
급히 다가간다. 놀라는 사야!
힘들어하는 타곤. 사야, 타곤의 이마를 짚어본다. 너무 뜨겁다!

트리한 (작게 E) 신벌이야..

S#35. 장터 일각(낮)

울백, 트리한, 라임, 검불을 비롯한 사람들, 모여 심각하게 떠든다.

트리한 (두렵지만 은근 바라는) 미하제께서 신벌을 내리신 거야.. 바토족한테도
(자기 불만을 담아 주위 보며 작게) 흰산족한테도 너무하셨으니까..
울백 (역시 주변 보며 작게) 목 날아갈라구 그래?
검불 근데.. 타곤 니르하도 신이잖아요? 근데 미하제한테는 안 되시는 건가?
울백 타곤 니르하는 살아 있는 신이잖어..
몸이 있는 신이 몸이 없는 신을 이길 순 없지.
라임 그럼 어쩐대요? 타곤 니르하.. 잘못되시면..
트리한 니르하께서 미하제께 빌어야지.. 바토족이나 흰산족도 위로하고..
라임 그러실까요?
울백 이러지 말고.. 우리라도 가서 미하제께 기도를 드리세..!

타곤 니르하를 용서하시고 완쾌시켜달라고!

사람들, 모두 "그러세!!" 하며 서둘러 간다.

S#36. 연맹장의 침소(낮)

타곤, 오한이 심한 듯 떨며 침대에 누워 있다.
사야, 곁에서 초조하게 가죽 책을 보며, 타곤을 살피기를 반복한다.

타곤 (아픈 와중에도 피식) 너.. 뭐 제대로 알고는 보는 거냐..
사야 이그트의 혈맥과 뼈, 장기 같은 걸 기록한 책이에요.
태알하님이 이 책을 제일 먼저 읽게 했어요. 아파도, 다쳐도..
누구에게 보일 수도 없고 혼자 해결해야 한다구요.
타곤 ....
사야 아버지도 그러신다고.. (하며 타곤 본다)
타곤 (보다간) 별일 아냐... 그날 많이 다쳤고, 독사에게 당했어..
쉬었어야 하는데.. 쉬질 못해서 그래.. 며칠 고생은 하겠지만... 나을 거야...
사야 (걱정스럽게 본다) ...
타곤 (힘들지만) 이까짓 걸로 죽지 않아..

하면, 사야가 불안하게 보는데 dis.

S#37. 돌담불 전경(밤)

S#38. 돌담불 입구 문 앞(밤)

경비를 서고 있는 수하1, 2가 대화하고 있다.

수하1　그누무 이그트 새끼 때문에.. 골두님 죽구.. 우린 밤새 경비 서야 되고..
수하2　근데 진짜 쇼르자긴 그 자식이 깃바닥 놈들이랑 짠 거래?
수하1　그렇다니까! 하여튼 이그트 새낀 불길해...

이때, 수하3, 4 등이 십여 명의 작업 노예들을 이끌고 온다.

수하3　수고한다.
수하1　돌다리는 다 놨어?
수하3　다 놓긴.. (뒤의 노예들 가리키며) 게을러 터져서는.. 내일도 가야 돼!

하며 수하들 스쳐 지나가는데, 노예들 사이에 끼어서 지나가는 은섬!
수하1, 은섬을 슬쩍 보고 '어?' 놀라 뒤돌아본다.

수하1　(마음의 소리 E, 피식) ... 아니겠지.. 말도 안 돼..

S#39. 돌담불 지상 노예 막사 안(밤)

노예들 수십 명이 발이 묶인 채, 눈치 보며 주먹밥을 먹고 있다.

거한　(그들 앞에서 위압적으로) 똑똑히 새겨들어.. 딴생각하거나, 허튼짓하면 이젠 깃바닥이 아니라, 그냥 죽일 거야.. 알았어? (하는데 이때!)
(E)　(갑자기 들려오는 둥둥둥둥 북 치는 소리)
거한　(짜증 확 내며) 아니, 어떤 새끼가 한밤중에 북을 쳐대!!! (하고는 나간다)

S#40. 돌담불 지상 구덩이 일각(밤)

군데군데 횃불이 켜져 있는 마당. 이때, 거한과 몇몇 횃불 든 수하들이 '어떤 놈이냐'며 막사에서 나온다. 어둠 속에서 보면, 돌담불 중앙의 깃바닥 구덩이를 덮은 판 위에서 신나게 북을 치고 있는 누군가!

거한	뭐야..! 어떤 미친 새끼야!!

하고 가면, 다른 수하들도 모두 북 치는 곳으로 간다.

수하1	야! 너 뭐야?
은섬	(아직 얼굴은 안 보이고 신나게 북을 두드리는 모습만 보인다)
거한	(열받는) 이 새끼가.. 야!!! 너 당장 안 내려와..!!!

하는데, 수하1이 다가가 횃불을 비춰본다. 은섬이다..!!!

수하1	저.. 저.. 저... 저.... 저놈..!!! 그 이.. 이이... 이이이이이그트...!!!!!!
거한	...??!!! 뭔 헛소리야? (하고 자세히 보면, 맞다. 경악!) 진.. 진짜네..!!!

그러자 모여든 수하들 모두 칼을 뽑는다.
은섬, 그제야 북을 치는 걸 멈춘다.

거한	하.. 이 미친 새끼!! 여길 제 발로 오셨어!?!!
그래 잘 왔다.. 내가 오늘 니 껍질을 다 벗겨버린다.. 아주!

하고는 다가가고, 앞에 있던 수하들 열한 명이 칼을 뽑아든 채
은섬의 주위를 포위하듯이 모여들고는 은섬의 목에 칼을 겨눈다.
빈손인 은섬, 무심하게 거한을 비롯한 앞쪽 수하들을 훑어본다.

은섬	하아... 여덟.. 아홉.. 열..
거한	뭐어?
은섬	(거한을 빤히 보며) 아니, 열하나.. (그리고는 항복하듯이 팔을 든다)
잘 가라...

하고는 은섬, 휙! 하고 짧은 휘파람을 불며 한 손을 까닥한다.

ins.cut.〉 주위 목책 위로 화살을 겨누고 있는 묘씨 전사들 동시 발사.

은섬을 둘러싸고 있던 거한을 제외한 10명이 전부 정확히 동시에
화살을 맞고 한꺼번에 쓰러진다!
경악하는 거한! 막사에서 그제야 나오던 수하들도 경악하는데!
이때, 입구의 목책이 열리며, 함성소리와 함께 달새와 바도루를
위시한 묘씨족 전사들이 전사 분장을 한 채 우르르 쏟아져 들어온다.
말을 탄 채 이들과 함께 쳐들어오는 잎생과 파사, 미루솔, 타추간!
더욱 경악하는 수하들! 거한은 너무 놀라 어리둥절한데..
이때, 은섬이 거한의 가슴에 칼을 꽂는다!

은섬 내가 그랬지... 내가 돌담불에 돌아오는 날, 넌 땅 밑으로 돌아간다고...!
거한 (고통스러워하며) 니가.. 언제...?
은섬 아, 아닌가? 아님 말고...

하고는 칼을 뽑으면 거한, 가슴에 피를 뿜으며 쓰러진다.
묘씨족 전사들과 달새, 바도루 등이 줄사다리를 일사분란하게
깃바닥 구덩이 입구마다 착착 떨어뜨린다.
한 명은 구덩이에 대고 "어서 나와!"를 각 부족 언어로 외친다.
수하들이 칼 들고 저항해보지만 역부족이고,
미루솔과 타추간 등 말을 탄 묘씨족은 막사 곳곳에 불을 지른다.
은섬, 돌담불 중앙에 우뚝 서서 그 광경을 본다.

은섬 (결연한, 마음의 소리 E) 시작이다...
탄야 (E) 예에?

S#41. 대제관의 집무실(밤)

탄야, 모명진 있는데..

탄야 돌담불에서 사람이 왔어요?! 어떻게 됐대요?!

모명진 저.. 니르하..

탄야 (불안) 뭔.. 데요..?

모명진 그게.. 실은..

S#42. 대신전 내부 복도(밤)

탄야, 생각에 잠긴 채 걷고 있다.

ins.cut.〉 새로 찍는 회상, 17부 41씬 연결.

모명진 돌담불에 폭동이 났답니다.. 탈출한 자도 있고.. 죽은 자도 있다는데.. 와한족은.. 생사를 알 수가 없습니다..

탄야 (서글픈 마음의 소리 E) 아니야... 살았어.. 살아 있어.. 살아서 어떻게든 내게 올 거야..

S#43. 불의 방(밤)

태알하, 심란한 얼굴로 꺼지지 않는 불을 바라보고 있다.

ins.cut.〉 17부 24씬 중,

미홀 타곤은 나누지 않아. 너뿐만 아니라, 그 누구와도..! (cut.)

미홀 타곤이 변한 게 아니라, 니가 변했구나.. (cut.)

태알하 (마음의 소리 E) 그래.. 그날.. 난.. 앞뒤를 재지 않고.. 내 생사를 따지지 않고.. 그저 타곤을 구하려 마음을 던졌다..

하다가 태알하, 뭔가 깨달은 듯 오른손 엄지손가락으로 오른손 검지 마디를 하나씩 세보더니, 경악한다..!!!

탄야 (E) 수심이 가득하시네요.
태알하 (표정 일순간에 바꾸며 돌아 탄야 본다) 내가? (미소로) 그럴 리가..
탄야 (정면에서 보다가) .. 아니.. 수심이 아니라.. 뭔가.. 달라 보여요..
태알하 .....
탄야 .....
태알하 ... 너.. 힘을 갖겠다고 했지.. 굳이 왜?
그냥 시키는 대로만 하면.. 이아르크에서보다 훨씬 잘 살 수 있잖아?
탄야 뭘 믿고요? 어떻게 될지 모르잖아요.. 지금은 내가 필요하지만..
내가 필요하지 않을 때가 오면 버릴 테고.. 그잖아요?
여긴... (눈을 빛내며) 아스달이니까.
태알하 (마음의 소리 E) 이 순진해빠진 아이조차.. 이 아스달의 권력판에선..
사람을 믿지 않고 기대지 않는다.. 근데 어쩌자고 이 태알하가..
탄야 더구나.. 난 혼자니까요.. 뭐.. 아스달에선 누구나 혼자인 거 같긴 하지만..
태알하 ...!

이때, 해투악이 "태알하님!!!" 하고 달려온다. 태알하, 탄야 보는데

해투악 타곤 니르하께서 쓰러지셨는데, 지금 뭐하고 계세요?
탄야 .. 예?
태알하 무슨 소리야? 쓰러지다니!
해투악 모르셨다구요? 지금 장터 사람들도 다 아는데..!!
태알하 ...!!!!!!

S#44. 연맹장의 침소(밤)

열이 펄펄 끓는 타곤, 낮보다 더 고통스러워한다.

사야 (그런 타곤의 땀을 닦아내면서) 분명.. 열을 내리는 약을 드렸는데 대체
왜 이런 거죠? 분명.. 책에 있는 대로.. (하다가) 안 되겠어요.. 상처 부위 좀 봐요.

하며 타곤의 어깨를 살짝 만지자, "으윽!!" 고통스러워하는 타곤!
사야, 놀라, "설마" 하며 타곤을 부축하여 침대에 앉히는데,
타곤, 사야에게 보이지 않으려 몸을 빼면서도 고통스러워한다.
그러나 사야, 그럴수록 더욱 완력으로 타곤의 다친 어깨 쪽의 붕대를
거칠게 확 젖힌다! 사야, 경악! 살이 썩고 있다!

사야	살이 썩고 있어요... 덧났다구요...!
타곤	...!!!
사야	이거.. 도려내야 해요...! 도려내고 불로 지져야..!

이때, 태알하가 다급하게 들어온다. 타곤은 어깨를 슬쩍 감춘다.

태알하	타곤!! 이게 대체 무슨 일이야...!
타곤	별일 아니야.. 이러다 말 거야... 전에도 이런 적 있었어.
태알하	별일이야!!! 이미 장터에 소문이 쫙 퍼졌으니까!
사야	(경악) ...!!!
타곤	(경악) ...!!!
태알하	미하제 신상에 사람들이 몰려들었대.. 널 용서해달라고 빌고 있다구..! 이게 무슨 의미인지 몰라? 아라문 해슬라가... 미하제의 신벌을 받았다고 사람들이 믿는 거야..!
타곤	(심각) ...
사야	(심각) ...
태알하	어느 정도야, 어떤 상태야? 내가 좀 볼게.. (하며 다가가려고 하면)
타곤	아니 됐어.
태알하	타곤..!!!
타곤	(몸을 일으키며) 가겠어.
태알하	가긴 어딜 가!
사야	어딜 가세요? 그 몸으로!
타곤	(옷 챙겨 입으며) 가야 해..
태알하	나 아프다.. 사실 신이 아니다.. 죽을 수도 있다.. 그거 다 알리려고?!!

사야　맞아요.. 안 됩니다!

타곤　아니.. 그 반대야..

사야　...??

태알하　...?? .... (생각하다가 깨달은 듯 갑자기 타곤을 막아선다) 안 돼..!!!

타곤　(계속 옷을 챙겨 입으며) 왜 안 돼?

태알하　안 된다고...! 그건 너무 위험해.. 아.. 아니... 그건.. 너무.. 너무 빨라!!!

사야　?? 무슨 말씀이세요? 빠르다뇨?
(생각하다가 깨닫고는 경악하여) .. 아버지..!!! 설마?

타곤　(태알하 보며) 왜.. 못할 거 같애?

사야　(쾅..!! 사야로서도 너무 충격적인데) ...

타곤　(사야 보며) 니가 원했던 거잖아..

태알하　타곤...!!! 너.. 그러면.... 정말... 이건 돌이킬 수가 없어..!

타곤　너야말로 연맹인들한테 받는 예쁨 따위.. 처음부터 상관없었다며?

태알하　... 하...

타곤　(태알하를 무섭게 보며) .... 내가 이제 보랏빛 애벌레로 보이진 않겠지...
그렇다고 나비일까? (피식) 아름다운.. 찬란한 나비.. (피식) 그런 건 끝났어...
그날.. 다 끝났어..

하고는 나가는 타곤. 따르는 사야. 태알하, 놀라 멍한 표정이다.

S#45. 미하제의 신당 앞(밤)

사람들, 모두 미하제의 신상 앞에서 주문을 외며 기도하고 있다.
이때, 아픈 타곤이 나타난다. 사야, 뭉태, 대대, 대칸들도 따르고 있다.
태알하와 해투악도 따라온다.
기도하던 사람들, 타곤 보자, "니르하.." 하며 무릎 꿇고 머리를 조아린다.
타곤은 그런 사람들 사이를 뚫고 미하제 신상으로 뚜벅뚜벅 걸어간다.

트리한　(꿇어앉은 채 작게) 결국 용서받으러 오셨네요..

울백　그럼.. 타곤 니르하가 직접 오셔야 미하제께서도 용서해주시겠지..

타곤, 미하제 신상 앞에 서고, 노려본다. 사람들, 고개 살짝 들어 본다.
이때, 타곤이 옆에 있는 뭉태의 도끼를 빼어 들더니,
미하제의 얼굴을 내려친다! 경악하는 사람들! 대칸들! 보는 사야!
경악하는 사람들! 미하제의 얼굴에 깊게 도끼 자국이 패인다.
뒤쪽의 태알하와 해투악, 역시 놀라서 보고 있다.

타곤 (천천히 미하제에게 다가가) 어디 한번 해봐.. 미하제...
이 아라문 해슬라를 죽일 수 있으면 죽여보라고! 누가 진짜 신인지..
누가 대신전에서 쫓겨 나가는 첫 번째 신이 될지.. 보자고!!
(하고는 기합을 지르며 칼을 뽑아 미하제 목을 베어버린다)

입이 다물어지질 않는 사람들!! 타곤, 그런 사람들을 보며
걸어 나가는데 어지러운 듯 '휘청' 하자, 사야와 뭉태가 부축한다.
사람들 너무나 경악해서 입을 벌린 채 얼어붙은 듯 말이 없다.

타곤 (이를 악물고, 몸을 홱 돌려 사람들을 향해) 대칸은 들어라!!!
대칸들 예! 니르하!
타곤 (씹어뱉듯) 바토족의 신이며.. 사냥의 신 미하제..!
그의 모든 신당과, 그의 성산인 난달산을 모조리 태워라..!
모두들 (경악) ...!!!
타곤 못 들었어?
대칸들 예!! 니르하!!!
모두들 (타곤의 독기에 질리는데) ...!!!

타곤, 다시 몸을 돌려 나간다. 따르는 사야. 사람들의 표정을 본다.
경악한 대대, 공포에 떨며 미하제의 잘린 목을 본다.
태알하, 아까 경악한 자리에 그대로 멈춰 서 타곤을 보는데,
타곤, 태알하와 시선도 마주치지 않고 그대로 천천히 스쳐 지나간다.
태알하, 고개도 돌리지 않고 그대로 경악한 표정.

S#46. 불의 성채 중앙계단(밤)

심각한 태알하가 계단을 천천히 오르고 있고, 해투악도 옆에 있다.

해투악 .. (공포, 충격) 하... 이.. 이래도 되는 거예요?
태알하 (아랑곳 않고 걸어가며, E) 나만 변한 게 아니다.. 타곤도... 변했어...
해투악 (공포, 충격) 제가 알던 타곤 니르하 같지가 않았어요...!
태알하 ..... (걸으며 점점 냉정하고 결연한 표정이 된다)

ins.cut.〉 17부 24씬 중,
미홀 니가 왕을 알아? (cut.)
타곤은 이미.. 왕을 이해했어.. (cut.)

태알하 (E) 그렇다면.. (해투악에게) 지금 매혼제를 만들 수 있는 사람이 누구 누구야?
해투악 해양우 혼자죠. 양우의 할머니는 죽었으니까요.
태알하 내일 일어나자마자 해양우를 데려와.
해투악 왜요...?
타곤 (버럭 E) 안 돼! 그건!!

S#47. 연맹장의 침소(밤)

침대 옆 탁자 위엔 약갑(藥匣)이 펼쳐진 채 놓여 있고,
옷을 내려 타곤의 상처 부위는 열려 있다.

사야 약바치를 안 부르면 어쩌겠다는거예요!!! 곪은 부위를 도려내고
뼈를 긁어내야 돼요!!
타곤 안 돼...
사야 시료가 끝나고 약바치는 죽여버리면 그만이에요!
타곤 .. 니가 해.

사야 .. (경악) ..!!!
타곤 (턱으로 약갑 가리키며) 저기.. 기구는 다 있어..
사야 .. (몸이 떨린다) ...
타곤 (무섭게 이를 악물고 씹어뱉듯) 왜.. 떨려? 무서워?
그냥 약바치 하나 불러다 놓고, 누군지도 모르는 그놈 손에..
운명을 다 걸구 그저 기다려?
사야 (무섭다) ... 아버지..
타곤 쉽게 갈 줄 알았어? 결정해.. 약바치는 없어. 니가 해..
사야 .. (떨리며) .. 못해요.. 한 번도 안 해봤어요...
타곤 네가 나, 왕 만들어준다면서.. 그럴려면 살려야지..
니가 해야 돼! 니가!
사야 (긴장, 공포로 타곤 보며) ...
타곤 (사야 보며)
사야 (침을 꿀꺽 삼키고는 결심) 믿을 만한 대칸을 불러요. 아버지 몸을 잡아야 돼요.
타곤 참을 수 있어... 보통 이그트는 엄청난 고통을 참고 산다.. 너와는 달리. (피식)

사야, 그런 타곤을 보며 눈시울이 붉어진다. 그리고는 옆의 타곤의 약갑을 열어본다. 도자기병들에 담긴 약들과 의료용 기구들.
그것에서 타곤의 고독했던 삶이 보이자, 슬쩍 타곤을 한번 보는 사야.
굳은 결심을 하고는 우선 술병을 잡는다.
사야가 타곤의 상처 부위에 술을 붓는다.
'으윽' 참는 타곤. 사야, 이번엔 수술용 숟가락 칼을 집어 들고는 곪은 상처 부위의 고름을 긁어내서는 광목 수건에 덜어낸다. 고통을 참는 타곤의 모습. 그런 타곤을 보면서도 계속 긁어내는 사야. 컷.
훨씬 더 고통이 커져 손에 천을 감아 입을 막고 고통을 참는 타곤.
그를 흘낏 보는 사야의 얼굴에서 땀이 연신 흘러내리고 있고,
보면, 날카로운 칼로 타곤의 어깨에 드러난 뼈의 검은 부분을 긁어내고 있는 사야의 모습들이 컷컷으로 편집되어 보여지다가,
다시 상처 부위에 술을 붓는 사야. 고통에 못 이겨 결국 기절하는 타곤.
그런 타곤을 보는 사야, 땀이 범벅이 된 채 놀라 얼른 호흡을 하는지

본다. 호흡은 하고 있다. 큰 한숨을 몰아쉬는 사야. 컷.
사야, 자신의 눈물과 땀을 소매춤으로 닦아내며
이젠 상처 부위를 꿰매고 있다. 그 위로,

사야 (E) 모든 게 분명해졌다.. 이 이그트는 나의 아버지이고,
미하제 아니라 그 어떤 신이라 해도 이 이그트를 결코 이길 수 없다..

S#48. 연맹궁 전경(낮)

S#49. 연맹장의 침소(낮)

지쳐 침대 한쪽에 고개를 숙이고 자는 사야. 이때, 타곤이 눈을 뜬다.
타곤, 몸은 아프지만 나은 느낌이다. 몸을 일으키니, 사야가 한쪽에서
불편하게 자고 있다.
사야의 손과 얼굴에 튄 피, 고름이 주변에도 여기저기 묻어 있다.
그런 사야를 물끄러미 보는 타곤. 처음으로 아들처럼 느껴진다.
타곤, 얇은 모포를 사야에게 덮어주는데, 일어나는 사야.

사야 (깜짝 놀라) 어떠세요?!! (하고는 일어나 얼른 이마를 짚어본다)
타곤 .. 괜찮은 듯싶다.
사야 (기뻐서) 미하제 따위는.. 아버지를 대적할 수 없습니다..

하다가는 사야가 자기 어깨에 걸쳐진 모포를 본다.
사야, 타곤이 덮어줬구나 싶어 뭉클하여 타곤을 보자,

타곤 (어색한 표정으로) 아직 네게 이 말을 하지 않았지?
사야 .. 무슨.. 말씀이신지..?
타곤 내가 모든 것을 가진 왕이 된다면..
사야 ...

타곤 넌.. 날... 이을 거다...! 나의 후계는 너다..

사야 .. (놀라고 감격) .. 아버지...!!!!

타곤 그리고...

사야 ...

타곤 이제 다.. 가져야겠다...

사야 ..!! 그 말씀은..?

타곤 .. 미홀 ...

사야 ..! (알아듣고는) .. 알겠습니다..! 제가 맡겠습니다. 지금 당장!
(하고는 나가려다 말고) 아버지.. 해족에게, 모든 걸 다 털어놓게 하는..
약이 있다는 얘기 들어보셨는지요?

타곤 .. 매혼제.. (하다가는) 허나 지금 어딨는지도 모르는 그걸,
굳이 찾을 필요는 없겠지..

사야 .. 예.. 알겠습니다.

타곤 (그런 사야를 믿음직스럽게 본다)

S#50. 불의 성채 청동관 안(낮)

열손과 기술자들이 제각각 분주히 일하고 있다. 이때 미홀이 어떤 방
(주석괴와 구리괴가 있는 방)에서 수레를 끌고 나온다. 그러자,
일하던 기술자들 모두 뒤를 돌아 벽을 본다. 열손도 뒤를 돈다.
미홀이 직접 용광로에 넣는다.
열손이 흘낏 고개를 돌려보지만 보이지 않는다. 이때 들어오는 여비.

여비 (눈은 내리깐 채 미홀 옆으로 가서) 타곤 니르하께서 부르신답니다.

미홀 (마지막 괴까지 넣은 후에) 타곤 니르하께서? 어찌 부르신다던가?

여비 .. 청동 예물 때문이라 하시는데...

미홀 (불길한 느낌에) ....?

S#51. 연맹궁 복도(낮)

미홀과 여비 가는데, 연발과 대칸14가 대기하고 있다.

연발　(미홀에게) 모시겠습니다. 절 따르시지요..

하면 미홀과 여비 따라가려는데, 대칸14가 여비를 막아선다.

대칸14　미홀님만 모시고 오라고 했습니다.

여비가 미홀을, 미홀이 여비를 보며 뭔가 이상하다 생각하는데,

연발　가시죠..

S#52. 연맹궁 지하 고문실(낮)

들어오는 미홀, 놀란다. 앞에 보면 고문 기구들이 있고,
기토하와 사야 있다.

사야　(해맑게 미소 지으며) 간단한 질문 하나가 있어 모셨습니다.
미홀　(그런 사야 보며 분위기가 파악되며 공포가 엄습해 온다) .....

S#53. 필경관 어라하의 방(낮)

태알하, 뭔가를 쓰고 있다. 그 위로,

태알하　(마음의 소리 E) 사야가 타곤을 살려냈다..?
이제 타곤은 미하제신 위에.. 서는구나..! 그럼.. 왕이 되려는 자에게
남은 건.. 모든 걸, 아낌없이 빼앗는 것..!

하는데 이때, 흘립과 열손이 들어온다.

흘립　　어라하! 청동 예물이 완성됐습니다. 보시겠습니까?
태알하　예.. 그러지요. 아버지께선요? 같이 보셔야 할 텐데요..
열손　　미홀님께선 아침 일찍.. 타곤 니르하께서 부르셔서 가셨습니다.
태알하　.. (불길함이 엄습해 오는데) ..!!?

이때 해양우와 해투악이 들어온다.

해양우　부르셨습니까? 어라하.
태알하　음.. 그래.. (하고는 복잡한 심경으로 본다)
해양우　어찌... 그리 보십니까..?

하면, 태알하, 해양우를 보는데, 얼굴이 일그러져 보이고, 주변의 것들도 모두 일그러져 보이는 위로, 17부 24씬에서 했던 미홀의 말들 중, '타곤의 마음에만 기대서' '변덕스럽기 짝이 없는' '타곤은 믿는구나..!' '우리 해족의 명운' '타곤은 이미.. 왕을 이해했어..' 등이 어지럽게 이펙트 된다. 그러다가 '그 누구도 믿지 않고 줄을 타던 그 대담한 태알하' 하는 말이 들려오는 순간, 모든 어지러운 화면이 또렷해지고, 소리들도 멈춘다.

태알하　(아무 일도 없었던 듯 해양우에게) 날 따라와.
모두　　(본다)

S#54. 연맹궁 내부 회랑 일각(낮)

결연한 표정으로 가는 태알하. 따르는 해양우.
그리고 해투악도 따라간다.

S#55. 연맹장의 침소(낮)

단단히 붕대를 감은 어깨 위로 옷을 입고 있는 타곤. 들어오는 태알하.

태알하　(들어오며 미홀이 있는지를 살피며, 말은 타곤에게) 다행이다.. 괜찮아 보이네.
타곤　(옷 입으며) 아버지 찾아..?
태알하　응. 네가 찾았다면서..?
타곤　(옷 입으며) 그런 셈이지.
태알하　무슨 소리야? 그런 셈이라니?
타곤　(옷 입으며) 내가 사야한테 청동의 비밀.. 알아내라고 했어.
태알하　(옷을 입는 타곤의 몸을 확 돌려세우며) 어떻게 나한테 말도 없이..!!
타곤　(태알하를 똑바로 본다, 태알하의 눈엔 분노의 감정이 있다) ....
태알하　(역시 타곤을 보는데, 타곤의 눈엔 아무런 감정이 없다) ...
타곤　(부드럽다) 말없이 한 건 미안해. 하지만 왕은,
'모든 걸 가지면 더 좋다'가 아니라, '모든 걸 가지지 못하면 죽는다'잖아.
근데 너도 아니고, 미홀이야.
태알하　....!!
타곤　늘 날 죽이려 했고, 딸인 너에게도 알려주지 않으며, 해족의 사명이니 뭐니 하면서 언제든 아스달을 떠날 수 있는 사람..!
태알하　....
타곤　그게 아니어도.. 그냥 갑자기 죽기라도 하면.. 청동을 어째?
그럼 너도 모르고 아무도 모를 텐데..
태알하　(배신감과 분노로 치가 떨리지만 참으며) .. 그래서.. 아버지를 고신하고 있어?
타곤　아무리 아버지를 미워한다 해도, 네가 하게 할 수는 없잖아.
태알하　(피식) 나에 대한 어마어마한 배려였구나..
타곤　.. 비아냥대지 말고.. 차갑게 생각해.
태알하　(그 말에 큰 한숨을 내쉬며 냉정을 찾는다) 좋아.. 니 말이 맞아..
왕은 다 가져야 하고.. 나라의 가장 큰 근간을 한 사람에 맡길 순 없어.
타곤　(의외라는 듯 본다) ...
태알하　내가 할게..
타곤　...?!

태알하　고신한다고 우리 아부지 입이 열릴까? 그리고...
그래도 아부진데.. 고신은 좀 그렇다..?
타곤　그럼?
태알하　(품에서 호리병 꺼내며) 실제론 처음 보지? 매혼제야...!
타곤　...!!
미홀　(비명소리 E)

S#56. 연맹궁 지하 고문실(낮)

비명을 지르는 미홀. 이미 만신창이가 된 미홀이 묶인 채, 탁자 위에
손등을 펴고 있는데, 손등에 뼈침 여러 개가 박혀 있다.
기토하가 망치로 뼈침을 미홀의 손등에 꽂은 것.

사야　(비명을 지르는 미홀에게 쉿 하는 모션을 하자)
미홀　(비명을 멈추고 공포스러운 눈으로 사야를 본다)
사야　(나긋나긋한 작은 소리로) 구리와.. 주석과.. 그리고 들어가는
다른 금속들의 비율... 무기로 만들 때, 장신구를 만들 때, 또 그 밖에.. 모두...
알려주세요..
미홀　.. (고통으로 헉헉거리며) 처음 생각이 맞았다... 산웅의 생각도 맞았다..
진작에 타곤을 죽였어야 했는데... (피식) 죽여다오... 어찌해도..
내게서 아무것도 듣지 못한다.. (하고 미소)
사야　(나긋나긋한) 아뇨.. 절대.. 돌아가시지 못합니다.
아프면 치료를 해드릴 것이고, 치료가 끝나면 다시 또 여쭙겠죠.
미홀　.. (분노와 절망) ...
사야　말씀 한마디면.. 여기서 따님과 함께 최고의 지위를 누리며 사십니다.
진심으로 안타깝습니다. (하는 표정이 타곤과 있을 때와는 달리 악마 같다)

이때 문이 열리며, 태알하 들어온다. 해양우도 얼떨결에 따라 들어온다.

사야　(놀라 보며) .. 여긴 어쩐 일로...

태알하 (참으며) 애송이한테 맡겨두고.. 니르하께서 걱정이 많으셔서..

사야, 그런 태알하 보고.. 미홀도 태알하를 본다.
태알하, 미홀의 모습을 보고 복잡한 심경의 표정이 순간 지나가며

태알하 (기토하와 사야 보며) 우악스럽기만 해가지고.. 뭐 아는 게 있어야지!
기토하, 사야 .....
태알하 (미홀에게) 아부지도 그렇지.. 어리석게 왜 버티시는 거예요?
어차피 (호리병 꺼내며) 매혼제가 있는데..!
사야 ....!!!
미홀 (하는 순간) 이런 미친..! 정말 창자까지 빼줄 요량이야!!!!!!
태알하 (짜증스런 말투로) 다 나가! (해양우에게) 너만 남고..
해양우 (겁에 질려) 예, 어라하..
미홀 (악을 쓰며) 널 죽였어야 돼! 애초에 타곤에게 홀려서 일을 그르칠 때
그때 죽여야 했는데..!!
태알하 (짜증) 뭐해? 다들 안 나가고!

하고 몰아내면 사야와 기토하, 나가고. 문을 닫아버리는 태알하.
그리고는 뒤를 돌아 미홀을 보는 태알하. 눈시울이 붉어져 있다.

미홀 (그런 태알하 보며) 니년이 다 망칠 셈이냐!!
아무리 애비한테 원한이 맺혔다 해도..!
태알하 .. (작은 소리로) 그럼 아버지가 저라면 어쩌시겠어요?
미홀 (작게) 날 죽여야지.. 내 입이 열리기 전에..
태알하 ....
미홀 니가 진정 해족의 어라하라면...! 지금 매혼제가 아니라..
비취산을 가져와서 날 죽여야 하는 거야.

하면 태알하, 미홀 앞에서 매혼제병을 연다.

미홀 니년이 진정..!! (하는데 태알하, 매혼제병을 미홀의 코에 갖다 댄다. 맡는다)

태알하 (눈물이 그렁하고, 작은 소리로) ... 냄새가 없죠. (울컥, 미소) 아부지..
미홀 (멍해지며) ...!!! 비취... 산..
태알하 (작은 소리로) 미안해요.. 아부지한테 일생을 미안한 적이 없었는데
지금 미안해요. 제가 조금 늦게 깨달았어요.. 아부지 말씀이 옳았어요..
미홀 (그런 태알하를 보며 같이 눈물이 흐른다)
태알하 아부지 복수할 거예요. 그러니까.. 제게 비밀을 넘기시고, (울컥) 떠나세요..
미홀 (만신창이의 얼굴로 보다가) ...... 거.. 거치즈멍의 손가락.. 우릴 멸망시킨
그들의 문양.. 그걸 대비하는 게 우리의.. 사.. 명이.. 다.. 해족의 사명을..
태알하 (OL) 것두! 제가 다 받아 안을게요. 그들이 올지 안 올지 모르지만..
(울컥) 약속.. 해요... (눈물이 흐른다)
미홀 (그런 태알하를 뜨겁게 보며) ...
태알하 (슬프게 보며) ...
미홀 ...
태알하 ...

S#57. 연맹궁 지하 고문실 앞 복도(낮)

경비 서는 위병 두엇 있고, 사야는 의심하는 표정으로 서 있고
기토하는 안의 소리를 들으려 귀를 문에 갖다 대고 있다.

기토하 (귀를 떼고는) 아무 소리도 안 들리는데요.

하는데, 이때 타곤과 뭉태와 호위들이 오고 있다. 모두, 예를 취한다.

타곤 왜.. 다.. 나와 있어?
기토하 모두 나가라고 소리를 치셔서..
사야 (의심스런 표정으로 타곤 본다)
타곤 (사야 보다가) .. 열어라..!

하면 기토하가 문을 열고, 타곤 들어간다.

S#58. 연맹궁 지하 고문실(낮)

타곤이 들어오는데, 바로 피를 토하는 미홀의 모습이 보인다.

타곤 뭐야 이게?!!

태알하 그때! 고문실에 있던 칼 하나를 꺼내 해양우의 목을 친다!
경악하는 타곤! 문 쪽에 있던 사야도 경악!

태알하 (호리병 쥐고) 이건 비취산이었어.. 매혼제는 모두 버렸구..
(해양우를 보며) 매혼제를 만들 수 있는 유일한 기술자도 지금 죽었고..
타곤 ....
태알하 이제 아스달에 매혼제는 없고.. 청동의 비밀은 내 머릿속에만 있어..
타곤 왜 이러는 거야..?!!!
태알하 (OL, 버럭) 니가 먼저 시작했잖아!!
타곤 (놀라 보며) ...
태알하 (씹어뱉듯, 나지막이) 날 따돌리고.. 내 도움으로 왕이 되는 니가..!
내가 키운 저 애송이랑 작당을 해서.. 내 뒤통수를 쳤어..!
니가 시작한 거야 타곤.. 감히 이 태알하한테..
타곤 ....
태알하 .. 이미 넌.. 변했고.. 나도.. 변했어.
타곤 (눈을 희번덕거리며) 변한 내가.. 넌 고문하지 못할까?
태알하 (미소를 띠며 천천히 타곤에게 다가오며) 니가 그럴 수 있는 사내라면..
인정해. 고문당하다 죽어도 억울해하지 않을게.. (타곤 바로 앞에 왔다)
타곤 .. 뭐?
태알하 (사야 쪽에서 보이지 않게 타곤의 귓가에 대고 시청자에게만 들리게 귓속말)
기뻐해.. 너의 아이를 가졌어..
타곤 (충격) ...!!!!
태알하 (계속 귓속말) 내 안에... 작은 아라문이, 신이 자라고 있다고..

타곤 (충격) ...!!
사야 (집중해서 듣지만 들리지 않는다) ...
태알하 (발랄한 미소로) 어떡할래? 고문할래? 죽일래?
타곤 ...
태알하 근데 지금 당장 죽일 거 아니면, 난 나가서 뭘 떠들지 모른다..?

타곤, 충격 속에 미치겠는 심정으로 태알하를 노려보고,
태알하는 차가운 미소를 짓는다. 그런 둘을 보는 사야. 당황스럽다.

태알하 그럴 깜냥은 안 될걸, 왜? 넌 일생이 외로웠거든.
그걸 운명으로 받아들이는 지금도 외로워 죽겠으니까...!!!
타곤 (차갑게 노려보는데) ...
태알하 (다가가 타곤의 귓가에 대고, 발랄한 미소로) 아냐?

하는 태알하의 차갑고 발랄한 미소에서 END.

"레무스의 멸망" from 해가온

이국적인 바다 풍경이 펼쳐지고 한 소녀가 우두커니
바다를 미소 띤 얼굴로 걷고 있다.
멀리 거대하고 화려한 성의 모습이 보인다.
그곳을 향해 걷는 소녀.

해가온 나는 아직도 거기 있네 / 나는 아직도 떠나지 못하였네
그 긴 세월 우두커니 / 나는 여전히 그곳을 맴돌고 있네
몸과 마음이 이리도 멀리 있는데 / 아직 미치지 아니 하였네
아무리 긴 잠을 자더라도 / 깨어나면 여전히 그곳

거대한 성문을 들어서는 소녀.
아스달보다 더 발전한 거대한 도시의 모습.
아스달의 청동관보다 훨씬 큰 청동관에선 연기가 피어오르고
엄청나게 많은 사람들이 모여든 교역장의 모습. 모두 활기차다.

해가온 내 고향 레무스. 난 결코 떠나지 아니 하였네.
내 고향 레무스. 난 아직 그곳에 머물고 있네.

레무스의 활기찬 모습들이 갑자기 변하기 시작한다.
날은 어두워지고 청동관의 연기는 서서히 꺼져가고,
사람들은 증발하듯이 사라지고 건물들은 부서지고
폐허가 되기 시작한다. 거리엔 즐비한 시체들이 썩어간다.

해가온　　나는 아직도 거기 있네 / 나는 아직도 떠나지 못하였네
저 폐허에 어두커니 / 나는 여전히 참혹하게 서성이네

그 폐허를 걷는 소녀의 멍한 표정. 결국 울음을 터뜨리는 소녀.

해가온　　누구였는지 어디서 온 자들인지 / 우린 아무것도 몰랐다네
어느 날 긴 칼을 든 그들은 / 우리 땅에 발을 디뎠네

긴 칼과 방패를 든 검은 무리들, 형상을 제대로 알 수 없는 무서운
모습으로 마치 검은 괴물처럼 레무스를 덮친다. 죽어 나가는 사람들.
불타는 레무스 성. 그러다 방패에 그려진 손가락 문양 클로즈업.

해가온　　내 고향 레무스, 난 결코 잊지 아니 하였네.
내 고향 레무스, 난 손가락 그림을 기억하네.
저 손가락 그림을 기억하네.

거치즈멍이 보이고, 줌 인 들어가면 거치즈멍에
똑같은 손가락 그림이 있다.

세상 모든 전설의 시작

18부

S#1. 연맹궁 지하 고문실(낮)

(앞부분 생략)

태알하 (사야 쪽에서 보이지 않게 타곤의 귓가에 대고 시청자에게만 들리게 귓속말)
기뻐해.. 너의 아이를 가졌어..

타곤 (충격) ...!!!!

태알하 (계속 귓속말) 내 안에... 작은 아라문이, 신이 자라고 있다고.. (cut.)

태알하 (발랄한 미소로) 어떡할래? 고문할래? 죽일래? (cut.)

태알하 그럴 깜냥은 안 될걸, 왜? 넌 일생이 외로웠거든.
그걸 운명으로 받아들이는 지금도 외로워 죽겠으니까...!!!

타곤 (차갑게 노려보는데) ...

태알하 (다가가 타곤의 귓가에 대고, 발랄한 미소로) 아냐?

하는 태알하의 차갑고 발랄한 미소. (17부 엔딩 지점)
그리고는 나가는 태알하. 그런 태알하를 멍하니 보는 타곤.
나가던 태알하는 사야 있는 곳에서 한번 피식 웃고는 스쳐 지나간다.

S#2. 연맹궁 지하 고문실 앞 복도(낮)

결연한 표정으로 걷는 태알하. 그러다 갑자기 눈물이 그렁해진다.
다시 이를 악물고는 눈물을 참는다.

태알하 (마음의 소리 E) 사람은... 역시.. (피식) 아프지 않고는 배울 수가.. (울컥) .. 없네..

하고 걸어가는 태알하의 뒷모습.

S#3. 연맹궁 지하 고문실(낮)

타곤, 아직도 충격을 받은 표정으로 서 있고, 그 앞에 사야 있다.

사야 저.. 아버지...

하는데, 타곤 휙 하고 나간다. 사야, 불길한 느낌을 받으며 따라 나간다.

S#4. 연맹궁 내부 일각(낮)

태알하 오는데, 앞쪽에 여비와 해투악이 기다리고 있다.

태알하 (눈이 붉어진 채로, 여비에게) 내려가서.. 아버지 모셔와.
여비 .....? 예? 미홀님을요?
태알하 ... 돌아가셨어..
여비 (경악하여) .. 예... 예에??
해투악 (경악하며) 그.. 그 그게 무.. 무슨 소리세요!? 왜요!!!?!?
태알하 .. 내가.. 그랬어.. (하고는 그냥 가버린다)

놀란 여비, 그 자리에 주저앉는다. 해투악도 놀란 채

'언니' 하며 부축해준다. 뒤돌아보지 않고 가는 태알하.

S#5. 연맹궁 복도(낮)

걷는 타곤, 따르는 뭉태와 호위들. 그리고 옆에 따라붙어 오는 사야.

사야　태알하님이 뭐라고 했습니까?
타곤　(아랑곳하지 않고 걷는다)
사야　아버지..!
타곤　(멈춰 서서는) 미뤄둔 회의가 많다...
사야　지금 미홀이 죽었습니다..! 태알하가... 죽였어요!
타곤　....
사야　근데 아버진 아무 말도 하지 않고 태알하님을 그냥 보내셨습니다.
그리고 밀솔인 전, 무슨 일이 벌어졌는지 아무것도 모르구요...!
타곤　(그런 사야를 멍하게 보며) .. 나중에.. (하고는 간다)
사야　(불길한 표정으로 타곤을 보며 따라간다)

S#6. 연맹궁 대회의실(낮)

들어오는 타곤. 따라 들어오는 사야.
대대와 무백, 길선, 초발 등이 자리에서 일어나서 예를 취한다.
타곤이 자리에 앉자, 대대를 빼고 모두 앉는다.
대대는 표정이 심상치 않은 채 타곤의 옆, 뒤쪽에 선다.

사야　(타곤을 보며, 마음의 소리 E) 뭔가... 잘못됐다...
타곤　.. 연맹인들은..?
초발　미하제의 신상을.. (눈치 보며) 그리하신 후.. 장터에 사람의 발길이 뜸하고..
또한.... 아스달을 떠나 고향으로 가는 자들도 꽤 있습니다.
동요가... 심합니다. (침 꿀꺽, 조심스럽게) 연맹이 생긴 이래.. 이런 일은 처음...

타곤 (끊고) 난달산은..?

무백 명하신 대로 미하제의 성산인 난달산을 불태웠습니다. 다행히 대칸에게 저항하는 자들은 없었으나.. 바토족의 몇몇이 불길로 뛰어들었습니다.

타곤 (무표정, 무심) 미련하군. (하는데 뒤엔 참담한 표정의 대대)

모두들 .....!!

사야 (오로지 타곤만 보며 골똘하다) ...

길선 돌담불 주변 지역을 맡고 있는 한초아성에서 전령매가 왔습니다.

타곤 (보면)

길선 돌담불에 아고의 묘씨족 수십 명이 쳐들어와 노예들을 빼내 갔답니다.

초발 아고족이요? 얼마 전엔 노예들이 폭동을 일으켰다더니..

타곤 (귀찮다는 듯) 아고족은 됐어.. 그 밖엔...?

무백 (타곤 의아하게 보며) ...?

길선 예.. (눈치 보다가) 바토족뿐만 아니라..
까치놀족의 근거지인 지푸내의 움직임도 심상치 않습니다.

사야 (역시 타곤만 보며 건성으로 묻는) 반란 조짐이라도 있다는 겁니까?

대대 (괴로운 듯 눈을 감는다) ...

길선 아직은 아니지만.. 가능성이 있습니다. 바토족이 딴생각을 못하도록 연맹군 일천을 마들골로 보내는 것이 어떻겠습니까?

타곤 .. (말이 없다) ...

모두들 (그런 타곤을 보며 왜 말이 없나 싶은데) ...

타곤 (일어나며) 한 치도 내 예상을 벗어나는 것이 없군.

모두 (의외의 반응에 놀라는데)

사야 (놀라지도 않고 타곤만 본다) ..

타곤 대관식 준비는... (사야 보며) 밀솔의 명을 따르면 된다. (하고는 일어나자)

길선 (나서며) 저... 니르하... 마들골에 병력을...

타곤 그럴 필요 없어..

하고는 나가는 타곤. 모두들, 황당해서 서로 보는데, 사야는 나가는 타곤만 본다. 그때 대대, 도저히 안 되겠는지 조용히 따라 나간다.

S#7. 연맹궁 복도(낮)

대대, 나오면 타곤이 호위대와 모퉁이를 돌고 있다.
대대, 급히 그런 타곤을 따라간다.

S#8. 연맹궁 대회의실(낮)

초발, 길선, 무백 등이 있고, 사야는 여전히 딴생각에 빠져 있다.

초발 니르하께서 무슨 생각으로 저러시는지..
길선 (불안) .. 아.. 이러다 바토족이 허튼수작이라도 하면..
어떤 부족들이 거기에 힘을 보탤지 모르는 상황입니다..!
초발 다시 달래보시려는 건 아닐까요...?
무백 (일어서며) 그건 이미 늦었습니다... (하고는 나간다)
길선 (나가는 무백을 보다가, 사야에게) 밀솔님, 따로 들으신 것이 있습니까?
사야 없... 습니다..

하고는 일어서서 휙 하고 나간다. 황당하게 보는 길선과 초발.

초발 다들 왜 저러십니까..?

S#9. 연맹궁 중앙정원(낮)

무백, 골똘히 생각에 빠져 가고 있다. 그 위로,

타곤 (E) 한 치도 내 예상을 벗어나는 것이 없군.
무백 (마음의 소리 E) 타곤은 이미 방법을 갖고 있다.. 대체 무엇인가..

S#10. 연맹장의 침전(낮)

타곤 들어오는데, 대대 급히 따라 들어와 무릎을 꿇는다.

대대 필경장 대대! 니르하께 눈이 파이고, 발목이 잘릴 각오로 말씀 올립니다!
타곤 ....
대대 저희 집안 대대로 필경사를 하면서 연맹장과 다른 생각을 한 적이 없으며!
저 또한 타곤 니르하께서 연맹장에 오르셨을 때,
아이루즈께서 옳은 일을 이루셨다라고 생각하며 기뻐하였,
타곤 (무미건조, OL) 하고 싶은 말을 해.
대대 (간절하게) 니르하..! 이대로면 아스달이... 깨집니다..!!
타곤 (무미건조) 어째서...?
대대 (눈이 벌게져서) 바토족과 까치놀족만이 문제겠습니까!?
아스달의 모든 부족이 미하제가 어찌 되었는지 보았습니다..!
그들은 모두..! 언제 자신의 차례가 될지 불안해할 것입니다...!
타곤 (무미건조) 그래서...?
대대 이건.. 간신히 고립시켜놓은 흰산족에게 다시 힘을 주는 일입니다..!
어찌 수습하려고 이러십니까?
타곤 필경장.. 붉은발톱이 누구더냐..
이 아스달에서 그를 아는 건 너와 나뿐이다..
대대 (멍한 채) 그야.. 아고족에 타곤 니르하께서 심어놓은.. 여마리 아닙니까..
타곤 내가 왜... 붉은발톱에게 그런 명을 전했겠느냐?
대대 (잠시 생각하다가 충격) ..!!!
타곤 그래.. 지금 모든 부족에서 큰 바람이 일고 있겠지.
허나 큰 바람은.. 더 큰 바람에 꺾이는 법이다...
대대 (충격으로 타곤을 본다) ...!!!!
타곤 알아들었으면 나가봐...

대대, 충격으로 멍한 표정이다. 예를 취하더니 나간다.
타곤, 답답했던 듯 옷을 풀며 침대 쪽으로 가는데,
손이 살짝 떨리면서 옷을 잘 풀지를 못한다.

아직 아파서 몸이 떨리는 것인지, 흥분 상태여서인지 분간도 안 된다.
결국 그냥 옷을 풀다 말고 침대에 털썩 주저앉는다.
그리고 깊은 심호흡을 하는 타곤.

ins.cut.〉 17부 58씬 중,

태알하 (귓속말) 기뻐해.. 너의 아이를 가졌어.. (cut.)
(계속 귓속말) 내 안에... 작은 아라문이, 신이 자라고 있다고.. (cut.)

타곤 (마음의 소리 E) 작은 아라문.. 신의 피가.. 이어진다.. 내가.. 내가 이어진다..
사야 (E) 태알하의 귓속말..

S#11. 연맹궁 내부 회랑 일각(낮)

생각에 잠긴 채 걷고 있는 사야. 그 위로,

사야 (골똘한 채, 마음의 소리 E) 그게 무엇이든 타곤이 변했다...
그게 무엇이든.. 내가 모른다.. (이를 악물며 E) 내가.. 모른다..!

S#12. 거치즈멍이 보이는 일각(낮)

거치즈멍의 손가락 문양을 바라보고 있는 태알하. 그 위로,

미홀 (E) 거.. 거치즈멍의 손가락.. 우릴 멸망시킨
그들의 문양.. 그걸 대비하는 게 우리의.. 사.. 명이.. 다..
태알하 (마음의 소리 E) 그래요.. 다 제가 할게요..
아버지 이상으로..! (결연하게) 이 태알하가.. (눈물이 뚝 떨어진다)

S#13. 하림의 약전 안(낮)

놀란 스천이 도티를 잡고 흔들며,

스천　그게 무슨 소리야? 주... 죽었다고...!!?
도티　.. (울먹이는데) ...
스천　그게 무슨 소리냐고...!!!
도티　(결국 눈물이 터져서) 몰라... 하림 아저씨랑 감실 아줌마 다.. 죽었어.. 채은 언니, 눈별 언니... 다... 없어지고...

스천, 믿어지지 않는 듯, 다리에 힘이 풀리며 주저앉는다.

눈별　(E) 언니.. 나 안 할래.

S#14. 아스달 외곽 어느 동굴(낮)

하림의 약갑이 열려 있고, 그 안의 수술 도구들이 펼쳐져 있는데
채은과 눈별이 심각하게 얘기하고 있다.

채은　무슨 소리야? 너 혈맥을 다시 끊어야 해. 안 그러면 목숨이 위험해.
눈별　(고개를 가로저으며) 싫어..
채은　너 또.. 그때처럼 혈맥이 이어지면... (망설이다) .. 죽을지도 몰라..!
눈별　죽어도... (채은 천천히 보고, 탄식처럼) 좋아.
채은　...!!! 뭐어...?
눈별　혈맥을 완전히 잇는 술식(자막 : 수술)을 해줘.
채은　(쿵) ....!! 그건 아버지도 해본 적이 없으셔. 난 당연히 못하고!
눈별　해본 적이 없는 거지, 방법을 모르는 건 아니잖아? 아버지도.. 언니도..
채은　(놀란 눈으로 보며) ....!!
눈별　해.. 줘... 날 다시.. 온전한 뇌안탈로 만들어줘...
채은　안 돼..! 내가 잘못하면..! 내가 제대로 못하면 너 죽어! 내가 널 죽인다구!
눈별　(눈시울 붉어지며) 부탁이야.. 언니..

채은 .. 눈별아.. 무슨 생각을 하는 거야...?
눈별 (OL) 언니는 무슨 생각 해? 지금 상황에서..! 언니는!! 무슨 생각을 하냐고!!
채은 (눈물이 그렁) ...!! 눈별아..
눈별 (울컥) 같은 생각이잖아..? (눈동자가 푸르러지며) 복수... 하겠어..
타곤, 태알하... 다 부셔버리겠어...!

채은, 뜨거운 눈으로 눈별을 본다.

도티 (E) 채은 언니.. 얘긴데요..

S#15. 대제관의 집무실(낮)

탄야 앞에 도티와 스천이 있다. 모명진이 스천을 의아하게 본다.

탄야 (놀라) 약전의 채은..?
도티 (모명진 눈치 보며) .. 예.
탄야 안 그래도.. 어찌 된 일인가 싶었는데.. 뭘 알고 있어?
도티 (모명진을 한번 보고는) .. 그게..

탄야, 알아듣고 손짓하자 모명진 나간다.
그러자 도티, 스천 손을 잡아끌고 가까이 오며,

도티 수수.. 어서 말해..
탄야 ...??
스천 저어.. 제가.. 은섬이를 보고 왔습니다..!
탄야 (경악) ...!!예? 은섬일요?!!

S#16. 숲속 일각(낮)

무기를 든 묘씨족 전사들이 구출해 온 노예들을 보호하듯 주변을
지키고 서 있다. 그들의 가운데에는 돌담불에서 구출된 노예들이
불안한 눈빛으로 무기를 든 묘씨족의 눈치를 살피며 앉아 있다.
와비족들의 모습도 보이고, 아고족 출신인 다치와 니마도 있다.

북노예1 (옆의 노예에게 작게) 뭐.. 어떻게 돌아가는 거야?
북노예2 이것들.. 우리 또 딴 데 팔려는 거 아냐?
깃노예1 그럴 거면 묶어놨겠지. 여기까지 올 때도... 그냥 왔잖아..

하는데 이때, 달새, 바도루, 미루솔, 타추간의 옹위를 받으며
은섬이 오더니 약간 높은 바위 위로 오른다. 모두들 주목한다.

은섬 돌담불 병사들의 추격을 따돌리고 오느라 좀 늦었습니다!
모두들 (무슨 소리를 하려는지 완전 긴장해서 듣는다)
은섬 그놈들은 용소천 쪽으로 갔으니, 그쪽만 피해서 가면 안전합니다!

하면, 노예들 감히 물어보지 못하고 서로 눈치를 보다가는,

북노예1 (용기를 내서) .. 피해서 어디로 간다는 거요?
은섬 어디는요.. 이제 다들 각자의 집으로, 고향으로 돌아가면 됩니다.
모두들 (의외의 답에 경악) .....!!!
깃노예1 (떨리는 목소리로) .. 돌아가요? 집으루요?
은섬 예. 돌아가면 됩니다.
깃노예2 .. (아직도 믿기지 않아서는) .. 그냥요..? 무슨 댓가를 치러야 하는 거겠죠?
북노예1 맞소! 그냥 구해준 건 아닐 거 아니요!!! 댓가가 뭐요!
다치 (경계하며 주목) .....
니마 (역시 경계하며 주목) ..
은섬 이 중에 아고족이 아닌 사람은 댓가가 필요 없습니다.
허나 아고족은 치러야 할 댓가가 있습니다!

다치와 니마는 '그럼 그렇지' 하는 눈빛으로 보고, 다른 노예들은 주목!

은섭　아고족이 치러야 할 댓가는... 두 가지요..!
모두들　(주목) ...
은섭　각자의 씨족으로 돌아가! 이 일을 알리고! 같은 일을 하세요!!
북노예1　같은 일이라뇨?
은섭　우리처럼 아스달에 노예로 팔려 간 아고족의 다른 씨족을 구해내서,
그 사람들을 집으로 돌려보내세요...
모두들　.. (놀라면서, '뭔 소리야?' 등등 웅성거린다) ..?!
니마　돌려보낸 다음엔요?
은섭　그담은 없는데요. 그냥 보내면 됩니다. 그게 답니다.

하면 모두들, 황당하고 어리둥절한 채 보는데, 다치가 일어나며
갑자기 "푸하하" 웃음을 터트린다. 그러자 모두들 보고, 은섬도 본다.

다치　(웃으며 노예들에게) 이 말을 믿어? 그게 말이 돼?
(하다가는 화내며) 뭐야? 뭔 수작이야, 이 똥떡 같은 묘씨족 새끼들아!!!!
니놈들이 또 무슨 못된 꾀를 내서 이 지랄을 하는지 모르겠는데,
내가 그런 헛소리에 속을 줄 알아!! 엉!! (하며 난리 치는데)
은섬　(물끄러미 보다가는) 왜 못 믿겠다는 겁니까?
다치　(하! 하며 혀를 차고는) 내가 왜 돌담불로 끌려왔을까? 왜애!!?
묘씨족한테 잡혀서 팔린 거야. 뭐 사실 억울할 것도 없지.. 내가 잡아서
팔아먹은 묘씨족도 만만치 않으니까! 애고 어른이고 할 것 없이 일단 걸리면
잡아서 다 파니까. 우리 아고족은 그렇게 된 지 오래됐잖아!
은섬　(그런 다치를 보고)
모두들　(본다)
다치　근데 그런 묘씨족이.. 지들 목숨을 걸고 태씨족인 날 구해내서,
겨우.. 그런 조건으로 아무 댓가 없이..! 날 풀어준다고!!!
(하고는 푸하하 웃더니) 야.. 저기 땅 파던 고슴도치가 웃는다..
은섬　아고족 사람들은 하나같이 자기들 똥죽 같은 처지는 참 잘 아네요.
다치　뭐? 뭐 이 새꺄!!
은섬　(물끄러미 보며) 조건은 두 가지라고 하지 않았습니까?

다치 (피식) 그래.. 있겠지.. 그게 끝일 리가 있어? 뭐야? 두 번째는?
가서 노예를 잡아 바쳐라? 아님 보석을 훔쳐 와라? 뭐야? 응? 뭐냐고?!!

은섬 모두들 각자의 씨족으로 돌아가서... (결연) 알리세요...

모두들 .....

다치 뭐? 돌아가서 뭐???!!!! 뭘 알려?!!

은섬 (보며) .. 높음을 알면서도... 낮음에 임하고..

니마 .. (경악과 의문) ...!!!

미루솔 (비장하게) 밝음을 알면서도 어둠을 지키고....!

다치 (미루솔 확 보며 놀라면서도 저걸 왜) ...?!!

타추간 영예를 알면서도...! 굴욕을.. 삼키는..!

아고족 노예들 (타추간 쪽 고개 돌려 확 보며 경악) ...!!

다른 노예들 (어리둥절) ...???

은섬 폭포의 신께서 뱉으신..

모두들 (설마.. 하는 표정으로 보며) ....

은섬 이나이신기의 재림을 알려라..!!!! 이것이 두 번째 조건입니다...!

모두들 (경악) ...!!!!

다치 .... 뭐.. 뭐??? 뭐라고?

파사 (옆에 있다가 나서며) 나 묘씨족의 족장 파사, 묘씨를 지켜주는 모든 정령과
신성한 낫의 이름을 걸고, 말한다..!
이분을 폭포께서 뱉으셨다.. 이나이신기의 재림이시다..!!

모두들 (놀라 은섬을 보고) ..

파사 이나이신기의 이름으로 포와나를 알린다!!
(자막: 포와나: 이나이신기의 명으로 소집되는 아고족의 씨족장 회의)
묘씨족의 땅을 포와나의 땅으로 정한다.
각 씨족의 족장은, 그의 눈앞에 나서라!
200년 전! 이나이신기 앞에 모두가 그랬듯이,

모든 묘씨 전사들이 합창, "이나이신기 눈앞에 나서라!!!!"를 반복!
하면 모두들, 놀라서 은섬을 보고, 은섬은 그런 노예들을 위엄 있게
본다. 다치를 비롯한 아고족 노예들이 그런 은섬을 보는 데서..

S#17. 숲길 일각(낮)

아고족들, 삼삼오오 소곤거리며 간다.
그들 중 다치와 니마가 걸어가고 있다. 다치, 멍하다.

니마　이나이신기라니... 황당해서... (다치에게) 가서 진짜 그 얘기 해야 되나?
다치　(멍한) ....
니마　형님.. 뭐라고 말 좀 해봐.
다치　.. (멍) .. 난 이나이신기가 맞는 거 같아..
니마　(놀라) 진짜?
다치　(멈춰 서서는 니마 보며) .. 솔직히 아니면 어때?
니마　.. 뭐?
다치　.. 내가아아.. 지금 집으로 가고 있잖아..
니마　....!!
다치　(들떠서 점점 소리 커지는) 내가..! 깃바닥서 썩어 문드러질 줄 알았던 내가..!
니마　....
다치　지금 이렇게 두 발로! 바람을 맞으면서..! 땅을 밟고 걷고 있다구..!!

앞서 걸어가던 다른 아고족들, 동감하듯 환희에 차 있다.

다치　믿겨져? 우리 모두 집으로 가고 있다구!!!!!!! (신나고 흥분해서 달리며)
그게 이나이신기가 아니면.. 뭐가 이나이신기냐고!! (웃으며) 응!!??

하면서 다치, 신나고 흥분해서 달린다.
달리다가 굴러보기도 하는 등 신나서 죽겠다!!

S#18. 아고 태씨족 막사(낮)

파오 같은 느낌의 막사 안. 태압독(태씨 족장)과 수하나가 있다.

수하나　(답답해서는) 족장님.. 이제 와.. 말씀을 바꾸시면..!
태압독　(귀 후비적거리며) 아니.. 내가 어젯밤에 생각해보니까..
내가 먼저... 벽씨 놈들한테 고개 숙이는건 좀 그렇더라고..
수하나　고개를 숙이다뇨..
함께 힘을 합쳐서 우리 아고족의 상황을 다 같이 헤쳐 나가자는 거지요...
태압독　그게 그거지. 내가 섣불렀어. 벽씨 놈들이 초대한다니까,
그냥 기분에 길 따라 나오긴 했는데.. 아니 왜 내가 가? 지들이 와야지.
수하나　벽씨족이 먼저 와서 초대를 한 겁니다.
태압독　(OL) 벽씨 족장이 온 게 아니잖아... 난 족장인데?
수하나　(한숨, 미치겠는 표정으로 보는) ....

하는데, 이때 밖에서 소란스러운 소리. 태압독 "뭐야?" 하며 나간다.
수하나 의아한 표정으로 따른다.

S#19. 아고 태씨족 막사 앞(낮)

태압독과 수하나 나오는데, 태마자와 니마와 다치 및 많은 태씨들이
너 나 할 것 없이 달려들어서 서로 겹겹이 껄아뭉개고 난리다.
"다치야!!" "니마야!" "살아 있었어!!" 하며 기뻐하고 있다.

태마자　(태압독이 나온 것을 보고는) 족장님! 다칩니다! 다치가 돌아왔습니다!!!!
태압독　...!!! 다... 다치라고...???

하며 걸음을 걸어가서는 믿기지 않는 듯 보는 태압독.
다치, 역시 감격하여 태압독을 본다. 수하나, 역시 흐뭇하여 본다.

다치　(꾸벅 인사하며) 예.. 족장님.. 저.. 다칩니다..
니마　(역시 꾸벅 인사하고는 울먹이며) 족장님..!
태압독　(흥분하여) 이게 어떻게 된 거냐?! 탈출한 거냐..!??!!

다치 이야기하자면 길지만요.. 우선 전해야 할 중요한 얘기가 있습니다...
수하나 중요한 이야기라니?
다치 (이나이신기 말을 전할 때의 특정동작을 하며) 이나이신기의 말씀입니다.
모두들 .. (경악하여 보는 데서) ...
(E) (발을 구르고, 몸을 쳐서 내는 아고족 특유의 리듬)

S#20. 아고 묘씨족 마당(낮)

모두들, 아고족의 리듬에 맞춰 발을 구르고, 자신의 몸을 치고 있고,
은섬, 달새, 잎생, 바도루와 타추간을 비롯한 묘씨족 전사들이
들어오고 있다. 마지막에 들어온 은섬이 주먹을 들자, 모두 환호한다.

파사 (감격에 겨워) .. 우린 이나이신기를 모시고 첫걸음을 내딛었다..!

환호성이 커지고 누군가 '이나이신기시여!'를 외친다.
흐뭇하고 결연한 표정의 은섬.

S#21. 불의 성채 전경(낮)

S#22. 불의 성채 청동관 안(낮)

청동관 한가운데 높이 쌓아 올린 나뭇단 위에 미홀의 관이 놓여 있다.
해족 사람들 모두가 미홀의 관 주위를 빽빽하게 둘러싸고 서 있다.
검은 상복을 입은 해족 여인들이 울며 엄숙히 장송곡을 부른다.
화려한 수의를 입고 두 손을 X자로 가슴에 포갠 미홀의 시신.
태알하, 미홀의 얼굴을 슬프게 본다.
해흘립, 가마에 넣어 불붙인 막대를 태알하에게 건넨다.
태알하, 직접 나뭇단에 불을 붙인 뒤 돌아서는데,

이때 들어오는 타곤. 서로 바라본다. 이내 고개를 돌리는 태알하.
태알하 시선에 장례를 지켜보는 해족들 중, 현자 해알영이 보인다.

ins.cut.〉 새로 찍는 회상, 17부 56씬 연결.

미홀 (태알하 귀에 대고 작게) 해알영에게 물어라.. 해데트의 열매에 대해서...!

태알하 (해알영에 시선 고정한 채 생각에 잠겨 있는데) ...

태알하 (E) 이게 해데트의 열매?

ins.cut.〉 새로 찍는 회상, 불의 성채 은밀한 방(밤)
어둡고 은밀한 느낌의 방에 태알하와 해알영이 탁자를 마주하고
앉아 있는데, 탁자 위엔 뭔가 놓여 있으나 보이지 않는다.
태알하, 놀란 느낌으로 그것을 본다.

해알영 예... 어라하...

태알하 이게.. 어떻게 가능하죠...?

해알영 모릅니다.. 세 번째 가마에서 우연히 나온 것으로 만들었습니다.
수백 번의 시도를 했지만.. 되지 않던 일입니다..
헌데.. 무엇을 넣었는지 모르지만.. 됐습니다..! 이건...

테이블 위에 놓인 것이 보인다. 칼(철검)이다.

해알영 잡것이 섞이지 않은... 순수한 철로 만든 칼입니다...!

태알하 ... 가마에서 일하는 누군가가 해냈단 말이에요?

해알영 찾아내겠습니다. 사람을 찾든, 방법을 찾든...!

다시 현실. 태알하, 계속 해알영에 시선 고정한 채 생각에 잠겨 있다.

S#23. 불의 성채 어느 일각(낮)

타곤과 태알하가 마치 협상하듯 3미터 정도 떨어진 채
마주 보고 서서 얘기하고 있다.

타곤 .. 미안하다.
태알하 (미소 띠며) 뭐가.. 미안하십니까?
타곤 .. 가장 기뻐하며 해야 될 말을.. 가장 분노하며 하게 해서..
태알하 (차갑게) 아니지, 타곤...
타곤 ....
태알하 (이 악물고) 내게 말 한마디 없이..! (울컥) 그런 짓을 한 건..!!
(다시 차분) 안 미안하고?
타곤 그건..
태알하 ....
타곤 왕의 일이고, 권력의 일이야. 거기에 미안하다는 말을 갖다 붙일 수가 있나?
태알하 ....
타곤 .. 왕이 미안하다.. 권력이 미안하다.. 안 되는 말이잖아.
태알하 '타곤은 이미 왕을 이해했다...' 아버지 말이 맞았네..
타곤 ....
태알하 근데 왜 난.. 폐허를 만들고서야 겨우 왕이 되는 널 보면서..
내가 미안하고.. 니가 안쓰럽고.. 연민이 느껴졌을까?
타곤 ....
태알하 난 왜.. 아사론 무리들 앞에 홀로 서 있을 너를 생각하면서..
그토록 가슴이 아팠을까..? 왜 그리도 불쌍했을까..?
타곤 .. 내가 홀로 서 있던 그 순간.. 짜증났던 게 뭐였는 줄 알아?
태알하 .....?
타곤 내가.. 나에 대한 연민으로 가득 차서 아버지한테 하소연하던 그 순간에
아사론이 나타났다는 거야...
태알하 .....
타곤 나에 대한 연민..! 아버지에 대한 원망..!
너무 지겹고.. 짜증나고.. 안 멋있어, 그리고 결심했어!!!!
태알하 ....
타곤 .. 이제 그만하자.. 나에 대한 연민 따위..! 예쁨받으려 하는 구걸 따위!!

그만하자.. 이젠 그게 무엇이든. 다. 그냥. 내가. 하고 싶은 대로. 하자.

태알하　그 순간.. 왕이 됐네..

타곤　....

태알하　(하! 하고는) 내가 미안하네. 니 마음 하나 딱딱 못 맞추고, 애나 배서.

타곤　(OL) 난 너를 원하고, 아이를 원해.

태알하　... (어이없는 웃음)

타곤　혼인하자.

태알하　(OL) 난 청동의 비밀을 넘기지 않아.

타곤　좋아.

태알하　(OL) 난 너와 권력을 나눠 가질 거야.

타곤　그렇게 할게..

태알하　만약 니가 나와의 약속을 어기면 내가 어떻게 할지도 알아?

타곤　알아. 비록 니가 죽는 한이 있어도
나를 죽이고.. 너와 나의 자식을 죽이겠지..

태알하　(본다)

타곤　(본다)

태알하　.. 흘립을 보낼게. 혼인하기 전에 협상해야지.
세부적으로 너와 내가.. 어떻게 부와 권력을 나눌 건지..

타곤　좋아. 그렇게 하지.

태알하　(보다가 나가면서) 아버지 장례식날 받는 청혼이라.. (비소) 우리 같긴 하다..?
우리 둘 다 아버지 미워하다가 좋아졌잖아.
우리 둘 다 아버지를 죽였고.. (피식) 우린 운명 같아.. 그치? (하고는 나간다)

타곤　(그런 태알하 보는) ....

S#24. 불의 성채 중앙마당(낮)

걸어 나오는 태알하. 앞에 여비, 해투악 있다.

태알하　(걸어가며 해투악에게) 해흘립한테 내 방으로 오라고 해.

해투악　예.

타곤 (E) 해흘립이 올 거야

S#25. 연맹궁 대회의실(낮)

타곤, 들어오면 사야와 대대가 있다.
둔지, 대대 뒤에서 밀랍판을 들고 열심히 뭔가 적고 있다.

타곤 (들어오면서 대대에게) 필경장이 해족과의 협상을 맡는다.
(사야 보며) 밀솔..! 대관식과 함께 난 태알하와 혼인한다.. 준비해..
사야 ...!!!
타곤 또한.. 앞으로 청동의 비밀에 대해 언급을 금한다..
사야 포기.. 하시는 거예요...?
타곤 청동을 포기하냐고?
사야 아뇨.. 왕을..
타곤 ...!!
대대 ...!!

타곤, 사야 보면서 대대에게 손짓하자, 대대, 둔지 나간다.

사야 왕은 다.. 가져야 하는 겁니다. 근데 아버진 태알하의 귀엣말 몇 마디에
마음을 바꾸셨어요..!! 그렇게 포기하실 거면..!
타곤 (OL) 누가 포기한대...?
사야 ...!
타곤 청동의 비밀은 너에게 맡긴다. 알아내. 단.. 태알하와 해족이 눈치 못 채게..
태알하 (E) 그리고...

S#26. 불의 성채 중앙마당(낮)

(24씬 연결)

태알하　(비장하게) 아사사칸을 만나겠다..

여비　...!!

해투악　(놀라) 예에..?!

여비　.. 예.. 알겠습니다. 준비하겠습니다. (하고는 간다)

S#27. 연맹궁 대회의실(낮)

(25씬 연결)

사야　.. 왜 어려운 길을.. 가시려고 해요..? 태알하님이 뭐라고 했길래..

타곤　(OL) 왕은 다 가진다! 태알하와 나눈 얘기도.. 지금은 나 혼자 갖겠다.

사야　...!

S#28. 불의 성채 중앙마당(낮)

(26씬 연결)

태알하　하나를 알았어...

해투악　...

태알하　아니 알고 있었는데, 이렇게 아프게 가르쳐주네.. 세상은..

해투악　뭔데요?

태알하　세상엔 나눌 수 없는 게 있다....

해투악　...!

태알하　그럼 선택은 두 가지. 주느냐... 갖느냐..

해투악　...

태알하　(멈추며) 이 태알하는... (결연하고 비장하게) 갖겠어..!

하고 걸어가는 태알하의 뒷모습.

S#29. 연맹궁 대회의실(낮)

(27씬 연결)

사야　(가라앉히며) ... 예에.. 알겠어요. 제가 알아낼게요.
조직을 꾸리겠어요. 사람이 필요해요.

타곤　... 어떤 사람?

사야　(생각하다가) ... 머리가 잘 돌아가는데 정작 잘 굴리지는 않는 사람..

타곤　(잠시 보다가) 연발이군. 연발에게 얘길 해놓지..

사야　.. 알겠습니다.

타곤　또 하나.. 대관식에서 탄야의 돌출 행동이 다시 있어선 안 된다.

사야　(보며) .....

타곤　내가 계속 그런 행동을 보아 넘길 거라고
탄야가... 착각하지 못하게 하거라.

사야　예에...

S#30. 대신전 지하 계단 감옥(밤)

어두운 계단 끝에 정좌하고 앉아 있는 아사사칸.
계단 위에서 누군가 내려오고 있다. 아사사칸, 무표정하게 올려다본다.
뒤에서 비치는 후광으로 얼굴이 잘 안 보인다.

아사사칸　(얼굴 확인하고는) 내게... 필요한 게... 있구나...? 그대..

태알하　(미소, 감탄 E) 와... 정말 영능이 있긴 있는 모양이네요...

아사사칸　그걸 아는 데 영능까지 필요할까...?

태알하　(차가운 미소로) 그래요. 당신이 필요해요. 하지만 당신도...
(미소 멈추고, 얼굴 들이대며) 누군가가 필요할 것 같은데..?

아사사칸, 그런 태알하의 멱살을 갑자기 확 잡아 끌어당긴다.
태알하, '왜 이래' 하는데, 얼굴을 거의 댄 채, 아사사칸 말한다.

아사사칸 (태알하의 눈을 보며) 신의 뜻이란.. 참으로...
태알하 ...!!??

S#31. 대신전 내부 복도(낮)

사야, 대신전으로 들어와 걷고 있다. 골똘히 생각에 사로잡혀 있다.

사야 (마음의 소리 E) 태알하... 타곤... 둘 사이에 오간 이야기..
나에게 숨기는 무언가... (짜증) 빌어먹을...!

하는데, 모명진이 지나다 사야를 발견하고 다가와 같이 걸으며

모명진 밀솔님... 니르하께서.. (주변을 살피며) 와한의 도티라는 아이와
스천이라는 하호를 만나시고는... 한참을 우셨습니다.
사야 (의아, 건성) 울어요? 도티는 알겠는데.. 스천이 누굽니까?
모명진 하림의 약전에서 일하던 하호인데..
실종된 채은이에 대해서 얘기하러 왔다고 합니다. 헌데
채은이 얘기에, 니르하께서.. 그리 우시다니.. 이상합니다..
사야 (그 말에 확 짜증이 나서 멈추고 날카롭게 모명진을 보며) ...!!

S#32. 불의 방(낮)

양차가 한쪽에서 지켜보는 가운데 탄야가 꺼지지 않는 불 앞에
앉아 있다. 탄야의 눈에 눈물이 그렁하다.

ins.cut.〉 새로 찍는 회상, 18부 15씬 연결.

탄야, 스천, 도티가 있다.

스천 뭉태라는 애가 배신해서.. 다른 와한들이 모두 끌려갔었대요.. (cut.)
스천 터대라는 애는 은섬이 앞에서 목숨을 끊었다는데.. (cut.)
스천 깃바닥은 죽어서밖에는 못 올라오거든요. 근데 사람들 다 끌고 올라왔어요. (cut.)

탄야, 흐르는 눈물을 닦아내며, 뭔가 결심하는 듯하다.

탄야 왜 우냐고...?
양차 (당황한 마음의 소리 E) ... 또.. 내 마음을...?
탄야 이번엔 마음을 들은 게 아냐..
보통 사람들은 이럴 때 궁금해하잖아, 왜 우는지.
양차 ...
탄야 사람은 보통.. 힘들 때 울어. 누군가의 고통이 전해져올 때도 울구..
양차 ....
탄야 근데.. 이를 악물 때도 눈물이 나네. 나도 오늘 첨 알았어...
양차 (그런 탄야를 보는데)

이때, 모명진 들어온다.

모명진 니르하.. 사야 밀솔님이 뵙기를 청하십니다.

S#33. 대신전 내부 복도(낮)

탄야, 모명진 걷고 있고 뒤에는 양차가 호위한다.

탄야 (앞을 보고 걸으며 모명진에게) .. 아스달에서 힘들고 불쌍한 사람들은..
어디에 있죠..?
모명진 (생각하며) ... 글쎄요.. 그런 곳은 너무 많아서요...

탄야 적당한 곳을 골라주세요. 불쌍한 사람이 많고, 또..!
주변에 사람이 많이 다니는 곳으로요.

모명진 ..!!??

양차 (결의에 차서 말하는 탄야를 본다)

S#34. 대제관의 집무실(낮)

사야 있는데 탄야, 들어온다.

탄야 무슨 일이야?

사야 (복잡한 심정으로 탄야 보며)

탄야 (청동거울 앞으로 가서 장신구를 뗀다. 그리고는 서랍을 여는데
서랍 안에 사야가 준 목걸이가 있다) 대관식 때문에...?

사야 아버지가 연맹인 대신 새로운 이름을 지어달라셨어.

탄야 .. (뗀 장신구를 서랍에 넣으며) 나보고 지으라고?

사야 이제 연맹이 없어지는데, 연맹인은 안 맞기도 하고...

탄야 (딴짓하며) 타곤 니르하가 왕이 되면 연맹이 없어져..?

사야 연맹을 이루던 부족이 없어져. 이제부터는 하나의 나라니까.
모든 부족, 모든 사람들이 왕 아래에 있는 거야.

탄야 (딴짓하며, 피식) 타곤 니르하의 밑에서, 잘.. 짓밟힐 이름을 지으라는 거네.

사야 ...! (짜증이 나지만) 그렇게까지 얘기할 필요는 없잖아.

탄야 (비로소 고개 돌려 사야 보며) 내 말이 틀려?

사야 (짜증, 빠르게) 연맹인들도 자기넬 지켜줄 울타리가 필요하니까 함께하는 거야.
아고족이 반란을 일으키거나, 우리츠나 아미느 같은 다른 나라에서
쳐들어왔을 때 어쩌겠어? 나라가 있어야...!

탄야 (OL, 차갑게) 결국 나라라는 게 나쁜 거네. 다른 나라를 쳐들어가거나..
아니면.. 자기네 나라 사람들을 짓밟거나..

사야 (그런 탄야를 차갑게 보며, 대뜸) 무백이랑 무슨 얘기 했어?

탄야 ...! 얘기했잖아. 무광의 올림사니 때문이라고..

사야 그게.. 다야...?

탄야 그럼 뭐가 있겠어?

사야 (다그치듯) 스천이라는 하호는 왜 만났어?

탄야 (발끈) 채은이 찾아달라고! (하고는 바로) 대체 언제까지 날...!
(하다가는 가라앉히며) ... (깊은 숨을 쉬고) 이러지 말자...

사야 (그런 탄야 보며 작은 한숨을 쉬는데, 탄야의 목 안에 자신이 준 목걸이가 살짝 보이자, 누그러지며) .. 알겠어... 대관식 준비 잘해.
외워야 할 게 많을 거야. 그리고.. 또... 저번 신성재판 때처럼..

탄야 (부드럽게) .. 걱정 마.. 안 그래.. 나도 이제 내가 죽을 자리 살 자리는 알아..

사야 .....

S#35. 대신전 건물 앞 일각(낮)

사야, 걷고 있다. 뭉태가 급히 온다.

뭉태 부르셨습니까.

사야 (보다가) 따라와. 확인할 게 있어.

S#36. 궁석 공방 안(낮)

군데군데 햇빛이 들어오지만 먼지로 가득한 공방 안.
아이들이 다닥다닥 붙어 앉아, 퀭한 얼굴로 발판을 굴러가며 궁석을 갈고 있다. 발목엔 족쇄가 채워져 있다. 한 아이가 고개를 꾸벅이며 졸자, 공방 주인이 채찍을 짝! 하고 갈기고, 아이는 비명을 지른다.
이때, 입구의 문이 열리고 양차가 들어오고, 뒤이어 탄야가 들어온다.
아이들이 놀라서 보는데, 주인, 뭔가 싶어 뒤를 돌아본다.
처음엔 누군가 싶다가 알아보고서 경악하는 주인.

주인 (바로 달려가서 탄야 앞에 엎드리며) 니... 니르하...!!

뒤이어 모명진, 아가지도 들어온다. 양차는 가죽 포대를 들었다.
탄야, 엎드려 있는 주인은 개의치 않고, 일하는 아이들을 둘러본다.
앉은 채로 오줌을 싼 아이, 계속해서 기침을 하는 아이, 폭행을
당한 듯 상처투성이인 아이들. 모두 맨발이다. 탄야, 참담하다.

탄야　양차..!

양차, 앞으로 나서며 가죽 포대를 열면, 신발이 가득하다.
모명진, 신발을 보고는 의아하다. 주인도 의아하다.

탄야　아이들 모두에게 신발을 신기세요.
모명진　...!! (황당) 이.. 아이들에게요...? 어찌..
아가지　니르하... 신발을 준비하라신 까닭이.. 그럼...?
탄야　이아르크에서도 신은 신습니다. 아이들은 발바닥이 연하니 더욱 그렇지요.
주인　니.. 니르하.. 하오나... 이 아이들은 보다시피 (족쇄를 가리키며)
걷거나 뛸 일이 없습니다. 신발을 주신다 하나, 무엇에 쓰겠습니까...?
탄야　(단호) 걷고 뛰게 될 겁니다.
모두들　...!!
탄야　(확 돌아서며 모두에게 위엄 있게) 앞으로 이 공방의 족쇄를 금지합니다.
주인　예에? 하.. 하오나.. 그러다 도망이라도 가면..
탄야　(OL, 무섭게) 아사신의 후예가..! 아이들의 족쇄를 금지하여
(주인 노려보며) 노예들이 도망갔다...!?
주인　(엄청 당황) 아.. 아니.. 그런 것이.. 아니라..
탄야　예.. 그런 이야기가 나오지 않도록 다른 방법을 찾아보세요...
주인　(기에 눌려) 아... 예에.. 니르하...
탄야　또.. 하루 세 번 밥을 주세요. 밥은 대신전에서 내리겠습니다.

모두들 놀라서 탄야를 보는데, 탄야, 신발을 받아들고 가까이서
공석을 갈고 있는 아이2에게로 간다. 아이2 앞에 쪼그리고 앉아
발을 잡으려고 하자, 아이2, 놀라 몸을 뺀다.

모명진　(나서며) 니르하.. 더럽습니다.. 저희가 하겠습니다.

탄야, 아랑곳하지 않고 아이2 앞에 쪼그리고 앉아 발을 잡고
흙을 털고 신을 신긴다. 궁석을 갈던 다른 아이들도
탄야를 보며 경악한 모습이다. 아이2, 놀란 눈으로 탄야를 본다.

아이2　(멍하니 보다가, 울컥하며) 고맙.. 습니다...
탄야　...! (고개를 들어 아이2를 보며, 다정하게) .... 뭐가... 고마워?
아이2　... 히.. 힘이... 돼주십니다...!
탄야　...! (그런 아이2를 뜨겁게 보더니, 울컥한 느낌으로) 아니, 내가.. 고맙다..

아이2를 뜨겁게 보는 탄야, 그런 탄야를 보는 양차의 눈빛

S#37. 장터 거리 일각(낮)

탄야가 가고 있다. 양차가 바로 옆에서 걷고, 그 뒤에 조금 떨어져
모명진, 아가지, 제관들이 따른다. 양차가 탄야를 흘끔거린다.

탄야　(마음의 소리 E) 고맙다고...? 아니, 고마운 것도 미안한 것도 나다...
내게 힘이 될 사람도.. 어쩌면 날 위해 다칠지도 모르는 것도 너희들이다..
양차　(혼잣말, 마음의 소리 E) 이런... 쓸데없는 짓을 왜 하는 거지...?
궁석 공방 노예들에게 신발을 신기다니..
탄야　(걸으며, 앞만 보며, 작은 소리로) 왜 쓸데가 없어...?
양차　(놀라서, 탄야를 보고) ...! (마음의 소리 E) 들은 거야?
탄야　이번엔 들렸어. 니 마음은 좀 더 잘 들려. 왜 그런진 몰라도.
양차　(놀랍게 보며) ...
탄야　(걸으며) 신발이 쓸데없다고? (결연한 표정으로) 아이들이 그 신발을 신고,
그 밑바닥이 다 닳도록 온 장터를 돌아다니면서, 내가 자기들한테
얼마나 잘해줬는지를 떠들고 다녀야 해. 지금 이보다 더 중요한 일은 없어..!
양차　(놀란 표정으로 탄야를 본다) ...

S#38. 하림의 약전 안(낮)

사야, 뭉태 들어온다. 안에 있던 스천, 손님인 줄 알고,
"어서 오세요" 하고 나오다가는 사야 보고는 너무 놀란다.
그런 스천을 보는 뭉태의 날카로운 눈빛.

스천 (너무 놀라 다가가며) 너 어떻게 여길..! (하다가는)

ins.cut.〉 새로 찍는 회상, 대신전 건물 앞 일각(낮)
도티 은섬 수수랑 똑같이 생긴 사람이 탄야 언니 옆에 있어요..!
봐도 놀라지 말구요..! 아는 척하지두 말구요!

사야 ....!
뭉태 (그런 스천 보고 마음의 소리 E) 은섬일 아는구나..! (하고는 다급하게)
타곤 니르하의 아드님이신 사야님이시다..! 너에게 몇 가지 묻고자 하신다.
사야 (갑자기 나서는 뭉태를 본다)
스천 아.. 예.. 죄, 죄송합니다.. 제가 눈이 침침해서.. 잘못 봤습니다.
(하면서도 뭉태를 보는 사야를 뚫어지게 훔쳐보며 마음의 소리 E)
진짜 닮았네..
사야 (약전을 둘러보며) 탄야 니르하를 만났다지..?

하면서 다시 스천 쪽으로 고개를 돌리자, 자기를 보는 스천의 시선과
마주친다. 스천, 얼른 고개를 숙인다. 그런 스천을 보는 사야.

뭉태 (긴장하여 스천을 본다) ...
사야 왜.. 만났느냐...?
스천 (준비된 대로) .. 아.. 예에.. 니르하께 갔던 건.. 저희 주인님 내외가 억울하게
돌아가셨고.. 또.. 사라진 채은 주인님을 찾을 수 있을까 해서..
사야 ... 채은 때문이다..?

스천 .. 예...

뭉태 (긴장하여) ...

사야 (피식) .. 니가 채은이와 탄야 니르하가 아는 사이란 건 어떻게 알고 있지..?
또.. 니가 무슨 재주로 대제관을 만나.. (버럭) 니가 어떻게!!

스천 (당황하여) 와.. 와한족 도티가 여기에 있습니다..! 도티가 만나게 해준다고..

사야 (OL, 버럭) 아니!! 그건 내가 원한 대답이 아니다..! 뭉태..!!

하면 뭉태, 스천을 번쩍 들어 올려서는 구석에 집어던진다.
쿵 부딪치는 스천, 비명을 지른다. 다시 스천에게 다가가는 뭉태.

뭉태 (멱살을 잡아 들어 올리며) 똑바로 말해..! 머리통 깨지기 싫으면!!

스천 (겁에 잔뜩 질려서) .. 사.. 사실은!!!
돌담불에서 탈출한 와한족에 대한 얘기를 했습니다!! 진짭니다!!

뭉태 .. (놀라) ..!! (마음의 소리 E) 돌담불..?!

사야 니가 돌담불에 다녀왔다고..?

스천 예...

뭉태 (긴장하여 보다가 멱살을 풀어주며) ...

사야 돌담불에 갔다..? 거길 왜!

스천 (빠르게 머리 돌아가며) 주인님.. 채.. 채은 주인님이... 시키셨습니다.

사야 (너무 의아한) 채은이..? 왜..?

스천 (애원) 그건 저도 진짜 모릅니다.. 그냥 데려오라고만..

사야 근데 왜 데려오지 않았어..? 지금 대신전 주인이 와한족인데..!

스천 제가 떠났을 땐 그걸 몰랐으니까요..!! 돌담불에서 폭동이 일어났고..!
와한족이 탈출해 도망가는 걸 제가 봤습니다!

뭉태 (안도하여 작은 한숨이 나온다) ...

스천 폭동이 났다 해서 생사를 걱정하셨는데..! 제가 살아 도망가는 걸 봤다 하니..

사야 그래서.. 탄야가 눈물을 흘렸다..

스천 (겁에 질려) 예에...

사야, 머리가 복잡한 듯 생각하다가, 신경질이 나는 듯 확 나간다.
뭉태, 스천을 한번 보고는 따라 나간다.

S#39. 하림의 약전 앞 거리(낮)

사야, 굳은 표정으로 걸어가고 있다. 뒤에 뭉태가 눈치 보며 따른다.

사야　(혼란스러운 마음의 소리 E) 채은이 돌담불로 사람을 보내?
탄야가 대제관도 되기 전인데...? (미치겠다 E) 하.. (생각난 듯) 그리고 돌담불..!

ins.cut.〉 17부 32씬 중,

기토하　(발끈) 그래도 난 너처럼 돌담불에 무슨 이그트 노예가 사야님을 닮았다는, 그딴 헛소린 안 해!!

사야　(마음의 소리 E) 날 닮은 이그트..!

혼란스러운 사야.

S#40. 대신전 사야의 집무실(낮)

짜증이 나는 듯 문을 쾅 닫으며 들어오는 사야. 연발 있다.
연발, 당황해서 사야를 본다.

사야　(가라앉히며) ... 연발님..?
연발　타곤 니르하의 명으로 밀솔님의 호위와 초군방의 입솔을 맡은 연발입니다..!
사야　(보다가) ... 절 감시도 하시구요..?
연발　(당황하며) 아.. 아닙니다.. 그런 명은 받은 적이 없습니다..!
사야　상관없어요. 감출 게 없으니까 난... (책상으로 가서 죽간을 펼치며)
우리 초군방에서 해야 될 일을 좀 알려드리죠..
연발　(다시 봐도 너무 닮아 잠시 보며 마음의 소리 E) 신기할 정도로 닮았단 말야...
사야　(시선이 느껴지자 연발을 보는데 뭔가 이상하다)

연발 (순간 놀라 얼른 시선 죽간으로 돌리며) 이겁니까? 제가 해야 할 일이..?

사야 (돌변, 서늘) 지금 그 눈빛.. 뭐죠?

연발 (당황) 예에? 아.. 전 그냥..

사야 (차갑고 낮은 목소리로 돌변) 무슨 생각을 하면서 나를 봤지?

연발 .. 예에?

사야 (일어서 다가가며, 서늘) 똑바로 얘기해봐.. 날... 언제 처음 봤지?

연발 그.. 그때... 대접견실에서..

사야 (몰아붙이며) 그때가 처음이지? 그치? 근데 방금 그 눈빛..!
나도 그때 당신을 처음 봤는데 왜 이렇게 그 눈빛이 익숙하지..?

연발 불쾌하셨다면 죄송합니다.

사야 (빠르게 OL) 난 불쾌한 것도 아니고, 화내는 것도 아냐. 난 갇혀 살았고,
그래서.. 마주 보는 눈빛의 경험이 별로 없어. 그래서 알아.
방금 당신이 날 보는 눈빛은 누군가와 닮았어..!

연발 (대체 뭔 소리야??) ????

사야 분명... (생각하다가 뭔가 깨달은 듯, 경악) ....!!!!

ins.cut.〉 18부 38씬 중,
'은섬과 너무 닮았다'고 생각하며 사야를 보는 스천의 시선.

사야 (놀란) ...!! 혹시.. 날... 그 이그트와 닮았다.. 그런 생각을 하면서 봤어?

연발 (크게 당황하여) .. 이그트라뇨?

사야 돌담불에 있는 이그트 노예랑 내가 닮았다고 했잖아!
연맹궁 대접견실 앞에서..!

연발 ...!!! (들었구나!) ... (당황) 아.. 그게.. 그게 아니라..

사야, 갑자기 빠르게 뭔가를 생각하는 듯한데, 그 위로,

ins.cut.〉 7부 3씬 중,

탄야 (떨려) 너.. 누구야..? (cut.)

연발 (생각하는 사야 보며 안 되겠다 싶은지 고개 팍 수그리며)

제가 입을 잘못 놀렸습니다. 닮으신 것이 아니라..

사야　(OL) 그 산웅 니르하를 죽인 두즘생...! 은섬..!!

어떻게 잡혔고.. 어떻게 죽었는지 정확하게 얘기해주세요...

연발　(뜬금없는 소리에) 예?

사야　산웅 니르하 죽인 두즘생이요!!

연발　(떨며) .. 저.. 사실.. 그때 삶아 죽인 건.. (침 꿀꺽) 가짭니다..

사야　.....!!!

연발　(빠르게) 하지만! 죽었을 겁니다. 시신만 못 찾았다 뿐이지..

칼에 제대로 맞고 깃강에 떨어졌으니까요..!

사야　...!! 누구의 칼입니까...? (뭔가 떠오른 듯) 혹시......

연발　...

사야　(눈을 희번덕거리며) 무백입니까...?

연발　예에... 무백 형님이... 쫓으셨고, 그렇게 됐습니다.

사야　아무도 없을 때 그랬겠지...?

당신은 무백한테 그냥 들었을 뿐이고... (이를 악물고 씹어뱉듯) 맞지...?

연발　예... 보.. 진.. 못했죠.. 하지만 무백 형님이.. 거짓말을 하실 리가 없잖습니까?

사야　.....!!!

ins.cut.〉 16부 23씬 중,

무백　거울은.. 니르하 바로 곁에 있더군요.. (cut.)

무백　그 얼굴을 보고 어찌 모를 수 있겠습니까? (cut.)

연발　(완전 긴장하여 조심스럽게) .. 왜 그러시는지 알면, 제가... 한번..

사야　(머리를 굴리며 마음의 소리 E) 돌담불에... 날 닮은 이그트..

은섬의 마지막을 본 건. 무백...!

살아 있을지도 모르는 탄야의 동무.. 은섬...?!!!

(하며 뭔가 생각난 듯 고개를 확 돌리는 데서)

잎생　(E) 은섬아.

S#41. 아고 묘씨족 마당(낮)

은섬, 초조한 얼굴로 마당을 걷고 있는데, 잎생이 다가온다.

잎생 왜 그러구 있어. 족장들 안 올까 봐 초조해?
은섬 그 포와나라는 거.. 꼭 와야 하는 거지? 오긴 오겠지..?
잎생 꼭.. 와야지.. 근데 그거 열린 지가 하두 오래돼서...
(하다가) 특히 지금 태씨 족장이 좀... 그래서.. (하다가)... 그게 걱정이네.
태압독 (어이없는, E) 말도 안 돼!!

S#42. 아고 태씨족 막사 안(낮)

태압독 앉아 있고, 태마자가 있다.

태압독 포와나를, 뭐? 묘씨족 땅에서? 하..!
태마자 (간절하게) 가셔야 합니다.. 포와나를 거절하시면...
태압독 이나이신기께서 하늘로 돌아가신 이후로 열린 적도 없어!
태마자 그러니 이나이신기인지 확인은 해보셔야지요!
태압독 다치 그 자식은... 겨우 살아 돌아와서 하는 말이..
이나이신기께서 재림을 했다!?! 지 팔아넘긴 놈들한테 복수나 할 것이지..
태마자 족장님..!!
태압독 어쨌든..! 포와나는 안 가! 그 묘씨 놈들은 아고에서 우리 태씨보다
한참 아래 줄이야..!
다치 (은섬 흉내 내며, E) 이나이신기의 재림을 알려라..!!!!

S#43. 아고 태씨족 막사 앞(낮)

가운데에는 다치와 니마가 앉아 있고, 주변에 모여서 웅성거리고 있는
태씨족 사람들. 모두 다치의 말에 집중하며 화살촉을 갈고 있다.
수하나가 조금 떨어져서 그들을 보고 있다.

다치 (은섬 흉내 내며) 이것이 두 번째 조건이다!!!!
모두들 (그런 다치를 경이롭게 보며) 와아!!!
다치 이제 포와나가 열린다고 하니까, 우리 아고족.. 모두 힘을 합해서..
태압독 (E) 누가 간다더냐..!

보면, 태압독과 태마자가 나오고, 수하나가 걱정스레 본다.
태씨족들도 걱정스러워 태압독 쪽으로 몰려든다.

다치 (황당, 놀라움) 족장님.. 포와나를 아니 가신다구요?
태압독 아무리 포와나라 해도, 이 태압독이..! 묘씨 따위가 오란다고 오고
가란다고 가고! 말이 되느냐?!

모두들, '아무리 그래두 가시지요', '가셔야 합니다', '족장님 제발'
하고 이구동성으로 어지럽게 이야기하는데,

태압독 시끄러!! 내가 도대체 왜 가야 되니? 다 묘씨 놈들 거짓말이야!!
수하나 (앞으로 나서며) 족장님... 묘씨들이 거짓을 퍼뜨리는 거라면
더더욱 가셔야지요...
태압독 그게 무슨 소리야? 거짓인데 왜 가느뇨?
수하나 씨족장님의 맑고도 깊은 눈으로, 참과 거짓을 가리시어,
묘씨의 허튼 수작을 밝히셔야 하고, 그리고..
태압독 (감탄, 완전 그럴듯하다) ...!
수하나 태씨 씨족장 태압독은 씨족인들의 마음을 품는다고 모두가 믿고 있습니다.
씨족인들이 이리 원하는 것을, 받아 안으시면 그 믿음 더욱 깊어질 겁니다.
태압독 (괴로운 듯) 아... 그래 느껴지는구나, 너희들.. 그리도... 그리도 원하느뇨...?
모두들 (고개 숙이며) 예에!! 족장님...!

S#44. 장터 일각 공터(밤)

어마어마하게 큰 솥이 걸려 있고, 탄야, 모명진, 아가지 등 제관들이
줄 서 있는 고아 노예들에게 밥과 옷을 건네주고 있다.
탄야, 일하는데, 치렁치렁한 소매가 걸리적거리자 찢어버린다.
그런 탄야를 옆에서 빤히 보는 양차.
탄야, 아이들에게 밥을 주는데, 밥을 받은 아이가 돌아서 가다 말고
종종걸음으로 '저기 더 주세요!' 하면서 탄야에게 다가온다.

탄야 (아이3에게 밥을 더 주며) 어미 아비는 어쩌구 노예가 된 거야?
아이3 아스달이 몰아벌 토벌할 때.. 죽었어요. 전 그때.. 잡혀 와서...
탄야 .. (안타깝게 보며) ...
아이3 (주눅 든 얼굴로 눈치 보며 용기 내서) 저기.... 근데.... 요..
탄야 응? 얘기해봐... 뭐든지..
아이3 (눈치 보다가) 전... 죽을 때까지... 노예예요...?
탄야 ...!!
아이3 제 어미는 악공이었는데..
전.. 이거 말곤 다른.. 뭔가가.. 되는 건.. 안 돼...요?
어린탄야 (E) 다른 무엇이 될 수는 없는 거예요?

ins.cut.〉 새로 찍는 회상, 별이 잘 보이는 이아르크 일각(밤)
어린탄야 (재촉하며) 예? 다른 건 안 돼요? 꼭 씨족어머니가 돼야 해요?
초설 (미소로) 하기 싫으냐...?
어린탄야 아뇨.. 그냥 하긴 할 건데.. 다른 건 아예 안 되나 싶어서요.
초설 왜 안 되겠니..? 넌 무엇이든 될 수 있단다...
씨족어머니가 될 수도 있고.. 우루미처럼 돌끈을 잘 돌리는
날랜 사냥꾼이 될 수도 있고. 열손아버지처럼 기막힌 손재주로
와한을 풍요롭게 할 수도 있지. 다 너에게 달린 거야..

탄야 (아이3에게) 아니.. 다 너에게 달린 거야. 넌 무엇이든 될 수 있어.
아이3 (놀랬다) 무.. 무엇이든요?
탄야 그럼. 무엇이든.
아이3 그럼.. 될 수 있는 게 열 가지도 넘어요?

탄야　　(웃으며) 백 가지도 넘지!

초설　　(E) 니가 될 수 있는 건...

ins.cut.〉 새로 찍는 회상, 별이 잘 보이는 이아르크 일각(밤)

초설　　백 가지도 넘는단다...

어린탄야　(기쁜) 우와..!!

초설　　탄야야, 저 별을 봐... 저 별이 모두 몇 개일까?

어린탄야　몇 갠진 몰라도 백 개는 넘어요!

초설　　그래.. 자기 사명을 다하고 죽은 자들은, 하늘에 올라 별이 되는 거야.

다시 현실, 탄야 주변으로 밥을 먹고 있던 아이들이 몰려들어 있다.
탄야가 가리키는 밤하늘의 별을 함께 보는 아이들.

탄야　　그래서 하늘에 같은 별이 하나도 없는 거야.. (아이3 보며) 니가 무언가가 돼서 삶을 다 살고.. 저 하늘의 별이 될 때..
어떤 별이 될지는 아무도 모른단다. 그건 오로지 너의 선택이니까..

떨리는 눈으로 탄야를 보는 아이들. 그런 아이들을 따뜻이 보는 탄야.

S#45. 아고하 숲길1(밤)

맨 앞에 태압독과 수하나가 말을 타고 가고 있고, 그 뒤로는
횃불을 든 태마자, 다치 등 태씨족 사람들이 따르고 있다.

태압독　(뒤쪽 흘낏 보며) 아니... 저것들 왜 다 따라오는 거야..?

수하나　혹시나.. 하는 마음이 아니겠습니까... 정말.. 이나이신기인가.. 하는..

태압독　하..! 그런 어리석음마저 내가 다 어루만져야 하는 거겠지?

하고 가는 태압독, 그런 태압독을 보는 수하나.

미루솔　(E) 왔어요!! 왔어!!

S#46. 묘씨족 큰 나무집 안(밤)

큰 나무집 안에 앉아 있던 은섬, 잎생, 파사, 타추간 등이
뛰어 들어오는 미루솔을 본다.

미루솔　(들어오며) 족장들이 왔어요!! 술씨 족장하고 태씨 족장이요!!
은섬　....!! (잎생을 보는데)
파사　(표정 비장해지는) ....
타추간　둘뿐이야?
미루솔　아니, 엄청 몰고 왔어... 그쪽 술씨, 태씨들이 잔뜩 왔던데?
모두들　(놀라 서로 보며) ....!

S#47. 아고 묘씨족 마당(밤)

요새 안으로 들어오는 태씨족 사람들과 술씨족 사람들.
그 맨 앞에 말을 타고 있는 태압독과 술사강(술씨 족장)은 서로 잔뜩
경계하는 눈빛이다. 그런 그들을 보는 달새, 바도루.

타추간　(E) 이상하잖아!

S#48. 묘씨족 큰 나무집 안(밤)

(46씬 연결)

타추간　씨족장이랑 장로만 오면 되는데, 왜 다 끌고 와?
은섬　(긴장하여) 혹시.. 전부 무기를 가지고 오는 겁니까...?

미루솔 아니요. 그런 거 같진 않습니다..

은섬 ...! (일어서며, 잎생에게) 니가 전에 했던 말이 맞다면...

잎생 내가 했던 말? 무슨 말?

이때 문이 열리고 술사강, 태압독, 뒤이어 수하나, 술씨 장로가 들어온다. 태압독, 들어오다가 나가는 잎생을 보고 어? 하는 느낌으로 잠시 보는데, 잎생, 태압독과 잠시 눈을 마주치고는 고개를 획 돌려 나간다. 갸우뚱하는 태압독. 은섬, 파사 등등 모두 자리에서 일어나 그들을 맞는다. 서로들 둘러보며 긴장된 눈빛을 주고 받는데...
cut. to.
모두들 앉아 있고, 이미 이야기가 오간 듯 흥분된 분위기다.

태압독 (비아냥) 아니, 어디서 굴러먹었는지도 모르는 이자가.. 이나이신기라고?

파사 폭포의 신께서는 옳은 자를 벌하지 않으시니..!
이분에게 뜻을 전하고..! 다시 뱉어내시어..! 낫을 잡게 하셨다지 않소!

태압독 아.. 됐고.. 그래서.. (은섬 보며) 이나이신기의 말씀이 뭔데?

타추간 말씀을 바로 하시오...

태압독 (은섬에게) 아... 알겠어요. (비아냥) 이나이신기시여.. 말씀 내려보소서.

수하나 (태압독이 부끄럽다) ......

은섬 ... 먼저 베풀라..
아스달에 노예로 팔려 간 다른 씨족의 사람들을 구해내서
그 씨족에게 돌려줘라..

술사강 ....!!

은섬 (태압독 보며) 그 은혜를 입은 씨족은 또 다른 씨족의 노예를
구해내는 것으로, 그 은혜를... 갚음하라! 그리하지 않으면
온몸이 찢기는 고통 속에서 사라... 지리라..!

태압독 (황당하게 보다가) ... 은혜를 입었으니, 다른 씨족 놈 노예를 구하라? (피식)
(벌떡 일어나) 저기 저 술씨 놈들이 내 조카를 두 놈이나 팔아먹었어!

술사강 (역시 벌떡 일어서서) 먼저 시작한 게 너희 태씨 놈들이야..!!

태압독 뭐? 놈? 술씨 따위가 어디서!!

술사강 (무시하고 파사 보며) 묘씨 족장! 이건 애초에 안 되는 일이요!

지난 10년간 그렇게 얽히지 않은 씨족이 없소! 우린 가겠소! (하고 나가자)
태압독　(열받아) 저이 씨..! 우리가 먼저 나갔어야 되는데..!

하더니 태압독 나가버리고 수하나가 참담한 표정으로 나간다.
파사, 은섬, 타추간 절망스러운데, 이때 잎생이 급히 들어온다.

잎생　어떻게 됐어? 태압독 그 새끼 표정이...
(사람들 표정 살피더니) 하.. 안 됐어..? (털썩 앉으며, 허탈) 젠장.. 망했네...
은섬　(족장들 나간 쪽 보며) 아직... 아니야... 니가 했던 말이 맞다면...
잎생　아니.. 그니까 무슨 말?
은섬　(대답 않고 족장들을 따라 밖으로 나간다)
잎생　(따라 나가며) 야, 내가 너한테 한 말이 한두 마디야?!

S#49. 아고 묘씨족 마당(밤)

태씨족들, 간절하고도 긴장한 얼굴로 태압독을 보고 있다.
수하나, 태마자, 다치의 시선도 간절하다.

태압독　(그런 시선을 즐기듯 싹 훑어보더니) .. 나 태씨의 위대한 어른, 태압독
나의 이 깊고도 맑은 눈으로! 그 이나이신기라는 자를 꿰뚫어 살폈느니라..
태씨족들　(긴장하여 보며) ...
태압독　(그 긴장한 눈빛을 보다가) 살폈으나... (사람들의 눈빛을 훑고) 아니니라..!

간절한 마음으로 보던 태씨족들, 실망감에 가슴이 쿵 한다.
태마자와 다치 미치겠고, 수하나는 괴로운 마음에 눈을 감는다.

태압독　다 헛소리... 묘씨 것들의 헛수작이다..! 애초에..! 믿지 않았으나,
너희들의 간절함에 이 귀한 몸을 이끌었다.. 허나..
태마자　(OL) 정말 아니란 말입니까??!!
태압독　(불쾌) 감히 내 말을 끊어..? 지금..! 나 태압독이 너희들에게

말씀을 내리고 있거늘...! 내가 말하지 않느냐! 나 태압독은..

은섬　(OL, E) 태씨의 형제들은 들어라..!!

태압독, 완전 불쾌한 표정으로 고개를 돌려 보면 은섬이다.
모두들 보면, 어느새 은섬이 나와 있고 파사와 잎생 등도 보인다.

은섬　태씨의 형제들이여! 너희들의 족장은 내가 이나이신기가 아니라 한다..!

태압독　(버럭) 누가 형제야!!

은섬　내 듣기로, 아고족은 모두 하나의 형제였다..!
이 지경이 된 건, 오래전도 아닌, 고작 10여 년이라 한다...! 아닌가...?

태압독　저자의 말을 듣지 말라! 듣는 귀는 달 것이나, 속은 쓰릴 것이니!!

은섬　아니! 귀도, 속도 쓰릴 것이다..!

모두들　...!

은섬　나는..! (망설이다가) 나는...!

모두들　...

은섬　(결심한 듯, 결연하게) 내가 이나이신기인지.. 아닌지 잘... 모르겠다..

파사　..!!

타추간　(마음의 소리 E) 아니.. 저 자식이..!

미루솔　(마음의 소리 E) 뭐..? 뭐.. 뭐라고..?!!

모두들　...!??!

은섬　폭포에서 살아 나온 것은 사실이나... 내 스스로의 믿음이 없는데,
어찌 이나이신기라 형제들 앞에 당당히 나서겠는가..!

태압독　저놈이 바른말을 고했다! 저놈은 이나이신기가 아니야!

니마　(OL) 족장님! 말 좀 들어봅시다!!

태압독　(놀라움과 불쾌함과 분노로, 니마를 보며) ...!!

은섬　허나! 정말 이나이신기께서 나를 택했고..! 내 몸에 그분이 임했고!
200년 전 그 마음이 내게 닿아.. 폭포께서 날.. 뱉어낸 것이라면..! 그래서!

태마자　(보며) ...

은섬　진실로, 내가 이나이신기의 재림이라면...!!!

모두들　(집중하여 보며) ...

은섬　.....

태압독	(긴장해서 보며) ...
은섬	(흥분된 마음을 가라앉히며 나지막이) 내일의 햇님이 오르기 전에....
모두들	...
은섬	(태압독을 가리키며) 태씨의 족장은... 죽는다..!
모두들	(경악) ...!!!
태압독	뭐..? 뭐야?!!! 저자가 감히..!!
은섬	(OL) 아니라면...! (그래 저질러버리자!) 내가 이나이신기가 아니라면...! 내일 아침, 내가... 죽으리라...!!
잎생	...!!!
타추간	...!!! (마음의 소리 E) 저.. 미친 자식이..! 다 망치려고..!!
은섬	태씨의 족장과 나...! 둘 중 하나만이..! 내일의 푸른 하늘을 보리라..!

은섬, 저질러버렸다는 흥분으로 사람들을 보고,
태압독은 붉으락푸르락하고, 모두들 경악하여 그런 광경을 본다.

타추간	(E) 어쩌려는 거요!!

S#50. 묘씨족 큰 나무집 안(밤)

은섬과 타추간, 미루솔, 잎생, 파사가 있다.

타추간	태압독.. 그 태씨 족장 놈이 내일 아침에 죽지 않으면 모든 게 끝이야! 당신은 그냥 도망치면 그만이겠지! 우린! 또.. 끔찍한 세월을 겪어야 돼!
은섬	(심각) ...
파사	(깊은 한숨) ... 대체 무슨 생각이오...?
미루솔	... (결연) 태압독이를 죽여요!.. 어차피 그 자식이 있는 한, 암것도 안 돼요...
타추간	말도 안 되는 소리 하지 마! 그 자식은 대비를 안 할 것 같애!
은섬	(침울) 기다려... 봅시다..

하고 나가는 은섬. 다들 깊은 한숨. 잎생이 보다가 따라 나간다.

S#51. 묘씨족 큰 나무 아래(밤)

은섬이 나와서 나무에 웅크려 기대고 깊은 한숨을 쉰다.
초조하고 불안한 모습이다. 잎생이 따라 나와 다가온다.

잎생　진짜로 뭔 생각이야? 왜 그랬어..
은섬　(괴로운 듯 한숨처럼) 걸어본 거야...
잎생　뭘 걸어?
은섬　아고족은... 씨족이 서른 개도 넘고... 그 씨족을 통일해야 한다는데..
시작부터... 이 모양이구...
잎생　(비아냥) 아.. 어차피 안 될 거 그냥 다 망쳐놓자?
은섬　니가 한 말. (괴로워 눈을 감으며) 그 말에... 다.. (탄식) 걸어본 거야.
잎생　...! (버럭, 답답) 아니 무슨 말? 내가 무슨 말을 했는데에!!
태압독　(E) 이게 뭐하는 짓들이야!

S#52. 아고하 숲길2(밤)

말을 탄 태압독 앞에 태마자와 다치를 비롯한 몇몇의 태씨 전사들이
무릎을 꿇고 행렬을 막고 있다. 태압독을 따르던 태씨들이
주변을 에워싸고 있다. 수하나는 상황을 주시하고 있다.

다치　족장이시여.. 다시 생각해주소서!
태압독　뭘 다시 생각하라는 게냐? 그 자식이 하는 소릴 듣지 못했더냐!
그런 작자가 무슨 이나이신기라고!
태마자　그자가 이나이신기가 아니면...!!!
태압독　.. 아니면. 뭐?
태마자　(눈시울 붉어져) 이제 우리 아고족은.. 무슨 희망으로 살아갑니까...

모두들, 태마자의 말에 마음이 울리는 듯 침통한 분위기다.

태압독 ...!! 뭐야? 태씨의 위대한 어른! 나 태압독은 희망이 아니 된다는 것이야!
다치 족장이시여! 그것이 아니라.. 그래도 한 번만..!
태압독 이것들이 안 되겠구나..! (다치를 향해) 다치 앞으로 나서라. 채찍 오십 대를 치겠다! (모두를 향해) 채찍을 가져와라.

모두들, 미동도 없다. 멍한 눈빛으로 태압독을 본다.
수하나의 눈빛이 번뜩인다. 다치의 눈빛이 번뜩인다.

태압독 이것들이...! 채찍을 가져오라니까! 다치가 내 말에 맞섰으니...!
니마 (OL, 나서며, 모두에게) 다치 형님이 무슨 죄욧!!
(모두들 둘러보며) 난 봤어! 난...! 그자에게서 이나이신기를 봤어!
태압독 뭐어? 이놈이!
니마 아무 희망도 없이 깃바닥에서 8년을 보냈어!!! 근데 그자가..
날 구해내고, 어둠 속에서 끌어 올려 푸른 하늘을 보여줬다!!

태압독, 분노로 이를 악물더니, 칼을 뽑아 니마를 베어버린다.
경악하는 모두들. 너무 놀라 이 광경을 본다.

태압독 (니마의 시신에 발작적으로 칼질을 하며) 내 말을 끊어! 내 말을!!
내 말을 또 끊어!이 벌레만도 못한 새끼!!

피가 이리저리 튀고, 다치, 태마자, 수하나 등 모두 경악하여 본다.

태압독 (씩씩거리며 모두를 보다가 칼로 다치를 가리키며) 더 할 말이 있느냐!!!
다치 (놀란 눈으로 보다가) ... 아.. 아닙니다... (어쩔 수 없이 고개 숙이며) 족장님...

이 광경을 보는 모든 태씨 사람들의 참담한 표정에서 F.O.

S#53. 아스달 전경(밤)

S#54. 대제관의 집무실(밤)

탄야, 골똘하게 생각에 빠져 있고, 사야가 지켜보고 있다.

사야 (이를 악문 듯한 마음의 소리 E) 탄야.. 뭘 내게 숨기는 거야?
상관없어, 이제 곧 알게 될 거야.. 니가 싫어할 방법이지만...!
탄야 (돌아서 사야 보며) 그 글자.. 아니아츠 글자라고 했지?
사야 (표정 바꾸며) 응...
탄야 아니아츠 글자로 별을 어떻게 써?
사야 별? 별은... (하더니 가까이 와서 얇은 가죽 위에 목탄 펜을 들고는)
이렇게.. (갑골자 星을 쓰고) 아니면 (갑골자 辰을 쓰고) 이렇게.
탄야 (두 글자를 보며) 어떻게 읽는 거야?
사야 (가리키며) 이건 별 성이고.. (가리키며) 이건 별 진.
탄야 (생각하며) 성.. 진...

S#55. 불의 성채 청동관 안(밤)

열손이 혼자 세 번째 가마에서 나온 철 덩어리를 살핀다.

열손 아.. 저번엔 분명히 됐었는데...

이때, 문이 열리고 열손이 보면 연발이다.

S#56. 몽타주(밤)

#. 어두운 연맹궁 대접견실, 타곤이 뚜벅뚜벅 걸어 들어온다.

대접견실 높은 단상 위에는 청동으로 만들어진 왕좌가 놓여 있다.

타곤 (마음의 소리 E) 이제 내일이면...!

#. 아스달 길 일각1, 세 명의 여인이 바쁜 걸음을 걷고 있다.
쉬마그를 둘러 얼굴을 감춘 여비와 해투악, 그리고 태알하다.
해투악과 여비, 주위를 살피며 경계한다.
#. 아스달 길 일각2, 사야와 연발이 은밀히 가고 있다.
#. 태알하와 여비, 해투악. 장터 3층 건물 앞에 멈춰 선다.
태알하, 여비와 해투악에게 눈짓하고 계단을 오른다.
주위를 경계하는 여비와 해투악.
#. 어느 창고의 문이 열리더니, 사야와 연발이 들어온다.
안을 보는 사야. 사야가 차가운 미소를 짓는데, 카메라 팬 하면
열손, 검불, 둔지, 도티 등이 잡혀서 묶여 있다.
모두 이유를 알 수 없어 황당한 얼굴이다.
#. 태알하, 어딘가로 들어가면 알 수 없는 사람들이 서 있다.
#. 어두운 연맹궁 대접견실, 왕좌를 보고 있는 타곤.

S#57. 아고 태씨족 막사 안(밤)

태압독이 침상에 누우려는데, 막사에 수하나와 태마자가 들어온다.

태압독 무슨 일이냐?

수하나와 태마자가 알 수 없는 눈빛으로 말없이 태압독을 본다.

S#58. 아고 묘씨족 요새 전경(낮)

미친 듯이 달려오는 잎생의 모습. 그 위로,

잎생　(달려오며 E) 다들 나와봐! 다들! 다들 일어나!

S#59. 묘씨족 작은 나무집 안(낮)

자고 있는 은섬. 햇빛이 은섬의 얼굴을 비춘다.
꿈을 꾸는지 꿈틀거리는 은섬. 문이 열리며 잎생이 급히 들어온다.

잎생　(흥분된) 야, 일어나! 일어나..!
은섬　(눈을 뜨고는) ... (몸을 일으키며) 정말.. 오랜만에... 꿈을.. 만났어.
잎생　(OL, 흥분되어) 꿈이란 게 뭔지 몰라도..! 지금 밖에 벌어진 일이...
난 (울컥) 꿈인 거 같다..!
은섬　...!!??

S#60. 아고 묘씨족 마당(낮)

은섬, 어리둥절하게 잎생과 함께 나오다가 뭔가를 보고 멈칫.
입을 벌리고 눈동자가 커지며 숨을 들이키는, 놀란 은섬의 얼굴!!

무백　(E) 이제 북소리가 나면...

S#61. 군검부 3층 건물 망루(낮)

탄야, 의자에 앉아 속으로 뭔가 외우는 느낌이고, 무백이 앞에 있다.

무백　대제관 니르하께서.. 들어가시면 됩니다. 제가 길잡이입니다.
탄야　(미소) 지금 외워야 할 게 많으니까, 말 시키지 마세요...
무백　아, 예.. 니르하..

사야　(들어오며) 다 외웠어...?

탄야　아, 말 시키지 말라고...

사야　아, 그럴게.. (하고 무백 보더니, 미소 지으며) 아, 참 무백님.. 잠시만..
(하더니 한쪽 구석으로 무백을 데려가 귀엣말) 와한들을 다 잡아놨어요.

무백　...!!??

사야　제가 뭘 알아내기 위해서 고문할 거 같애요? 아뇨...
대관식이 끝나면 모두 죽일 거예요...

무백　..

사야　이게 당신에게 협박이 될지 안 될지는
모르지만.. 난.. 될 거 같은데..?

무백　...! (귀를 떼고 경악한 눈으로 사야를 본다)

사야　그 전에.. 무백님께서 나에 대해 아는 걸.. 다.. 얘기하면.. 살 거구요..

하더니, 몸을 떼고 무백을 향해서 따뜻한 미소. 경악한 무백!
이때 들리는 북소리!

사야　무백님..! 이제 우리 니르하 모시고 나가야죠..

무백　(경악하여, 사야 보며) ... 아.. 예...

탄야, 둘을 보며 뭔가 이상하지만 무백을 따라나선다.

S#62. 연맹궁 광장 가는 길(낮)

사야와 무백이 앞에서 길잡이를 하고,
그 뒤에 탄야가 가고 모명진은 쟁반에 받친 왕관을 들고 따라간다.
길가 양옆의 사람들, 환호하며 탄야를 부르짖는다.
무백은 충격을 받은 표정이다. 사야를 살짝 본다. 미소 짓는 사야.
사야도 무백을 본다. 무백 갈등하는 표정이다.
뒤를 돌아 탄야를 보는 사야. 그런 사야를 흘낏 보는 무백.
무백, 결심한 듯 사야에게 가서 귓가에 뭔가 얘기한다.

탄야의 시선으로 무백이 사야에게 뭔가를 얘기하는 뒷모습이 보인다.
탄야의 표정. 다시 무백 사야의 뒷모습.
탄야가 뒤에서 보고 있는 채, 무백이 사야에게 얘기하는 앞모습!
이내 사야, 경악! 충격! 믿어지지 않는 듯 무백을 본다.
이때, 일순간 사운드 아웃되면서 사야의 충격받은 얼굴 위로,

무백 (E) 은섬은 살아 있고, 사야님은 은섬이와 배냇벗입니다. 이게 전붑니다.

무백, 자신이 말한 것이 잘한 것인가 싶어, 후.. 호흡을 내뱉는다.
사야, 충격으로 어지러울 지경이다. 상기된 얼굴로 뒤를 돌아 탄야를 본다. 탄야, 의아하게 사야를 본다.

ins.cut.〉 14부 17씬 중,
탄야 저기.. 넌 진짜 부모, 진짜 형제 안 궁금해? (cut.)

ins.cut.〉 10부 27씬 중,
탄야 후회해.. (cut.)
탄야 니 얼굴 볼 때마다... (cut.)
사야 볼 때마다 뭐?
탄야 널 만나지 말았어야 해.. (cut.)

사야, 탄야를 본다. 탄야, 의아한 얼굴로 사야 본다.
사야, 다시 앞을 본다. 사야, 충격과 혼란으로 눈자위가 벌게진 데서

S#63. 아고 묘씨족 마당(낮)

은섬의 놀란 표정. 카메라 팬 하면 태씨들이 잔뜩 몰려와 있다.
맨 앞에 태마자와 다치, 수하나가 서 있다.
놀라서 보고 있는 파사, 미루솔, 잎생, 타추간, 달새, 바도루 등등

수하나 (은섬에게) 스스로도 자신이 이나이신기인지 믿을 수 없다 하셨습니다.
이제 믿으셔야 합니다...

태마자 (태압독의 목을 내밀며) ... 당신의 예언대로, 태압독은! 오늘의 태양을 보지 못하고 떠났습니다..!!!

수하나 하여..! 우리... 태씨족은, 당신을..! 이나이신기로 택했습니다...!

묘씨들도 흥분된 마음으로 이 광경을 보고는 모두 은섬을 본다.
은섬, 역시 흥분되어 입가에 미소가 번진다. 잎생, 좋아 죽을 것 같다.

(E) (함성소리)

S#64. 연맹궁 광장 + 계단 + 단상(낮)

사람이 가득 모인 연맹궁 광장의 부감 샷.
연맹궁 계단을 오르는 탄야, 사야, 무백의 뒷모습.
단상 맨 위의 태알하와 타곤의 모습.
계단 위를 오르는 탄야, 사야, 무백. 이때 무백은 자신의 자리로
슬그머니 빠져, 초발, 길선 등의 좌솔들이 있는 자리로 가고,
탄야와 청동쟁반을 받쳐든 사야만이 따른다.
복잡한 심경으로 탄야의 뒷모습을 보는 사야.
사람들의 외침을 뒤로한 채 아무것도 모르고 계단을 오르는 탄야.
그런 탄야를 보는 사야.
그렇게 오르는 둘의 먼 풀샷.
드디어 탄야가 단상 위로 오르면, 기다리고 있는 타곤과 태알하.
탄야, 타곤과 태알하와 눈인사하고는 뒤로 돌아 군중을 본다.
모두 조용해진다.

탄야 (드디어 입을 떼는) 위대한 어머니 아사신께서는

사야 .. (탄야를 보려 고개를 슥 돌리는 데서) ..

탄야 아이루즈의 뜻에 따라, 이 땅에 아라문을 보내시어, 수많은 부족을

전쟁으로부터 구하시고 연맹을 이루게.. 하셨습니다...

모두들 (동시가 아니라, 여기저기서) 하라마하멘!

사야 (탄야 보는)

탄야 그로부터 200년이 지난 오늘, 아이루즈께서는, 아라문을 통해 스스로 이루신, 연맹을 부수고 재림한 아라문을 새로 세우라 하셨습니다.

모두들, 놀라운 표정으로 탄야의 말을 경청하고 있다.

탄야 모든 연맹인들 앞에서, 이 세상의 시작과 끝이시며, 세상 만물을 움직이시는 아이루즈의 말씀을 전하고자 합니다.

모두들 (동시에) 이실로브 디케바!

탄야 타곤은...! 아이루즈의 눈앞에 나서라...

태알하 (타곤을 보는)

타곤 (탄야 앞으로 나서며) 새녘의 자제, 아스달의 연맹장 타곤, 아이루즈의 눈앞에 나섭니다.

탄야 재림 아라문 타곤은..! 이제 하늘과 땅을 이어라! 다가올 수많은 낮과 밤을 살펴라.

태알하 ...

탄야 아스 땅의 모든 생명을 헤아리고 지켜라, 하여 머나먼 옛날과 수많은 내일을 이어라. 또한... 이 왕관은,

왕관 C.U
왕관을 보는 태알하. 그 위로,

ins.cut.〉 새로 찍는 회상, 18부 56씬 몽타주, 장터 3층 건물 안 연결.
태알하 앞에 있던 흰산 장로들, 태알하를 보다가 무릎을 꿇는다.

흰장로1 아사사칸님께 전갈을 받았습니다.

흰장로2 흰산의 운명을... 태알하 왕후님께 걸어.. 보겠습니다..!

그들을 보며, 묘하고 차가운 미소를 짓는 태알하.

탄야 내 권능의 증거이니... 머리에 쓰라..! 가슴에 담아라..! 그대를...

타곤 ...

탄야 그대를.... 왕으로 세운다!

타곤 (탄야 앞으로 나서며) 위대한 어머니 아사신의 사자이며,
재림한 아라문이며, 세상의 시작과 끝이신 아이루즈의 아들, 타곤..!
그 말씀을... 받듭니다..!

타곤, 탄야와 마주 선다. 서로 바라보는 둘의 묘한 눈빛.
탄야, 타곤에게 왕관을 건네고 타곤, 왕관을 받아 머리에 쓰는 순간
함성이 터진다. 왕관을 쓴 타곤과 묘한 미소를 띠며 보는 태알하.
그 위로,

ins.cut.〉 새로 찍는 회상, 연맹궁 광장 가는 길(낮)
예복을 갖춰 입은 태알하와 타곤이 손을 맞잡고 행진하고 있다.
길가 양옆으로 사람들이 가득 차 있다. 꽃가루가 뿌려지기도 한다.

타곤 (살짝 고개 돌려 보고 다시 앞을 보며) 바래... 널 여전히 진정으로 바래..

태알하 (미소) 기분 좋다.. 나도 실은 널 진정으로 바래...

다시, 묘한 미소를 띠며 보는 태알하 위로,

태알하 (결연한, 마음의 소리 E) 그래.. 바라지.. 바라고 말고,
이제 이 아스달 전부를... 바래...!

군중을 바라보는 태알하의 결연한 모습.
벅차게 군중들을 바라보는 타곤의 얼굴.
탄야를 바라보는 사야의 표정.
탄야, 복잡한 심정으로 군중들을 바라본다.

탄야 (마음의 소리 E) 은섬아...

S#65. 아고 묘씨족 마당(낮)

(63씬 연결)

은섬　　(태씨 사람들을 보며) ... 니가 했던 말이 정말 맞았구나.
잎생　　(순간 깨달으며) 아! 이제 알겠네..!

ins.cut.〉 17부 13씬 중,
잎생　　(속 터진다) 하... 진짜. 그게 무섭냐, 진짜 무서워해야 될 게 뭔지 알아? (cut.)
잎생　　그 3만의 열망을 받아 안지 못하면..... 넌... 디져. (cut.)

잎생　　(흥분된 마음의 소리 E) 하!! 이 자식..! 그 말에 모든 걸 걸었어..! 몇 마디 말로... 태압독이를 죽였어..!!
수하나　(설레고 뭉클한 표정으로) 이나이신기시여, 저희들을 형제로 받으시겠습니까..!
은섬　　(태씨 사람들 앞으로 나서며) 나는 이나이신기가 아니었다. 그렇게 태어나지 않았다. (벅차오르며) 그러나 지금! 난 비로소 이나이신기이며 당신들의 형제입니다..! 이름이 무엇이오!
수하나　(벅차오르며) 아고의 태씨! 장로 수하나입니다...
은섬　　나 와한의 은섬, 찬란한 아고족의 재림 이나이신기! 당신들 모두를 품겠습니다!!

하자, 묘씨, 태씨 할 것 없이 함성을 지르며 은섬에게로 달려든다.
수하나가 제일 먼저다. 수하나와 뜨거운 포옹을 하는 은섬.
몰려든 사람들, 누가 먼저랄 것 없이 은섬을 받들어 위로 치켜든다.

탄야　　(E) 이제 연맹은 없습니다.

S#66. 연맹궁 광장(낮)

(64씬 연결)

탄야	이제 연맹은 사라졌습니다. 아스 땅을 아우르는 하나의 나라! 아스달..! 하여 모두들 이제는 연맹인이 아닙니다.
모두들	(경청) ...
탄야	이름은 그릇이니, 이제 세상 만물은 새 그릇에 담길 것입니다. 나, 아사신의 직계, 대제관 아사 탄야..! 어제의 연맹인들에게 오늘의 새로운 이름을 내린다.

ins.cut.〉 18부 44씬 중,

탄야	넌 무엇이든 될 수 있어. (cut.)
초설	니가 될 수 있는 건 백 가지도 넘는단다.. (cut.) 저 별을 봐... (cut.)
탄야	어떤 별이 될지는 아무도 모른단다. (cut.)

모두들	(조용히 탄야의 말을 기다린다)
탄야	(마음의 소리 E) 그 무엇이든 될 수 있는, 백 가지도 넘는 별....! (소리 내어) 모두들, 오늘부터 백.. 성..! 이라 불릴 것이다..!

모두들, 무슨 말인가 싶어 어리둥절하다가 군중 속에 한 명이
"백성이다!" 하고 소리 지르자, 다들 "백성이다!" 하고,
환호성을 지른다. 그 위로,

탄야	(그런 그들을 보며, 마음의 소리 E) 나 와한의 탄야, 아스달의 모두에게 주문을 건다. 백성... 당신들은 비록 높낮음이 있는, 세상의 밑바닥에서 시작하지만, 그대들은 무엇이든 될 수 있어...! 나 또한 그대들과 이리 얽혔으니, 내가 그대들을 지키는 한, 내게 힘이 돼주길, 나의 백성들이여...!

(E) (함성소리 이어지며)

S#67. 아고 묘씨족 마당(낮)

군중 위로 들어 올려진 채, 환호하는 아고족들을 바라보는
은섬의 환한 미소. 묘씨들, 태씨들, 바도루와 달새, 잎생 등이
모두 곳곳에서 환호하고 기뻐한다. 은섬도 웃음이 가득하다. 그 위로,
은섬의 흥분되고 심각한 내레이션.

은섬 (NA.) 이 열기... 갈망..! 태씨와 묘씨뿐만 아니라 마침내...
아고족 3만에게 이어질 이 바램과.. 열망...!
결국 날, 살리게 될까.. 아니면 죽이게 될까..!
날... 탄야에게 데려가게 될까...? 아니면... 갈라놓게 될까...!

(E) (함성소리 이어지며)

S#68. 연맹궁 광장(낮)

미소 짓는 태알하, 미소 짓는 타곤. 그러다 타곤이 손을 들자,
군중들이 조용해진다.

타곤 첫 번째 왕명을 내린다.
모두들 ...
타곤 아스달의 권능을 이 거대한 아스 대륙 곳곳에 뻗게 하리라...
모두들 ...
대대 ... (걱정, 불안 마음의 소리 E) 큰 바람을 꺾는 더 큰 바람.. 진정 그것인가..
타곤 대륙의 동쪽을 정벌.. 하리라..! 아스달에 대항하는 아고족과
수많은 부족들을 무릎 꿇리고 미개한 그들을 가르치리라..!
태알하 (미소)

탄야 ...!!

사야 ...!!

모두들 ...!!!

무백 ...!! (마음의 소리 E) 이거였구나..! 아스달 사람들의 불만, 공포, 분노..!
이 모든 것을 잠재울... 하나의 거대한 전쟁...!!

기토하 (앞으로 나서며) 아고족을 정벌하자..!!!

하자, 여기저기서 군중들이 '아고족을 정벌하자!', '타곤왕이시여!'
'아라문이시여!'를 연호하는 소리가 불규칙하게 튀어나온다.

(E) (함성소리)

S#69. 몽타주(낮)

#. 묘씨족 마당, 은섬을 들어 올린 군중들이
"아고의 영광이여!" "이나이신기여" 등을 외친다.
그 위로, 누군가의 내레이션.

누군가 (NA.) 아고의 오랜 영웅이자, 그 옛날 아라문 해슬라의 적이었던
이나이신기를 자처하는 자가 나타났습니다.

#. 은밀한 나무집 구석, 누군가가 편지를 쓰고 있다.
뒤돌아 있어 보이지 않는다.

누군가 (NA.) 죽은 자의 재림은 산 자들의 욕망...
그자는 그걸 간파하여, 묘씨와 태씨를 통합하고 단박에 이 아고의 땅을
들끓게 만들었습니다.

#. 누군가, 다 쓴 편지를 돌돌 말아서, 창가로 간다.
창가에는 푸른 매가 앉아 있다. 매의 발목에 있는 통에 넣는다.

누군가 (NA) 이자는 이제 아스달의 강력한 적이 될 것이니...
그의 곁에서 다음 명을 기다리겠습니다.

이때, 붉게 물들어져 있는 매의 발톱 클로즈업! 그리고 뒤를 도는 누군가.. 수하나다!! 창을 열고 매를 날리고 하늘을 향해 두 팔을 들며,

수하나 (결연한 미소, 마음의 소리 E) 붉은발톱이.. 타곤왕께 축복을 돌립니다.

#. 타곤, 사람들의 환호에 답한다.
#. 묘씨족 마당, 사람들에 둘러싸인 은섬의 환한 얼굴!
그런 타곤과 은섬의 모습 2분할되며,
Season END..!